SAUERLÄNDER

Alle Bände der Serie
›Land of Stories – Das magische Land‹:
Band 1: *Die Suche nach dem Wunschzauber*
Band 2: *Die Rückkehr der Zauberin*
Band 3: *Eine düstere Warnung*
Band 4: *Ein Königreich in Gefahr*
Band 5: *Die Macht der Geschichten*
Band 6: *Der Kampf der Welten*

Chris Colfer ist Schauspieler und Autor. Bekannt wurde er vor allem durch die Rolle des Kurt Hummel in »Glee«, für die er unter anderem 2011 mit dem Golden Globe Award ausgezeichnet wurde. Alle »Land of Stories«-Bände erschienen auf der New-York-Times-Bestsellerliste.

Weitere Informationen zum Kinder- und Jugendbuchprogramm der S. Fischer Verlage finden Sie unter *www.fischerverlage.de*

Chris Colfer

Land of Stories
Das magische Land

Ein Königreich in Gefahr

Aus dem Amerikanischen
von Fabienne Pfeiffer

Mit Illustrationen
von Brandon Dorman

SAUERLÄNDER

Aus Verantwortung für die Umwelt hat sich der Fischer Kinder- und Jugendbuch Verlag zu einer nachhaltigen Buchproduktion verpflichtet. Der bewusste Umgang mit unseren Ressourcen, der Schutz unseres Klimas und der Natur gehören zu unseren obersten Unternehmenszielen.

Gemeinsam mit unseren Partnern und Lieferanten setzen wir uns für eine klimaneutrale Buchproduktion ein, die den Erwerb von Klimazertifikaten zur Kompensation des CO_2-Ausstoßes einschließt.

Weitere Informationen finden Sie unter:
www.klimaneutralerverlag.de

Zu diesem Buch ist bei Argon ein Hörbuch erschienen,
das im Buchhandel erhältlich ist.

MIX
Papier aus verantwortungsvollen Quellen
FSC® C014496

4. Auflage: Januar 2023

Erschienen bei FISCHER Sauerländer

Das englischsprachige Original erschien 2015 unter dem Titel
»The Land of Stories: Beyond the Kingdoms« bei Little,
Brown and Company, New York.

Hedderichstr. 114, D-60596 Frankfurt am Main
Umschlaggestaltung: Isabelle Hirtz, Inkcraft,
unter Verwendung einer Illustration von Brandon Dorman
Satz: Dörlemann Satz, Lemförde
Druck und Bindung: GGP Media GmbH, Pößneck
Printed in Germany
ISBN 978-3-7373-5721-0

Inhalt

Für meine Eltern,
die mich immer geliebt und unterstützt haben.
Kein Erziehungsratgeber der Welt hätte Euch
auf meine Spleens vorbereiten können.
Es tut mir leid, dass ich damals
mit meinem Ninjaschwert die Kerbe
in den Wohnzimmertisch gehauen habe.
Ja, das war ich.

»Bücher sind einzigartige,
tragbare Magie.«

Stephen King

Prolog

Der andere Sohn

1845, Kopenhagen, Dänemark

Im gemütlichen Studierzimmer seines Hauses saß Hans Christian Andersen eifrig kritzelnd am Schreibtisch.

»Hoch oben in einem Baum, der höher aufragte als sämtliche Kirchtürme in aller Herren Länder, erwachte ein einsames kleines Vögelchen in seinem Nest«, las er laut den ersten Satz seiner jüngsten Geschichte, und das leise Kratzen seiner Schreibfeder hielt inne.

»Moment – wieso schläft das Vögelchen überhaupt?«, fragte er sich selbst. »Würde es nicht normalerweise bei Sonnenaufgang zusammen mit den übrigen Vögeln aufwachen? Andernfalls könnte es faul und liederlich wirken. Und ich möchte doch, dass die Leser es mögen.«

Hans knüllte das Pergament zusammen und warf es auf den Haufen früherer Entwürfe am Boden. Er griff nach einem anderen Federkiel, in der Hoffnung, dass eine längere und dunklere Feder seine Erzählung neu beleben werde.

»Hoch oben in einem Baum, der höher aufragte als sämtliche Kirchtürme in aller Herren Länder, baute ein einsames kleines Vögelchen sich ein Nest …« Erneut unterbrach er sich. »Nein, denn wenn es ein Nest baut, werden die Leser sich fragen, ob es bald Eier legen will, und dann glauben sie, die Geschichte handele von einer ledigen Mutter. Die Kirche wird mir vorwerfen, ich wollte auf etwas Unzüchtiges anspielen … *wieder einmal.*«

Er zerknüllte auch dieses Blatt und schnippte es auf den Haufen.

»Hoch oben in einem Baum, der höher aufragte als sämtliche Kirchtürme in aller Herren Länder, hielt ein einsames kleines Vögelchen Ausschau nach Würmern …« Hans presste sich beide Hände auf die Augen und stöhnte. »Nein, nein, nein! Was denke ich mir bloß? So kann das Märchen nicht beginnen. Sobald ich schreibe, dass der Baum über die Kirchtürme hinausragt, kommt gewiss irgendein Schwachkopf auf die Idee, ich würde den Baum mit Gott gleichsetzen, und dann gibt es nur aufs Neue unnötige Scherereien.«

Der Schriftsteller seufzte und schob auch diesen Entwurf beiseite. Als Dichter in der Gesellschaft des 19. Jahrhunderts zu verkehren konnte bisweilen frustrierend sein.

Die Standuhr neben seinem Schreibtisch schlug sechs Uhr. Zum ersten Mal seit Stunden erhob Hans sich von seinem Stuhl. »Ich glaube, es wird Zeit für einen Abendspaziergang«, meinte er.

Hans nahm seinen Hut und Mantel und trat ins Freie. Auf seinem Weg die Straße hinunter erkannten ihn die anderen Fußgänger mühelos: Ein schneller Blick auf seine markante Nase und dünne Gestalt verriet ihnen ohne jeden Zweifel, dass der berühmte Schriftsteller sich unter sie gemischt hatte. Hans tippte sich an den Hut und grüßte höflich jeden, der ihn anstarrte, eilte aber stets davon, ehe die Leute Gelegenheit hatten, ihn zu behelligen.

Schließlich erreichte er die Promenade Langelinie und ließ sich auf seiner Lieblingsbank nieder. Vor ihm glitzerte das Wasser des Öresund im letzten Tageslicht. Er atmete die salzige Luft ein, und zum ersten Mal an jenem Tag kam sein Geist ein wenig zur Ruhe.

Zur Entspannung kam Hans am liebsten hierher. Wann immer ihm so viele Ideen im Kopf herumspukten, dass es ihm nicht mehr gelang, sich auf nur eine davon zu konzentrieren, oder aber sein Gehirn wie leergepustet war, machte ein simpler Spaziergang zur Promenade gleich alles besser. Wenn er Glück hatte, fand er hier an der Promenade neue Inspiration, die er mit nach Hause nehmen konnte. Und hin und wieder – an Tagen, an denen ihm das Glück *wirklich* hold war – fand die Inspiration sogar *ihn.*

»Hallo, Mr. Andersen«, vernahm er eine sanfte Stimme in seinem Rücken.

Er spähte über seine Schulter und erkannte voller Entzücken eine alte Freundin. Sie trug ein hellblaues Gewand, das funkelte wie die Sterne am Nachthimmel, und war ebenso herzlich wie warmherzig – doch außer Hans kannte sie in Dänemark niemand.

»Meine liebe gute Fee, was für eine Freude, Euch zu sehen«, begrüßte Hans sie mit breitem Grinsen.

Die gute Fee nahm neben ihm Platz. »Die Freude ist ganz meinerseits«, erwiderte sie. »Ihr wart nicht zu Hause, daher habe ich mir gedacht, dass ich Euch hier antreffen würde. Fällt Euch das Schreiben heute Abend schwer?«

»Leider ja«, bestätigte Hans. »An manchen Tagen fließen mir die Worte aus der Feder, als strömte der Nil durch meinen Körper, und an anderen bin ich so ausgetrocknet wie die Sahara. Ich fürchte, Ihr erwischt mich inmitten einer Dürre, doch ich bin zuversichtlich, dass es beizeiten wieder regnen wird.«

»Daran habe ich keinerlei Zweifel«, sagte die gute Fee. »Tatsächlich bin ich gekommen, um Euch zu beglückwünschen. Soeben ist die Neuigkeit, dass Eure Märchen nun auch in anderen Ländern veröffentlicht werden, zu uns durchgedrungen. Die übrigen Feen und ich könnten nicht glücklicher sein. Ihr leistet ganze Arbeit und seid uns eine enorme Hilfe dabei, unsere Erzählungen in aller Welt bekannt zu machen. Dafür sind wir sehr dankbar.«

»Ich bin es, der zu danken hat«, entgegnete Hans. »Bevor Ihr mich gefunden habt, damals als jungen Mann an dieser schrecklichen Schule in Elsinore, war ich kurz davor, das Schreiben ganz und gar aufzugeben. Die Geschichten, die Ihr mir zur freien Ausgestaltung anvertraut habt, haben mich ebenso sehr inspiriert wie die Kinder, für die sie gedacht waren. Wärt Ihr nicht gewesen, hätte ich nie wieder zum Erzählen zurückgefunden.«

»Ihr stellt Euer Licht unter den Scheffel«, widersprach die gute Fee. »Ihr wusstet genau, wie Ihr unsere Geschichten an die heutige Gesellschaft anpassen musstet, indem Ihr religiöse Elemente einbindet. Andernfalls wären sie womöglich nicht derart gut aufgenommen worden. ›Das hässliche Entlein‹, ›Die Schneekönigin‹, ›Die kleine Meerjungfrau‹ und viele weitere Märchen wären in Vergessenheit geraten – aber Ihr habt sie unsterblich gemacht.«

»Wo wir gerade dabei sind: Wie steht es denn um die Märchenwelt?«, fragte Hans.

»Sehr gut«, antwortete die gute Fee. »Wir befinden uns inzwischen in einem wahrhaft Goldenen Zeitalter. Meine liebe Aschenputtel hat Prinz Chance aus dem Königreich des Gläsernen Schuhs geheiratet, Prinzessin Dornröschen ist endlich aus dem grauenvollen Schlafzauber geweckt worden, und Schneewittchen hat ihre böse Stiefmutter als Königin des Nördlichen Königreichs abgelöst. Seit unserem endgültigen Sieg über die Drachen hat das magische Land nicht mehr solcherlei Anlass zum Feiern gehabt.«

»Aber, meine Liebe, dieselbe Frage habe ich Euch vor fast zehn Jahren gestellt, und damals habt Ihr mir die identische Antwort gegeben«, wunderte sich Hans. »Schon als Kind habe ich die gleichen Geschichten gehört. In der Märchenwelt muss die Zeit stehengeblieben sein.«

»Ach, wenn dem doch so wäre«, meinte die gute Fee und lachte. »Eure Welt dreht sich so viel schneller als unsere – aber eines Tages werden sie sich im Einklang bewegen. Ich habe keinen blassen Schimmer, wie oder weshalb, aber ich bin von dem unerschütterlichen Vertrauen erfüllt, dass es so kommen wird.«

Gemeinsam genossen die beiden einen Moment lang das friedliche Treiben auf der Promenade und nahmen all die wohltuenden Geräusche und Bilder in sich auf: Ein älteres Ehepaar spazierte gemächlich am Wassersaum entlang. Ein kleiner Hund jagte Möwen, die doppelt so groß waren wie er selbst. Ein Vater ließ mit seinen Söhnen in einem nahen Feld Drachen steigen, während die Mutter ihre neugeborene Tochter im Arm wiegte. Die Jungen kicherten, als eine Windböe ihnen das Spielzeug entriss und den Drachen immer höher und höher in den Himmel trug.

»Hans?«, sagte die gute Fee. »Erinnert Ihr Euch noch daran, was Euch als kleinen Jungen glücklich gemacht hat?«

Darüber musste er nicht lange nachdenken. »Orte wie dieser Kai«, antwortete er sofort.

»Wieso?«, wollte sie wissen.

»Weil er ein Raum unbegrenzter Möglichkeiten ist«, erklärte er. »Jeden Moment könnte irgendjemand oder irgendetwas auftauchen – eine Parade könnte durch das Feld marschieren, ein tropischer Vogelschwarm könnte am Himmel vorüberziehen, oder ein König von weit her könnte auf einem gewaltigen Schiff heransegeln. Ich schätze, alle Kinder sind stets dann am glücklichsten, wenn ihre Phantasie angeregt wird.«

»Interessant«, sinnierte die gute Fee.

Ihr Blick verriet Hans, dass etwas ihr schwer auf dem Herzen lastete. Und nach ihrer Frage zu schließen, hatte es wohl mit einem Kind zu tun.

»Verzeiht«, sagte Hans vorsichtig. »Ich kenne Euch nun bereits so lange, dass es mir beinahe etwas unangenehm ist, fragen zu müssen, aber: Habt Ihr Kinder?«

»In der Tat«, erwiderte sie, und ein Lächeln spielte um ihre Lippen. »Zwei Söhne. Beide sind sie meinem verstorbenen Ehemann wie aus dem Gesicht geschnitten. John ist der ältere – ein rundum fröhliches und abenteuerlustiges Kerlchen. In einem fort schließt er neue Freundschaften und erkundet die Gegend. Jeder zu Hause liebt ihn.« Dann aber wurde die gute Fee plötzlich still.

»Und Euer zweiter Sohn?«, fragte Hans.

Als wären ihre Gefühle mit einem Mal leckgeschlagen, schwand alle Freude aus dem Gesicht der guten Fee. Sie senkte den Blick auf ihre Hände. »Sein Name ist Lloyd; er ist einige Jahre jünger als John und vollkommen … *anders.*«

»Verstehe«, sagte Hans. Offenbar hatte er ein sensibles Thema angeschnitten.

»Ihr müsst mir vergeben«, bat die gute Fee seufzend. »Ich kann meine Enttäuschung nicht länger verbergen. Meine Lebensaufgabe besteht darin, den Menschen einen Schlüssel zu ihrem Glück an die Hand zu geben, doch ganz gleich, was ich tue, es gelingt mir einfach nicht, das Glück meines Sohnes freizusetzen.«

»Er macht also gerade eine schwierige Phase durch, nehme ich an?« Hans wollte nicht bohren, doch er hatte die gute Fee noch nie derart unverhohlen hilflos erlebt.

»Ja – wobei ich nicht glaube, dass es sich nur um eine Phase handelt«, antwortete sie.

Da sie nun einmal zu reden begonnen hatte, fiel es ihr schwer, sich zu bremsen, doch Hans war ein bereitwilliger Zuhörer. Er legte der guten Fee eine tröstende Hand auf die Schulter, und alle Dämme brachen.

»Das mag schrecklich klingen, wenn ich es über mein eigenes Kind sage, aber ich denke, etwas in Lloyd ist zerbrochen, als mein Ehemann starb«, gestand die gute Fee. »Beinahe so, als wäre seine Fähigkeit, glücklich zu sein, mit seinem Vater begraben worden – seit seinen Säuglingstagen habe ich ihn nicht mehr lächeln sehen. Er ist am liebsten allein und hasst Gesellschaft. Er redet kaum, und falls doch einmal, dann nie mehr als ein Wort oder zwei. Er könnte sich nicht stärker von John unterscheiden. Immerzu wirkt er so niedergedrückt, und ich befürchte allmählich, dass sich daran nie etwas ändern wird.«

Eine einsame Träne lief der guten Fee über die Wange. Sie zog ein Taschentuch aus ihrem Gewand und tupfte sich damit die Augen.

»Es muss doch etwas geben, das ihm Spaß macht«, grübelte Hans. »Hat er irgendwelche besonderen Leidenschaften?«

Die gute Fee überlegte angestrengt. »Das Lesen«, meinte sie

nickend. »Er liest ohne Unterlass, vor allem Literatur aus dieser Welt. Es ist das Einzige, woran er Interesse hat; allerdings bin ich mir nicht sicher, ob es ihm wirklich *Freude* bereitet.«

Hans ließ sich diese Aussage durch den Kopf gehen. Er war immer gut darin gewesen, Kinder zu unterhalten; damit, sie zu heilen, kannte er sich weniger aus. Er stellte sich vor, er wäre selbst an Lloyds Stelle, und mit einem Mal fiel ihm etwas ein, das womöglich die Begeisterung des Jungen wecken könnte.

»Vielleicht genügt das bloße *Lesen* nicht«, befand er, und ein Grinsen trat auf sein Gesicht. »Wenn er sich für Bücher interessiert, dann lässt sich diese Vorliebe doch eventuell ausweiten.«

»Wie meint Ihr das?«

Hans erläuterte: »Als ich noch ein aufstrebender Schriftsteller war, erhielt ich vom dänischen Königshaus Fördermittel für eine Europareise. Quer durch ganz Skandinavien führte mein Weg, nach Italien, in die Schweiz, schließlich über den Ärmelkanal und von England aus wieder zurück. Wie beglückend und erhebend es war, all diese fremden Länder und Orte, die ich nur aus Büchern kannte, mit eigenen Augen zu sehen, vermag ich kaum in Worte zu fassen. Denn Worte würden nie an die Wunder heranreichen, die sich unterwegs vor mir auftaten. Jene Reise hat ein Lächeln in mein Herz geprägt.«

Die gute Fee war nicht ganz sicher, worauf er hinauswollte. »John liebt diese Welt ebenfalls, aber Lloyd weigert sich, auch nur sein Zimmer zu verlassen, wann immer ich ihn einlade, mich zu begleiten.«

Hans hob einen Finger. »Dann versucht einmal, ihn in eine Welt zu locken, *die* ihm bereits gefällt«, schlug er vor. »Was, wenn Ihr ihn in eine der Geschichten aus seinen Büchern brächtet? Mag sein, dass ihn das, was er liest, nur gelinde reizt – sowie er jedoch die Welten, in denen er lesend so viel Zeit verbringt, tatsächlich *betreten* könnte, würde er gewiss sein Lächeln wiederfinden.«

Die gute Fee ließ den Blick über das Wasser schweifen. »Aber bin ich zu solch großartiger Magie denn fähig?«, murmelte sie wie in Trance. »Ich kann zwischen Dimensionen wechseln, die bereits bestehen – doch wie sollte ich selbst neue erschaffen und das geschriebene Wort zum Leben erwecken?«

Hans spähte verstohlen in beide Richtungen die Promenade entlang, um sich zu vergewissern, dass nur die gute Fee ihn hörte. »Was, wenn ihr überhaupt nichts erschaffen müsst?«, raunte er. »Was, wenn hinter jeder Geschichte, die je erzählt worden ist, eine ganze Wirklichkeit lediglich darauf wartet, entdeckt zu werden? Was, wenn es Euch von Anfang an bestimmt war, Schlüssel nicht bloß zum Glück zu verteilen?«

Dieser Gedanke war so verlockend und aufregend, dass die gute Fee sich beinahe ein wenig vor seiner Tragweite und dem Potenzial, das er barg, fürchtete. Was, wenn es ihr wahrhaftig gelänge, in jede beliebige Geschichte ebenso mühelos zu reisen wie in die Märchenwelt oder die Anderswelt? Was, wenn sie die Macht besaß, jedes Buch in ein Portal zu verwandeln?

»Es wird spät«, meinte Hans in Anbetracht der hereinbrechenden Dämmerung ringsum. »Möchtet Ihr mich auf eine Tasse Tee nach Hause begleiten? Unser Gespräch erinnert mich bemerkenswert stark an eine andere Erzählung, an der ich zurzeit arbeite, ›Die Geschichte von einer Mutter‹ –«

Er wandte sich wieder der guten Fee zu, doch sie war spurlos verschwunden. Hans schmunzelte. Seine Idee musste gut gewesen sein, denn offenkundig hatte sie es kaum erwarten können, sie zu erproben.

Die folgenden Wochen wurden zu den geschäftigsten im gesamten bisherigen Leben der guten Fee. Sie schloss sich in ihren Gemächern im Feenpalast ein und arbeitete rund um die Uhr. Ganz so, als wollte sie ein neues Trankrezept erfinden, suchte sie nach Zutaten, die sie sorgsam zusammenzufügen gedachte, um Hans' Vision in die Tat umzusetzen. Sie las sämtliche Bücher über Zaubersprüche, Tränke und Flüche in ihrem Besitz; sie vertiefte sich in dunkle Magie, weiße Magie und studierte deren jeweilige Geschichte.

Langsam nahm so ihr Werk Gestalt an, wuchs Element für Element wie eine Flickendecke, die Stoffquadrat um Stoffquadrat zusammengenäht wird. Ihre Fortschritte hielt die gute Fee in einem Tagebuch fest, das sie häufig zur Hand nahm, um etwas nachzuschlagen, damit ihr nie der gleiche Fehler zweimal unterlief. Schließlich hatte sie die korrekten Bestandteile ausgetüftelt und miteinander vermengt, und nachdem sie die Mixtur für zwei Wochen im Mondlicht hatte stehen lassen, war ihr Gebräu fertig. Sie goss es in eine winzige blaue Flasche.

Wie bei jedem Experiment brauchte die gute Fee ein geeignetes Testobjekt. Sie zog Mary Shelleys *Frankenstein* aus dem Bücherregal und platzierte es vor sich auf dem Fußboden. Dann schlug sie die erste Seite auf und sprenkelte behutsam drei Tropfen des Tranks auf das Papier, einen nach dem anderen.

Kaum hatte der dritte Tropfen die Seite berührt, leuchtete das Buch auf wie ein gigantischer Scheinwerfer. Ein greller Strahl weißen Lichts brach daraus hervor, und da die Räume des Feenpalasts über keine Dächer verfügten, schoss er geradewegs in den Nachthimmel empor und war meilenweit im Umkreis zu sehen.

Die gute Fee war so erpicht darauf, herauszufinden, ob ihr Gebräu funktioniert hatte, dass sie alle Vorsicht fahren ließ. Sie packte ihren Zauberstab und trat prompt mitten in die Lichtsäule. Im nächsten Moment stand sie nicht mehr im Feenpalast, sondern in einer Welt aus *Worten*.

Wohin sie sich auch wandte: Um sie herum wirbelte, schwebte und hüpfte geschriebener Text. In einigen der Sätze und Zeilen glaubte die gute Fee ihr vertraute Passagen des Buchs wiederzuerkennen. Staunend verfolgte sie, wie die Buchstaben und Wörter einen gänzlich neuen Raum mit ihr in der Mitte schufen. Sie verbanden sich zu Formen, bildeten die Gegenstände, die sie beschrieben, gewannen an Substanz und erweckten ihre eigene Welt zum Leben.

Nun befand sich die gute Fee in einem dunklen Wald aus spindeldürren Bäumen. Das Buch – *Frankenstein* – und der Lichtstrahl, den es aussandte, waren gemeinsam mit ihr in den merkwürdigen Wald gelangt. Sie beugte sich wieder hinein in die gleißende Helligkeit und erkannte auf der anderen Seite ihre Gemächer – *die Säule war ein Portal!* Nun blieb ihr bloß, zu hoffen, dass es sie an jenen Ort gebracht hatte, an den sie hatte reisen wollen.

Ein Blitz zuckte über den finsteren Himmel, und die gute Fee schreckte zusammen. Auf der Spitze eines nahen Hügels machte sie die Umrisse eines gewaltigen gotischen Bauwerks mit mehreren Türmen aus. Bei dem Anblick begann ihr Herz zu rasen.

»Du meine Güte«, keuchte die gute Fee. »Das ist Frankensteins Burg! Der Trank hat gewirkt! Ich bin in der Geschichte gelandet!«

Sie verließ die Welt von *Frankenstein* und kehrte durch den Lichtstrahl in den Feenpalast zurück. Dort schloss sie das erleuchtete Buch auf dem Boden mit dem Fuß, und der Glanz verflüchtigte sich.

Die gute Fee konnte ihre Begeisterung kaum im Zaum halten. Sie schnappte sich das Zaubertrankfläschchen und rannte den Flur hinunter zu Lloyds Zimmer, gewiss, dass auch er von ihrer neuesten Erfindung entzückt sein würde. Mit den Knöcheln pochte sie einen fröhlichen Rhythmus gegen seine Tür.

»Lloyd, mein Schatz?«, rief sie und betrat das Zimmer ihres Sohnes.

Es war düsterer als sämtliche übrigen Räume des Feenpalasts, besonders in der Nacht. Im gesamten Gebäude gab es kaum Wände, doch Lloyd hatte stattdessen riesige Laken und Decken um seinen privaten Bereich gespannt, um sich abzuschirmen, wodurch das Innere seines Reichs wie ein isoliertes Zelt wirkte.

Der Sohn der guten Fee besaß ein Regal voller Einmachgläser, in denen er kleine Nagetiere, Reptilien und Insekten hielt. Allerdings muteten sie eher wie Gefangene denn wie Haustiere an, zumal sie sich ausnahmslos verzweifelt mühten, aus ihren Behältnissen auszubrechen. Seine Mutter nahm eines der Gläser zur Hand und betrachtete bekümmert die tote Motte, die darin lag – dieselbe Motte, die ihr Sohn vor wenigen Tagen freizulassen versprochen hatte.

Lloyd kauerte auf dem Bett und las bei Kerzenlicht *Der Mann in der eisernen Maske*. Er war ein kleiner, dürrer Junge, mit rundlichem Gesicht und dunklem Haar. Und er schaute nicht für eine Sekunde auf, nicht einmal, als seine Mutter am Fußende des Betts Platz nahm.

»Ich habe etwas ganz Besonderes für dich erschaffen, mein Liebling«, sagte die gute Fee. »Es hat mich viel Mühe gekostet, und ich glaube, dass es dich sehr glücklich machen wird.«

Lloyds Augen wanderten weiter über die Seite, und er tat, als wäre seine Mutter unsichtbar. Sie zog ihm das Buch aus den Händen und zwang ihn so, seine Aufmerksamkeit auf sie zu richten.

»Was, wenn ich dir erzählen würde, dass es einen Weg gibt, auf dem du in deine liebsten Geschichten reisen kannst?«, neckte die gute Fee ihren Sohn und zeigte ihm das Fläschchen. »Das hier ist ein sehr mächtiger Zaubertrank, den ich soeben zusammengemischt habe. Mit ein paar wenigen Tropfen davon können wir jedes deiner Bücher in ein Portal verwandeln! Wäre das nicht wunderbar? Würde es dir nicht Freude bereiten, all deine Lieblingsorte und -figuren persönlich kennenzulernen?«

Lloyd nahm ihre Worte stumm in sich auf. Eine Sekunde lang sah die gute Fee Interesse in seinen Augen aufblitzen, während er die Flasche musterte. Ihr ging das Herz auf, da sie überzeugt war, jeden Moment werde ein Lächeln auf seinem Gesicht erblühen – doch zu ihrer Enttäuschung seufzte Lloyd lediglich.

»Reisen macht so müde, Mutter«, sagte Lloyd und griff nach seinem Buch. »Ich würde viel lieber einfach hierbleiben und lesen.«

Die hochfliegenden Hoffnungen der guten Fee krachten brutal zu Boden. Wenn sie ihn nicht einmal *damit* aus der Reserve locken konnte, musste sie fürchten, dass überhaupt nichts das schaffen würde.

»Natürlich, wie du möchtest«, murmelte sie und stand auf, um ihn wieder allein zu lassen. »Falls du es dir aber anders überlegst, gib mir bitte Bescheid, ja?«

Mit gebrochenem Herzen wanderte die gute Fee durch die Gänge und Flure des Feenpalasts, bis sie vor der Doppeltür der Halle der Träume stand. Sie drückte die beiden Flügel auf und trat ein in den endlosen Raum, in dem Tausende schimmernder Kugeln um sie herumschwebten. Jede einzelne verkörperte einen Traum, und sie hoffte, zumindest *irgendjemandes* Traum wahrmachen zu können, ehe sie zu Bett ging.

Ein vielversprechender Gedanke regte sich in ihrem Kopf, als sie sich umschaute: Womöglich hatte sie zu viel Zeit mit dem Versuch verschwendet zu *erraten*, was ihren Sohn glücklich machen würde. Vielleicht glitt der innigste Wunsch ihres Kindes unmittelbar hier in der Halle der Träume umher? Und sowie es ihr gelänge, einen Blick darauf zu werfen, wüsste sie auch, wie sie ihm helfen konnte.

Die gute Fee hob ihren Zauberstab und ließ ihn in der Luft kreisen. Sämtliche Kugeln in der Halle erstarrten augenblicklich in ihrer Bewegung. Nur eine große in einiger Entfernung trudelte weiter. Sie näherte sich der guten Fee und landete in ihren Händen. Die gute Fee spähte sehnsuchtsvoll hinein, begierig darauf, zu erfahren, wie der Traum ihres Sohnes aussehen mochte.

Zunächst nahm sie im Innern nur Nebelschwaden wahr, als wäre alles voller Dampf oder Rauch. Sobald die Schlieren sich verzogen, entfuhr ihr ein kleiner Aufschrei. Ein Bild der Zerstörung bot sich ihr, wohin sie auch schaute. Burgen und Paläste lagen in Trümmern, Dörfer standen in Flammen. Die Erde war von Kadavern aller nur vorstellbaren Wesen bedeckt. Die Szene mutete an wie das Ende der Welt.

Und inmitten all dieses Chaos, auf einem Thron an der Spitze eines Trümmerhaufens, saß Lloyd. Er trug eine große, goldene Krone auf dem Kopf und ein schauderhaftes Lächeln im Gesicht, während er die Apokalypse ringsum begutachtete. In der Ferne erkannte die gute Fee etwas, das ihr eine Gänsehaut den Rücken hinunterjagte und sie am ganzen Körper erzittern ließ: ein frisch ausgehobenes Grab, mit einem Stein, auf dem ihr eigener Name stand.

Der guten Fee wurde speiübel. Nun begriff sie, weshalb es ihr niemals gelingen würde, ihren Sohn zufriedenzustellen; sein größter Traum war ihr größter Albtraum. Frankenstein war nicht der Einzige, der ein Monster in die Welt gesetzt hatte …

Kapitel 1

Der Hexenkessel

Die Bewohner der Zwergenwälder wussten die Furt des toten Mannes in dieser Nacht zu meiden, sofern ihnen ihr Leben lieb war. Immer bei Vollmond versammelten sich dort zur Geisterstunde Hexen aus den Wäldern und angrenzenden Königreichen; zu den Treffen waren nur ihresgleichen zugelassen, und sie machten sich einen Spaß daraus, an all jenen, die sie störten, beispielhaft zu zeigen, was solche Störenfriede davon hatten.

Die Furt des toten Mannes war ein geheimnisumwitterter Ort und somit perfekt für eine Hexenzusammenkunft: Von Zeit zu Zeit – ohne jede Vorwarnung oder Erklärung – drehte die Flussrichtung, so dass das Wasser mit einem Mal hinauf in die Wälder strömte. Und wann immer dieser Wechsel eintrat, trieben Särge unerklärlicher Herkunft heran.

Die toten Körper darin wurden nie identifiziert, und niemand forschte jemals nach, wer oder was sie geschickt haben mochte – wobei sich für solch eine Untersuchung ohnehin überhaupt keine Gelegenheit bot. Stets nämlich zerpflückten die Hexen jede Leiche, die sie fanden, sofort wie die Geier und nahmen alles Brauchbare in Einmachgläsern mit, um damit ihren Vorrat an Trankzutaten aufzustocken.

Die mitternächtlichen Treffen fanden im sogenannten Hexenkessel statt, einer alten Schänke, die gänzlich aus Ästen, Stroh und Lehm bestand und in der Mitte des Bachs saß wie die Burg eines Riesenbibers. Rauch stieg aus dem einzigen Schornstein des Wirtshauses auf, verpestete die Luft mit seinem fauligen Gestank und signalisierte so den anreisenden Hexen, dass die Versammlung jeden Moment beginnen würde.

Für gewöhnlich waren die Zusammenkünfte der Hexen schlecht besucht. Nachdem jedoch seit kurzem eine ebenso unerwartete wie heftige Krise die Königreiche erschüttert hatte, wurde diesmal mit einer weitaus regeren Teilnahme gerechnet.

Einige Hexen erreichten die Furt zu Fuß oder auf Maultieren, andere flogen in Schwärmen auf Besen dem Rauchsignal der Schänke entgegen. Ein paar segelten den Bach hinunter, in Booten oder auf behelfsmäßig zusammengezimmerten Flößen. Und eine Handvoll wand sich sogar wie Wasserschlangen durch die Fluten.

Zur Mitte der Geisterstunde war es in der Gaststube voller denn je: Gut einhundert Hexen hatten auf Stühlen um den gigantischen Kessel im Zentrum des Schankraums Platz genommen; diejenigen, die zuletzt eingetroffen waren, drängten sich stehend hinter ihnen.

Dunkle Magie hinterlässt bekanntlich ihre Spuren an jenen, die von ihr Gebrauch machen, und auch in der jeweiligen Erscheinung der anwesenden Hexen zeigte sich das auf unterschiedlichste Weise. Manche hatten Warzen und vergrößerte Nasen, andere verfaulendes Fleisch oder Augäpfel, die weit aus ihren Höhlen hingen. Einige waren durch ihr bestialisches Treiben bereits so weit verunstaltet, dass sie kaum noch menschlich wirkten, sondern einer völlig fremden Spezies glichen, mit Hufen und Hörnern, Schwänzen und Federn, mitunter sogar Schnauzen und Schnäbeln.

Eine kurz gewachsene, plumpe Hexe mit steinerner Haut trat an den Kessel heran. Sie warf eine Handvoll Kiesel hinein, und die Flüssigkeit im Innern fing zu glühen an, bis das gesamte Zimmer in ein bedrohliches grünes Licht getaucht war: Die Versammlung war eröffnet.

»Willkommen, Schwestern«, grüßte die Steinhexe mit barscher Stimme in die Runde. »Ich bin Gargoylia, die steinerne Gebieterin über die Zwergenwälder. Ich nehme an, wir sind heute Nacht alle derselben Angelegenheit wegen hier, also lasst uns keine Zeit verschwenden.«

Die Hexen tauschten Blicke und nickten einander zu. So vielgestaltig ihre Gruppe auch sein mochte, so geeint waren sie doch in ihrer Sorge.

Serpentina, eine Hexe mit schuppiger grüner Haut und langer, gespaltener Zunge, ergriff das Wort.

»Wir *ssssind* heute *zussssammengekommen*, um über die *vermissssten* Kinder zu *beratsssschlagen*«, zischte sie. »Darum *zzzzuallerersssst*: Welche Hexe auch immer *sssie* raubt, *sssie mussss* auf der *Sssstelle* damit aufhören, ehe *sssie unssss* alle *anssss Messsser* liefert!«

Ihr Kommentar entrüstete einen Großteil der Versammelten. Charcoaline, eine Hexe, die komplett aus Asche und Ruß zu bestehen schien, schlug so fest an die Sitzfläche ihres Stuhls, dass ein Teil ihrer Faust zu Kohlenstaub zerkrümelte.

»Wie kannst du es wagen, uns zu beschuldigen!«, fuhr sie Serpentina an.

Funken stoben ihr beim Sprechen aus dem Mund, und mit ihrer Wut wallte auch Lava in ihr auf und füllte als glühende, zähflüssige Masse die Runzeln ihrer Haut aus. »Immerzu sind wir die Ersten, auf die in Krisenzeiten jeglicher Verdacht fällt! Von jemandem aus unseren eigenen Reihen hätte ich mehr Solidarität erwartet!«

Arboris – eine Hexe mit Haar aus Zweigen, deren gesamter Körper von Baumrinde überzogen war – sprang Serpentina bei.

»Zwölf Kinder aus dem Königreich an der Ecke und ebenso viele aus dem Königreich des Gläsernen Schuhs sind spurlos verschollen«, sagte sie. »Nur eine Hexe wäre mutig und gerissen genug, um ein solches Verbrechen zu begehen, und höchstwahrscheinlich befindet sich die Verantwortliche hier unter uns!«

Tarantulene, eine hochgeschossene Hexe mit Fangzähnen und je vier haarigen Armen und Beinen, ließ sich an einem Spinnfaden, der ihr aus dem Hintern quoll, von der Decke herab. »Wenn ihr zwei euch so sicher seid, dass eine Hexe die Kinder entführt hat, dann steckt ja womöglich eine von euch beiden dahinter!«, knurrte sie und richtete alle vier Hände anklagend auf ihre Gefährtinnen.

Der Lärm im Schankraum schwoll an, als jede Hexe ihre Meinung zu der Sache kundzutun versuchte. Gargoylia warf aufs Neue eine Handvoll kleiner Steine in den Kessel, und ein blendend greller grüner Lichtblitz brachte alle zum Verstummen.

»Ruhe!«, kreischte Gargoylia. »Es ist vollkommen gleichgültig, welche Hexe die Schuld trägt – die Herrscher der Königreiche werden *uns alle* zur Verantwortung ziehen, wenn sie die

Kinderräuberin zu fassen bekommen! Ich habe Gerüchte gehört, denen zufolge in den Dörfern schon zur Hexenjagd geblasen wird. Wir müssen uns wappnen!«

Eine Hexe im scharlachroten Gewand trat vor. »Darf ich einen Vorschlag machen?«, fragte sie ruhig. Sie nahm ihre Kapuze ab, und einige der Umstehenden schnappten nach Luft. Zum Vorschein gekommen war eine absolut gewöhnlich aussehende Frau mittleren Alters, die man sogar als hübsch hätte bezeichnen können.

»Hagetta!«, zischte Gargoylia giftig. »Nach all den Jahren beehrst du uns endlich einmal mit deiner Anwesenheit.«

»*Ssssie* hat hier *nichtssss* verloren!«, fauchte Serpentina.

»Sie ist eine Schande für alle *wahren* Hexen«, dröhnte Charcoaline.

In ihrer Verachtung gegenüber Hagetta waren sich die Hexen allesamt einig – doch damit hatte die Geschmähte gerechnet.

»Bloß weil ich weiße Magie praktiziere, bin ich nicht weniger eine Hexe als ihr«, sagte Hagetta. »Und ich garantiere euch, kein Mensch außerhalb dieser Schänke wird sich darum scheren, welche Art von Magie ich treibe, solange noch weitere Kinder verschwinden. Ein wütender Mob wird durch die Wälder ziehen, bis auch die letzte Hexe gefunden ist; wir werden *alle* aufgestöbert und auf dem Scheiterhaufen verbrannt werden. Deshalb bin ich – im Gegensatz zum Rest von euch – hier, um eine Lösung vorzutragen, die eine derartige Hexenjagd hoffentlich wird verhindern können.«

Die Hexen murmelten Verwünschungen in Hagettas Richtung. Gargoylia schleuderte erneut Kieselsteine in den Kessel, um sie zur Ruhe zu rufen.

»Eine Hexenjagd will niemand von uns – wenn Hagetta also glaubt, sie sei in der Lage, uns vor einer zu bewahren, dann soll sie sprechen«, befand sie. »Aber fass dich kurz – mir gehen die Kiesel aus.«

Hagetta ließ den Blick durch den Schankraum schweifen und sah dabei so vielen ihrer Gefährtinnen wie möglich direkt in die Augen. Es würde schwer werden, doch sie wollte nicht eher wieder aufbrechen, als bis sie die anderen überzeugt hatte.

»Ich sage, genug der Schuldzuweisungen. Richten wir stattdessen unsere Energie darauf, die Täterin zu ermitteln«, forderte sie. »Seit jeher lastet die Welt unserer Gemeinschaft die Schuld für die Fehler Einzelner an. Keine von euch wäre heute Nacht hier, wenn sie für diese Taten verantwortlich zeichnen würde, also lasst uns zusammenarbeiten und diejenige aushändigen, die tatsächlich schuldig ist. Wir werden unsere Unbescholtenheit beweisen, indem wir den Königreichen bei der Lösung des Rätsels um die verschwundenen Kinder helfen.«

»Wir können keine der Unseren einfach ausliefern! Wir sind eine Schwesternschaft!«, brüllte Charcoaline.

»Viel wird von dieser *Sssschwesternschaft* allerdings nicht übrig bleiben, wenn wir alle tot *ssssind*«, lispelte Serpentina.

»Das Letzte, was die Menschen wollen, ist Unterstützung von Hexen!«, protestierte Arboris.

In der hintersten Reihe brach eine Hexe mit dickem Bauch und Karottennase in Tränen aus, und alle wandten sich zu ihr um.

»Verzeihung«, schniefte die gefühlsduselige Hexe. »Ich kann bloß so gut nachempfinden, was Hagetta beschreibt. Ich bin selbst gewiss keine Heilige, aber bereits mein ganzes Leben lang werde ich für Dinge verantwortlich gemacht, mit denen ich nichts zu tun habe.«

Sie schnäuzte die Nase in den Umhangsaum ihrer Nachbarin.

»UNSCHULDIGE HEXEN GIBT ES NICHT!«, donnerte

mit einem Mal eine tiefe, unerwartete Stimme, und die Tür der Gaststube flog auf. Ein Mann mit einem Sack über dem Kopf stolzierte herein, als gehörte ihm das Wirtshaus. Ihm auf dem Fuß folgte ein Dutzend Soldaten in roten und weißen Uniformen. Alle Hexen sprangen von ihren Stühlen auf, gleichermaßen empört über die Störung.

»Entschuldigt die Unterbrechung, meine Damen – und diesen Begriff fasse ich weit«, tönte der Maskenmann mit überheblichem Lachen. »Schon den ganzen Abend lausche ich Eurer kleinen Diskussion, und ich fürchte, länger kann ich nicht an mich halten.«

»Wie könnt Ihr es wagen, uns zu behelligen!«, rief Gargoylia. »Niemand wagt das und überlebt lange genug, um anschließend seine Geschichte noch –«

Er hob eine Hand, um sie zum Schweigen zu bringen.

»Ehe Ihr uns in Mäuse verwandelt, an denen sich Eure Kolleginnen dann laben, erlaubt mir, mich vorzustellen«, sagte er. »Man nennt mich den Maskenmann – was sich wohl von selbst erklärt. Die Herren in meinem Rücken sind das, was von jener Grande Armée übrig geblieben ist, die vor annähernd fünf Monaten beinahe unsere Welt erobert hätte. Womöglich habt Ihr schon von uns gehört?«

Obwohl keine von ihnen unmittelbar an dem kürzlich zu Ende gegangenen Krieg beteiligt gewesen war, wussten die Hexen nur zu gut, welche Schrecken und welches Chaos besagte Armee angerichtet hatte.

»Dieser Mann ist ein Witz«, meldete sich Hagetta, der klar war, dass sie einschreiten musste, bevor ihre Schwestern noch neugieriger auf den Neuankömmling wurden. »Er wird euch Flausen in den Kopf setzen mit seinen vermeintlichen Heldengeschichten darüber, wie er ein Heer angeführt und einen Drachen großgezogen hat, aber am Ende ist er von einer sterbenden alten Fee in die Flucht geschlagen worden.«

Der Maskenmann blitzte sie finster an. »Somit habt zumindest *Ihr* bereits von mir gehört«, befand er. Er musterte Hagetta von Kopf bis Fuß – etwas an der Hexe erschien ihm höchst vertraut. Er hätte schwören können, dass ihre Wege sich in ferner Vergangenheit einmal gekreuzt hatten, verschwendete jedoch keine Zeit damit, länger darüber nachzusinnen. Er war mit einer festen Absicht in das Wirtshaus gekommen, und die Hexen würden ihm kaum lange geduldig lauschen.

»Ich bin nicht hier, um zu prahlen, sondern um eine Partnerschaft zu begründen – und Euch zu warnen«, sagte er.

»Partnerschaften mit Gesindel wie Euch haben wir nicht nötig«, entgegnete Gargoylia.

Von ihrer Widerborstigkeit ließ sich der Maskenmann in seinem Werben um die Gunst der Hexen jedoch nicht abschrecken. »Ihr habt jedes Recht und allen Grund zur Sorge«, sagte er. »Gemeinhin wird angenommen, dass eine Hexe hinter dem Verschwinden der Kinder steckt, und die Dörfer, die ihre Jüngsten verloren haben, werden diesen Verlust nicht einfach hinnehmen. Sogar ich – der ich seit Monaten im Verborgenen lebe – habe mitbekommen, dass sie Rachepläne schmieden. Es geht längst nicht mehr um eine bloße Hexenjagd – sie wollen Euch *ausrotten*!«

Diese Neuigkeit traf die Hexen schwer. Versuchte der Maskenmann lediglich, sie aufzuhetzen, oder war die Lage tatsächlich noch übler, als sie angenommen hatten?

»Und genau deshalb müssen wir schleunigst die verantwortliche Hexe finden, solange wir es noch können«, betonte Hagetta.

Der Maskenmann schüttelte den Kopf. »Ich fürchte, Ihr seid

machtlos, den Gang der Dinge zu ändern«, sagte er. »Selbst wenn Ihr die Unschuld jeder einzelnen Hexe beweisen würdet, wäre das Massaker unausweichlich. Die Menschen wollen nicht nur Gerechtigkeit für die geraubten Kinder, sondern sämtliche Verbrechen gesühnt sehen, die Eure Art je gegen sie begangen hat. Ihre entführten Sprösslinge dienen ihnen nur als Vorwand, um sich für ganze Jahrhunderte der Schandtaten zu rächen!«

Das verschlug den Hexen die Sprache. Die Beziehungen zwischen ihnen und den Menschen waren nie unproblematisch gewesen, und es war gut vorstellbar, dass die verschollenen Kinder das Fass nun zum Überlaufen gebracht hatten.

»Wo Ihr nur geht und steht, müht Ihr Euch darum, Kriege zu entfesseln«, warf Hagetta dem Maskenmann vor, in der verzweifelten Absicht, seine Warnung herunterzureden. »Wir dürfen auf diesen Mann nicht hören! Er wird erst zufrieden sein, wenn die ganze Welt in Flammen steht!«

Der Maskenmann lächelte. »Oh, es wird Kämpfe und Schlachten geben, aber Ihr haltet Euch selbst für zu wichtig, wenn Ihr glaubt, dass uns ein Krieg bevorsteht«, neckte er. »Sobald Ihr Hexen erst einmal ins Visier genommen seid, habt Ihr ohnehin nicht den Hauch einer Chance – dafür seid Ihr viel zu wenige! Bald schon wird Eure Rasse ebenso Geschichte sein wie die der Drachen!«

Die Hexe in der letzten Reihe brach aufs Neue in Tränen aus. Sie krümmte sich und übergab sich auf den Fußboden. »Verzeihung«, piepste sie. »Ich habe einen empfindlichen Magen.«

Colonel Rembert, der sich ebenfalls unter den verbliebenen Soldaten der Grande Armée befand, bedachte sie mit einem skeptischen Blick. Etwas an dieser Hexe gefiel ihm ganz und gar nicht.

»Ich denke, die Märchenunion steckt hinter den Entführungen!«, verkündete der Maskenmann. »Die Feen wollen die Hexen seit jeher loswerden, und indem sie eine riesige Vernichtungswelle lostreten, erreichen sie das mühelos! Es würde mich nicht wundern, wenn die neue gute Fee höchstpersönlich die Kleinen geraubt hätte!«

»Die gute Fee würde niemals zwei Dutzend Kinder stehlen«, meinte einer der Köpfe einer zweihäuptigen Hexe ganz hinten.

Ratten-Mary, eine unscheinbare Hexe mit buschigem, mausgrauem Haar und gewaltigen Schneidezähnen, sprang auf ihren Stuhl, um sich die Aufmerksamkeit der Runde zu sichern. »Ob die Feen nun selbst dahinterstecken oder nicht: Unterstützen werden sie eine solche Jagd auf uns allemal, da bin ich sicher!«, rief sie.

»Sie sehnen sich nach einer Welt ohne Hexerei!«, bestätigte Arboris.

»*Ssssie* wollen alle Magie für *sssich* allein!«, zischte Serpentina.

Im Nu waren nahezu sämtliche Hexen überzeugt, dass der Fall der vermissten Kinder eine Intrige war, die die Feen nur zu ihrem Schaden ausgeheckt hatten, und sie brüllten ihren Hass auf das Feenvolk laut heraus. Der Maskenmann hatte sein Ziel beinahe erreicht.

»Es wird Zeit, dass Ihr Euch wehrt und zurückschlagt!«, stachelte er sie an.

Die Mehrheit der Hexen jubelte, doch Gargoylia schüttelte den Kopf, als einsame Stimme der Vernunft.

»Das käme einem Selbstmord gleich«, gab sie zu bedenken. »Gerade noch habt Ihr festgestellt, dass wir in der Unterzahl sind, insbesondere falls tatsächlich die Feen an dieser Sache beteiligt sind.«

Der Maskenmann rieb sich die Hände. »Nur solange Ihr

nicht die richtigen Bündnisse schließt«, meinte er verächtlich. »Mit meiner Hilfe stellen wir einmal mehr eine ganze *Armee* auf die Beine!«

Die Hexen gackerten spöttisch. Sein Vorschlag schien ihnen lächerlich und absurd.

Flink ergriff Hagetta wieder das Wort. »Eine *Armee*? Woraus soll sie denn bestehen, diese *Armee*?« Auch sie lachte. »Ihr hattet schon einmal eine Armee, und die ist jämmerlich gescheitert. Wer würde Euch da mit der Führung einer neuen betrauen?«

Der Kopf des Maskenmannes schnellte zu ihr herum. Zweifellos hatte sie einen wunden Punkt getroffen.

»ICH BIN NIE GESCHEITERT!«, brüllte er. »Mein ganzes Leben lang arbeite ich bereits darauf hin, die Feen zu stürzen! Und bisher war ich mit jedem Schritt meines Plans erfolgreich! Die Grande Armée, der Drache und der Angriff auf den Feenpalast waren nie dazu gedacht, sie zu besiegen – sondern sollten sie bloß schwächen! Sobald sie glaubten, das Gefecht sei vorüber, habe ich mich in den Palast geschlichen und jenen Zaubertrank gestohlen, auf den ich es von Beginn an abgesehen hatte! Und nun, da er sich in meinem Besitz befindet, kann der wahre Krieg beginnen!«

Schweißperlen tränkten inzwischen den Jutesack, den der Maskenmann sich übergestülpt hatte, und er musste einige Male tief durchatmen, um sich zu beruhigen.

»Bevor ich jedoch mit der nächsten Phase meines Plans fortfahren kann, brauche ich Eure Hilfe«, sagte er. »Im Feenpalast befand sich einst noch etwas, das ich zusammen mit dem Trankfläschchen entwenden wollte – eine Sammlung, der sich die verstorbene gute Fee offenbar entledigt hat. Ihr müsst mir dabei helfen, herauszufinden, wohin sie sie geschafft hat. Sobald wir sie an uns gebracht haben und mit dem Zaubertrank kombinieren, werde ich in der Lage sein, die neue Armee zu rekrutieren.«

Gargoylia verschränkte die Arme vor der Brust. »Aber was für eine Art von Armee soll das denn sein?«, wollte sie wissen. »Wenn nicht einmal die Grande Armée und ein Drache ausgereicht haben, um die Feen auszulöschen, was könnte dann genügen?«

»Eine Armee, die Eure kühnsten Vorstellungen übersteigt!«, tönte der Maskenmann mit theatralischen Gesten. »Eine Armee, gegen die die Grande Armée wie ein Haufen Rotzlöffel erscheinen wird! Seit meiner eigenen Kindheit schmiede ich bereits diesen Traum und Plan, und mit Eurer Unterstützung wird er Wirklichkeit werden. Wir können dieses Heer gemeinsam führen, und dann wird diese Welt *uns* gehören!«

Die Hexen vermochten nicht zu sagen, ob der Maskenmann den Verstand verloren hatte – oder ob womöglich doch mehr hinter seinen Worten steckte.

Die rührselige Hexe schaffte es nach seiner Rede nicht mehr, ihre Emotionen länger in Schach zu halten. »Vergebt mir – aber es ist einfach so schön, einen Mann zu erleben, der solche Leidenschaft für etwas aufbringt«, schluchzte sie, und Tränen rannen ihr in Sturzbächen über die Wangen.

Colonel Rembert beäugte sie weiterhin argwöhnisch. Soeben nämlich schwemmten ihre Tränen die Karottennase davon – *es handelte sich um eine Tarnung*!

»Sir, ich glaube, wir sind hier nicht ausschließlich unter Hexen!«, rief Rembert dem Maskenmann zu. Rasch zog er seine Pistole aus seiner Jacke und zielte damit auf die fragwürdige Hexe.

Mit einem Mal katapultierte die sich in die Luft und schlug

einen Salto auf Rembert zu, wobei sie ein langes Schwert unter ihrem Umhang hervorriss. Mühelos trennte sie damit den Lauf seiner Waffe ab, ehe sie vor seinen Füßen landete.

Die Hexe stöhnte und hielt sich den Bauch. »Dieses Herumgewirbele wird schwieriger, wenn man schwanger ist«, murmelte sie.

Der Maskenmann starrte auf die Schwindlerin hinab – sie war überhaupt keine Hexe.

»GOLDLÖCKCHEN!«, schrie er.

»Goldlöckchen, was tust du in der Schänke?«, fragte Hagetta.

»Hallo, Hagetta«, erwiderte Goldlöckchen. »Wir sind dir hierher gefolgt; uns war klar, dass der Maskenmann einem Publikum aus Hexen nicht würde widerstehen können.«

»*Wir?*«, wiederholte Hagetta.

Der Maskenmann ohrfeigte Rembert mit dem Handrücken. »Idiot! Ihr habt uns geradewegs in eine Falle geführt!«, brüllte er. »*Ergreift sie!*«

Die Soldaten der Grande Armée drängten mit gezückten Waffen auf Goldlöckchen zu.

»JETZT!«, rief sie.

Vier Gestalten in der hinteren Reihe warfen ihre Verkleidung ab: Jack, Rotkäppchen, Froggy und das dritte kleine Schweinchen waren die gesamte Zeit unter den Hexen gewesen.

Die doppelhäuptige Hexe stürzte sich auf den Maskenmann und teilte sich dabei in zwei Personen auf – *Alex und Conner Bailey*. Die Zwillinge umkreisten den Maskenmann; Alex richtete ihren Kristallzauberstab auf ihn, während Conner sein Schwert hob.

»Du bist nicht der Einzige, der weiß, wie man sich maskiert, Kumpel«, fauchte Conner.

Alex blieb stumm; sie umklammerte lediglich ihren Zauberstab so fest, dass sie fürchten musste, er könnte in ihrer Hand entzweibrechen. Nach Monaten und Monaten verzweifelter Suche hatten sie den Maskenmann endlich aufgespürt. Nun würde sie ihm seinen Sack vom Kopf zerren und der Welt seine wahre Identität offenbaren.

»Es ist vorbei«, wandte Alex sich an ihn. »Und niemand geht diesmal auch nur irgendwohin!«

Alex schnippte ihren Zauberstab in Richtung sämtlicher Fenster und der Tür, und metallene Stangen legten sich davor. Die Geschwister, ihre Freunde, die Hexen, die Soldaten und der Maskenmann waren somit allesamt im Schankraum gefangen.

»Das ist die gute Fee!«, kreischte Ratten-Mary, und sofort brach in dem kleinen Zimmer ein Tumult los. Die Hexen rannten kopflos im Kreis, als stünde das Wirtshaus in Flammen, und da sie keine Möglichkeit hatten hinauszugelangen, steigerte sich ihre Panik zusehends. Den Zwillingen gelang es inmitten all der hysterischen Frauen kaum noch, die Franzosen und den Maskenmann im Blick zu behalten.

Alles war unfassbar überwältigend, und Alex spürte, wie ihr Herz schneller und schneller hämmerte. Sie durfte den Maskenmann nicht entkommen lassen – kein zweites Mal.

»GENUG!«, schrie Alex. Ihre Augen begannen zu glühen, und das Haar stand ihr wild vom Kopf ab. Ohne dass sie dafür den Zauberstab zu bemühen brauchte, schossen Ranken aus den Bohlen, schlangen sich um jede einzelne Hexe sowie sämtliche Soldaten der Grande Armée und zogen sie zu Boden.

Conner spähte nervös umher. »Alex, krieg dich wieder ein!«, flüsterte er. »Denk daran: Du musst dich konzentrieren, damit du die Kontrolle über deine Magie behältst!«

Alex schüttelte sich; einmal mehr hatte sie sich von ihren Gefühlen mitreißen lassen. Ihr Haar fiel ihr zurück auf die Schultern, und der manische Glanz in ihren Augen verblasste. In jüngster Zeit bereitete es ihr zunehmend Probleme, ihre Kräfte zu beherrschen, doch diesmal scherte sie sich nicht darum, ob sie die Schlingpflanzen bewusst oder unbewusst heraufbeschworen hatte – alles, was zählte, war, dass der Maskenmann an der Flucht gehindert wurde.

»Du bist ein mächtiges Mädchen, aber du wirst die Hexen gegen dich aufbringen, wenn du sie so behandelst«, meinte der Maskenmann und schaute sich dabei verstohlen nach einem Fluchtweg um.

»Dieses Risiko gehe ich ein«, konterte Alex.

»Na schön – *ich ebenfalls*!«

Der Maskenmann hechtete nach dem Kessel und stieß ihn um. Die Flüssigkeit ergoss sich über den Fußboden und nahm dabei einen matten, farblosen Ton an, so dass das Wirtshaus nicht länger von ihrem Schimmer erhellt wurde. Es wurde stockdunkel. Alex schwang ihren Zauberstab, und Fackeln erschienen entlang der Wände und spendeten neues Licht – doch der Maskenmann war bereits verschwunden.

»Alex! Sieh nur!«, rief Conner und deutete zum Kamin. »Er türmt durch den Schornstein! Er will aufs Dach!«

Alex folgte seinem Fingerzeig gerade rechtzeitig, um einen Blick auf die Füße des Maskenmannes zu erhaschen, die soeben den Schacht hinauf verschwanden.

Die Hexen rangen unterdessen nach wie vor mit den Ranken, die sie festhielten. Serpentina, Tarantulene, Ratten-Mary und Charcoaline gelang es, sich zu befreien, und gemeinsam gingen sie auf Conner und seine Gefährten los.

»In unserer eigenen Schänke lassen wir uns nicht gängeln!«, kreischte Ratten-Mary. Sie streckte die Finger aus, und ein Besenstiel flog ihr in die Hand. Prompt hüpfte sie darauf und flog im Kreis um Conners Kopf herum, wobei sie nach ihm schlug und kratzte.

»AU!«, brüllte Conner. »Machen Sie mal halblang, Rattenlady!«

Er packte das Ende ihres Besens, wurde mitgerissen, und im nächsten Moment trudelten die beiden gemeinsam durch das Zimmer und stießen gegen Wände und die Decke wie Flipperkugeln.

Serpentina kroch derweil eidechsengleich am Geäst des Mauerwerks empor und wollte sich mit einem Sprung auf Goldlöckchen werfen. Die werdende Mutter ließ ihr Schwert durch die Luft sausen und hieb der Hexe den linken Arm ab. Als sie den Arm dann zu ihren Füßen erblickte, brach sie jedoch in Tränen aus.

»Es tut mir so leid!«, schluchzte sie – nur um sich eine Sekunde später wieder zu fangen. »Halt, nein, das tut es nicht! *Verdammte Hormone!«*

Es war ihr Glück, dass sie ihre Fassung so rasch zurückgewonnen hatte – denn Serpentinas Arm war beinahe sofort nachgewachsen. Die Zunge der Hexe schoss ihr aus dem Mund und schnalzte um Goldlöckchen wie eine schleimige rote Peitsche. Sie wand sich um ihren Knöchel und riss die Schwangere von den Beinen.

Jack sprintete los, um seiner Frau zu helfen, doch Arboris stellte sich ihm in den Weg. Hunderte von Insekten krochen aus der Borkenhaut der Hexe und bissen und stachen in jeden Zentimeter seiner Haut, den sie erreichen konnten. Er stürzte zu Boden und rollte sich herum, während er hektisch versuchte, sie abzustreifen.

Tarantulene hatte unterdessen Froggy ins Visier genommen:

Sie jagte ihn durch die Wirtsstube und feuerte in einem fort Netzfäden auf ihn ab.

»Ich hasse Spinnen! Ich hasse Spinnen!«, schrie Froggy und hüpfte in großen Sätzen vor ihr her. »Unfassbar, dass ich mich zu dieser Aktion heute Nacht habe breitschlagen lassen! Ich trage die Verantwortung für ein ganzes Königreich!«

Statt ihren Freunden zu Hilfe zu eilen, suchte sich Rotkäppchen zusammen mit dem dritten kleinen Schweinchen einen ruhigen Winkel und holte einen dicken Ordner hervor.

»Da alle anderen ja ohnehin beschäftigt sind, denke ich, wir sollten die Gunst der Stunde nutzen, um die letzten Details meiner Hochzeit zu besprechen«, befand sie fröhlich und blätterte durch die Seiten.

»Selbstverständlich, Euer ehemalige und zukünftige Majestät«, erwiderte das dritte kleine Schweinchen.

»Liebling! Ich halte das für keinen guten Zeitpunkt, um Hochzeitspläne zu schmieden!«, keuchte Froggy und entging nur knapp einem von Tarantulenes Netzschüssen.

»Uns bleiben nur noch *Tage* bis zur Trauung, Charlie!«, entgegnete Rotkäppchen. »Wir haben so viel Zeit darauf verwendet, den Zwillingen bei der Suche nach dem Maskenmann zur Hand zu gehen, dass ich bislang kaum Gelegenheit hatte, überhaupt irgendetwas in die Wege zu leiten! Also, mal schauen … o ja, zunächst brauche ich den passenden Stoff für die Tischläufer …«

Sie nahm drei rote Stoffmuster heraus, die ordentlich in einen Hefter geklemmt waren.

»Was meinst du, Schatz? Sollen wir lieber Rubinstein, Apfelbäckchen oder Blutblüte den Vorzug geben?«, fragte sie und hielt die Streifen in die Höhe, damit er sie sehen konnte.

Ein verirrter Faden schnellte auf Rotkäppchen zu, schlug

ihr eine der Stoffproben aus der Hand und heftete sie an die Wand.

»Oh, gute Wahl!«, frohlockte Rotkäppchen. »Dann also Rubinstein!«

»Jawohl, Madam«, bestätigte das dritte kleine Schweinchen und machte sich in einem kleinen Notizbuch einen entsprechenden Vermerk.

Conner schaffte es nicht, sich noch länger an den Besen zu klammern. Er ließ los und wurde von Ratten-Mary fortgeschleudert, Ratten-Mary selbst krachte in Serpentina, als diese gerade Goldlöckchen an die Gurgel gehen wollte, und beide Hexen kugelten zu Boden.

Conner landete auf Charcoaline, die aufheulte und am ganzen Körper zu glühen begann, während Lava in ihr aufstieg. Sie öffnete den Mund, und ein feuriger Schwall brach daraus hervor wie bei einem leibhaftigen Drachen. Conner tauchte seitlich hinter den Kessel, wo er um Haaresbreite dem Inferno entging.

»Ich könnte hier drüben ein wenig Hilfe gebrauchen! Es wird heiß!«, schrie er zu seinen Freunden hinüber.

Hagetta presste eine Handfläche flach auf die Bohlen, schloss konzentriert die Augen und schickte ein Rumpeln aus, das sich von ihr direkt zu Charcoaline bewegte. Im nächsten Augenblick spien die Planken direkt unter der glimmenden Hexe eine Wasserfontäne in die Höhe, die Charcoaline zur gegenüberliegenden Rückwand der Stube beförderte. Hagetta lenkte ihre Energie um, und ein zweiter Geysir brach unter Arboris aus dem Boden und schleuderte sie ebenfalls durch den Raum.

Goldlöckchen rannte an Jacks Seite und machte sich daran, ebenfalls Insekten von seinem Körper zu wischen. Plötzlich allerdings krümmte sie sich vor Schmerzen.

»Goldie, ist alles in Ordnung mit dir?«, fragte Jack.

»Das Baby«, keuchte sie. »Ich glaube, es will auch mitkämpfen. Ob Junge oder Mädchen: Auf jeden Fall hat es einen kräftigen Tritt.«

»Genau wie seine Mutter«, meinte Jack schmunzelnd.

Einige Meter entfernt verlor Rotkäppchen allmählich die Geduld mit Froggy.

»Und was verwenden wir als Herzstück der Tischdekoration?«, wollte sie wissen. »Kerzen oder Blumen?«

Sie erhielt keine Antwort. Froggy hüpfte immer noch verzweifelt durch die Schankstube, um Tarantulene zu entfliehen. Er japste und wurde immer langsamer. Jeder Netzschuss, den die Hexe auf ihn abfeuerte, verpasste ihn knapper als der vorige.

»Charlie, wieso kommt es mir vor, als wäre ich die Einzige, der diese Hochzeit am Herzen liegt?«, fragte sie. »Wenigstens eine Antwort könntest du mir geben.«

Sie warf einen Blick über die Schulter und bemerkte, dass Froggy – hoffnungslos verknäuelt in Tarantulenes klebrigem Netz – an der Wand hing. Die Spinnenhexe stakste mit entblößten Fangzähnen auf ihn zu. Froggys Gesichtsfarbe verblasste zu einem kränklichen Hellgrün.

»Ich schmecke ganz scheußlich!«, rief er.

»Netter Versuch, aber Frosch ist meine Leibspeise!«, knurrte Tarantulene.

Gerade als sie ihre Fänge in ihn schlagen wollte, zog Rotkäppchen ihr einen Stuhl über den Kopf. Die Hexe ging zu Boden und rührte sich nicht mehr.

»Gut gemacht, Liebling!«, jubelte Froggy.

Rotkäppchen schleifte den Stuhl dicht an ihn heran und nahm darauf Platz. »Charlie, da du mir nun einmal für den Moment nicht entkommen kannst, denke ich, jetzt wäre ein guter Zeitpunkt, um unsere Gästeliste durchzusprechen.«

Froggy seufzte. Diesmal blieb ihm tatsächlich keine Ausflucht.

Unterdessen turnte der Maskenmann durch die Öffnung des Schornsteins und trat auf das Dach hinaus. Er rannte an der Traufe entlang, auf der Suche nach einer Möglichkeit hinunterzugelangen. Alex war direkt hinter ihm, doch bei ihrem Versuch, sich ebenfalls durch den Schlot zu quetschen, blieb sie mit den Armen stecken, so dass sie nicht mehr an ihren Zauberstab heranreichte.

Der Maskenmann ließ sich auf Hände und Knie nieder und machte Anstalten abwärtszuklettern.

»DIESMAL ENTKOMMST DU NICHT!«, brüllte Alex. Wie schon zuvor begannen ihre Augen zu glühen, und ihr Haar tanzte wild um ihren Kopf. Mit einem Mal lief ein Beben durch die gesamte Schänke. Die Hütte schwankte vor und zurück, löste sich dann gänzlich aus der Furt und stieg in die Höhe wie ein gigantischer Heißluftballon.

»Alex! Ich hoffe, du hattest genau das beabsichtigt!«, schrie Conner durch den Schornsteinschacht und kraxelte seiner Schwester eilig hinterher.

Höher und höher schwebte das Wirtshaus, flog bald über die Baumkronen der Zwergenwälder dahin und hinauf in die Wolken. Der Schornstein um Alex bröckelte Ziegel um Ziegel weg, bis sie schließlich frei war. Nun gab es für den Maskenmann wirklich keinen Fluchtweg mehr. Endlich bot sich Alex die Chance, ihm jene Frage zu stellen, die sie seit Monaten umtrieb.

»Sag mir einfach, *warum*!«, flehte sie. »Warum hast du uns angelogen? Wieso hast du getan, als wärst du tot?«

»Was wäre das Leben doch langweilig, wenn wir alle Antworten hätten«, gab der Maskenmann zurück und äugte zum Erdboden hinab, der mittlerweile kaum noch zu erahnen war.

»Wie konntest du das deiner eigenen Familie antun?«, fragte Alex völlig aufgelöst. »Wir haben dich geliebt!«

Der Maskenmann lachte. »Du lernst es jetzt auf die harte Tour, genauso schmerzhaft, wie ich es einst gelernt habe«, sagte er. »So einen Unsinn wie *Liebe* gibt es nicht. Familien sind bloß Fremde, durch deren Adern das gleiche Blut fließt. Sie behaupten, dich bedingungslos zu lieben, doch am Ende sind sie es, die den übelsten Verrat an dir begehen. Diese Lektion hat meine Mutter mich gelehrt, und nun gebe ich sie an dich weiter.«

Alex schüttelte den Kopf. »Du bist krank«, sagte sie. »Ich habe keine Ahnung, wie es dazu gekommen ist, aber Conner und ich können dir helfen!« Sie streckte ihm die offene Hand entgegen, doch der Maskenmann starrte nur finster darauf hinunter.

Conner krabbelte durch den kaputten Kamin und trat umsichtig neben seine Schwester.

»Alex, willst du uns auf den Mond bringen?«, fragte er.

Inzwischen befanden sie sich Hunderte von Metern über dem Erdboden, höher als die höchsten Wolken. Alex war überhaupt nicht aufgefallen, wie weit die Schänke emporgestiegen war, doch es scherte sie auch nicht.

»Sieh es doch ein, du hast keine Wahl«, wandte sie sich erneut an den Maskenmann. »Es gibt nur einen Weg nach unten, und du kommst mit uns!«

Der Maskenmann langte in seine Jackentasche und zog ein kleines Büchlein mit goldenem Einband hervor, dazu ein blaues Trankfläschchen. Alex erkannte die winzige Phiole sofort: Es handelte sich um jenen Zaubertrank, den er aus dem Feenpalast gestohlen hatte.

»Da täuschst du dich«, erwiderte der Maskenmann sanft. »Eine Wahl hat man immer.«

Der Maskenmann rollte sich vom Dach und stürzte in die Tiefe. Die Zwillinge schrien auf und hechteten an die Kante, um nach unten zu spähen; sie erhaschten einen letzten Blick auf ihn, ehe er durch die Wolken brach und aus ihrem Sichtfeld verschwand.

»Ich fasse es nicht!«, keuchte Conner. »Er hat sich umgebracht!«

Alex schüttelte ungläubig den Kopf. *»Nein!«*, sagte sie. »So sollte es nicht enden! Wir wollten ihm helfen!«

Eintausend unterschiedliche Empfindungen wirbelten durch ihren Körper wie ein Gefühlstornado. Sie war derart überwältigt, dass es ihr kaum gelang, sich auf auch nur irgendetwas zu konzentrieren. Ihr Haar fiel nach unten, und ihre Augen nahmen ihre gewöhnliche Färbung an.

Ruckartig sackte das Wirtshaus gen Boden. Die Geschwister sowie alle im Innern kreischten wie am Spieß; Conner klammerte sich mit einer Hand an die Reste des Schornsteins und hielt mit der anderen seine Schwester fest, damit sie nicht vom Dach gerissen wurden.

Im Trudeln lösten sich Teile der Schänke: Eine große Partie des Dachs flog davon, so dass Alex und Conner ihre Freunde im Gastraum erkannten, die sich ebenfalls panisch an irgendetwas krallten.

»Ich würde gern in einem Stück heiraten, bitte!«, brüllte Rotkäppchen.

»Alex! Tu was!«, schrie Conner sie an.

Alex hatte Schwierigkeiten, beim Fallen ihren Stab richtig zu fassen zu bekommen. Sowie es ihr gelungen war, hob sie ihn über den Kopf und ließ ihn kurz vor dem Aufprall niedersausen wie eine Peitsche. Als hinge die Taverne mit einem Mal an einem unsichtbaren Bungee-Seil, schnalzte sie wieder nach oben und krachte dann am Ufer des Baches auf die Erde – wo sie in einen Haufen Stöcke zerbarst.

»Sind alle am Leben?«, fragte Conner, während er und Alex sich Staub und Aststücke von den Kleidern bürsteten.

Ihre Freunde, die Soldaten und sämtliche Hexen stöhnten – allesamt waren sie vom Schutt des ehemaligen Wirtshauses übersät. Goldlöckchen setzte sich auf und übergab sich im nächsten Moment erneut.

»War dafür nun das Baby oder der Sturz verantwortlich?«, fragte Jack.

»Da bin ich mir nicht sicher«, meinte Goldlöckchen.

Gargoylia, die noch immer mit einigen um ihre Glieder geschlungenen Ranken kämpfte, raste vor Wut. »Ihr habt unsere Schänke zerstört!«, brüllte sie. »Dafür werdet ihr bezahlen!«

»Schreiben Sie uns eine Rechnung«, meinte Conner und half seiner Schwester und seinen Gefährten auf die Füße.

»Was ist aus dem Maskenmann geworden?«, erkundigte sich Froggy.

Conner schielte zu Alex hinüber, doch sie brachte es nicht über sich, die Worte auszusprechen. Ihre Freunde hatten Monate ihres Lebens dafür geopfert, sie bei der Suche nach ihm zu unterstützen, bloß um am Ende mit leeren Händen dazustehen. Diese Schuld war ihr unerträglich, und Alex' Leben schien ihr in diesem Augenblick ebenso hoffnungslos in Trümmern zu liegen wie das Gasthaus.

»Er ist weg«, erklärte Conner den anderen. »Ins Nichts verschwunden.«

Weniger als eine Stunde später hatten sich Sir Lampton und eine kleine Truppe Soldaten aus dem Königreich des Gläsernen Schuhs zu den Gefährten an die zerstörte Taverne gesellt. Sie waren in den nahen Wäldern stationiert gewesen, für den Fall, dass die Zwillinge Verstärkung nötig hätten. Nun nahmen sie die verbliebenen Männer der Grande Armée und auch die Hexen fest und legten allesamt in Fesseln.

Alex saß derweil auf einem Felsblock am Ufer des Baches und versuchte, nach den Ereignissen der Nacht einen klaren Kopf zurückzugewinnen. Conner ging zu ihr hinüber und legte ihr eine Hand auf die Schulter.

»Etwas Positives hat uns diese Aktion immerhin beschert: Wir haben jetzt die Gewissheit, dass keine dieser Hexen hinter den Kindesentführungen steckt«, tröstete er sie.

Obwohl Alex es niemals zugegeben hätte, waren die verschollenen Kinder vorübergehend das Letzte, woran sie dachte.

»Ich hätte nie erwartet, dass er sich lieber selbst umbringen würde, als uns gegenüberzutreten«, murmelte sie. »Wenn ich geahnt hätte, dass er springt, hätte ich die Schänke um nichts in der Welt aufsteigen lassen!«

»Aber … hast tatsächlich *du* sie aufsteigen lassen – oder ist das einfach so *passiert*?«, vergewisserte sich Conner. »In letzter Zeit sind nämlich eine Menge Dinge schlicht *passiert.*«

Alex verdrehte die Augen, stand auf und kehrte ihrem Bruder den Rücken zu, doch als sie davoneilen wollte, folgte er ihr.

»Seit du den Maskenmann dazu bewegt hast, sein Gesicht zu entblößen, bereitet es dir Probleme, deine Kräfte zu kontrollieren«, sagte er. »Ich meine ja bloß, dass du da aufpassen solltest –«

»Wieso nennst du ihn immer noch den Maskenmann?«, schrie Alex ihren Bruder an. »Er ist unser *Vater*, Conner! Ich weiß doch, was ich gesehen habe! Warum glaubst du mir nicht?«

»Ich hätte nicht die letzten fünf Monate damit zugebracht, gemeinsam mit dir nach ihm zu suchen, wenn ich nicht überzeugt wäre, dass du … *etwas* … gesehen hast«, erwiderte er. »Ich bin bloß nicht bereit, unumstößlich zu akzeptieren, dass er unser Vater ist, bis ich mich mit eigenen Augen davon überzeugt habe.«

Alex seufzte. »Tja, jetzt ist er tot, somit braucht keiner von uns sich je wieder Gedanken um ihn zu machen«, sagte sie. »Ich wünschte nur, ich wäre rechtzeitig zur Stelle gewesen, um ihm zu helfen – ihn zurückzuverwandeln in jenen Mann, den wir gekannt haben.«

Conner nickte. »Dafür kannst du nun all deine Kraft darauf verwenden, dich selbst wieder in Ordnung zu bringen.«

Er war nicht annähernd so aufgewühlt wie seine Schwester, denn er hatte in Wirklichkeit nie geglaubt, dass es sich bei dem Maskenmann tatsächlich um ihren Vater handelte. Ganz gleich, wie oft Alex ihm die Szene schilderte: Conner war klar, dass ihr Dad der Märchenwelt nie in seinem Leben das hätte antun können, was der Maskenmann verbrochen hatte. Das wiederum seiner Schwester zu gestehen, wagte er jedoch auch nicht.

»Was sollen wir mit der Grande Armée und den Hexen anstellen?«, rief Sir Lampton zu den Zwillingen hinüber.

»Bringt die Franzosen ins Pinocchio-Kittchen«, wies Alex ihn an, »aber lasst die Hexen laufen – ich möchte ohne jeden Zweifel deutlich machen, dass ich nichts gegen sie habe.«

»Jawohl, gute Fee«, salutierte Sir Lampton.

Ein Soldat aus dem Königreich des Gläsernen Schuhs brach aus den nahen Bäumen und rannte an Sir Lamptons Seite.

»Sir, wir haben den gesamten Wald durchkämmt, aber der Maskenmann ist wie vom Erdboden verschluckt«, berichtete er. »Besonders gründlich haben wir jenen Bereich abgesucht, über dem er ganz gewiss abgestürzt ist, doch nirgends eine Leiche oder auch nur den Hauch einer Spur entdeckt.«

Alex und Conner starrten einander schreckensstarr an.

»Was?«, japste Alex. »Ist er womöglich noch am Leben?«

»Wie sollte er einen solchen Absturz überlebt haben?«, fragte Conner baff.

Alex' Blick schoss am Ufer umher und blieb schließlich an Colonel Rembert hängen. Sie stürmte auf ihn zu, und abermals fingen ihre Haare zu schweben und die Augen zu glühen an. Erneut hatte die Wut Besitz von ihr ergriffen.

»Alex? Was tust du da?«, rief Conner und setzte ihr nach.

Ehe er allerdings Gelegenheit hatte, sie aufzuhalten, erwachten die Bäume ringsum zum Leben, schnappten sich mit ihren Ästen jeden der Anwesenden – mit Ausnahme von Alex – und pressten sie sich dicht an die Stämme. Conner, seine Freunde, die Hexen und die Soldaten sowohl der Grande Armée als auch des Königreichs des Gläsernen Schuhs wurden alle miteinander zu Geiseln von Alex' Unterbewusstsein.

Der Baum, der sich Colonel Rembert gegriffen hatte, löste seine Wurzeln aus dem Erdreich, trat zu Alex hinüber und ließ den Oberst vor ihrer Nase in der Luft baumeln.

»Wie hat er den Fall überlebt? Sie wissen Bescheid, ganz bestimmt!«, schrie sie ihn an.

»Ich versichere Euch, Mademoiselle, dem ist nicht so«, sagte er.

Der Baum packte fester zu – und er war nicht der Einzige: Sämtliche Bäume quetschten auf einen Schlag ihren Gefangenen beinahe die Luft ab.

»Alex! Beruhige dich! Du tust uns weh!«, flehte Conner.

Seine Schwester war wie besessen – derart außer sich vor Wut hatte Conner sie noch nie erlebt. Um sich her nahm sie nichts mehr wahr; all ihre Aufmerksamkeit galt allein Colonel Rembert und der Antwort, die sie aus ihm herauszupressen versuchte.

»Was bewirkt der Trank, den er aus dem Feenpalast gestohlen hat?«, wollte sie wissen. »Und was benötigt er noch, um diese Armee zu rekrutieren, von der er geredet hat?«

»Das hat er uns nie verraten!«, beteuerte Rembert. »Er war immer sehr geheimnisvoll!«

Die Zweige schlangen sich um den Hals des Obersts und würgten ihn.

»Dann müssen Sie zumindest ahnen, wohin er unterwegs ist!«, rief Alex aus. *»Heraus damit!«*

Rembert japste nach Atem und vermochte kaum noch zu sprechen. »Ich … habe … keine … Ahnung …« Er hustete. »Das … schwöre … ich!«

»ALEX, ES REICHT!«, brüllte Conner.

Alex kam ruckartig zur Besinnung, und die Bäume gaben ihre Opfer frei und kehrten an ihre Plätze zurück. Ebenso verwirrt wie bestürzt wanderten Alex' Augen über die Umstehenden und das, was sie soeben angerichtet hatte – ganz so, als wäre sie wie für einen Moment ein völlig anderer Mensch gewesen.

Ihr Bruder und ihre Freunde sahen sie schockiert an. Keiner von ihnen – Alex selbst eingeschlossen – hatte sich vorstellen können, dass Alex zu so etwas imstande war.

»Es tut mir so leid!«, flüsterte Alex, und Tränen traten ihr in die Augen. »Ich habe keinen blassen Schimmer, was eben über mich gekommen ist!«

Sie bedeckte ihr Gesicht mit den Händen und hastete in den

Wald. Ihr Bruder unternahm nicht einmal den Versuch, ihr zu folgen; es war offensichtlich, dass sie allein sein wollte.

»Ich fürchte, unsere Jagd nach dem Maskenmann ist alles andere als vorbei«, stellte Froggy fest und durchbrach damit die angespannte Stille.

Conner nickte, doch es war nicht die weitere Suche, vor der es ihm und seinen Gefährten graute. *Sie fürchteten sich vor seiner Schwester.*

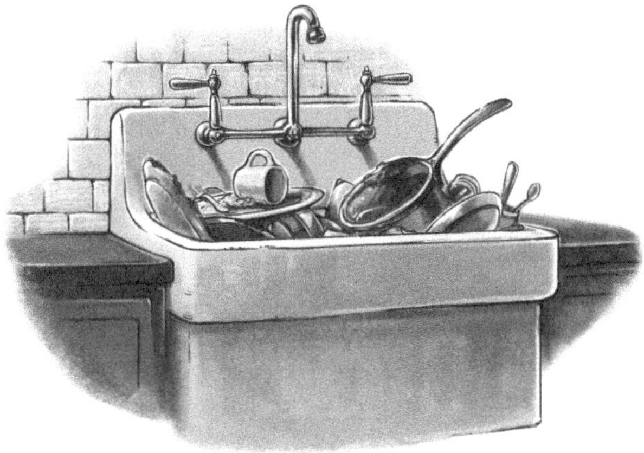

Kapitel 2

»Stimmen Sie der Kostenübernahme zu?«

Emmerich Himmelsbach stand an der Küchenspüle und schrubbte Rinderfiletflecken von einem Stapel Teller. Es war der inzwischen einhundertsechsundvierzigste Abend in Folge, an dem er den Abwasch erledigte (nicht, dass er mitgezählt hätte), und falls er seiner Mutter glauben durfte, hatte er noch rund zweitausend weitere Tage Strafarbeit abzuleisten.

Soweit Frau Himmelsbach informiert war, hatte sich ihr Sohn Emmerich fünf Monate zuvor für kurze Zeit einem amerikanischen Kleinkriminellen angeschlossen und mit ihm eine mehrwöchige Spritztour unternommen. Nach seiner Rückkehr hatte seine Mutter Emmerich die Leviten gelesen, ihm sämtliche Vergünstigungen entzogen und Spüldienst aufgebrummt, bis er alt genug wäre, um von zu Hause auszuziehen. Emmerich jedoch empfand das als geringen Preis dafür, dass er das in seinen Augen größte Abenteuer seines Lebens bestanden hatte. Außerdem bestand die wahre Bestrafung für ihn darin, die Wahrheit über seine kleine Exkursion absolut geheim halten zu müssen.

Tag für Tag verging keine Sekunde, in der Emmerich nicht zurückdachte an die faszinierenden Menschen und Wesen, die er getroffen, und an all die unglaublichen Orte, die er in der Märchenwelt zu Gesicht bekommen hatte. Geradezu verzweifelt sehnte er sich danach, mit jemandem über seine Erlebnisse reden zu können, doch die einzige Person, mit der das möglich gewesen wäre, lebte auf der anderen Seite des Atlantiks.

An diesem Abend hatte er seinen Geschirrstoß bereits halb bezwungen, als das Telefon zu läuten begann. Emmerich achtete zunächst kaum darauf, da er davon ausging, dass seine Mutter im Nebenzimmer abheben würde. Nach dem siebten Klingeln jedoch trocknete er sich die Hände ab und griff zum Hörer.

»Hallo?«, fragte er in die Sprechmuschel.

»Emmerich Himmelsbach?«, erwiderte eine Frauenstimme mit amerikanischem Akzent.

»Ja?«, machte der deutsche Junge und wunderte sich derweil, woher diese Fremde seinen Namen kannte.

»Ich habe ein R-Gespräch für Sie in der Leitung, von einer Miss Bree Campbell in den USA«, erklärte die Telefonistin. »Stimmen Sie der Kostenübernahme zu?«

Emmerich war nicht ganz klar, was sie damit meinte, doch wenn Bree versuchte, ihn zu kontaktieren, dann konnte es nur eine Antwort geben. »Ich schätze schon«, meinte er.

Als Nächstes vernahm er ein Klicken, und Sekundenbruchteile später drang eine hektische, gestresste, allerdings sehr vertraute Stimme an sein Ohr.

»Emmerich? Bist du das?«, raunte Bree.

»Bree! Ich … ich … ich hatte gerade an dich gedacht!«, stotterte Emmerich. Er war so begeistert von der unverhofften Gelegenheit, sich endlich mit ihr zu unterhalten, dass ihm seine Englischkenntnisse beinahe komplett entfallen waren.

»Ich auch an dich«, wisperte sie zurück.

»Wieso flüsterst du? Ist alles in Ordnung?«, erkundigte sich Emmerich.

»Mir geht es gut, aber ich kann nicht lange reden«, sagte Bree. »Hier ist es noch ganz früh am Morgen. Ich verstecke mich in der Abstellkammer unseres Schulhausmeisters. Nirgendwo sonst wäre ich ungestört gewesen. Wo bist du? In Sicherheit?«

Emmerich ließ den Blick durch die Küche schweifen und zuckte mit den Schultern. »Jep, alles sicher hier.«

»Gut«, entgegnete Bree. »Ich musste unbedingt mit dir sprechen! Meine Eltern haben mir Hausarrest bis zum Schulabschluss aufgebrummt, weil ich während unserer Klassenreise abgehauen bin. Ich habe es gerade erst geschafft, sie davon zu überzeugen, mir mein Handy wiederzugeben. Danke übrigens, dass du diesen Anruf bezahlst – andernfalls hätten meine Eltern ihn nämlich auf unserer Telefonrechnung entdeckt.«

»Ich habe nach unserer Rückkehr auch mächtig Ärger bekommen«, berichtete Emmerich. »Meine Mutter zwingt mich seither jeden Abend, den Abwasch zu machen! Wie schlimm hast du es getroffen?«

Bree seufzte. »Geschirrspülen, Staubsaugen, Gartenarbeiten und jede andere Quälerei, die ihnen einfällt«, zählte sie auf. »Aber pass auf, es gibt da etwas, worüber wir wirklich dringend reden müssen! Ich habe eine Menge über unseren Ausflug in die Märchenwelt nachgegrübelt –«

»Ich denke an nichts anderes mehr!«, unterbrach Emmerich sie. »Kein Tag verstreicht, an dem ich mir nicht wünsche, wir könnten irgendwie aufs Neue dorthin gelangen.«

»Mir geht es genauso!«, rief Bree aus. »Ich vermisse das magische Land so sehr, dass ich damit begonnen habe, Pläne für eine neue Reise nach Neuschwanstein zu schmieden, damit wir noch einmal das Portal benutzen können.«

»Das wäre zu schön!«, meinte Emmerich. »Aber um es zu aktivieren, bräuchten wir jemanden mit magischem Blut, der die Panflöte spielt – und wir haben weder diesen Jemand noch das Instrument.«

»Exakt meine Gedanken«, meinte Bree. »Also habe ich mir den Kopf zerbrochen, wie sich das Portal noch in Gang setzen ließe, und alles zusammengetragen, was wir über den Mechanismus und seine Funktionsweise wissen – und mir ist klar, dass ich zu viele Krimis lese, *aber … ich glaube, ich habe in dem, was wir erzählt bekommen haben, ein klaffendes Loch ausgemacht!*«

Emmerich war verwirrt. »Du meinst, die Märchenwelt hat ein Loch?«, fragte er.

»Kein echtes Loch – aber die Erläuterung, die wir erhalten haben, ist löchrig wie ein Schweizer Käse«, berichtigte sie. »Ich habe viel über das Portal gebrütet, durch das wir gereist sind, um ins magische Land zu gelangen, und etwas daran scheint mir ganz und gar keinen Sinn zu ergeben.«

»Und das wäre?«, drängte Emmerich.

»Die Grande Armée hat zweihundert Jahre in ebendiesem Portal festgesteckt«, erläuterte Bree. »Also frage ich mich: Wenn die französischen Soldaten derart ewig darin gefangen waren, wieso sind wir dann so flugs hindurchgerauscht? Hätten wir nicht ebenso lang hängenbleiben sollen wie General Marquis und seine Männer?«

Emmerich kniff ein Auge zu, runzelte angestrengt die Stirn und rätselte. »Aber Conner und Mutter Gans haben das Portal auch benutzt, und die beiden sind immer mühelos durchgekommen.«

»Haargenau!«, frohlockte Bree und vergaß dabei ganz zu flüstern. »Was also unterscheidet Mutter Gans und Conner von der Grande Armée?«

Emmerich riet ins Blaue hinein: »Sie sind keine Franzosen?«

»Nein«, gab Bree zurück. »Sie konnten das Portal ohne Probleme passieren, weil *Magie in ihren Adern fließt*! Was bedeutet, dass du und ich ebenfalls Magie im Blut haben müssen! Das ist die einzige Erklärung!«

Emmerich klappte der Mund auf. Ihm war vollkommen schleierhaft, wie das möglich sein sollte, doch er wollte mit jeder Faser seines Wesens daran glauben.

»Aber wie?«, fragte Emmerich. »Wir sind mit niemandem aus der Märchenwelt verwandt.«

»An dieser Stelle wird meine Theorie ein bisschen heikel«, antwortete Bree. »Wenn ich mich recht erinnere, hat Mutter Gans ein wenig ihres Bluts mit dem von Wilhelm Grimm vermischt, damit er mit seinem Panflötenspiel die Grande Armée in das Portal sperren konnte –«

»Sollte ich das besser mal mitschreiben?«, fragte Emmerich.

Bree redete weiter, während er nach Stift und Papier kramte. »Du und ich, wir sind beide deutscher Abstammung«, erklärte sie. »Somit besteht die absolut realistische Chance, dass wir Nachfahren von *Wilhelm Grimm* sind!«

Emmerich schnappte nach Luft. *»Du meine Güte«*, sagte er auf Deutsch, und seine rosigen Wangen wurden blass. »Das würde ja bedeuten, dass du und ich entfernt miteinander verwandt sind!«

Am anderen Ende der Leitung grinste Bree von einem Ohr zum anderen – sie hatte lange darauf hingefiebert, diese Erkenntnis mit jemandem zu teilen. »Und außerdem, dass es uns eventuell ganz ohne fremde Hilfe gelingen kann, ein Portal ins magische Land zu öffnen!«

Emmerich unterdrückte einen Freudenschrei, damit seine Mutter nicht auf ihn aufmerksam wurde. »Aber wie lässt sich das zweifelsfrei überprüfen?«

»Wir werden ein bisschen Ahnenforschung betreiben müssen«, meinte Bree. »Für mich wird das schwieriger, da meine Eltern mir derzeit so ziemlich alles außer Atmen verbieten, und ich kann ihnen schließlich schlecht freimütig erzählen, weshalb ich mich plötzlich so für meine deutschen Vorfahren interessiere – aber einen Versuch ist es allemal wert!«

Irgendwo im Gebäude hinter Bree ertönte eine Klingel.

»Ich muss Schluss machen«, raunte sie. »Ich bin so schon spät dran für meine nächste Unterrichtsstunde. Sobald ich ein wenig über meine Familie in Erfahrung gebracht habe, rufe ich dich wieder an. Probier du in der Zwischenzeit auch, möglichst viel über deine herauszubekommen.«

»Alles klar!«, erwiderte Emmerich und flüsterte dann auf Deutsch: *»Viel Glück!«*

Sie verstand ihn ohne Übersetzung: »Dir auch *viel Glück*!«

Bree beendete den Anruf und seufzte vor Erleichterung. Beinahe fühlte es sich an, als wäre ihr nun, da sie endlich mit Emmerich gesprochen hatte, eine tonnenschwere Ladung Backsteine von den Schultern genommen. Stattdessen wurde ihr Körper jetzt mit Adrenalin geflutet. Bree und Emmerich standen ganz kurz vor der größten Entdeckung ihres jungen Lebens.

Bree erhob sich von dem umgedrehten Eimer, auf dem sie gesessen hatte, und drückte die Tür der winzigen Abstellkammer auf. Draußen wurde sie jedoch sogleich von vier Mädchen belagert, die sie bedauerlicherweise zu ihren Mitschülerinnen zählte.

»Komischer Ort, um ein Telefongespräch zu führen, so ein Abstellraum, meinst du nicht?«, fragte Mindy mit vielsagend hochgezogener Augenbraue.

Mindy, Cindy, Lindy und Wendy – die vier Mitglieder des Leseclubs, auch bekannt als Bücherkuschlerinnen – hatten offenkundig vor der kleinen Kammer Spalier gestanden. Bree versuchte, sich an ihnen vorbeizudrängen, doch die vier verstellten ihr den Weg.

»Mädels, ihr folgt mir schon seit Monaten«, sagte Bree und rollte gequält die Augen. »Ihr müsst damit langsam mal aufhören – allmählich wird es wirklich gruselig!«

»Mit wem hast du gesprochen, Bree?«, wollte Cindy wissen. In ihrer Stimme lag stets eine leichte Schwingung, die dem üppigen Metallgeflecht ihrer Zahnspange geschuldet war.

»Das geht euch überhaupt nichts an«, erklärte Bree und mühte sich erneut, an den Freundinnen vorbeizugelangen.

»Genau genommen tut es das sehr wohl«, gab Lindy zurück und beugte sich nach vorn; aufgrund ihrer Größe schwebte sie somit nun über Bree wie eine menschliche Straßenlaterne. »Wir sind in diesem Halbjahr von Rektorin Peters zur Fluraufsicht eingeteilt worden – alles, was während der Unterrichtszeit außerhalb der Klassenräume passiert, fällt damit in unseren Zuständigkeitsbereich.«

Wendy, die dafür berüchtigt war, dass sie immerzu schwieg, verschränkte die Arme vor der Brust und nickte eifrig.

Bree schloss fest die Augen, um nicht in Versuchung zu kommen, sie erneut zu verdrehen. »Fragt sich nur, wie ihr die Zeit finden wollt, auch noch die Gänge zu kontrollieren, wo ihr doch schon vollauf mit eurem Leseclub und meiner Beschattung ausgelastet seid«, meinte sie.

»Den Leseclub haben wir aufgegeben«, verkündete Mindy. Dann warf sie sich gewichtig ihre unverkennbaren Flechtzöpfe über die Schulter, als wäre sie soeben zu etwas wesentlich Bedeutsamerem befördert worden.

»Wir haben beschlossen, unsere Energie auf eine andere Leidenschaft zu konzentrieren«, sagte Cindy. »Deshalb haben wir einen brandneuen Club gegründet.«

»Den Verschwörungsclub!«, schmetterte Lindy beglückt. »Jetzt können wir uns unser kleines Hobby, ein Auge auf verdächtige Vorkommnisse zu haben, als außerschulische Aktivität anrechnen lassen!«

Bree stießen einen langen, leidgeprüften Seufzer aus. Ganz gleich, wie das Quartett sich nannte: Für sie würden die vier Nervensägen stets die Bücherkuschlerinnen bleiben.

»Zum eintausendsten Mal: Alex und Conner sind an eine Schule in Vermont gewechselt«, beharrte sie. »Sie wurden weder von Aliens entführt noch von Bigfoot verschleppt und auch nicht von einer fleischfressenden Pflanze verschluckt – oder was auch immer ihr euch sonst noch zusammenfabuliert.«

Mindy warf den anderen einen schnellen Blick zu. »Fleischfressende Pflanzen … Hmm … daran hatten wir noch gar nicht gedacht …«

»Was ich euch zu vermitteln versuche, ist, dass mit ihnen alles in bester Ordnung ist! Sucht euch endlich ein eigenes Leben, allesamt!«, rief Bree.

»Wieso bekommen wir das eigentlich von jedem zu hören, mit dem wir uns über diese Geschichte unterhalten?«, entrüstete sich Cindy. »Mrs. Peters, die Dame von der Schulaufsichtsbehörde, die Polizei, unsere Eltern … alle predigen sie uns, wir sollten etwas Besseres mit unserer Zeit anfangen! Wie können wir die Einzigen sein, die durchschauen, dass hier irgendetwas hochgradig faul ist?«

Wären ihre Mitschülerinnen ihr nicht bereits seit Monaten derart auf die Nerven gefallen, hätte es Bree beinahe ein schlechtes Gewissen bereitet, dass sie sie anlog. Cindy, Lindy, Mindy und Wendy hatten sich so erbittert in den Fall der verschwundenen Zwillinge verbissen; ihnen jene Informationen zu verweigern, nach denen sie lechzten, war beinahe, als würde man einem Hundewelpen sein Kauspielzeug vorenthalten.

»Tja, es war wie immer nett mit euch, aber jetzt bin ich spät dran«, meinte Bree und quetschte sich endlich mitten durch den kleinen Pulk.

»Ohne Entschuldigungszettel von der Fluraufsicht kriegst du fürs Zuspätkommen aber mächtig Ärger«, flötete Lindy, und die Mädchen tauschten ein boshaftes Grinsen.

»Dann schreibt mir einen«, sagte Bree, obwohl die schadenfrohen, selbstgerechten Mienen ihrer Gegenüber sie bereits ahnen ließen, dass es kaum so einfach werden würde.

»Bree, Bree, Bree«, tadelte Mindy kopfschüttelnd. »Wir kennen uns seit der Vorschule; du bist für uns wie eine Schwester.«

»Ich will überhaupt nicht eure Schwester sein.«

»Pass auf, wir schlagen dir einen Handel vor«, fuhr Mindy fort. »Wir tun dir einen Gefallen und petzen Mrs. Peters nicht, dass wir dich telefonierend in der Abstellkammer erwischt haben – wenn du uns einfach nur verrätst, wo Alex und Conner stecken. Schlicht und ergreifend.«

»Aber ihr könnt ja gar nicht belegen, dass ich telefoniert habe«, konterte Bree. »Ihr habt keinerlei Beweise.«

Mindys Kopf fuhr ruckartig zu den anderen dreien herum – das hatte keine von ihnen bedacht.

»Ich mache euch ein Gegenangebot«, fuhr Bree fort. »Schreibt mir doch einfach einen Entschuldigungszettel, der mir Unpünktlichkeit ohne eigenes Verschulden bescheinigt, und dafür erzähle ich euch, wo Alex und Conner tatsächlich sind.«

Über so viel Entgegenkommen waren die Bücherkuschlerinnen baff.

»Im Ernst?«, fragte Mindy.

»Klar!«, rief Cindy.

»Jep, wir sind schon dabei!«, trällerte Lindy.

Wendy nickte so heftig, dass sie sich beinahe einen Muskel gezerrt hätte.

Alle vier rissen ihre Blöcke aus den Schultaschen und kritzelten eine Notiz für Bree. Mindy war am flinksten und streckte ihr das Blatt entgegen. Bree begutachtete es eingehend und zuckte dann mit den Schultern.

»Cool, danke, Leute«, meinte sie und wandte sich zum Gehen.

»Halt! Jetzt musst du dein Versprechen einlösen!«, empörte sich Mindy.

Vor Aufregung gelang es den Bücherkuschlerinnen kaum, ihre Füße stillzuhalten, und sie wippten so hibbelig auf und ab, dass es beinahe aussah, als würden sie jeden Moment in die Hose machen.

»Oh, ich verrate es euch nicht *heute*«, erklärte Bree. »Davon war ja nie die Rede – aber *eines Tages*, da sage ich es euch ganz bestimmt. Wenn ihr ein Verschwörungsclub sein wollt, dann müsst ihr schon besser auf die Details achten.«

Bree eilte weiter den Flur entlang. Die Bücherkuschlerinnen

stierten ihr nach wie eine Rotte wütender Wildschweine kurz vor dem Angriff.

»Keine Sorge, Mädels«, beschwichtigte Mindy ihre Freundinnen. »Hier ist die letzte Klappe noch nicht gefallen – wir *werden* herausfinden, was wirklich mit den Bailey-Zwillingen geschehen ist, und wenn es das Letzte ist, was wir tun.«

Kapitel 3

Die Amtsenthebung

Seit zwei Wochen hast du nichts von dir hören lassen!«, schrie Charlotte aus dem magischen Spiegel. »Kannst du dir vorstellen, was eine Mutter durchmacht, wenn ihr Kind sich nicht meldet? Ich wünsche dir wirklich, dass du eines Tages selbst Kinder hast, die für Wochen und Monate am Stück spurlos verschwinden – bloß damit du begreifst!«

Conner saß in den Gemächern seiner Schwester im Feenpalast und wäre doch lieber an jedem anderen Ort gewesen. »Nein, Mom, ich habe keine Ahnung, wie sich das anfühlen muss«, murmelte er. »Und es tut mir leid, dass wir dich nicht informiert haben.«

»Das lasse ich mir nicht länger bieten!«, sagte sie nachdrücklich. »Wenn ich nicht mindestens zweimal in der Woche eine Nachricht von euch erhalte, marschiere ich höchstpersönlich in die Märchenwelt und hole euch alle beide nach Hause!«

»Mom, ohne Magie hast du gar keine Möglichkeit, ins magische Land zu gelangen –«, setzte Conner an, begriff jedoch sehr rasch, dass er diese Bemerkung besser für sich behalten hätte.

Charlotte zog beide Augenbrauen hoch und warf ihrem Sohn den garstigsten Blick zu, mit dem sie ihn je bedacht hatte. »Du glaubst also, ich würde keinen Weg in die Märchenwelt finden, Conner?«, fragte sie und wiegte den Kopf. »Mir ist vollkommen gleichgültig, wie unüberwindlich die Grenze zwischen den Dimensionen ist; nichts wird mich von meinen Kindern fernhalten. Magie hin oder her – ich werde schnurstracks durch diesen Spiegel kriechen und euch zurück hierherschleifen, wenn es sein muss!«

Conner war klar, dass es im Augenblick absolut nichts gab, das er hätte anführen können, um die Situation zu entschärfen. Die Zwillinge hatten ihre Mutter tatsächlich vernachlässigt, und so war die Strafpredigt, die Conner nun abbekam, nicht gänzlich unverschuldet.

»Mom, du hast jedes Recht, wütend zu sein, aber bitte, entspann dich mal ein bisschen –«

»Conner Jonathan Bailey, wag es ja nicht, mir zu sagen, ich solle mich entspannen!«, fuhr sie ihn an. Wann immer sie seinen kompletten Namen verwendete, wusste Conner, dass er in ernsten Schwierigkeiten steckte. »Wie soll ich mich denn bitte entspannen, während meine vierzehnjährigen Kinder in einer anderen Welt gegen Armeen und Drachen kämpfen?«

»Genau genommen war Grandma diejenige, die gegen den Drachen gekämpft und ihn besiegt hat«, warf Conner ein.

»Dieser Drache wird wie ein Lämmchen wirken gegen mich, wenn ich mich gezwungen sehe, euch einen Besuch abzustatten«, drohte Charlotte. »Und wo ist eigentlich deine Schwester? Wieso redet sie nicht mit mir?«

Die Zwillinge waren übereinstimmend zu dem Schluss gekommen, dass es am besten war, bei den Details ihrer jüngsten Eskapaden im Gespräch mit ihrer Mutter so vage wie möglich zu bleiben. In Anbetracht dessen, wie wütend sie bereits war, bloß weil Conner und Alex sich nicht regelmäßig meldeten, mochte Conner sich ihre Reaktion gar nicht ausmalen, sollte sie je erfahren, dass die beiden einem Mann nachjagten, bei dem es sich womöglich um ihren angeblich verstorbenen Ehemann handelte.

»Alex leitet gerade eine Sitzung des Rats der Feen«, erklärte Conner. »Sie ärgert dich nicht absichtlich; sie hat bloß eine Menge um die Ohren, seit Grandma nicht mehr da ist.«

Es fiel Conner schwer, die Wahrheit vor seiner Mutter geheim zu halten, besonders nachdem ihm täglich vor Augen stand, wie sehr sie Alex zusetzte. Beinahe wünschte er sich, seine Mutter würde tatsächlich einen Weg in die Märchenwelt finden und seine Schwester irgendwie wieder einnorden.

»Es kümmert mich nicht im Geringsten, wie wichtig oder mächtig ihr zwei inzwischen seid. Ich bin nach wie vor eure Mutter und verdiene ein wenig Respekt!«, schnaubte Charlotte. »Wenn Präsidenten und Könige es schaffen, hin und wieder ihre Mütter anzurufen, dann sollte das auch für meine Kinder machbar sein!«

Hinter Conner pochte es an der Tür, und Jack und Froggy streckten die Köpfe ins Zimmer. Conner nahm an, dass sie gelauscht hatten, denn beide wirkten noch wesentlich besorgter als gewöhnlich.

»Schon in Ordnung, Jungs, ihr könnt reinkommen«, meinte Conner. »Meine Mom staucht mich bloß gerade zusammen, weil ich sie nicht häufiger anspiegele.« Er versuchte, die Angelegenheit mit einem Lachen abzutun, doch die Mienen seiner beiden Freunde blieben ernst.

»Du wirst im großen Saal gebraucht«, sagte Froggy.

»Dort geht es ziemlich hitzig zu, zwischen dem Rat und deiner Schwester«, offenbarte Jack.

Conner seufzte – derzeit schien er kaum je eine Chance zum Luftholen zu haben, insbesondere im und um den Palast. »Mom, tut mir leid, aber ich muss mal wieder Feuerwehr spielen«, wandte er sich erneut an seine Mutter. »Ich verspreche dir, dass wir uns künftig mindestens zweimal in der Woche unterhalten. Und beim nächsten Mal schleppe ich Alex notfalls auch gegen ihren Willen vor den Spiegel.«

Charlotte verschränkte die Arme vor der Brust. »Eine letzte Sache noch, bevor du gehst!« Conner wappnete sich in Erwartung eines besonders schneidenden Kommentars.

»Ich liebe euch beide so, so sehr. Bitte passt auf euch auf«.

Ihre Worte brachen Conner das Herz. Er fragte sich, ob sie von Beginn an geplant hatte, ihr Gespräch auf diese Weise zu beenden. Seine Mutter verstand es meisterhaft, ihm Schuldgefühle zu bescheren.

»Wir haben dich auch lieb, Mom«, sagte er. »Und mach dir keine Sorgen: Leute, die auf uns achtgeben, gibt es hier zuhauf. Bitte richte Bob schöne Grüße von uns aus.«

Charlottes Antlitz verblasste im Glas. Conner folgte Froggy und Jack aus dem Raum und die Stufen hinunter in den großen Saal des Feenpalasts. Gerade noch hatte er die Stimmung zwischen sich und seiner Mutter als angespannt empfunden, doch in der Halle war die Atmosphäre derart drückend, dass er das Gefühl hatte, kaum atmen zu können.

Die Mitglieder des Rates der Feen standen aufgereiht hinter ihren jeweiligen Podien, während Alex vor ihnen auf und ab tigerte. Conner erkannte bereits von weitem, dass seine Schwester fuchsteufelswild war.

Alex hatte ihre Erscheinung in den letzten Monaten stark verändert, so dass nunmehr nichts daran an ihre verstorbene Großmutter erinnerte. Die blaue Robe, die funkelte wie die Sterne am Nachthimmel, war einem schlichteren grünen Kleid gewichen, aus dessen Nähten Wildblumen hervorwucherten; ihr Haar trug sie länger als je zuvor, und der schmale Haarreif hielt es mehr schlecht als recht aus ihrem Gesicht. Ihren Zauberstab benutzte Alex kaum noch – selbst er erinnerte sie zu sehr an die einstige gute Fee.

Conner, Jack und Froggy gesellten sich zu Rotkäppchen und Goldlöckchen weiter hinten im Raum. Beide Frauen waren sehr still und starrten betreten zu Boden.

»Was ist denn los?«, erkundigte Conner sich flüsternd.

»Der Rat bedrängt Alex, ihre Suche nach dem Maskenmann abzublasen«, wisperte Goldlöckchen zurück. »Und das nimmt sie gar nicht gut auf.«

So viel war offensichtlich. Alex schaffte es kaum, den übrigen Ratsmitgliedern in die Augen zu blicken.

»Ich begreife nicht, weshalb keiner von euch mir zuhört«, fauchte sie.

»Wir hören zu«, betonte Emerelda. »Aber wir sind nicht einverstanden mit dem, was du sagst.«

»Und womit genau seid ihr nicht einverstanden?«, konterte Alex und wurde dabei immer lauter. »Der Maskenmann treibt sich noch immer dort draußen herum! Er ist gefährlich, und wir müssen ihn finden – Ende der Diskussion!«

»Der Maskenmann ist ein Verbrecher«, meinte Xanthous. »Aber wir betrachten ihn nicht länger als allzu große Bedrohung, zumal der Rest der Grande Armée schließlich geschnappt worden ist. Fünf Monate lang haben wir deine Jagd nach ihm unterstützt. Es ist bedauerlich, dass er bisher nicht gefasst wurde, doch allmählich wird es Zeit, unsere Aufmerksamkeit dringlicheren Dingen zuzuwenden.«

»Noch immer werden zwölf Kinder aus dem Königreich des Gläsernen Schuhs und ebenso viele aus dem Königreich an der Ecke vermisst«, rief Skylene der Runde ins Gedächtnis.

»Und ich wette, dahinter steckt der Maskenmann«, sagte Alex. »Er hat selbst erklärt, dass er sich inmitten eines gigantischen Coups befindet, den er mehr als ein Jahrzehnt lang geplant hat. Es würde mich nicht wundern, wenn er die Kinder entführt hätte, um sich die Aufmerksamkeit der Hexen zu sichern. Er braucht ihre Hilfe, um eine weitere Armee zu rekrutieren – also hat er alles so eingefädelt, dass die Welt nun am Rand einer Hexenjagd steht, mit dem Ziel, ihnen Angst einzujagen und einreden zu können, dass sie seinen Schutz nötig haben!«

Ganz gleich, wie logisch Alex selbst ihre Argumentation erscheinen mochte: Der Rat der Feen weigerte sich, einen Zusammenhang zwischen den Vorkommnissen zu sehen. Alex tat ihr Bestes, um Ruhe zu bewahren, doch sie spürte den Zorn wie heiße Lava in sich hochkochen.

»Ja, das hast du uns schon einmal erzählt«, meinte Mandarina. »Der Maskenmann plant, eine Armee aufzubauen, die ›unsere wildesten Vorstellungen sprengt‹, und zwar mittels des Zaubertranks, den er aus den Gemächern deiner Großmutter gestohlen hat.«

»Wir verstehen, weshalb dich das beunruhigt«, versicherte Emerelda. »Trotzdem klingt mir das Ganze eher nach den Hirngespinsten eines wahnhaften Mannes statt nach einem gut durchdachten Plan.«

Alex schüttelte den Kopf; sie war sturer als sämtliche übrigen Ratsmitglieder zusammengenommen. »Ich bin die gute Fee, und zu der bin ich geworden, weil ich meinem Herzen gefolgt bin«, beharrte sie. »Jetzt sagt mein Herz mir, dass der Maskenmann etwas im Schilde führt. Und ich werde mich nicht umstimmen lassen, ehe er hinter Schloss und Riegel sitzt.«

Die Mitglieder des Rats der Feen tauschten schiefe Blicke. Genau das hatten sie befürchtet.

Emerelda schloss die Augen und holte tief Luft. »Das ist keine Bitte, Alex«, stellte die grüne Fee klar. »Entweder du brichst die Suche nach dem Maskenmann ab, oder wir werden gezwungen sein, gewisse Maßnahmen gegen dich in die Wege zu leiten.«

Schlagartig verdoppelte sich die Anspannung im Saal nochmals. Alex spähte über die Schulter zu Conner und ihren Freunden, die jedoch ebenso baff waren wie sie selbst.

»Wie bitte?«, fragte Alex und verschränkte die Arme vor der Brust. »Was soll das heißen?«

»Als Mitglieder der Märchenunion ist es unsere Aufgabe, diese Gemeinschaft zu schützen«, sagte Xanthous. »Und wenn unsere Anführerin Entscheidungen trifft, die wir alle ablehnen und die womöglich den Königreichen schaden, dann dürfen wir nicht tatenlos danebenstehen und zuschauen.«

Alex warf die Arme in die Luft. »Nur für den Fall, dass ihr es vergessen habt: Wären mein Bruder und ich nicht gewesen, wärt ihr alle tot! Nicht ich bin eure Feindin – der Feind ist dort draußen, und ihr verplempert kostbare Zeit!«

»Du hast Jack und Goldlöckchen damit beauftragt, eine Suchmannschaft zusammenzustellen, die den Maskenmann und seine Komplizen aufspüren soll«, mischte sich Rosetta ein. »Überlass also ihnen diese Aufgabe, damit dieser Rat sich auf wichtigere und nützlichere Dinge konzentrieren kann.«

»Das war, ehe ich entdeckt habe, wer der Maskenmann in

Wirklichkeit ist!«, platzte Alex heraus. Sie hatte inständig gehofft, dass die Rede darauf nicht kommen würde.

»Alex, hör dir selbst einmal zu«, tadelte Skylene. »Dein Urteilsvermögen ist vollkommen getrübt, weil du dir einbildest, dieser Mann sei dein Vater.«

»Ich *weiß*, dass er mein Vater ist! Ich habe sein Gesicht mit eigenen Augen gesehen!«, sagte sie. »Nachdem mein Urteilsvermögen und Bauchgefühl nun schon so oft diese Welt gerettet haben – wieso widersetzt ihr euch mir da diesmal so?«

»Dein Vater ist vor vier Jahren in der Anderswelt gestorben«, entgegnete Xanthous. »Der Maskenmann hat mehr als ein Jahrzehnt im Pinocchio-Kittchen verbracht. Er kann nicht derselbe Mann sein – das ist schlicht unmöglich.«

»Du behauptest, deinem Vater nur zwei Tage nach dem Tod deiner Großmutter begegnet zu sein«, sagte Emerelda. »Manchmal, wenn wir von Situationen überfordert sind, gaukelt unser Gehirn uns etwas vor, das wir uns *wünschen* – anstelle dessen, was tatsächlich da ist.«

Emereldas Unterstellung entsetzte Alex zutiefst. Sie spürte, wie ihr das Blut in den Adern zu sieden begann – und ahnte, dass es nicht mehr lange dauern würde, bis sie erneut die Kontrolle über ihre Wut verlor.

»Ihr denkt also, ich *wollte* meinen Vater unter dieser Maske sehen?«, fragte sie. »Ihr meint, ich habe mich danach gesehnt, jede Nacht wach zu liegen und mich mit der Frage zu quälen, wie mein Vater zum mordenden Dieb werden konnte? Oder weshalb er seinen Kindern seinen Tod vorgegaukelt hat? Mir ist bewusst, dass die Fakten nicht alle zusammenpassen, dass nicht alles einen Sinn ergibt – aber hättet ihr mir vor vier Jahren erzählt, dass die Märchenwelt wirklich existiert, dann hätte ich euch das auch nicht geglaubt.«

Die Mitglieder des Rats der Feen verdrehten entweder die Augen oder seufzten entnervt. Dass sie derart schwierig zu überzeugen waren, machte Alex fassungslos.

»Wenn ihr allesamt meine Schlussfolgerungen für absolut abwegig haltet, dann könnte es gut sein, dass wir es hier mit einem besonders ernsten Fall dunkler Magie zu tun haben – einer Form dunkler Magie, die uns vielleicht noch nie begegnet ist. Ich garantiere euch: Wenn wir diese Zeichen einfach ignorieren, werden wir das bitterlich bereuen«, sagte sie.

Conner schloss die Augen und atmete tief durch. Es schmerzte ihn, seiner Schwester dabei zuschauen zu müssen, wie sie praktisch um Respekt bettelte. Dennoch hätte er ihr ebenso wenig geglaubt, wäre er an der Stelle der übrigen Feen des Rats gewesen.

Emerelda waren sein Unbehagen und seine Zerrissenheit offenbar nicht entgangen, denn mit einem Mal lenkte sie aller Aufmerksamkeit auf ihn. »Conner, was hältst du denn von dieser Angelegenheit? Bist du überzeugt, dass deine Schwester tatsächlich gesehen hat, was sie glaubt?«

Conners Eingeweide verknäulten sich, als unvermittelt sämtliche Blicke auf ihm ruhten. Seine Schwester wandte sich mit großen, flehenden Augen zu ihm um; wenn es einen Menschen gab, der in der Lage wäre, den Rat von ihrer Glaubwürdigkeit zu überzeugen, dann war es Conner. Er war stets an ihrer Seite gewesen, schon vor ihrer Geburt.

»Ich … ich … ich weiß es nicht«, murmelte Conner. Er tat einen Schritt auf Alex zu, in der Hoffnung, so die zahlreichen Augenpaare, die auf sie gerichtet waren, ausblenden zu können. »Alex, dieser Rook hat dir das Herz gebrochen, wir haben gegen eine Armee gekämpft, Grandma verloren, und du bist zur Anführerin der Märchenwelt befördert worden – und all das innerhalb weniger Tage. Wäre es nicht vorstellbar, dass Emerelda recht hat? Dass du dich vielleicht doch irrst mit dem, was du zu sehen gemeint hast?«

Alex fühlte sich, als hätte Conner ihr eine Faust in die Magengegend gerammt. Im gesamten Raum war ihr kein einziger Verbündeter geblieben, nicht einmal ihr eigener Bruder. Er hatte soeben bewiesen, was der Maskenmann ihr auf dem Dach des Hexenkessels prophezeit hatte: Am Ende war es stets die Familie, die einen am übelsten verriet.

Ein paar Tränen perlten Alex über die Wangen, ohne dass sie es auch nur bemerkte. Dennoch war sie nach wie vor nicht bereit nachzugeben.

»Es schert mich nicht, für wie verblendet ihr mich alle haltet«, verkündete sie. »Ich werde den Maskenmann finden und zeigen, dass ich recht habe – ob mit eurer Hilfe oder ohne.«

Nacheinander nickten die Ratsmitglieder Emerelda zu; der Moment, den sie alle gefürchtet hatten, war letztlich eingetreten.

»Dann bleibt uns leider keine Wahl«, sagte Emerelda. »Alex, dieser Rat vertritt die Einschätzung, dass du von deinen Gefühlen irregeleitet und somit gegenwärtig nicht in der Lage bist, der Märchenunion vorzustehen. Zum ersten Mal in der Geschichte der Welt sehen wir uns daher gezwungen, eine gute Fee des Amtes zu entheben.«

»WAS?«, brüllte Conner. Er traute seinen Ohren kaum. »Das kann doch nicht erlaubt sein?!«

»Als deine neuen Vorgesetzten befehlen wir dir, deine Suche nach dem Maskenmann unverzüglich aufzugeben«, meldete sich Xanthous. »Wir sind der Meinung, dass eine Fortführung dieser Jagd mehr Schaden als Nutzen bringen würde – daher wird alles, was du von nun an gegen den Wunsch des Rats unternimmst, als Verbrechen gewertet werden.«

»Das könnt ihr doch nicht machen!«, rief Jack.

»Sie hat ja gar nichts Falsches getan!«, empörte sich Goldlöckchen.

»Wir hatten gehofft, dass es so weit nicht kommen würde, aber ihr habt sie selbst gehört«, verteidigte sich Emerelda.

Nun war es Alex, auf der die gesamte Aufmerksamkeit lag. Alles Blut war ihr aus dem Gesicht gewichen, und sie war geradezu unheimlich still. Beinahe wähnte sie sich in einem schlimmen Albtraum gefangen: Einstige Gefährten und Mitstreiter, denen sie vertraut hatte, behandelten sie plötzlich wie eine Kriminelle.

Mit einem Mal gelang es Alex nicht mehr, ihre Emotionen zu unterdrücken. Sie spürte, wie Frust, Wut und Angst aus ihrem tiefsten Innern aufstiegen und ihren Körper fluteten, bis sie bald nur noch Taubheit empfand.

»O nein«, flüsterte Conner. »Jetzt wird es unschön.«

Alex' Augen fingen einmal mehr zu glühen an, ihr Haar hob sich vom Kopf, und sie lachte heulend auf. Dann stieg ihr ganzer Körper in die Höhe. Der Rat der Feen war starr vor Furcht – so hatte niemand Alex bisher erlebt.

»Was geschieht hier?«, fragte Xanthous panisch.

»Ihre Nerven gehen bloß ein bisschen mit ihr durch, das ist alles!«, beteuerte Conner. Er stellte sich zwischen Alex und die Feen und mühte sich verzweifelt, die Situation zu entschärfen. »Gebt ihr nur eine Minute Zeit, alles kommt wieder in Ordnung –«

Alex warf ihren Kopf in den Nacken und reckte einen Arm himmelwärts. Eine Reihe Lichtblitze schoss aus den Wolken und fuhr in die Podien der Ratsmitglieder, bis jedes einzelne davon explodiert war. Emerelda, Xanthous und ihre Kolleginnen brachten sich mit Hechtsprüngen in Sicherheit.

Panische Blicke flogen im Saal umher – keiner hatte die geringste Ahnung, was zu tun war.

»Ergreift sie!«, schrie Emerelda.

Geschlossen katapultierte sich der Rat ebenfalls in die Luft und kreiste Alex ein. Mit einer ausgreifenden Armbewegung zog Alex eine Flammenwand um ihren Körper hoch, so dass die Feen sie nicht erreichen konnten. Die Flammen loderten so kraftvoll auf, als würden sie aus einem Raketentriebwerk ausgestoßen – die Druckwelle schleuderte Conner quer durch den Raum. Ebenso plötzlich, wie es erschienen war, verschwand das Feuer jedoch auch wieder – und Alex mit ihm.

Im großen Saal wurde es so still, dass beinahe der rasende Herzschlag der Versammelten zu vernehmen war. Emerelda rannte zu Conner hinüber. Obwohl er gerade damit beschäftigt war, wieder auf die Füße zu kommen, bot sie ihm keine helfende Hand an.

»Wie lange geht das schon so?«, wollte sie mit weit aufgerissenen Augen wissen. Ihre Nasenflügel bebten.

»Es passiert immer mal wieder, seit ein paar Monaten«, murmelte Conner. »Aber *so etwas* hat sie noch nie veranstaltet!«

»Wieso hast du uns darauf nie aufmerksam gemacht?«, bohrte Emerelda. Ihr Tonfall glich ziemlich genau jenem, der Conner kurz zuvor von seiner Mutter aus dem Spiegel in Alex' Zimmer entgegengeschallt war.

»Ach, ich bitte euch«, meldete sich Rotkäppchen zu Wort in dem Versuch, die Atmosphäre ein wenig zu lockern. »Das ist die Pubertät! Als ich in ihrem Alter war, hatte ich ständig solche kleinen Wutanfälle! Allerdings niemals samt flammendem Inferno, und in Luft aufgelöst habe ich mich auch nie, zugegeben.«

»Das war kein kleiner Wutanfall!«, sagte Emerelda.

»Was ist denn dann mit ihr los?«, fragte Conner.

»Ich vermute, dass die Jagd nach dem Maskenmann deine Schwester derart ausgezehrt hat, dass ihr die Verbindung zu ihrem eigenen, innersten Wesen abhandengekommen ist«, mutmaßte Emerelda. »Sie hat keinerlei Kontrolle mehr über ihre Kräfte!«

»Na, das ist ja mal was Neues!«, bemerkte Conner trocken. »Und wie können wir ihr helfen?«

Emerelda überging seine Spitze und wandte sich wieder den übrigen Mitgliedern des Rats der Feen zu. »Ich möchte, dass ihr auf der Stelle sämtliche Königinnen und Könige der Märchenunion informiert«, wies sie sie an. »Sagt ihnen, dass sie mit sofortiger Wirkung jeden Kontakt zu Alex abbrechen sollen. Wir müssen sämtliche Energie bündeln und daransetzen, sie zu finden und zurückzubringen, mit allen notwendigen Mitteln.«

Conner schwirrte der Kopf. Innerhalb einer einzigen Ratssitzung war seine Schwester von der guten Fee zur meistgesuchten Person der Märchenwelt geworden.

»Sekunde mal.« Er trat vor die Ratsfeen. »Wir reden hier über *Alex*! Die Nerven sind mit ihr durchgegangen – wieso ist das eine so große Sache?«

Conner war nicht der Einzige, dem diese Frage auf der Seele brannte. Der gesamte Rat der Feen, Jack, Froggy, Goldlöckchen und Rotkäppchen drängten sich nun um Emerelda.

»Wir alle wissen, dass Alex sehr mächtig ist – die vielleicht mächtigste Fee, die uns je begegnet ist«, führte Emerelda aus. »Ihre Magie speist sich aus ihrem Herzen, doch was auch immer vor fünf Monaten in der Kammer der guten Fee zwischen ihr und dem Maskenmann vorgefallen sein mag, hat sie emotional vollkommen zerrüttet. Sofern wir sie nicht aufhalten – solange es ihr nicht gelingt, die Kontrolle über ihre Gefühle zurückzuerlangen –, besteht die Gefahr, dass sie sich selbst für alle Zeit verliert.«

»Okay«, sagte Conner. Der ernste Ausdruck in Emereldas Augen ängstigte ihn. »Also: Was kann ich tun?«

»Finde sie, ehe es zu spät ist«, erwiderte sie. »Etwas Vergleichbares habe ich erst ein einziges Mal miterlebt. Mehr als ein gebrochenes Herz war nicht nötig, um eine der talentiertesten Feen, die ich je getroffen habe, in ein abgrundtief böses und gefährliches Ungeheuer zu verwandeln. Damals waren die Umstände gänzlich anders, aber sämtliche Anzeichen ähneln sich.«

Conner schluckte. »Wen meinst du?«, fragte er.

Emerelda zögerte, den Namen der gefallenen Fee auszusprechen. *»Die Zauberin«*, sagte sie schließlich.

Kapitel 4

Gans auf der Flatter

Alex schlug die Augen auf. Zu ihrer Verblüffung stand sie auf einer Gewitterwolke im Zentrum eines tosenden Sturms. Regen prasselte aus sämtlichen Richtungen auf sie ein und durchnässte sie innerhalb von Sekunden bis auf die Knochen. Sie schlang sich die Arme um den Oberkörper und zitterte im eisigen Wind. Blitze zuckten in den Wolken unter ihren Füßen, und der Donner war ohrenbetäubend – beinahe so, als würden Dutzende von Kanonen ringsum gleichzeitig abgefeuert.

Alex hatte nicht den blassesten Schimmer, wo sie sich befand oder wie sie dorthin gelangt war. Ihre Erinnerungen waren allenfalls vage, und das Letzte, was ihr deutlich vor Augen stand, war der große Saal des Feenpalasts, wo sie mit dem Rat der Feen wegen des Maskenmannes gestritten hatte. Je länger die Diskussion angedauert hatte, desto wütender war sie geworden … Emerelda hatte Conner nach dessen Meinung gefragt, und an dieser Stelle ließ ihr Gedächtnis sie vollends im Stich … alles, was danach geschehen war, flackerte ihr nur schlaglichtartig durch den Kopf, doch sie brauchte nicht lange, um diese Einzelszenen zusammenzupuzzeln.

»O nein!«, keuchte Alex. »Was habe ich getan?«

Es war, als würde sie einen Albtraum noch einmal durchleben: Der Rat der Feen hatte sie als gute Fee entmachtet. Alex' Wut hatte die Kontrolle über ihren Körper an sich gerissen, und sie hatte sich an ihren Amtskollegen gerächt, *indem sie sie angegriffen hatte*!

Während Alex' Verstand immer klarer wurde, flaute der Sturm um sie herum zusehends ab und löste sich schließlich komplett auf. Der Regen ließ nach, und der kalte Wind legte sich. Alex schaute sich um und versuchte, ihre Umgebung näher zu bestimmen, sah jedoch nichts außer dicken grauen Wolken, die sich meilenweit zu allen Seiten erstreckten.

Sie entschied sich für eine Richtung und ging los, was sich anfühlte, als stiefelte sie durch weichen, schaumigen Treibsand. In der Ferne erspähte sie mit Mühe die Umrisse eines massiven Bauwerks mit mehreren Türmen. Wenn sie die Augen zusammenkniff, meinte sie, auch ein imposantes hölzernes Portal auszumachen. Schlagartig erkannte sie das Gemäuer wieder.

»Das ist die Burg des Riesen!«

Alex wurde flau im Magen. Der Anblick weckte in ihr sofort Erinnerungen daran, wie sie und ihre Freunde einst nur um Haaresbreite der gigantischen Katze entwischt waren, die in der Burg lebte und die Gefährten am liebsten bei lebendigem Leib verspeist hätte. Statt ihrem ersten Impuls zu folgen und schnurstracks die Flucht zu ergreifen, kam Alex jedoch zu dem Schluss, dass die Burg in ihrer gegenwärtigen Lage womöglich der beste Anlaufpunkt sein könnte. Sie bezweifelte, dass der Rat der Feen ausgerechnet *dort* nach ihr suchen würde. Gut denkbar, dass ihr Unterbewusstsein sie gerade aus diesem Grund überhaupt erst in den Himmel befördert hatte.

So lief sie weiter, und bald ertasteten ihre Füße den festen Weg, der sich bis zu den gewaltigen Flügeltüren des Burgportals wand. Beinahe wäre Alex darunter hindurchgekrochen, wie sie es zuvor mit ihren Freunden getan hatte, doch praktischerweise hatte sie seither einige Tricks und Kniffe gelernt. Sie fuhr mit einer Hand durch die Luft, und die Türflügel öffneten sich von selbst.

Sowie der Spalt breit genug war, schlüpfte Alex hindurch und schloss das Portal hinter sich. Im Innern der Burg schien sich seit ihrem letzten Besuch nichts verändert zu haben. Steinerne Fliesen, jede vom Ausmaß eines Swimmingpools, begrüßten sie, und auch die vertraute steinerne Treppe mit haushohen Stufen. Vermutlich hätte der gesamte Feenpalast bequem in die Eingangshalle gepasst.

Einen merklichen Unterschied stellte Alex allerdings fest: Zuletzt war der Boden von Gerippen Hunderter Vögel – die dem Appetit der Riesenkatze zum Opfer gefallen waren – bedeckt gewesen, doch nun breitete er sich tadellos sauber vor ihr aus. Tatsächlich fühlte sich die komplette Burg erstaunlich bewohnt an.

Alex schluckte nervös – ohne Zweifel tummelte sich inzwischen mehr als bloß ein überdimensionaler Stubentiger in dem Gemäuer.

Vorsichtig betrat sie einen Raum, der rechts von der Eingangshalle abging, und fand sich im Wohnzimmer der Burg wieder. Jedes Möbelstück hatte die Größe eines Einfamilienhauses, und ein Stapel ganzer, gefällter Bäume knisterte im Kamin, als handelte es sich um gewöhnliche Holzscheite. Dicht vor die Flammen war ein gigantischer Sessel gerückt worden. Er stand mit dem Rücken zu Alex, doch sie ahnte, dass etwas oder jemand darin sitzen musste.

»Squaaaw?«

Alex machte vor Schreck einen Satz in die Luft. Ganz oben auf der Lehne thronte ein Ganter, den sie nur zu gut kannte. Der Vogel war gewaltig, wenngleich seine Größe im Innern der Burg des Riesen kaum zur Geltung kam.

»Lester?«, staunte Alex. »Was tust du denn hier?«

Der Ganter plusterte begeistert sein Gefieder auf. *»Squaaaw!«*

»Was gibt's denn, alter Junge?«, erklang eine kratzige Stimme aus dem Sessel. Alex seufzte vor Erleichterung – sie war unter Freunden.

»Mutter Gans? Bist du das?«, rief sie hinauf.

»Alex?«, antwortete Mutter Gans. »Wie kommst du hierher?«

»Dasselbe wollte ich dich gerade fragen.«

»Lester, sei doch so lieb und hilf unserem Mädchen nach oben«, bat Mutter Gans ihren Vogel.

Lester segelte zu Boden, und Alex stieg auf seinen Rücken. Gemeinsam flogen sie hinauf zur Sitzfläche, die einem Balkon mit Blick auf das Feuer glich. Mutter Gans hatte es sich darauf in einem Schaukelstuhl gemütlich gemacht, neben sich ihren wuchtigen Reisekorb, und sie nippte aus einer großen Thermosflasche, in der sich fraglos ihr liebster Blubbersekt befand.

»CHRRRRRRRRRR!«

Alex stieß einen spitzen Schrei aus. Auf einer Lehne des Sessels thronte die riesige Katze – ein Kater, wie Alex nun bemerkte. Er blitzte sie garstig an, krümmte den Rücken zum Buckel und fauchte. Offenkundig erinnerte er sich sehr gut an ihre erste Begegnung; er hob eine Tatze und fuhr die Krallen aus, bereit zuzuschlagen.

»Ganz ruhig, George Clooney«, tadelte ihn Mutter Gans. »Alex ist eine Freundin – sie wird dir nicht weh tun! Zwing mich nicht, wieder den Blumensprüher zu benutzen!«

Der Monsterkater zog seine Klauen ein und sackte in sich zusammen, fixierte Alex jedoch weiterhin finster. Dass er dennoch so gehorsam war, verblüffte sie. »Ist das jetzt *dein* Kater?«, erkundigte sie sich.

»Geplant war es nicht, aber irgendjemand muss diesem kolossalen Fellsack ja Manieren beibringen«, meinte Mutter Gans. »Bei unserer Ankunft hier hat er Lester beinahe aufgefressen. Seither habe ich ihn auf strikte Diät gesetzt: nur Fisch und Getreide.«

Der Kater schielte mit gierigen Augen zu Lester hinüber, der eindeutig nach wie vor eine immense Versuchung darstellte.

»Und du hast ihn George Clooney getauft?«, vergewisserte Alex sich lachend.

»Jep, nach einem meiner Lieblingskavaliere aus der Anderswelt«, bestätigte Mutter Gans.

»George Clooney war dein *Kavalier*?«, fragte Alex und hob skeptisch eine Augenbraue. Nach all den prahlerischen Geschichten, die sie über die Jahre bereits von Mutter Gans gehört hatte, rückte ihre Freundin ausgerechnet *damit* erst jetzt heraus?

»Ach, ich vergesse immer wieder, dass du selbst aus der Anderswelt stammst«, gluckste Mutter Gans. »Ein altes Mädchen wird doch wohl träumen dürfen, oder?« Sie schnippte mit den Fingern, und ein zweiter Schaukelstuhl tauchte aus dem Nichts auf. »Setz dich, Kleines! Schön, dass du vorbeischaust!«

Alex nahm Platz; sie freute sich ebenfalls über das Wiedersehen. Während der vergangenen Monate hatte Mutter Gans sich immer seltener blicken lassen. Aus unerfindlichen Gründen mied sie den Feenpalast in diesen Tagen nach Kräften, und die Zwillinge hatten bereits den Tag gefürchtet, an dem sie für immer verschwinden würde.

»Wir haben ewig nichts von dir gehört«, sagte Alex. »Hast du dich hier versteckt?«

»In der Tat«, bestätigte Mutter Gans und seufzte schwer. »Entschuldige, dass ich einfach so untergetaucht bin, Alex – du und dein Bruder, ihr fehlt mir wahnsinnig, aber im Palast fühle ich mich nun, da deine Großmutter fort ist, nicht mehr wohl.«

Das konnte Alex schmerzlich nachempfinden und es ihr darum auch nicht zum Vorwurf machen. »Glaub mir, das kenne ich. Aber wieso hast du dich ausgerechnet hier eingerichtet?«

»Ich liebe diese Burg«, erklärte Mutter Gans. »Die Decken sind so hoch, dass Lester problemlos umherfliegen kann; angenehm still ist es außerdem, mit großartiger Aussicht an klaren Tagen – und, nicht zu vergessen: Der verstorbene Riese und ich haben einen sehr ähnlichen Geschmack, was Blubbersekt anbelangt.« Sie deutete zu einem imposanten Servierwagen in einer Ecke des Zimmers, auf dem ein Dutzend Flaschen stand, jede größer als Alex und gefüllt mit Mutter Gans' Lieblingsschampus. »Ein Vorrat, der für den Rest meines Lebens ausreicht!«

»Wir vermissen dich jedenfalls auch sehr – hast du vor, uns jemals wieder zu besuchen?«

Mutter Gans antwortete zögerlich. »Keine Ahnung. Ich bin noch unentschlossen. Jede Nacht hoffe ich, am nächsten Tag beim Aufwachen das Bedürfnis zu verspüren, mich wieder unter Leute zu mischen – bislang jedoch vergeblich. Ich schätze, ich brauche einfach noch ein wenig Zeit.«

Mutter Gans nahm einen langen Zug aus ihrer Thermosflasche. Alex fiel derweil ein kleines, ledergebundenes Buch in ihrem Schoß auf.

»Was liest du denn da?«, erkundigte sie sich.

»Oh, das?«, fragte Mutter Gans. »Das ist bloß mein altes Tagebuch. Meine Güte, was habe ich Abenteuer erlebt in meinen jungen Jahren. Früher habe ich alles aufgeschrieben – und immer davon geträumt, dass einst einmal, wenn ich alt und endgültig hinter Gittern wäre, jemand daherkommen und es zu schätzen wissen würde.«

»Darf ich?«, fragte Alex und griff nach dem Tagebuch.

Mutter Gans lächelte und reichte es ihr. Alex blätterte durch die alten Seiten. Es gab Hunderte und Aberhunderte von Einträgen, die ebenso viele Jahre – in der Anderswelt wie auch in der Märchenwelt – umfassten, dazu Bilder, gepresste Blumen, Blätter und Briefe, die gefaltet im Innern des Büchleins verwahrt waren.

»Definitiv ein spannendes und turbulentes Leben«, stellte Alex beeindruckt fest.

»Das hatte ich«, nickte Mutter Gans. »Das hatte ich …«

Ihre Wortwahl machte Alex stutzig. *»Hatte?«*, wiederholte sie. »Wieso sprichst du denn davon, als wäre es schon vorbei? Du bist doch wohl noch nicht bereit, das Handtuch zu werfen, oder?«

Mutter Gans seufzte, und ihr Blick schweifte hinüber zum Kamin. Sie wirkte traurig – oder zumindest betrübter, als Alex sie je erlebt hatte.

»Altwerden ist nichts für Feiglinge, das kann ich dir verraten«, meinte sie. »In meinen jungen Jahren habe ich mir gewünscht, ewig zu leben. Es gab keine Brücke, die ich nicht überqueren, keinen Stein, den ich nicht umdrehen wollte. Dann habe ich ein gewisses Alter erreicht, und alles begann zu verschwinden. Meine Freunde starben einer nach dem anderen, bis keiner übrig war. Die Welt ist beständig im Wandel, aber eines Tages wachst du auf und dir wird klar, dass sie sich *ohne dich* wandelt – und dass du keine Chance hast, sie wieder einzuholen. Deine Abenteuer sind vorbei, und plötzlich stehst du ganz allein da, und alles, was dir bleibt, sind deine Erinnerungen. Von da an wartest du … und wartest … und wartest, bis es an der Zeit ist, zurückzukehren zu deinem Schöpfer – oder ›zurück zur Magie‹, wie deine Großmutter es immer ausgedrückt hat. Und wenn dieser Tag gekommen ist, betest du bloß noch, dass auf der anderen Seite ein vertrautes Gesicht auf dich warten wird.«

Ihre kleine Rede brach Alex das Herz. »Aber, Mutter Gans, das kann doch nicht wahr sein«, widersprach sie zaghaft. »Du hast mehr Lebendigkeit in deinem kleinen Finger als die meisten anderen Leute im ganzen Körper. Deine Abenteuer sind längst nicht vorbei – es sind nun bloß andere als früher.«

»Danke dir, Liebes«, sagte Mutter Gans und lächelte sanft. »Ich hoffe sehr, dass du recht behältst. Nun aber zu dir: Was führt dich ins Heim des Riesen?«

Alex schloss fest die Augen, um ihre Tränen zurückzuhalten. »Der Rat der Feen hat mich meines Amtes enthoben. Ich habe alles vermasselt.«

Mutter Gans verschluckte sich an ihrem Blubbersekt. »Bitte was?« Sie hustete. »So etwas geht?«

»Offenbar.«

»Warum um alles in der Welt sollten die Ratsmitglieder das tun?«, fragte Mutter Gans. »Du bist eine der talentiertesten Feen, die das magische Land je gesehen hat!«

»Sie glauben, dass ich es mit meiner Suche nach dem Maskenmann zu weit getrieben habe und selbst zu einer Gefahr geworden bin«, seufzte Alex.

»Oh, das wage ich stark zu bezweifeln«, empörte sich Mutter Gans. »Diese Bande war schon immer der Meinung, es sei besser, *nichts zu tun*, als etwas zu unternehmen, das *eventuell* Nachteile mit sich bringen oder sie in ein schlechtes Licht rücken könnte. Aber so funktioniert wohl schlicht Politik.«

»Nein – sie haben recht«, gestand Alex. »In letzter Zeit verliere ich jedes Mal vollkommen die Kontrolle über mich und meine Kräfte, sobald ich zu emotional werde. Ich habe dem Rat Blitze entgegengeschleudert, nachdem er seine Entscheidung verkündet hatte! Ganz so, als hätte sich jemand anders meines Körpers bemächtigt – und ich wäre bloß Zuschauerin von innen.«

»Wow«, machte Mutter Gans. »Das hätte ich gern miterlebt.«

»Vielleicht haben sie richtig entschieden«, murmelte Alex, die auf einmal von Selbstzweifeln überrollt wurde. »Vielleicht ist es besser, dass ich nun nicht mehr die gute Fee bin. Jetzt haben sie die Chance, sich darauf zu konzentrieren, dass die vierundzwanzig verschwundenen Kinder – zwölf aus dem Königreich an der Ecke und ebenso viele aus dem Königreich des Gläsernen Schuhs – gefunden werden.«

»Ich erinnere mich an eine andere Gelegenheit, bei der ein Haufen junger Leute vorübergehend verschollen war – *Woodstock* hieß das damals, aber das ist eine andere Geschichte«, meinte Mutter Gans. »Deine Jagd nach dem Maskenmann wirst du allerdings dennoch nicht aufgeben, oder?«

Alex schüttelte den Kopf. »Das kann ich nicht«, sagte sie. »Niemand glaubt mir, aber ich bin sicher, dass er mein Dad ist. Ganz egal, wie oft der Rat der Feen mich davon zu überzeugen versucht, dass ich bloß Gespenster sehe. Der Maskenmann hatte die Augen meines Dads, seine Nase, seinen Mund … wer sollte er denn sonst sein? Solange ich ihn nicht gefunden habe, werde ich überhaupt nicht mehr in der Lage sein, vernünftig zu denken und zu handeln.«

Mutter Gans betrachtete Alex mit großen, mitfühlenden

Augen. So vieles hätte sie ihr in diesem Moment gern erzählt, doch sie hatte der verstorbenen guten Fee kurz vor ihrem Tod ein Versprechen gegeben – eines, das sie zu halten plante.

Mutter Gans nahm Alex' Hand. »Ich glaube dir, Liebling.«

Alex blickte mit leuchtenden Augen zu ihr auf. »Wirklich?«

»Ich bin in meinem Leben schon über eine Menge ziemlich unvorstellbarer Dinge gestolpert«, erklärte Mutter Gans. »Nicht immer hat alles einen Sinn ergeben, und bisweilen hat einiges davon den Leuten nicht gefallen – aber das bedeutet noch lange nicht, dass diese Sachen nicht wahr waren. Wenn du deinem Vater begegnet bist, dann bist du deinem Vater begegnet – Ende der Diskussion.«

Alex war derart dankbar, jemanden auf ihrer Seite zu haben, dass ihr abermals Tränen in die Augen stiegen. »Aber was soll ich denn jetzt tun? Ich bin die meistgesuchte Person im gesamten magischen Land. Der Rat schwärmt nach mir aus, während wir uns hier unterhalten.«

Mutter Gans verdrehte die Augen und machte eine wegwerfende Handbewegung. »Wenn mir jemand für jeden Anlass, aus dem der Rat sich je über mich aufgeregt hat, zehn Cent geben würde, könnte ich mühelos meine Spielschulden in beiden Welten zurückzahlen. An deiner Stelle würde ich das als Segen betrachten: Du bist nicht länger die gute Fee oder mit dem Rat der Feen verbandelt – *phantastisch*! Das bedeutet, es steht dir völlig frei, jetzt nach eigenen Regeln zu spielen. Nimm es ruhig an, dass die Leute dich fürs Erste fürchten – diese Angst wird sich in Bewunderung verwandeln, sobald du den Maskenmann gefunden hast und allen beweist, wie recht du von Beginn an hattest. Und was für ein Licht wirft das dann wohl auf den Rat, hmm? Die übrigen Mitglieder werden sich nie wieder trauen, dir in den Weg zu treten.«

Mutter Gans genehmigte sich noch einen Schluck Blubbersekt und nickte, zufrieden mit ihrem Ratschlag.

»Und weißt du noch was?«, fügte sie anschließend hinzu. »Ich werde dir helfen.«

»Im Ernst?«, fragte Alex.

Ein verschmitztes Lächeln stahl sich auf Mutter Gans' Gesicht. »Ich sehne mich seit Ewigkeiten danach, diese hochnäsigen, quietschbunten Besserwisser mal Lügen zu strafen. Du kannst auf mich zählen.«

Zum ersten Mal seit einer geraumen Weile lächelte auch Alex. »Und wir spielen nach unseren eigenen Regeln. Das klingt gut.«

Kapitel 5

Zaubertränke und Zukunftsprognosen

In tiefster Nacht rumpelte ein kleiner Wagen durch den Wald. Gezogen wurde er von einem einsamen Maultier, und an Bord befanden sich drei Frauen: eine brünette, eine rothaarige und eine blonde. Alle drei waren mittleren Alters, allerdings von der Reise bereits so ermüdet, dass sie wesentlich älter wirkten.

Die Brünette hatte nie zuvor ein solches Gefährt gelenkt und alle Mühe damit, die Zügel ruhigzuhalten. Die Augen der Rothaarigen sprangen in einem fort zwischen einer Karte in ihrem Schoß und dem vor ihnen liegenden Weg hin und her, und die blonde Frau hielt eine Laterne in die Höhe, die immerhin ein wenig Licht spendete. Zu dritt behielten sie argwöhnisch die Bäume im Blick – nicht etwa aus Furcht vor dem, was sie sehen könnten, sondern vielmehr in Sorge, selbst gesehen zu werden.

Keine von ihnen war jemals derart weit fort von zu Hause gewesen, und sie alle hofften, dass niemand in ihrer Heimat je von ihrer Reise erfahren würde.

»Seid ihr sicher, dass wir uns nicht verfahren haben?«, fragte die Blonde besorgt.

»Ich orientiere mich an der Karte, so gut es geht!«, gab die Rothaarige zurück.

»Still, ihr zwei!«, raunte die Brünette. »Schaut nur! Hier beginnen die Zwergenwälder!«

Nachdem sie die ganze Nacht unterwegs gewesen waren, hatten sie nun tatsächlich die Grenze zwischen dem Königreich an der Ecke und den Zwergenwäldern erreicht. Dessen waren sie gewiss, da die Bäume entlang des Pfads nun mächtiger und gruseliger wirkten als auf ihrem gesamten bisherigen Weg – einen solchen Wald hatte die kleine Reisegesellschaft noch überhaupt nie zu Gesicht bekommen. Der Anblick allein jagte ihnen kalte Schauder über den Rücken.

»Da wollen wir uns wirklich hineinwagen?«, fragte die Blonde, der nun doch mulmig zumute wurde.

»Das Häuschen der Hexe liegt nicht sonderlich tief in den Wäldern«, meinte die Brünette. »Das finden wir im Nu.«

Der Wagen rollte über eine kleine Brücke und tauchte in den schaurigen Wald. Nach rund einer Meile erspähten die Frauen ein kleines Haus am Ufer eines Flusses. Es hatte ein hohes Strohdach, und an der Seite drehte sich gemächlich eine Mühle, durch deren Rad das Wasser strömte. Damit entsprach es haargenau der Beschreibung, die die Gefährtinnen erhalten hatten.

Sie halfen einander von ihrem Karren und banden ihr Maultier an einem Baum an. Dann hakten sie einander unter und näherten sich vorsichtig der Eingangstür des Häuschens, wo sie sich gegenseitig in die Rippen stießen – denn keine wollte diejenige sein, die klopfte.

»Kann ich Euch behilflich sein?«, erklang eine Stimme in ihrem Rücken.

Alle drei schrien auf und wirbelten herum. Hinter ihnen stand eine wunderhübsche Frau mit dunklem Haar und grellroten Lippen. Sie trug ein langes schwarzes Gewand, dessen Saum golden abgesetzt war, und hochhackige Stiefel aus Schlangenleder. Sie hätte eine gewöhnliche Frau sein können – wären ihr nicht aus dem Schädel zwei imposante Widderhörner gewachsen, die sich neben ihren Schläfen spiralig eindrehten.

Die drei Reisenden nahmen an, dass es sich bei ihr um die Hexe handeln musste, nach der sie gesucht hatten.

»Seid … seid … seid Ihr Morina? Die Schönheitshexe?«, fragte die Blonde mit zitterndem Unterkiefer.

»Das kommt darauf an«, entgegnete ihr Gegenüber mit finsterem, bohrendem Blick. »Was wollt Ihr hier?«

»Wir haben nichts Böses im Sinn«, beteuerte die Rothaarige rasch, verbarg sich dabei jedoch hinter ihren Freundinnen. »Eine gemeinsame Bekannte hat uns Eure … *Dienste* empfohlen.«

Morinas bedrohliche Miene verzog sich langsam zu einem Lächeln. »Oh, Ihr seid *Kundschaft*! Willkommen, meine Damen! Verzeiht die rüde Begrüßung; man kann gar nicht wachsam genug sein, wenn eine Hexenjagd sich am Horizont abzeichnet. Bitte, folgt mir doch hinein.«

Morina wies auf die Tür, die prompt aufflog. Sie legte den Frauen ihre Arme um die Schultern und führte sie in ihr Haus.

Das Vorderzimmer entpuppte sich als eleganter Laden mit Marmorfußboden, einem kristallenen Kronleuchter und Säulen, die die hohe Decke stützten. Alles war in Weiß gehalten, einschließlich des wuchtigen Schreibtischs und Stuhls in der Mitte des Raums. Regale voll kleiner Glasfläschchen, in denen farbenfrohe Flüssigkeiten verkorkt waren, reihten sich entlang der Wände. Die Besucherinnen fühlten sich wie Kinder in einem Süßwarenladen.

»Nun, meine Damen, was verschlägt Euch in meine Ecke der Wälder?«, fragte Morina.

»Wir haben gehört, dass Ihr einen Trank erfunden habt, der äußerliche Alterungserscheinungen rückgängig machen kann«, erklärte die Brünette.

»Diese Gerüchte stimmen«, bestätigte Morina. »Allerdings handelt es sich nicht bloß um *einen* Trank. In meinen Regalen lagern serienweise Gebräue, die eine verjüngende, belebende oder erfrischende Wirkung garantieren – je nach spezifischem Wunsch.«

Die Frauen sahen sich in dem Zimmer um, als wären sie soeben gestorben und im Himmel gelandet. Besaßen die Flüssigkeiten ringsum tatsächlich die Macht, ihnen ihre Jugend zurückzugeben? Das schien ihnen beinahe zu schön, um wahr zu sein.

»Sind diese Tränke die gleichen, die Ihr einst der bösen Königin verkauft habt?«, fragte die Blonde. »Uns ist zu Ohren gekommen, dass Ihr eine der Wunderheilerinnen gewesen sein sollt, von denen sie ihre Schönheitskuren bezog.«

»In der Tat«, erwiderte Morina. »Jahrelang war sie meine alleinige Kundin und enge Freundin. Eine Schande, was mit ihr geschehen ist – aber ich versichere Euch, ihr Schicksal spiegelt in keiner Weise die Qualität meiner Produkte.«

»Woher wissen wir, ob Eure Tränke auch anschlagen?«, erkundigte sich die Rothaarige.

Morinas Lächeln wurde breiter; in jedem Verkaufsgespräch

war ihr diese Frage stets die liebste. Sie eilte zielstrebig in eine Ecke des Raums und zog an einer Kordel. Vorhänge teilten sich vor der Wand und gaben die Sicht auf einen großen Spiegel im Goldrahmen frei.

»Kann mir eine von Euch sagen, was das ist?«, fragte Morina.

»Ein Spiegel«, antwortete die Blonde.

»Natürlich, allerdings kein gewöhnlicher«, sagte Morina. »Jedem, der vor ihn tritt, zeigt er ein Spiegelbild der eigenen *Seele*. Ich habe ihn von der bösen Königin höchstpersönlich geschenkt bekommen – die, wie Euch gewiss bekannt ist, eine besondere Faszination für magische Spiegel hegte. Man nennt ihn den Spiegel der Wahrheit.«

Morina stellte sich davor, und die drei Freundinnen schnappten nach Luft. Aus dem Glas blickte ihnen eine abstoßende junge Frau mit Warzen, einem Buckel und Klumpfuß entgegen. Die Widderhörner waren das Einzige, was die Hexe und ihre Spiegelung teilten.

»Aber – das könnt doch unmöglich Ihr sein«, keuchte die Brünette.

»Das *war* ich«, betonte Morina. »Mein Großvater war ein Troll und hat mir entsprechend – mit Hexen- und Trollblut in den Adern – die Hässlichkeit in die Wiege gelegt. In einem fort brachen mir Männer, die mich meines Äußeren wegen nicht zu lieben vermochten, das Herz. Doch statt mich in Selbstmitleid zu suhlen, beschloss ich, etwas an meiner Situation zu ändern. Viele Jahre meines jungen Lebens brachte ich damit zu, Tränke zu mischen und zu kombinieren, und ich erschuf Gebräue, die mein Antlitz Schluck um Schluck wandelten, bis ich damit zufrieden war. Und da die Mittel an mir selbst derart beeindruckende Wirkung entfaltet hatten, ging ich dazu über, sie mit anderen zu teilen … *für einen Preis*.«

Sie wandte sich wieder zu ihren Besucherinnen um, und die widerwärtige Kreatur im Spiegel verblasste. Morina fasste die Frauen an den Händen und lotste sie vor das Glas. Sie bedeckten ihre Augen aus Angst vor dem, was sie womöglich sehen würden.

»Nur zu«, ermutigte Morina sie. »Wagt einen Blick. Ich verspreche Euch, Ihr habt nichts zu befürchten.«

Die Freundinnen linsten in den Spiegel der Wahrheit, und Tränen traten ihnen in die Augen. Drei junge, wunderschöne und lebensfrohe Frauen starrten ihnen entgegen – ein Bild, wie es sich ihnen lange nicht mehr geboten hatte.

»Wieso sollte man sich der Unbarmherzigkeit der Natur ausliefern, wenn man etwas dagegen unternehmen kann?«, meinte Morina. »Lasst die Frauen in Eurem Innern wiederauferstehen, damit die Welt erkennt, wer Ihr wirklich seid. Meine Tränke werden Euch wieder mit jener Schönheit und Selbstsicherheit vereinen, die die Zeit Euch geraubt hat.«

Mehr brauchte die Hexe überhaupt nicht zu sagen – die drei waren ihren Versprechungen hoffnungslos verfallen.

»Und jetzt erzählt Ihr mir – hübsch eine nach der anderen –, was Euch ganz konkret vorschwebt«, wies sie die Fremden an.

Reihum traten die Frauen vor und beichteten der Hexe ihre tiefsten und dunkelsten Sehnsüchte. Zu ihrer Freude hatte Morina für jedes Begehren ein Mittelchen zur Hand. Sobald sie jeweils entschieden hatte, welche ihrer Kreationen vonnöten war, flogen die Fläschchen aus den Regalen und in drei weiße Tüten, die auf dem Schreibtisch Gestalt angenommen hatten. Bis Morina mit ihrer Diagnose am Ende angelangt war, barst jede einzelne beinahe von den Dutzenden Gebräuen, die sich im Innern angehäuft hatten.

»Wie viel kostet uns das?«, wagte die Brünette zu fragen.

»Das ist von Kundin zu Kundin verschieden«, erläuterte Morina. »Als Gegenleistung für meine Dienste verlange ich die Hälfte Eures jeweiligen Vermögens.«

Die Frauen tauschten verstohlene Blicke. Sie hatten bereits munkeln hören, dass der Preis stattlich sein würde, doch keine von ihnen hatte mit *solch* einer Forderung gerechnet. Glücklicherweise war ihnen jedoch keine Summe zu groß. Sie schielten zur Bestärkung noch einmal nach dem Spiegel der Wahrheit und legten dann jede einen schweren Beutel Münzen vor Morina auf die Tischplatte.

»Hervorragend! Seid jedoch gewarnt«, setzte die Hexe an. »Die Tränke sind so behext, dass ihre eigentliche Wirkung sich umkehrt, falls eine meiner Kundinnen mich zu betrügen versucht und nicht den vereinbarten Anteil ihres Besitzes aushändigt.«

Das jagte den Frauen derart wahnhafte Furcht ein, dass sie eilends alles Geld, das sie bei sich trugen, hinreichten. Ein zufriedenes Feixen breitete sich über Morinas Gesicht aus, und sie schob ihre Einnahmen in die große Schublade ihres Schreibtischs.

»Vielen Dank, meine Damen«, sagte sie. »Es war mir ein Vergnügen, mit Euch Geschäfte zu machen.«

Morina geleitete ihre Kundinnen aus dem Haus und winkte ihrem davonrumpelnden Karren nach. Sowie sie sich wieder zu ihrem Heim umdrehte, bemerkte sie jedoch etwas Sonderbares: Die Haustür schwang ganz sachte in den Angeln, als sei gerade flink jemand hindurchgerannt, während sie kurz nicht hingeschaut hatte.

Morina stürmte hinein, die Hörner voran, und warf die Tür hinter sich zu. Im Innern deutete nichts unmittelbar auf einen Eindringling hin, doch sie spürte, dass sie nicht allein war.

»Zeigt Euch!«, verlangte sie.

Nichts rührte sich, und so beschrieb Morina mit einem Finger eine blitzschnelle Kreisbewegung. Eine kraftvolle Windhose wuchs aus dem Boden empor und wirbelte durch ihren Laden. Sie fand den Mann, der hinter dem Schreibtisch kauerte, und fing ihn in ihrem Strudel ein. Samt seinem Opfer rotierte der Tornado so rasant, dass der Eindringling keinen Ton hervorbrachte.

Die Hexe seufzte und schnippte einmal mit den Fingern; ihr war rasch klargeworden, wen sie vor sich hatte. Die Windhose verschwand, und vor Morinas Füße taumelte der Maskenmann auf die Marmorfliesen.

»Lloyd«, grüßte Morina, die als womöglich einzige Person im gesamten magischen Land den Sohn der verstorbenen guten Fee trotz seiner Tarnung erkannte. Über die Jahre hatte sie so viel Zeit damit verbracht, jede Faser seines Wesens zu verabscheuen, dass sie die blassblauen Augen unter der Maske sofort zuzuordnen vermochte. Die beiden verband eine gemeinsame Geschichte – eine Geschichte, die kein gutes Ende gefunden hatte.

»Hallo, Morina«, erwiderte der Maskenmann. Ihm war derart schwindelig, dass er sich beinahe übergeben musste, und nur mit Mühe gelang es ihm, sich aufzurappeln.

»Du erbärmlicher Waschlappen von einem Mann«, zischte die Hexe. »Ich wusste, dass es nur eine Frage der Zeit wäre, ehe du dich wieder in mein Leben scharwenzeln würdest. Was willst du hier?«

Der Maskenmann zögerte mit seiner Antwort, da er ahnte, dass seine Worte sie erzürnen würden. »Ich bin gekommen, um deine Hilfe zu erbitten«, sagte er schließlich.

»MEINE HILFE?«, brüllte Morina, außer sich vor Empörung über seine Unverfrorenheit. »Du glaubst also, du kannst dich in mein Haus schleichen und einen Gefallen einfordern – nach dem, was du dir geleistet hast?«

»Ich verstehe, dass du wütend bist«, versicherte ihr der Maskenmann eilig.

»Wut ist nichts im Vergleich zu dem, was ich dir gegenüber empfinde«, schäumte sie. »Du hast mich belogen! Du hast mich bestohlen!«

»Bitte, lass mich erklären –«

»Da gibt es nichts zu erklären!«, sagte Morina. »Wir hatten eine Vereinbarung! Ich habe dich mit Hunderten von Liebestränken ausgestattet! Im Gegenzug hast du mir eine königliche Entlohnung versprochen, dieses Versprechen jedoch nie eingelöst!«

»Ich habe dich nicht so rasch ausbezahlt, wie ich es beteuert hatte – das ist mir bewusst, aber es bedeutet ja nicht, dass ich dir deinen Lohn ewig schuldig bleibe«, entgegnete er. »Ich bitte dich, mich anzuhören! Wenn du mir diesmal zur Hand gehst, dann – das schwöre ich – schenke ich dir zum Dank sogar ein ganzes Königreich!«

»Du bist der Abschaum dieser Welt, und ich werde deinen verlogenen Worten keine Sekunde länger lauschen! Verschwinde aus meinem Haus, ehe ich dich in Stücken in den Fluss werfe!«

Morina wies zur Tür, die augenblicklich aufflog. Der Maskenmann langte in seine Jackentasche und zog das winzige blaue Trankfläschchen hervor; er hielt es in die Höhe wie ein Erkennungszeichen.

»Was ist *das* denn?«, fragte Morina.

»Ein Mittel, das meine Mutter kreiert hat, als ich noch ein Kind war«, sagte der Maskenmann. »Mein gesamtes Leben lang habe ich danach getrachtet, diese kleine Flasche in meinen Besitz zu bringen. Gut möglich, dass es sich dabei um den mächtigsten Zaubertrank der Welt handelt. Ein paar Tropfen genügen, um jedes beliebige Buch in ein Portal zu verwandeln, das in die Welt zwischen den Seiten führt.«

Morina schnaubte und verdrehte die Augen – fassungslos darüber, dass der Maskenmann ihr noch immer weitere Lügen auftischte.

»Ich weiß, das klingt unglaublich«, setzte der Maskenmann rasch hinzu. »Aber schau nur.«

Er fingerte ein zartes goldenes Büchlein aus seiner Tasche und legte es vor sie auf den Tisch. Morina las den Titel: *Ein Junge und sein erster Hund.* Der Maskenmann schlug die vorderste Seite auf und ließ behutsam drei Tropfen des Tranks darauffallen. Der Buchblock begann zu glühen, und ein greller Lichtstrahl schoss geradewegs daraus hervor zur Decke.

»Wirf einen Blick hinein«, drängte der Maskenmann die Hexe. *»Bitte.«*

Widerstrebend beugte Morina sich nach vorn ins Licht. Ihr Kopf verschwand aus dem Laden, und sie fand sich in einem Wirbel aus Buchstaben und Wörtern, die sich jedoch so schnell bewegten, dass sie keine Chance hatte, sie zu entziffern. Kurz darauf zerstreuten sich die Wörter, formten jene Objekte, die sie beschrieben, gewannen an Farbe und Struktur. Bald schon umgab Morina ein idyllisches Feld voller Wildblumen. In der Ferne spielte ein kleiner Farmersjunge fröhlich mit einem Welpen.

»Du meine Güte«, hauchte Morina und lehnte sich aus dem Strahl. Der Maskenmann hatte die Wahrheit gesprochen.

»Bemerkenswert, was?«, meinte der Maskenmann.

Morina ließ sich auf den Stuhl hinter ihrem Schreibtisch sinken – nun war ihm ihre ganze Aufmerksamkeit gewiss. »Ich gebe dir fünf Minuten. Erkläre dich. Was hast du mit diesem Trank vor? Und wieso benötigst du dafür meine Unterstützung?«

Der Maskenmann schob Fläschchen und Buch zurück in seine Jacke und nahm auf der Tischplatte Platz.

»Die Kurzfassung: Seit Kindertagen betrachte ich es als meine Lebensmission, meine Mutter und die Feen zu stürzen«, offenbarte er ihr. »Und mit der Hilfe dieses Gebräus wird mir das gelingen.«

»Merkwürdige Zielsetzung für ein Kind«, kommentierte Morina.

»Entsprungen einer merkwürdigen Situation«, konterte er. »Meine Mutter hat meinen älteren Bruder John stets bevorzugt. Mir war klar, dass er dazu auserkoren war, eines Tages ihre Rolle einzunehmen – er wurde schon damals ihr *Erbe der Magie* genannt. Also flüchtete ich mich in meiner Phantasie in eine Welt, in der ich an der Spitze stand. Im Grunde waren das lediglich kindische Tagträume, doch irgendwie kam meine Mutter dahinter. Aus Angst, ich wollte sie eines Tages in die Tat umsetzen, beging sie den grausamsten Frevel, den eine Mutter an ihrem eigenen Sohn hätte begehen können.«

»Hat sie dich ohne Abendbrot ins Bett geschickt?«, spöttelte Morina lachend.

»Sie hat meinem Körper jegliche Magie entzogen und mich in einen gewöhnlichen Menschen verwandelt«, sagte der Maskenmann, und seine Stimme brach bei der bloßen Erinnerung daran. »Ich wurde für Verbrechen bestraft, die ich nie begangen hatte. Magie war mein Geburtsrecht, und sie hat es mir geraubt. Also schwor ich mir, sie eines Tages zu vernichten – und mit ihr alles, was sie geschaffen hatte.

Ich wusste, dass es dafür nur einen Weg gab: Ich musste

erneut zu Macht kommen – nicht im magischen, sondern im militärischen Sinne. Was ich brauchte, war eine Armee. Eine klassische Armee aus einfachen Männern würde niemals genügen – vielmehr schwebte mir ein Heer vor, das schlagkräftiger wäre als sämtliche Truppen, die diese Welt je zu Gesicht bekommen hatte. Mit dem Trank, den meine Mutter zusammengebraut hatte, könnte ich eine Armee aus *literarischen Schurken* rekrutieren. Und damit ein Grauen entfesseln und dirigieren, wie das magische Land es nur aus seinen dunkelsten Albträumen kennt. Ich könnte unaufhaltsam und unbesiegbar werden.«

Je verstiegener seine Ausführungen wurden, desto mehr verlor Morina das Interesse. »Und wieso hast du mich dann um Liebestränke gebeten?«, fragte sie.

»Ehe ich diesen Plan vollends ausgetüftelt hatte, war ich bereits aus dem Königreich der Feen verbannt worden«, erläuterte der Maskenmann. »Mir war klar, dass ich einer gewaltigen Ablenkung bedürfen würde, um mich ungestört in die Gemächer meiner Mutter zu schleichen – *ich benötigte ein Drachenei.* Viele Jahre dauerte meine Suche danach; ich durchforstete die ganze Welt und lernte alles über die Untiere. Meine Bemühungen führten mich schließlich zur Schneekönigin, die ein Ei aus der Drachenära verwahrt hatte. Als sie mich abschmetterte, begriff ich, dass ich mich nach besseren Mitteln und Wegen würde umsehen müssen, um mein Bestreben zu erreichen.

Die Zaubertränke, die ich von dir erhielt, jubelte ich Suse unter. Mein Plan bestand darin, sie zu verführen, zu heiraten und anschließend dazu zu bringen, Rotkäppchen den Thron streitig zu machen. Mit Suses Wahl zur Königin wäre ich König geworden; ich hätte mein Versprechen dir gegenüber einlösen und einen Kreuzzug zusammenstellen können, um ein Drachenei aufzuspüren.«

»Und wie bist du stattdessen im Pinocchio-Kittchen gelandet?«, erkundigte sich Morina.

»Ich wurde ungeduldig und paranoid«, gab der Maskenmann zu. »Suse war wesentlich schwieriger zu manipulieren, als ich gedacht hatte, und so stahl ich mich in einem Moment der Schwäche in den Feenpalast und versuchte, auf eigene Faust das Trankfläschchen zu entwenden. Ich wurde erwischt, und meine Mutter verurteilte mich zu lebenslanger Haft. Sie gab mir diesen Sack, den ich mir überstülpen sollte, damit niemand in mir ihren Sohn erkennen würde.

Zehn lange Jahre später stürmte eine Armee aus der Anderswelt, angeführt von einem Mann namens General Marquis, die Gefängnisfestung. Wir verfolgten ein gemeinsames Ziel – die Vernichtung der Feen –, und der General ließ sich leicht davon überzeugen, dass ein Drache ihm die Erfüllung seiner Träume garantierte. Mir war bewusst, dass sein Heer und ein Drache zur Zerstörung der Feen niemals ausreichen würden, doch zugleich erhoffte ich mir von ihnen eine ausreichend große Ablenkung, um endlich des Zaubertranks habhaft zu werden.«

»Dein Vorhaben ist ebenso wahnsinnig wie du selbst«, sagte sie. »Wie kommst du darauf, dass diese literarischen Figuren bereit wären, dir zu gehorchen?«

»Ich bin ziemlich gut darin, Leute in meinem Sinne zu beeinflussen«, prahlte der Maskenmann. »Die Grande Armée war ein lebendiges Beispiel dafür.«

»Was du mir noch immer nicht erzählt hast, ist, wie ich in deinen Plan passe«, stellte Morina fest.

»O ja, dazu komme ich jetzt«, meinte er. »Beim Diebstahl des Tranks habe ich nämlich entdeckt, dass all meine alten Bücher fortgeräumt worden sind. Und ich brauche deine Hilfe, um sie zu finden. Sowie uns das geglückt ist, kann ich damit beginnen, besagte Armee zu rekrutieren!«

»Und wie sollte es mir gelingen, diese Bücher aufzustöbern?«

»Besitzt du nicht diese Kristallkugel?«, wollte der Maskenmann wissen. »Wenn ich mich recht entsinne, warst du früher sehr gut darin, in die Zukunft zu blicken.«

»Die Wahrsagerei ist ein Steckenpferd, das ich vor geraumer Zeit aufgegeben habe«, entgegnete Morina. »Inzwischen bin ich Trankmeisterin. Das ist erheblich lukrativer.«

»Was ich verstehe und respektiere. Allerdings, Morina: Wenn du mir hilfst, diese Bücher zu orten, verspreche ich dir jedes beliebige Königreich, sobald ich diese Welt unterworfen habe.«

Sein Angebot entzündete einen Funken der Erregung in ihr, den sie sich beinahe selbst nicht eingestehen wollte. Er war nicht der Erste, der ihr ein Königreich in Aussicht stellte.

»Die böse Königin hat gelobt, mich zu ihrer Nachfolgerin zu ernennen, sowie der Jäger Schneewittchen getötet hätte«, erzählte Morina. »Wie unschwer zu erkennen, ist diese Geschichte nicht zu meinen Gunsten ausgegangen. Daher bin ich wenig erpicht darauf, mir abermals vergebliche Hoffnungen zu machen.«

Der Maskenmann fiel vor ihr auf die Knie. »Dann bitte, schau in deine Kristallkugel und hol dir daraus Bestätigung – lass dir zeigen, wie mein Plan mit deiner Unterstützung funktionieren wird.«

Sosehr sie ihn auch verabscheute, so klar war Morina zugleich, dass es nicht schaden konnte, ihm diese kleine Bitte zu erfüllen. Im schlimmsten Fall würde der Maskenmann sie weiter belästigen und ihre Nerven strapazieren. Doch die Chance auf ein eigenes Königreich durfte sie nicht achtlos in den Wind schlagen.

Sie erhob sich und durchquerte den Laden, hinüber zu einer Hintertür, die mit einem Dutzend Schlösser und Ketten verbarrikadiert war. Eine einzige Handbewegung entriegelte sämtliche Bolzen, löste die Ketten, und die Tür schwang auf. Dahinter erspähte der Maskenmann eine Treppe, die hinunter in ein finsteres Kellergeschoss führte. Er stand auf, um ihr zu folgen.

Morina hob abwehrend eine Hand. »Ausnahmslos niemand außer mir betritt meinen Keller – verstanden?«

Der Maskenmann ahnte, dass diese Regel nicht verhandelbar war, und nickte. Morina stieg die Stufen hinab, und die Tür fiel hinter ihr ins Schloss. Der Maskenmann tigerte beim Warten im Laden auf und ab, begutachtete die Mittelchen, die Morina anbot, und verstaute nicht wenige davon in seinen Taschen. Einige Augenblicke später öffnete sich die Tür erneut, und Morina tauchte mit ihrer Kristallkugel auf.

Sie legte die Kugel auf ihrem Schreibtisch ab, nahm dahinter Platz und befreite sie pustend von einer dicken Staubschicht.

»Das wird unter Umständen einen Moment dauern«, warnte Morina. »Es ist eine Weile her, dass ich sie zuletzt benutzt habe.«

Die Hexe versenkte sich hochkonzentriert in die Kristallkugel. Weiße Schwaden erschienen im Innern und bildeten Wirbel und Spiralen. Flüchtige Bilder der Zukunft flimmerten zwischen ihnen auf.

»Interessant«, murmelte Morina mit geweiteten Augen.

»Was siehst du?«, fragte der Maskenmann sie begierig.

»Geflügelte Wesen, skrupellose Männer, und Soldaten mit Wappen am Revers«, sagte sie. »Dein Wahnwitz zahlt sich anscheinend aus. Du wirst tatsächlich eine literarische Armee aufbauen, die Feen stürzen und die Welt erobern.«

Der Maskenmann sprang vor Freude in die Luft und juchzte

wie ein Kind. Sein Lebenswerk würde nicht vergebens sein. Allen Bemühungen seiner Mutter, ihn aufzuhalten, zum Trotz: Er würde die Macht, nach der er von Kindesbeinen an derart verzweifelt getrachtet hatte, an sich reißen.

Morina kniff die Augen zusammen, als die Kugel ihr mit einem Mal noch etwas anderes preisgab – etwas völlig Fremdartiges.

»Was zeigt sich dir jetzt?«, fragte der Maskenmann; ihre Miene beunruhigte ihn.

»Ich bin nicht ganz sicher«, gestand sie. »Ich erkenne Gebäude, die weit in den Himmel ragen … Maschinen mit erstaunlichen Fähigkeiten … Milliarden von Menschen unterschiedlichster Gestalt und Hautfarbe …«

»Oh, verstehe«, meinte der Maskenmann stirnrunzelnd. »Das wird die Anderswelt sein.«

Morina war so fasziniert von dem Anblick, der sich ihr bot, dass sie ihn kaum hörte. Bilder der Chinesischen Mauer, des Eiffelturms, des Nils und New York Citys zuckten vor ihrem Gesicht auf. Bereits zuvor waren ihr Gerüchte über die Anderswelt zu Ohren gekommen, doch bislang hatte sie sich nie vorstellen können, wie großartig sie in Wirklichkeit war.

»Beeindruckend«, befand Morina. »Diese Welt funktioniert vollkommen ohne Magie.«

»Bloß Menschen und Maschinen«, bestätigte der Maskenmann. »Meine Mutter und mein Bruder liebten sie heiß und innig, aber mich hat sie nie gereizt.«

Morina war offenkundig gänzlich in Bann geschlagen. »Dann wäre es für jemanden mit magischen Fähigkeiten doch sicher denkbar, dort ein richtig gutes Leben zu führen …«, sinnierte sie leise. »Wie eine *Gottheit* würde ein solcher Jemand wahrgenommen werden.«

»Vermutlich, mag sein«, meinte der Maskenmann. »Allerdings ist die Anderswelt ein elender Ort – dazu verdammt, sich über kurz oder lang selbst zu zerstören, wenn du mich fragst.«

Die Szenen in der Kristallkugel veränderten sich abermals und lenkten Morina von ihrer neuen Besessenheit ab.

»Ist dir klar, dass du in der Anderswelt Familie hast?«, staunte sie.

Der Maskenmann verschränkte die Arme und stieß einen langen, entnervten Seufzer aus. »Erinnere mich bloß nicht daran. Mein verstorbener Bruder hat dort gelebt, somit stammen auch seine Kinder daher.«

»Deine Familie könnte dir in naher Zukunft gefährlich werden«, warnte ihn Morina.

»Mit meiner Nichte und meinem Neffen werde ich schon fertig«, entgegnete der Maskenmann. »Die zwei sind jung und einfältig – meine Nichte hält mich sogar für ihren verstorbenen Vater. Sowie ich die Macht an mich gerissen habe, werden sie die Ersten sein, die sterben.«

Doch die Hexe hatte sich absichtlich vage ausgedrückt; nicht Alex und Conner waren die Familienmitglieder, auf die sie sich bezog. Offenbar war der Maskenmann sich eines Teils seiner Verwandtschaft nicht bewusst, und diese Tatsache würde ihr womöglich beizeiten von Nutzen sein.

»Nachdem du nun gesehen hast, dass es mir vorherbestimmt ist, eine Armee zu bilden – kannst du jetzt meine Bücher für mich finden?«, fragte der Maskenmann.

Morina starrte nochmals angestrengt in die Kristallkugel, und das Versteck zeichnete sich deutlicher und deutlicher ab.

»Da nimmt eine Bibliothek in einer Burg Gestalt an«, berichtete sie ihm. »Vor einigen Jahren hat deine Mutter die Bücher verschenkt – an jemanden, der ihren Enkelkindern zur Seite gestanden hatte. Diese Burg ist prunkvoll geschmückt. Mir scheint, die Bediensteten bereiten in diesen Minuten eine Feier vor. Eine Trauung, mutmaßlich.«

»Das muss Rotkäppchens Hochzeit mit König Charlie sein«, begriff der Maskenmann. *»Meine Bücher stehen in ihrer Burg!«*

Morina hob erstmals wieder den Blick von ihrer Kristallkugel. »König Charlie, sagst du? Etwa Charlie, der *lange verschollene Märchenprinz*?«

»Ebender. Mittlerweile ist er König«, nickte der Maskenmann. »Die Bürger von Suses Republik haben ihn nach Suses Tod auf den Thron gewählt.«

Röte stieg Morina in die Wangen. »Na, das ist ja bemerkenswert …«, meinte sie durch zusammengebissene Zähne.

Der Maskenmann vermochte nicht zu bestimmen, ob die Neuigkeit sie verärgerte oder betrübte – oder beides gleichermaßen. Statt nachzuforschen, begann er sogleich, eine Strategie zur Rückeroberung der Bücher zu entwerfen.

»An die Wälzer heranzukommen sollte inmitten all des Hochzeitstrubels nicht allzu schwierig sein«, urteilte er. »Das gesamte Königreich wird sich auf der Feier tummeln.«

Morinas Augen schweifen ins Leere; sie schmiedete unterdessen ihre eigenen Pläne.

»Die Festlichkeiten werden nicht ausreichen«, sagte sie. »Du wirst etwas vom Kaliber eines weiteren Drachen benötigen, um die Aufmerksamkeit des kompletten Reiches zu fesseln. Und da weiß ich genau das Richtige …«

Morina schenkte ihm ein Lächeln. Wäre der Maskenmann weiser gewesen, hätte er sich über ihre plötzliche Bereitwilligkeit gewundert, doch er hatte einzig seine Bücher und sein zukünftiges Heer im Sinn.

»Danke, Morina. Ich schwöre dir, sobald die Macht mein ist, gehört dir jedes Königreich, das du begehrst.«

Zum ersten Mal in ihrem Leben war Morina froh, dass der Maskenmann ihr ins Haus geschneit war. Ihr Blick in die Kristallkugel hatte ihr weit mehr als bloß seine Zukunft enthüllt: Morina hatte eine ganze Welt an ungeahnten Möglichkeiten für sich selbst entdeckt, und falls es ihr gelang, ihre Karten geschickt auszuspielen, würde diese Zusammenarbeit ihr viel mehr als nur ein *Königreich* bescheren.

Kapitel 6

Die bösen Feen

Conner und seine Freunde kehrten viel eher an die Furt des toten Mannes zurück, als es ihnen lieb gewesen wäre. Gemeinsam mit Jack wühlte Conner sich durch die Trümmer des zerstörten Hexenkessels, während Rotkäppchen und Goldlöckchen den nahen Wald durchkämmten. Hafergrütze und ihr Sohn Flöckchen (der inzwischen beinahe so groß war wie seine Mutter) machten sich nützlich, indem sie die größeren Schuttteile mit ihren Hufen beiseitetraten.

»Ich sehe bloß Äste und Stöcke«, stellte Jack fest. »Suchen wir etwas Bestimmtes?«

»Irgendwas«, erwiderte Conner verzweifelt. »Irgendetwas, das uns auf die Spur des Maskenmannes bringen könnte. Alex wird nicht aufhören, ihm nachzustellen, bloß weil der Rat der Feen es ihr verboten hat – vielmehr wird sie nun noch entschlossener sein, sich zu beweisen. Wir müssen ihn erwischen, bevor es ihr gelingt. Mir graut nämlich vor dem, was sie ihm sonst antun mag.«

Conner versuchte, sich selbst einzureden, dass er alles in seiner Macht Stehende unternommen hatte, um seine Schwester zu unterstützen, doch ihm war nur zu bewusst, dass das nicht der Wahrheit entsprach. Wäre er von Beginn an im Hinblick auf ihre Besessenheit von dem Maskenmann ehrlich zu ihr gewesen, befänden sie sich jetzt womöglich nicht in diesem Dilemma.

So jedoch war Alex nun nicht nur völlig außer Fassung, sondern zudem noch allein und vermutlich überzeugt, dass die ganze Welt (einschließlich ihres Bruders) gegen sie war. Conner wünschte sich nichts sehnlicher, als sie zu finden, damit er ihr dabei helfen konnte, alles Verlorene wiederaufzubauen – zugleich allerdings hatte er keinen blassen Schimmer, wo er überhaupt ansetzen sollte, sofern sie Alex aufstöberten.

»Es ist doch wirklich eine Schande«, sagte Rotkäppchen kopfschüttelnd, während sie den Boden inspizierte. »Immerzu sind es die Leute, auf die man sich verlässt und denen man vertraut, die einen am schlimmsten enttäuschen.«

Goldlöckchen nickte. »Da stimme ich dir zu. Ich bin noch immer entsetzt darüber, wie der Rat der Feen Alex so etwas antun konnte, insbesondere nach allem, was sie für die Königreiche geleistet hat. Wen schert es, ob der Maskenmann ihr Vater ist oder nicht; man sollte doch meinen, allmählich hätten die Ratsmitglieder gelernt, dass auf Alex' Intuition Verlass ist.«

Rotkäppchen warf ihr von der Seite einen schiefen Blick zu. »Der Rat der Feen? Ich habe gerade vom Küchenpersonal für die Hochzeit geredet. *Heute* Morgen haben sie uns abgesagt. Ist dir klar, wie schwierig es sein wird, innerhalb von nur zwei Tagen jemanden anzuheuern, der für fünfhundert Gäste kocht?«

Wann immer Rotkäppchen das Gespräch auf ihre Feierlichkeiten brachte, empfand Goldlöckchen sie als unerträglicher denn je. Das Letzte, was die ehemalige und künftige Königin nötig hatte, waren zusätzliche Gründe, sich über alle anderen erhaben zu fühlen.

»Ich bin sehr froh, dass Jack und ich in kleinem Kreis geheiratet haben«, betonte Goldlöckchen. »Keine Streitereien, kein Trubel, sondern schnell und unspektakulär.«

Rotkäppchen verdrehte die Augen. »Ich schätze, eure Einladungen waren auch im Nu verschickt, da eure *Gästeliste* ja identisch mit der *Fahndungsliste der meistgesuchten Verbrecher des magischen Landes* war. Leider hat man – sofern man in einem Maße geachtet und angesehen ist wie Charlie und ich – keine Wahl und ist gezwungen, eine ebenso extravagante wie elegante Hochzeitsfeier auf die Beine zu stellen. Unser Volk *braucht* ein solches Fest – es wird die Bürger wieder zu träumen lehren.«

Goldlöckchen atmete tief durch und kämpfte gegen den Drang an, etwas nach Rotkäppchen zu werfen.

»Wenn du noch so viel für die Trauung zu planen hast, was tust du dann hier?«, fragte sie.

»Ohne Charlie macht die Vorbereitung keinen rechten Spaß, und er hat heute jede Menge Königsquatsch zu erledigen. Anscheinend treibt es das einfache Volk sehr um, welchen Namen er unserem Königreich nun, nach seiner Krönung, geben will.«

»Hat er vor, es nach sich selbst zu benennen, so wie du und Suse es gehalten haben?«, erkundigte sich Goldlöckchen.

»Nein«, musste Rotkäppchen enttäuscht berichten. »Er ist entschlossen, eine Bezeichnung zu wählen, die das Reich über seine Herrschaft hinaus behalten kann. Ich glaube, seine Entscheidung ist letztlich auf *das Königreich in der Mitte* gefallen. Ein bisschen langweilig, wenn du mich fragst, aber ich nehme an, es wird dem Staatshaushalt ein Vermögen einsparen, nicht ständig neue Landkarten drucken zu müssen.«

Mit einem Mal hielt Rotkäppchen abrupt inne und presste sich einen Finger auf die Lippen. Goldlöckchen kannte diese Pose bereits sehr gut – Rotkäppchen nahm sie immer dann ein, wenn sie kurz davor war, um einen Gefallen zu bitten.

»Beinahe hätte ich es vergessen«, sagte Rotkäppchen. »Es gibt da etwas, das ich dich fragen wollte, Goldie.«

»O nein«, seufzte Goldlöckchen.

»Da Alex höchstwahrscheinlich zum Zeitpunkt der Trauung noch immer untergetaucht sein wird: Möchtest du meine Trauzeugin sein?«, erkundigte sich Rotkäppchen aufgeregt. »*O bitte, sag ja!* Ich weiß niemanden, mit dem ich gemeinsam mehr durchgemacht habe. Wir sind wie *Schwestern* – die Sorte Schwestern, die sich in der Vergangenheit gerne mal gegenseitig an die Gurgel gegangen sind.«

Goldlöckchen starrte sie einige Herzschläge lang vollkommen perplex an, ehe sie unvermittelt in Tränen ausbrach. Dieser Anblick wiederum ließ auch Rotkäppchens Augen feucht werden, und sie warf Goldlöckchen ihre Arme um den Hals.

»Ich hatte ja keine Ahnung, dass dir das so viel bedeuten würde!«, schniefte Rotkäppchen.

»Tut es nicht«, erwiderte Goldlöckchen und wischte sich an Rotkäppchens Ärmel die Augen. »Das klingt sicher schrecklich – aber mir fällt einfach kein Grund ein, dir diesen Wunsch abzuschlagen. Und wenn man schwanger ist, erscheint einem alles ohnehin viel dramatischer.«

Rotkäppchen löste sich rasch aus der Umarmung und stolzierte davon.

»Es tut mir leid, Rot! Das war gemein von mir. Natürlich werde ich deine Trauzeugin sein«, entschuldigte sich Goldlöckchen. »Ich denke zu wenig nach, bevor ich rede – daran sind die Hormone schuld.«

Noch einige weitere Stunden stöberten sie nach Hinweisen, die sie zum Maskenmann führen könnten, bis Conners Frust ihn überwältigte. Er knurrte laut und fing an, wütend nach den Trümmern zu treten.

»Das ist vollkommen sinnlos!«, brüllte er. »Hier ist nichts! Wir müssen anderswo suchen.«

»Der Hexenkessel ist der einzige Ort, an dem wir den Maskenmann in den vergangenen fünf Monaten gesehen haben«, erinnerte ihn Jack. »Wo sollten wir denn sonst schauen?«

Darauf hatte Conner keine Antwort parat. Er trottete zum Ufer des Bachs und ließ sich auf einen Geröllbrocken sacken, um nachzudenken. In der Hoffnung auf eine Eingebung legte er den Kopf in den Nacken – und was er am Himmel erblickte, war derart seltsam, dass er sich die Augen rieb, um eine Halluzination auszuschließen.

»Leute«, wandte Conner sich an seine Freunde. »Was ist *das*?«

Ein Buch flog durch die Luft – und hielt offenbar geradewegs auf ihn zu. Als es nicht mehr allzu weit entfernt war, erspähte Conner drei winzige Gestalten, die es umschwebten: eine violett, die zweite grün, die dritte orange, und allesamt mit einem Paar farbenprächtiger Flügel.

»Sind das Mücken? Ich habe kein Insektenschutzmittel dabei«, sorgte sich Rotkäppchen.

»Nein, das sind Feen!«, staunte Goldlöckchen.

»AUS DER BAHN!«, schrie eine der Feen. »Wir können es nicht länger halten!«

Das Buch entglitt ihren zarten Fingern und klatschte Conner

mitten ins Gesicht. Kurz wurde ihm schwarz vor dem linken Auge, doch sowie er wieder beidseitig zu sehen vermochte, bemerkte er auf einem Felsblock neben sich drei gelandete Feen. Sie waren stark verschwitzt und rangen um Atem.

»Verzeihung, Conner!«, japste eine der Feen. »Wir haben dieses Ding die komplette Wegstrecke aus dem Königreich der Feen hierhergeschleppt!«

Conner erkannte sie sofort wieder, obwohl er sie seit Jahren nicht mehr zu Gesicht bekommen hatte.

»Trix? Bist du das?«, vergewisserte er sich.

Die Fee hatte dunkles Haar, blaue Flügel, und sie trug ein Kleid aus violetten Blütenblättern. Nun lächelte sie zu ihm hoch und klimperte mit den langen Wimpern, zutiefst geschmeichelt, dass er sich ihren Namen behalten hatte.

»Hallo, Conner!«, grüßte Trix. »Wir haben überall nach dir Ausschau gehalten! Diese beiden hier sind meine Freundinnen Merkle und Noodle.«

Sie gestikulierte zu den anderen Feen hinüber, und die zwei winkten ihm zu. Noodle war mollig für ihre Größe; ihr Bauch zeichnete sich deutlich unter ihrem orangefarbenen Kleid ab. Merkle dagegen wirkte bleistiftdünn, und sie schielte nervös umher, während sie sich energisch die Hände rieb.

»Wir hätten das nicht tun sollen!«, sagte Merkle. »Wir handeln uns riesigen Ärger ein!«

»Merkle, beruhige dich, bevor dir gleich Flammen aus den Händen schlagen«, beschwichtigte Noodle sie. »Niemand hat auch nur den blassesten Schimmer, wo wir sind!«

»Aber was tut ihr eigentlich hier?«, hakte Conner ein.

Trix schwirrte vor seine Nase, um auf Augenhöhe mit ihm zu sein. »Wir wissen über deine Schwester Bescheid!«

»Trix, die ganze Welt hat diese Sache inzwischen mitbekommen«, erwiderte Conner. »Über Nacht ist sie von der guten Fee zur meistgesuchten Person des magischen Landes geworden. So etwas verbreitet sich ziemlich schnell.«

»Nein, ich meine, wir waren dabei – gestern Abend, während der Versammlung des Rats der Feen!«, erläuterte Trix. »Wir haben alles miterlebt!«

»Vom Fenstersims aus; dort bemerkt uns nie jemand«, verriet Noodle zwinkernd. »Wir nehmen an jeder Ratssitzung teil – so haben wir anschließend etwas, worüber wir mit den übrigen Feen tratschen können. Wir sind auch über den Maskenmann im Bilde und glauben, dass Alex zu Recht seinetwegen besorgt ist!«

»Wir hätten nicht lauschen sollen!«, klagte Merkle und vergrub beschämt ihr Gesicht in den Händen.

»Und die meisten Feen, mit denen wir gesprochen haben, stehen auf Alex' Seite!«, fuhr Trix fort. »Wir sind mehrheitlich der Meinung, dass es der Rat ist, der vollkommen überreagiert hat!«

Conner war ungemein froh, dass seine Schwester offenbar doch zahlreiche Unterstützer hatte.

»Das bedeutet mir viel, Trix, aber die Dinge liegen enorm kompliziert –«

»Die Ratsfeen werden uns aus dem Königreich verbannen, wenn sie herausfinden, was wir gestohlen haben!«, rief Merkle plötzlich aus. »Wir sind böse Feen! SEHR böse Feen!«

Die Ärmste schien kurz vor einem Herzanfall zu stehen.

»Okay – *Time-out!*«, verlangte Conner. »Was habt ihr drei geklaut?«

Trix und Noodle tauschten ebenso verstohlene wie verschmitzte Blicke.

»Erinnerst du dich noch daran, wie du mich zusammen mit

deiner Schwester einst vor der Vertreibung bewahrt hast?«, fragte Trix. »Ich hatte immer das Bedürfnis, mich zu revanchieren. Deshalb möchte ich deiner Schwester dabei helfen, sich zu beweisen, und Noodle und Merkle haben sich bereiterklärt, mir dabei zur Hand zu gehen.«

»Und nie im Leben habe ich etwas inniger bereut!«, jammerte Merkle.

»Bei der Ratsversammlung hat deine Schwester erwähnt, dass der Maskenmann einen Zaubertrank der verstorbenen guten Fee entwendet hat – einen, von dem er behauptet, er sei besonders mächtig«, sagte Trix. »Den Rat kümmert das nicht, aber wenn es Alex Sorge bereitet, dann sorgen *wir* uns ebenso!«

»Daher haben wir in ihrem Sinne ein wenig im Feenpalast herumspioniert – und aufgedeckt, dass sie recht damit hat!«, verkündete Noodle triumphierend. »Die vormalige gute Fee hat in der Tat einen *äußerst potenten* Trank erfunden! Und wir sind überzeugt, dass der Maskenmann genau dieses Gebräu gestohlen haben muss!«

Angesichts der fragwürdigen Quelle wagte Conner kaum, allzu viel Vertrauen in diesen Bericht zu setzen, doch was die Feen erzählten, war in der Tat faszinierend. »Wie habt ihr das erfahren?«

»Zeigt ihm einfach endlich das Buch! Ich halte die Spannung nicht mehr aus!«, kreischte Merkle, und ihre Augen traten so weit hervor, dass sie ihr um ein Haar aus den Höhlen gesprungen wären.

Trix und Noodle packten beide je eine Ecke des Buchs, das sie mitgebracht hatten, und ließen es in Conners Schoß fallen. Er öffnete den Einband und blätterte durch die Seiten. Im Innern stieß er auf handschriftliche Einträge, Skizzen und Diagramme – ein Protokoll verschiedenster Experimente. Zuerst vermutete Conner, die ordentliche, weiblich anmutende Handschrift gehöre wohl einer Wissenschaftlerin – doch sie kam ihm immens vertraut vor. Tatsächlich handelte es sich um dieselben kunstvoll geschwungenen Buchstaben, die Conner bereits aus zahlreichen Geburtstagskarten und Briefen kannte.

»Das ist von Grandma!«, stutzte er. »Davon hatte ich keinen blassen Schimmer.«

»Wir haben es versteckt in ihren früheren Gemächern im Feenpalast aufgestöbert«, sagte Trix. »Darin hat sie die Zutaten sämtlicher Zauber und Tränke festgehalten, die sie je benutzt und erschaffen hat.«

»Und wir haben es geraubt!«, keuchte Merkle. Nie zuvor hatte sie sich derart geschämt.

»Jep, wir haben es geraubt!«, bekräftigte Noodle mit breitem Grinsen. Im Gegensatz zu Merkle hatte sie ihre helle Freude an dem Nervenkitzel ihrer kleinen Ungezogenheit und amüsierte sich köstlich darüber.

»Und wir glauben, dass der letzte Eintrag dem Trank gilt, den der Maskenmann an sich gebracht hat!«, ergänzte Trix. »Ein *ausgesprochen* mächtiges Gebräu – viel mächtiger als jedes andere, das sie je zusammengemischt hat.«

Jack, Goldlöckchen und Rotkäppchen drängten sich dichter um Conner und die Feen, damit ihnen kein Wort entging. Selbst Hafergrütze und Flöckchen wirkten interessiert an deren Entdeckung.

»Ich schätze, dann sollten wir uns das besser mal anschauen«, meinte Jack.

»Ganz meine Meinung! Hör auf die Mücken, Conner!«, pflichtete Rotkäppchen ihm bei.

Die Feen schwirrten inzwischen so aufgeregt mit den Flügeln, dass es tatsächlich wie Bienensummen klang.

»Lest bloß einmal die letzten Seiten! Den Teil, der das Weltenwanderer-Elixier behandelt«, wies Trix ihr Publikum an.

Conner strich die hintersten Blätter glatt und las laut vor, was seine Großmutter notiert hatte:

Das Weltenwanderer-Elixier
Endlich! Nach wochenlangem Tüfteln ist es mir gelungen, die richtigen Zutaten für jenen Trank zu kombinieren, den ich unbedingt für meinen Sohn herstellen wollte! Nur wenige Tropfen davon verwandeln jedes geschriebene Werk in einen Durchgang, der in die von ihm geschilderte Welt führt. Selbst in Anbetracht meiner Fähigkeit, Portale zwischen dem magischen Land und der Anderswelt zu erschaffen, hätte ich es niemals für möglich gehalten, dass sich eine Substanz mischen ließe, die es mir erlaubt, jede nur vorstellbare Welt zu betreten, ganz wie es mir beliebt.
Mit ihrer Hilfe wird mein Sohn in der Lage sein, all die Orte zu besuchen und sämtliche Figuren zu treffen, von denen er seine gesamte Kindheit lang geträumt hat! Und das Beste: Ich werde ihn dabei vor Glück und Freude aufblühen sehen!
Die Zutaten sind viel simpler, als ich erwartet hatte, allerdings tückisch zu beschaffen. Da ihr Zweck eher sinnbildlicher denn praktischer Natur ist, hat es mich einiges an Phantasie gekostet, die jeweils passenden Elemente für das Gebräu auszuknobeln.
Zunächst braucht es einen Ast vom ältesten Baum des Waldes. *Um die Welten auf den Seiten zum Leben zu erwecken, dachte ich mir, dass eine Komponente des Tranks gewiss ebendas sein sollte, was dem Papier selbst einst sein Leben geschenkt hatte. Und worin steckt mehr Lebendigkeit als in einem uralten Baum?*
Die zweite Zutat ist eine Feder des prachtvollsten Fasans am Himmel – *sie sorgt dafür, dass die Wirkungsmacht des Tranks durch keinerlei Grenzen eingeschränkt ist, ähnlich einem fliegen-*

den Vogel. Somit sind Reisen in alle Länder möglich, nah und fern und selbst jenseits der eigenen Vorstellungskraft.
Als dritte Komponente benötigt das Gebräu ein eingeschmolzenes Schloss samt Schlüssel, das einst wahren Liebenden gehört hat. *Genau so, wie dieses Paar einst einander das Herz für ein Leben in Liebe geöffnet hat, wird das verflüssigte Schloss nun die Tür in all jene literarischen Dimensionen entsperren, die zu erforschen gewünscht werden.*
An vierter Stelle erfordert der Trank das Mondlicht zweier ganzer Wochen. *Der Mond bewegt die Wellen im Meer; sein Licht wird auch das Elixier in Schwingung versetzen und lebendig machen.*
Zuletzt, jedoch am allerwichtigsten: Ein Funken Magie *ist vonnöten, um alle Bestandteile zu aktivieren – und einem Freudenstrahl, ausgesandt direkt aus dem eigenen Herzen, gelingt dieser Zauber.*
Auf Biographien oder Geschichtsbücher lässt sich der Trank nicht anwenden; er entfaltet seine Kunst lediglich bei Werken, die der schöpferischen Geisteskraft der Phantasie entsprungen sind. Doch allerdings nun noch einige Worte der Warnung, denn der Eintritt in fiktive Welten birgt durchaus Gefahren:

1. *Die Zeit dort existiert nur im Rahmen der Geschichte. Daher gilt es, das Buch wieder zu verlassen, ehe der Text zu Ende geht – andernfalls könnte der Reisende mit dem Schluss der Erzählung selbst verschwinden.*
2. *Jede Welt besteht allein aus den Dingen, Orten und Wesen, die der Autor beschreibt. Somit verfügen auch die Figuren über keinerlei Wissen von unserer Wirklichkeit oder der Anderswelt.*
3. *Achtung ist geboten vor den Bösewichten der Geschichten. Anders als die Bewohner des magischen Landes oder der*

Anderswelt sind die meisten literarischen Schurken als herzlose Charaktere ohne jedes Gewissen angelegt, was bedeutet, dass sie dem, der ihnen in die Quere kommt, keine Gnade zeigen werden.

4. Das für die Reise gewählte Buch ist Eingangs- und Ausgangsportal der jeweiligen Geschichte zugleich und muss darum sorgsam verwahrt werden – nichts darf ihm zustoßen, sonst gibt es für den Verwender keinen Weg zurück.

Unter ihren Eintrag hatte die einstige gute Fee eine kleine Phiole gezeichnet. Sie glich haargenau jenem Fläschchen, das Alex den Maskenmann hatte stehlen sehen – und auch dem, das Conner auf dem Dach des Hexenkessels in seiner Hand erspäht hatte.

»Heiliger Strohsack«, murmelte Conner. Ihm schwirrte derart der Kopf, dass der Boden unter seinen Füßen zu schwanken schien. »So also hat er den Sturz überlebt, nachdem Alex die Schänke hatte abheben lassen! Er hat mit dem Trank das kleine Buch aktiviert und muss es geschafft haben, sich in die Seiten zu flüchten, ehe er auf der Erde aufgeschlagen ist!«

Mit einem Mal wurde alles klarer und verworrener zugleich. War es möglich, dass Alex von Beginn an recht gehabt hatte?

»Deine Großmutter schreibt, sie habe das Elixier für ihren Sohn gebraut – *deinen Vater*«, sagte Goldlöckchen. »Als der Maskenmann es geraubt hat, hat er Alex erzählt, er nehme sich bloß, was ihm schon vor langer Zeit zugestanden hätte.«

Conner nickte. »Ich hasse es beinahe, das auszusprechen – aber allmählich ergibt Alex' Geschichte Sinn«, räumte er ein, obwohl er noch immer nicht vollends bereit war, das Unmögliche zu glauben.

»Der Maskenmann hat die Hexen beschworen, dass er ihre

Hilfe benötige, um etwas zu finden – und behauptet, sobald er es in seinen Besitz gebracht habe, sei er in der Lage, eine Armee zu rekrutieren, die ihre *kühnsten Vorstellungen übersteigt*«, erinnerte sich Jack. »Er hat gemeint, es sei *eine Sammlung*, gewissermaßen, die eigentlich zusammen mit dem Trank hätte verwahrt sein sollen.«

»Offenbar hat er sich damit auf eine Büchersammlung bezogen«, schlussfolgerte Conner. »Wir müssen Alex aufspüren und sie in all das einweihen. Möglicherweise hat sie eine Idee, von welchen Büchern die Rede sein könnte.«

Alle tauschten Blicke – entschlossener denn je, Conners Schwester ausfindig zu machen. Lediglich Rotkäppchen teilte ihren Eifer nicht. Sie hatte sich aus der Unterhaltung ausgeklinkt und betrachtete mit merkwürdiger Miene den Bach.

»Rot, ist alles in Ordnung?«, erkundigte sich Jack.

»Oh, mir geht es gut«, versicherte ihm Rotkäppchen, ohne sich dabei jedoch vom Wasser abzuwenden. »Aber ich schwöre, der Bach hat gerade seine Flussrichtung geändert –«

Im nächsten Moment stieß sie einen spitzen Schrei aus, schlug sich eine Hand auf den Mund und deutete mit der anderen hinunter zu der Furt. Zwei hölzerne Särge trieben in schauriger Manier aus einem anderen Teil der Zwergenwälder heran. Rotkäppchen und die Übrigen folgten ihnen stumm vor Schrecken mit den Augen, bis sie nacheinander behäbig auf das nahe Ufer aufliefen.

»Was tun die denn im Bach?«, fragte Trix. Etwas derart Makabres hatten sie und ihre Feenfreundinnen nie zuvor erlebt.

»Diese Stelle hier heißt wohl nicht umsonst Furt des toten Mannes«, murmelte Jack.

»Ihr glaubt doch wohl nicht, dass darin allen Ernstes *Leichen* liegen, oder?«, piepste Rotkäppchen.

Goldlöckchen zog ihr Schwert. »Es gibt nur eine Möglichkeit, das herauszubekommen.«

Ohne zu zögern näherte sie sich den Särgen und hebelte die Beschläge auf, klappte die Deckel hoch und musste ihren Mund bedecken gegen den bestialischen Gestank.

»Jep, zwei Leichname, Zweifel ausgeschlossen«, röchelte sie. »Kommt und schaut sie euch an. Solche Toten sind mir noch nie begegnet.«

»Nein, danke!«, wehrte Rotkäppchen rasch ab. »Das glaube ich dir unbesehen!«

Conner und Jack eilten an Goldlöckchens Seite, um sich selbst zu überzeugen. In jedem Sarg ruhten die sterblichen Überreste eines älteren Menschen – so blass und faltig, dass sie hellen Rosinen glichen. Tatsächlich waren beide Leichen in einem Maß verschrumpelt, das es unmöglich machte, zu bestimmen, ob es sich bei den Toten um Männer oder Frauen handelte. Beinahe wirkte es, als wäre ihnen jeglicher Lebenssaft buchstäblich ausgesogen worden.

Die Feen schwebten über Jacks Schultern – zu furchtsam, um einen Blick in die Särge zu riskieren, und zugleich zu neugierig, als dass sie sich die Gelegenheit hätten entgehen lassen wollen.

»O nein!«, jammerte Merkle. »Das ist ein Omen! Ein Omen, das garantiere ich euch!«

In der Tat war die Szene derart grauenvoll, dass Conner die Prophezeiung der ängstlichen Fee für gar nicht allzu abwegig hielt. »Ja«, meinte er langsam. »Aber ein Omen wofür?«

Kapitel 7

Antworten auf dem Dachboden

Sowie Bree mit ihren Biologiehausaufgaben fertig war, schickte Mrs. Campbell sie die enge ausziehbare Dachbodentreppe hinauf, um den Speicher aufzuräumen. Nicht, dass es dort oben besonders unordentlich gewesen wäre – aber Bree konnte schließlich nicht immerzu die Küche saubermachen, und der Rasen musste ebenfalls kaum täglich gemäht werden. Da Bree jedoch nach wie vor unter Hausarrest stand, war von ihrer Mutter Kreativität gefragt, um die Tochter beschäftigt zu halten, und infolgedessen hatte das Haus der Campbells niemals tadelloser ausgesehen.

Der Dachboden war düster und staubig. Abgesehen von ein wenig Feudeln und Fegen, gab es für Bree allerdings nicht viel zu tun. Daher beschloss sie, einfach einige Kartons umherzuschieben, bis ihre Mom sie zum Abendessen rief.

Zuerst versuchte sie, die Kisteninhalte nach Jahreszeiten zu sortieren, gab diesen Plan jedoch auf, als sie sich nicht entscheiden konnte, ob die Babysachen eher zum Winter oder Sommer geräumt werden sollten. Dann ging sie zu einer Sortierung nach Farben über, stieß jedoch auf eine Schachtel mit Weihnachtsschmuck und kapitulierte vor dem immensen Arbeitsaufwand, den diese Methode bedeutet hätte. Wiederholt wechselte sie ihr Ordnungskonzept und verlegte sich am Ende schlicht darauf, die Kartons nach dem Vorbild berühmter Gebäude und Sehenswürdigkeiten aufzustapeln.

In jüngster Zeit hatte sie sich pausenlos über derart zahlreiche Fragen und Theorien den Kopf zerbrochen, dass sie die stumpfsinnige Tätigkeit tatsächlich genoss. Niemals hätte sie damit gerechnet, auf dem Speicher auf etwas zu stoßen, das gar noch neue und beunruhigendere Fragen aufwerfen würde.

Einer ihrer Stapel war zu hoch geraten und kippte um, so dass sich das komplette Innenleben der Kisten über die Bodendielen ergoss – darunter auch ein kleines Schatzkästchen, das Bree völlig unbekannt war. An dem verblichenen Blumenmuster, mit dem das Holz bemalt war, erkannte sie, dass es sehr alt sein musste.

Sie pustete die Staubschicht herunter, mit der die kleine Kiste überzogen war, und bemerkte eingeritzt in den Deckel den Namen *Anneliese*.

»Anneliese?«, murmelte Bree und drehte die Schatulle in den Händen hin und her. »Oh, das muss Oma gehört haben!«

Brees Großmutter war Deutsche gewesen, und da Bree seit kurzem sehr viel über ihre Familiengeschichte nachgrübelte, fragte sie sich nun, ob sich vielleicht im Nachlass ihrer Großmutter etwas Interessantes verbarg.

Sie öffnete das Kästchen, und ein starker Parfümduft schlug

ihr entgegen. Im Innern lagen Briefe, Fotos und Zeitungsausschnitte, die ihre Großmutter über die Jahre gesammelt und aufbewahrt hatte. Einer der Ausschnitte fiel Bree besonders ins Auge: So alt, dass das Papier bereits vergilbt war und sich steif und brüchig anfühlte, verkündete er Annelieses Verlobung mit Stephen Campbell, Brees Großvater.

Direkt unter dieser Bekanntmachung lag ein an ihre Großmutter adressierter Brief, und Brees Herz setzte kurz aus, als sie die Absenderadresse las:

Cornelia Grimm
1729 Mystic Lane
Willow Grove, CT

»*Grimm?*«, keuchte Bree und riss den Umschlag auf, so schnell sie nur konnte. Nach haargenau so etwas hatte sie gesucht.

Aus dem Kuvert rutschte ein Schwarz-Weiß-Foto; es zeigte zwei junge Frauen, die auf der Eingangstreppe eines stattlichen Hauses posierten. Die rechte Dame war Brees Großmutter, daher vermutete sie, dass es sich bei der linken wohl um Cornelia handelte.

Cornelia schien ein paar Jahre jünger als Brees Großmutter zu sein. Ihr langes blondes Haar reichte ihr bis zur Taille, und sie hatte das gleiche Lächeln wie Anneliese. Bree nahm an, dass die beiden miteinander verwandt gewesen sein mussten. Behutsam entfaltete sie den Brief und las.

Liebste Cousine Anneliese,
kürzlich ist mir beim Ordnen meines Schreibtischs dieses Foto von uns beiden in die Hände gefallen. Du sollst es haben. Aufgenommen wurde es an jenem Tag, an dem Du zu uns gezogen bist. Unglaublich,

dass das bereits beinahe fünf Jahre her ist, nicht wahr? Mir kommt es vor, als hätten wir Dich erst gestern vom Hafen abgeholt.
Wir hoffen, Du führst inzwischen eine glückliche Ehe! Jedes Mal, wenn ich mich an Deine herrliche Trauung erinnere, treten mir Tränen in die Augen. Stephen ist ein großartiger Mann. Plant Ihr zwei bereits eine Familie? Wir wünschen es Euch jedenfalls sehr!
Ohne Dich ist das Haus nicht mehr, was es einmal war, aber wir arrangieren uns damit. Die Schwestern und ich führen die Arbeit unserer Familie fort und werden Dir viele phantastische Neuigkeiten zu berichten haben, sobald wir uns wiedersehen.
Gewiss, Du hattest Dir nach Deinem Umzug in die Vereinigten Staaten eine andere Entwicklung der Dinge erträumt – aber es freut uns, dass Dir ein derart wundervolles Leben zugefallen ist.
Wir vermissen Dich, und Du bist allzeit in unseren Gedanken.

Alles Liebe von
Cornelia und den Schwestern

Bree ließ den Brief sinken und starrte gelinde schockiert zu Boden. Grimm war kein allzu verbreiteter Nachname; wenn also Cornelia die Cousine ihrer Großmutter war, dann bestand die sehr realistische Möglichkeit, dass ihre Theorie, nach der sie mit Wilhelm Grimm verwandt sein könnte, tatsächlich zutraf! Dieser Brief war praktisch der Beweis!

Bree durchwühlte den Karton nach weiterer Korrespondenz zwischen ihrer Großmutter und Cornelia, doch offenbar war der Kontakt im Laufe der Jahre eingeschlafen, denn sie entdeckte nichts dergleichen. Ihre Hochstimmung dämpfte das allerdings kaum; dieses kleine Schriftstück gab Bree das Gefühl, als wären in ihrem Innern eintausend Feuerwerkskörper gezündet worden.

Hastig fingerte sie ihr Handy aus der Tasche, um auf der Stelle Emmerich einzuweihen. Dabei war ihr vollkommen gleichgültig, wie spät es in Bayern gerade sein mochte – diese neue Erkenntnis musste sie mit jemandem teilen, ehe sie platzte.

»Bree, das Abendessen ist fast fertig«, rief Mrs. Campbell, die soeben die wackeligen Stufen zum Dachboden heraufgeklettert kam. »Oh! Na, *anders* schaut es hier jetzt allemal aus.«

»Ich hatte ein paar Schwierigkeiten damit, ein passendes Ordnungssystem auszutüfteln«, meinte Bree. »Aber ich bringe alles nach dem Essen zu Ende.«

»Nein, Schatz, nicht nötig«, versicherte ihr Mrs. Campbell. »Dein Dad und ich haben uns eben ein wenig unterhalten und entschieden, dass du genug Wiedergutmachung geleistet hast. Dein Hausarrest ist hiermit aufgehoben.«

»Wirklich?«, fragte Bree. Sie war höchst überrascht, welch unerwartet erfreuliche Wendungen ihr Nachmittag genommen hatte. »Wieso?«

»Weil deine Schwester heute in der Schule einer Mitschülerin den Pferdeschwanz abgeschnitten hat«, seufzte Mrs. Campbell. »Du hast all deine Aufgaben so gründlich erledigt, dass nun gar keine mehr übrig sind, die wir *ihr* zur Strafe aufbürden könnten. Außerdem glauben wir, du hast deine Lektion gelernt.«

Bree nickte. »Definitiv«, beteuerte sie eifrig.

Mrs. Campbell versuchte, sich ihre nächsten Worte zu verkneifen, doch die Frage trieb sie derart um, dass es ihr nicht gelang, sie zurückzuhalten. »Wieso musstest du etwas so Dummes tun, Bree? Ich habe euch zwei Mädchen absolut gleich lieb, aber du bist meine *clevere Tochter*. Was hast du dir nur dabei gedacht, quer durch Europa zu streunen?«

»Das habe ich dir doch schon erklärt, Mom«, erwiderte Bree. »Ich wollte bloß ein bisschen Spaß haben. Und, falls es dich tröstet: Kürzlich erst bin ich über diese Studie gestolpert, die besagt, dass ein schwerwiegender Jetlag das Urteilsvermögen beeinträchtigt. Gut denkbar also, dass das zusätzlich in die Geschichte hineingespielt hat, oder?«

»Tja, was auch immer es war – tu so etwas nie wieder«, beschwor Mrs. Campbell sie. Dann fiel ihr Blick auf das Kästchen und den Brief in Brees Hand. »Was hast du denn da entdeckt?«

»Ich habe ein paar von Oma Annelieses alten Briefen gefunden«, erzählte Bree. »Dieser hier ist von einer Frau namens Cornelia Grimm. Kommt dir der Name irgendwie bekannt vor?«

Mrs. Campbell überlegte kurz. »Oh, ich glaube, das war eine der Damen aus dem alten *Zirkel* deiner Großmutter.« Sie lachte.

Bree war sicher, sich verhört zu haben. *»Zirkel?«*, hakte sie nach und schluckte. »Hast du gerade *Zirkel* gesagt? Meinst du etwa einen *Hexenzirkel*?«

»So witzeln zumindest dein Dad und seine Brüder stets darüber«, meinte Mrs. Campbell.

»Moment mal – willst du mir erzählen, dass Oma eine *Hexe* war?«, fragte Bree entgeistert.

Wie ernst ihre Tochter die Angelegenheit nahm, erschien Mrs. Campbell allmählich ein wenig alarmierend.

»Liebling, Hexen gibt es nicht«, sagte sie. »Als deine Großmutter in die USA eingewandert ist, hat sie zusammen mit einem Haufen entfernter Verwandter ein großes Haus in Connecticut bezogen. Anscheinend haben sie zusammen eine Menge schräger Aktionen gestartet – vermutlich schlicht europäisches Brauchtum. Deine Großmutter war stets sehr geheimniskrämerisch, was ihr Leben vor der Beziehung mit deinem Großvater anging.«

Bree staunte mit offenem Mund.

»Na ja … dann sollte doch vielleicht einer von uns dorthin fahren und das Rätsel ergründen«, schlug Bree vor. »Egal, wie weitläufig wir verwandt sind: Wenn wir da oben Familie haben, wäre es nett, sie kennenzulernen.«

Mrs. Campbell starrte ihre Tochter an, als hätte Bree mit einem Mal rote Pusteln im Gesicht.

»Schatz, niemand fährt hier nach Connecticut. Diese Frauen sind wahrscheinlich nicht einmal mehr am Leben. Du hast zu lange im Haus festgesessen – ich möchte, dass du in den nächsten Wochen ganz viel gemeinsam mit deinen Freundinnen unternimmst, ja? Das tut dir bestimmt gut.«

Mrs. Campbell stieg die Treppe wieder hinab, ohne sich darüber im Klaren zu sein, in welchem Gemütszustand sie ihre Tochter zurückließ. Durchs Brees Kopf jagten so viele Gedanken, dass sie sogar vergessen hatte, wie ihre Beine funktionierten. So hockte sie stumm da, während ihr Körper sich mühte, ihren Geist einzuholen.

Eines stand fest: Sie hatte tatsächlich dringend Unternehmungen zu planen, doch keine davon zusammen mit ihren Freundinnen. Bree musste einen Weg ausknobeln, der sie nach Connecticut führte …

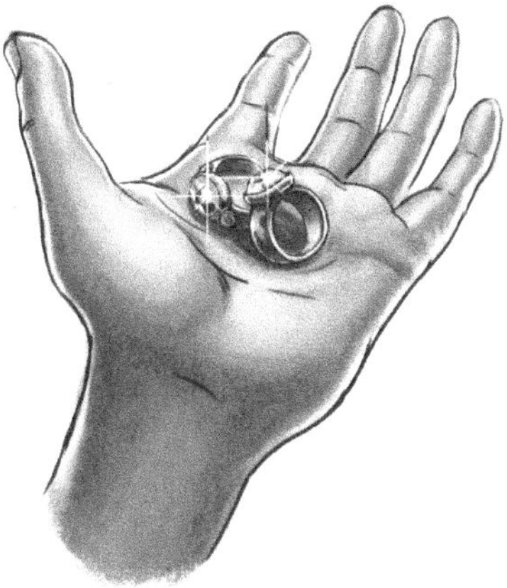

Kapitel 8

Der einzige Einwand

Endlich dämmerte Rotkäppchens und Froggys Hochzeitstag herauf. Trotz der zahllosen Rückschläge hatte Rotkäppchen all ihre Vorbereitungen rechtzeitig abgeschlossen, so dass einem perfekten Fest nichts im Wege stand. Und dank Goldlöckchens immenser Selbstbeherrschung durfte Rotkäppchen es sogar bei lebendigem Leib begehen.

Die einstige Kammer des Fortschritts war in einen wunderschönen Trauungssaal umgewandelt worden. Fünfhundert Stühle reihten sich vor einem Altar, der wiederum auf einer breiten Plattform thronte; eine Tribüne bot Platz für ein zweihundertköpfiges Orchester. Eine gewaltige Orgel mit Pfeifen, die bis zur fernen Decke emporstrebten, war eigens für den Anlass gefertigt worden. Hohe Vasen voller pinkfarbener, roter und weißer Nelken zierten die gesamte Halle, und entlang der Wände zogen sich weiße Säulen und zartrosa Vorhänge.

Goldlöckchen hatte den kompletten Vormittag damit zugebracht, den Bediensteten beim Aufbau zu helfen, und war ausgesprochen stolz auf das Ergebnis. Als jedoch Rotkäppchen zu einer letzten Inspektion in den Saal kam, musste Goldlöckchen feststellen, dass ihre wahre Aufgabe als Trauzeugin keineswegs nur darin bestand, *für* die Braut da zu sein, sondern sich vielmehr auch darauf erstreckte, alle anderen *vor* der Braut zu schützen.

Mit lediglich einem grell pinkfarbenen Bademantel und plüschigen Pantoffeln bekleidet, rauschte Rotkäppchen in die Kammer des Fortschritts; sie war ungeschminkt und trug Lockenwickler im Haar. Ihre weit aufgerissenen Augen und die panische Miene ließen sie verstörter denn je wirken.

»Das ist FALSCH, alles ganz FALSCH!«, kreischte sie. »Die Stühle stehen zu dicht beieinander – so verheddern sich die Damen doch mit ihren Kleidern! Der Altar befindet sich zu weit hinten auf der Bühne – ich will heiraten, keine Pilgerreise unternehmen! Sagt den Musikern, dass sie sich auf keinen Fall am Buffet bedienen dürfen – das Küchenpersonal hatte gerade Zeit, genug für die Gäste zuzubereiten! Die Säulen und Tücher müssen aufeinander abgestimmt sein – im Augenblick schaut es hier ja aus wie auf einem Basar!«

Tatsächlich würdigte Rotkäppchen keinen Zentimeter der Halle eines ausreichend langen Blickes, um das Arrangement auch nur ansatzweise richtig wahrzunehmen. Stattdessen fuchtelte sie mit beiden Armen hektisch durch die Luft, schrie und deutete wahllos in alle Richtungen.

»Rot, exakt so hast du es geplant«, meldete sich Goldlöckchen. »Du musst dich dringend erst einmal beruhigen.«

»Bitte erzähl mir nicht, dass du *das* zur Trauung anlassen willst«, brüllte Rotkäppchen nun Goldlöckchen an.

»Nein, ich ziehe das wesentlich hässlichere Kleid an, das du für mich ausgewählt hast«, konterte Goldlöckchen. »Weißt du noch? Das pinkfarbene mit den Puffärmeln?«

Rotkäppchen hörte ihr überhaupt nicht zu; stattdessen war sie dazu übergegangen, vor sich hinmurmelnd im Saal auf und ab zu tigern.

»Hast du letzte Nacht eigentlich geschlafen?«, fragte Goldlöckchen.

»*Geschlafen?* Wie sollte ich denn schlafen, wenn noch so viel zu erledigen ist?«, ereiferte sich Rotkäppchen. »Sekunde – willst du damit ausdrücken, dass ich verquollen aussehe? *O DU MEINE GÜTE, ICH SEHE VERQUOLLEN AUS! Die Hochzeit ist abgeblasen! Schert euch nach Hause, alle miteinander!*«

Goldlöckchen rupfte die Blumen aus der nächsten Vase und kippte Rotkäppchen das Wasser über, um ihr den Kopf zu kühlen. Die zukünftige Braut stieß einen gellenden Schrei aus.

»Jetzt pass mal gut auf«, sagte Goldlöckchen und beugte sich bedrohlich dicht an sie heran. »Alles in diesem Gebäude ist haargenau so, wie du es dir gewünscht hast. Du leidest bloß an vorhochzeitlichem Nervenflattern. Es gibt *nichts*, was du noch in Ordnung bringen oder verändern müsstest. Was du allerdings tun musst, ist, unverzüglich in deine Burg zurückkehren und dich fertig machen, damit du dann den Tag *genießen* kannst. Wenn ich nämlich noch eine weitere Beschwerde von dir vernehme, gerät diese Trauung *zu deiner Beerdigung*! Ist das klar?«

Rotkäppchen runzelte die Stirn, ihr Kinn zitterte – doch schließlich nickte sie langsam. »Ja.« Sie wandte sich zu den Übrigen im Raum um. »Entschuldigt, alle zusammen. Hervorragende Arbeit! Zum Dank für eure Bemühungen würde ich euch alle gern im Anschluss an die Zeremonie zum Empfang in die Burg einladen – *bloß essen dürft ihr nichts*!«

Unterdessen war Rotkäppchen allerdings nicht die Einzige, die vor der Hochzeit Herzklopfen bekam. Froggy, Conner und Jack hatten sich mittlerweile ebenfalls in Schale geworfen und leisteten einander in der Bibliothek der Burg Gesellschaft, während sie auf den Beginn der Trauungsfeierlichkeiten warteten. Froggy stand reglos am Fenster. Er starrte über das Königreich hinweg und verfolgte, wie die Bürger sich an den Straßen postierten. Sie sprudelten vor Aufregung und Vorfreude und hofften, ebenfalls einen Blick auf die königliche Hochzeit zu erhaschen.

»Kurios, wie die Zeiten sich ändern«, sinnierte Froggy leise. »Noch vor vier Jahren habe ich in einem Loch gehaust und hatte Angst, die Welt würde mich hassen und fürchten, sobald ich mein Gesicht zeigte. Nie hätte ich es für möglich gehalten, dass ich wahre Liebe erfahren könnte. Und jetzt bin ich hier, gewählter König eines eigenen Königreichs und kurz davor, eine der schönsten Frauen des magischen Landes zu heiraten – und dann war auch noch sie diejenige, die mir den Antrag gemacht hat.«

»Wenn das Leben eines beherrscht, dann ist das die Kunst, einen immer wieder zu überraschen«, schmunzelte Jack. »Und manchmal im allerbesten Sinne.«

Conner saß in einem Sessel, hielt die Augen auf den Fußboden geheftet und bekam von der Unterhaltung seiner beiden Freunde gar nichts mit. Seine Gedanken galten nach wie vor allein der Suche nach seiner Schwester und dem Maskenmann.

Als es um ihn her still wurde, sah er ruckartig auf. »Entschuldigt, was habt ihr gesagt?«, fragte er. Froggy hatte ihn zu seinem Trauzeugen ernannt, und bislang versagte Conner in dieser Rolle auf ganzer Linie.

»Bloß eine Feststellung, nichts Wichtiges«, meinte Froggy. Er schluckte und lockerte seinen Kragen. »Wieso zweifelt eigentlich jeder seine Entscheidung zu heiraten, am Tag der Trauung an? Monatelang hat die Vorstellung sich absolut richtig angefühlt, doch ausgerechnet im letzten Moment bekomme ich nun wohl noch kalte Füße.«

Conner lachte. »Aber Froggy, du bist ein Frosch. Du hast immer kalte Füße!«

Froggy drehte sich lächelnd zu ihm um. Conners Einwand hatte die Dinge auf charmante Weise ins rechte Verhältnis gerückt.

Ein Klopfen ertönte an der Tür, und das dritte kleine Schweinchen streckte seinen Kopf in die Bibliothek.

»Euer Majestät, die ehemalige und zukünftige Königin ist beinahe fertig. Die Zeremonie wird in Kürze beginnen.«

Jack klopfte Froggy auf den Rücken. »Dann mal los. Bist du bereit?«

»So bereit, wie man nur sein kann«, gab Froggy zurück. »Meine Herren, bitte begleitet mich auf meinen letzten Schritten als Junggeselle.«

Sie folgten ihm aus dem Raum, doch im Türrahmen zögerte Conner kurz. Ein undefinierbares Unbehagen breitete sich in seiner Magengegend aus, und er warf einen Blick zurück in das leere Zimmer. Beinahe schien es ihm, als hätte er etwas vergessen; allerdings kam er einfach nicht darauf, was es sein mochte.

Da er die anderen nicht warten lassen wollte, eilte er ihnen nach, doch das Gefühl blieb. Vielleicht aber wurde er bloß selbst langsam nervös.

In der Zwischenzeit brauchte in Rotkäppchens Ankleidezimmer die baldige Braut unfassbar lange, um in ihr Hochzeitskleid zu schlüpfen. Goldlöckchen mühte sich beim Warten nach Kräften, die Ärmel ihres eigenen Kleids ein wenig ansehnlicher zu gestalten, doch allzu viel vermochte sie nicht auszurichten.

»Beeil dich, Rot«, rief sie schließlich. »Du willst doch nicht zu spät zu deiner eigenen Trauung kommen.«

»Perfektion erlaubt keine Eile«, grummelte Rotkäppchen aus dem Nebenraum zurück.

Als kämpfte die ehemalige und zukünftige Königin hinter den Türen mit einem gigantischen Stoffmonster, vernahm Goldlöckchen Geraschel und Geraufe, während Rotkäppchens Dienstmädchen darum rang, ihr das Gewand über den Kopf zu zerren. Endlich trat die junge Magd aus dem Ankleidezimmer, mit so hochrotem Kopf, als wäre sie gerade einen Marathon gelaufen.

»Was für ein Kleid!«, schnaufte sie. Zweifellos würde es ihr für den Rest ihres Lebens Albträume bescheren.

»Na los, Rot«, drängte Goldlöckchen. »Zeig dich endlich!«

Das Hochzeitskleid war so gewaltig, dass die vorderen Stoffbahnen sich einige Augenblicke vor Rotkäppchen selbst durch die Türen schoben: ein kolossaler Berg weißer Rüschen und Spitze, rot gesäumt und über und über mit albernen roten Schleifchen besetzt. Der wirre Schleier explodierte über Rotkäppchens Kopf und Rücken wie ein lavaspuckender Vulkan.

Goldlöckchen war sprachlos, und das nicht im positiven Sinn. Claudiwuff sprang von seinem Liegeplatz auf und bellte die Robe an, als hätte er ein wildes Untier vor sich.

»Und, was hältst du davon?«, fragte Rotkäppchen mit hoffnungsvollem Lächeln.

»Tja, du meintest ja immer, dass die Hochzeit ein echtes Spektakel sein soll, nicht wahr?«, druckste Goldlöckchen.

Rotkäppchen marschierte quer durch den Raum zum Spiegel und musterte sich. Nach ihrer Reaktion zu schließen entsprach das Kleid ganz und gar nicht ihren Erwartungen.

»Ich schaue aus wie ein Schneesturm!«, keuchte Rotkäppchen. »Das begreife ich nicht – in Grannys Zeichnung war es so hübsch!«

»Du hast es vorab nicht anprobiert?«, wunderte sich Goldlöckchen.

»Dazu hatte ich keine Zeit!«, jammerte Rotkäppchen. »Ich war zu sehr damit beschäftigt, die Zwillinge bei ihrer Suche nach dem Maskenmann zu unterstützen!«

»Vielleicht lässt es sich ein wenig abändern?«, schlug Goldlöckchen vor.

Das Dienstmädchen johlte. »Es ist so eng genäht, dass es Stunden dauern würde, irgendetwas daran umzuarbeiten. Da wäre sie besser beraten, nackt zum Altar zu schreiten.«

Rotkäppchen steigerte sich inzwischen in eine handfeste Panikattacke hinein. Sie hastete in engen Kreisen herum und fächelte ihre Tränen mit beiden Händen fort, um ihr Make-up nicht zu verschmieren. Für sie war die Hochzeit bereits restlos ruiniert.

»Kann ich eventuell helfen?«, meldete sich eine vertraute Stimme.

Alle wirbelten herum – und erspähten in ihrem Rücken Alex. Keine der Frauen hatte ihre Ankunft bemerkt. Claudiwuff machte einen riesigen Satz auf sie zu – sein übliches Begrüßungsritual für sämtliche Besucher, die er gernhatte; diesmal allerdings vollführte Alex eine rasche Handbewegung, und der Wolf erstarrte mitten im Sprung. Selbst in der Luft hängend gelang es ihm jedoch, ihr liebevoll über die Wange zu schlecken.

»Alex!«, japste Goldlöckchen und schloss sie fest in die Arme. »Wir waren allesamt so besorgt um dich. Dem Himmel sei Dank, dass es dir gutgeht!«

»Na ja, es ging mir schon mal besser«, murmelte Alex.

Rotkäppchen räusperte sich. »Verzeihung!«, fauchte sie und lenkte damit alle Aufmerksamkeit wieder auf sich. »Schön, dass du da bist, Alex, aber *ich durchlebe gerade eine katastrophale Hochzeitskrise*! Da könnte ich eine Prise Feenmagie hervorragend gebrauchen!«

»Ich fürchte, da wird mehr als nur eine Prise nötig sein«, lachte Goldlöckchen.

»Kannst du mich retten oder nicht?«, brüllte Rotkäppchen.

Der Anblick ihrer völlig aufgelösten Freundin verdrängte jegliche eigenen Probleme aus Alex' Kopf; dennoch zögerte sie, ihr Hilfsangebot in die Tat umzusetzen.

»Ich weiß nicht, ob das eine gute Idee ist«, sagte Alex. »Du hast selbst erlebt, was ich dem Rat der Feen angetan habe. Meine Kräfte führen ein Eigenleben – nicht auszudenken, was ich womöglich versehentlich anrichte.«

Rotkäppchen hatte nie verzweifelter gewirkt. »Mir ist vollkommen gleich, ob du mich in eine riesige Feuerkugel samt Blitzhagel verwandelst«, sagte sie. »Sogar das wäre ein deutlicher Fortschritt gegenüber diesem Kleid.«

»Na schön.« Alex zuckte mit den Schultern. »Aber du musst mir dabei zur Hand gehen, Rot. Ich kann die Magie beisteuern; trotzdem kommt es auf deine Konzentration an. Stell dir haarklein vor, wie du dir deine Robe wünschst – was Froggy sehen soll, wenn du den Gang hinunter auf ihn zuschreitest.«

Rotkäppchen nickte und kniff die Augen zu. Alex reckte beide Hände in ihre Richtung, und ein Lichtwirbel legte sich um das abscheuliche Kleid. Rotkäppchen bündelte all ihre Gedanken und versenkte sich in eine klare Vorstellung des Gewands, das sie sich stets für ihre Trauung erträumt hatte.

»O du lieber Himmel!«, hauchte Goldlöckchen und schlug sich beide Hände an die Wangen.

»Etwas so Bezauberndes ist mir im ganzen Leben noch nicht begegnet!«, flüsterte das Dienstmädchen.

Rotkäppchen wandte sich erneut zum Spiegel, um sich ein eigenes Urteil zu bilden – und verfiel in eine überwältigte Schockstarre.

Der Stoff war so unfassbar weich und flauschig, dass das Kleid einer Wolke glich. Der Schleier war passenderweise einem Käppchen gewichen, das in eine lange Schleppe überging, die wiederum Rotkäppchens Rücken hinunter auf den Fußboden floss. Das gesamte Arrangement funkelte wie ein sternenbespickter Nachthimmel.

»Eines fehlt noch, glaube ich«, bemerkte Alex. Sie schnippte mit den Fingern, und anstelle eines traditionellen Blumenstraußes hielt die zukünftige Braut plötzlich ein Blumen*körbchen* in der Hand.

»Ich bin *wunderschön*«, wisperte Rotkäppchen. Zum ersten Mal an diesem Tag füllten sich ihre Augen mit Tränen der Freude. »Danke dir so sehr, dass du gekommen bist, Alex! Das bedeutet mir mehr, als ich ausdrücken kann!«

Zuerst hatte Alex vorgehabt, Rotkäppchens Trauung gänzlich fernzubleiben, da sie keinesfalls einen Aufruhr provozieren oder weiteren Schaden anrichten wollte. Doch nun, da sie sah, wie glücklich Rotkäppchen an ihrem Hochzeitstag war, schämte Alex sich allein schon dafür, das überhaupt in Erwägung gezogen zu haben.

»Ach, wenn ich doch bloß auch bei der Zeremonie dabei

sein könnte«, seufzte sie. »Aber sobald ich den Altarraum betrete, löst das vermutlich einen heillosen Tumult aus …«

»Oh, das sollte kein Problem darstellen«, beschwichtigte Rotkäppchen. »Die Orgel ist in Wirklichkeit gar kein echtes Instrument – sondern ein kleines Geheimzimmer. Ich habe die Attrappe bauen lassen für den Fall, dass irgendjemand aus meinem Freundeskreis gerade auf der Flucht wäre und unentdeckt bleiben müsste.«

Alex und Goldlöckchen tauschten einen raschen Blick. Hatten sie Rotkäppchen soeben richtig verstanden?

»Du hast damit *gerechnet*, dass einer von uns flüchtig sein würde?«, vergewisserte sich Goldlöckchen.

»Lebst du hinter dem *Mond*?«, konterte Rotkäppchen. »Irgendeiner von uns steckt immer in Schwierigkeiten oder wird von etwas oder jemandem gejagt. Davon muss man in unserer Gruppe grundsätzlich ausgehen. Also habe ich vorausgeplant.«

Alex und Goldlöckchen staunten sie an, ebenso amüsiert wie perplex.

»Wir sollten uns auf den Weg machen, Euer ehemalige und zukünftige Majestät«, mischte die Magd sich ein.

Claudiwuff winselte – er hing nach wie vor eingefroren in der Luft. Eine neuerliche rasche Handbewegung von Alex, und er landete auf allen vieren.

»Tut mir leid, Claudiwuff, aber du bleibst in der Burg, bis du den Unterschied zwischen Kindern und Kauspielzeug gelernt hast«, meinte Rotkäppchen zu ihm. »Lange Geschichte … aber wir sind noch rechtzeitig dazugestoßen, dem Himmel sei Dank.«

Mit einem letzten prüfenden Blick in den Spiegel hastete Rotkäppchen zur Tür. Das Dienstmädchen half ihr durch den Rahmen und gab sorgsam acht, dass das Hochzeitskleid nirgends hängen blieb. Darin zu laufen erwies sich als knifflig, daher ließ Goldlöckchen sich ein wenig zurückfallen, um der Braut einen Vorsprung zu geben, und nahm Alex zur Seite.

»Hast du zwischenzeitlich einmal mit deinem Bruder gesprochen?«, raunte sie.

»Mit Conner möchte ich nicht sprechen«, erwiderte Alex. Es schmerzte sie noch immer, dass er sie vor dem Rat der Feen nicht verteidigt hatte.

»Tja, was er dir zu sagen hat, dürfte dich überraschen«, entgegnete Goldlöckchen. »Wir haben einiges über den Maskenmann herausgefunden.«

»Was denn?«, hakte Alex augenblicklich nach.

»Bei dem Trank, den er aus dem Feenpalast gestohlen hat, handelt es sich um eine Erfindung deiner Großmutter, aus den Kindertagen deines Vaters«, weihte Goldlöckchen sie ein. »Offenbar lässt sich jedes schriftstellerische Werk in ein Portal verwandeln, das Zugang zu der beschriebenen Welt eröffnet. In Anbetracht dessen, was er den Hexen erzählt hat, vermuten wir, dass der Maskenmann das Fläschchen nutzen will, um eine Armee aus der Büchersammlung zu rekrutieren, die deine Großmutter einst besessen hat.«

»Was?«, keuchte Alex. Ihr war klar gewesen, dass der Trank mächtig sein musste, doch so etwas hatte sie nicht einmal für möglich gehalten. »Und hinter welchen Büchern ist er dann genau her?«

»Wir hatten gehofft, das von dir zu erfahren«, gestand Goldlöckchen. »Fallen dir nicht eventuell spontan irgendwelche Titel ein?«

Alex zerbrach sich nach Kräften den Kopf, doch die einzigen Bücher ihrer Großmutter, an die sie sich erinnerte, waren Zauberspruchbände.

»Ich habe keinen blassen Schimmer«, sagte Alex. »Aber ganz egal, auf welche Bücher er es abgesehen hat: Um ihn aufhalten zu können, müssen wir in Erfahrung bringen, wo er ist.«

Goldlöckchen nickte. »Wir finden ihn gewiss schneller, wenn wir wieder alle zusammenarbeiten.«

»Ja, natürlich«, murmelte Alex. »Aber nach dem, was ich dem Rat der Feen angetan habe, bereitet es mir Bauchschmerzen, in eurer Nähe zu sein. Sollte ich jemals die Kontrolle verlieren und einen von euch verletzen … das würde ich nicht ertragen.«

Goldlöckchen legte Alex beide Hände auf die Schultern und blickte ihr tief in die Augen.

»Alex, seit sechs Monaten bin ich meinen tobenden Hormonen machtlos ausgeliefert«, sagte sie. »Im einen Moment fühle ich mich am Boden zerstört, im nächsten absurd fröhlich. Entweder vergehe ich vor Mitgefühl oder erbitterter Rachsucht – einen Zustand dazwischen kenne ich gar nicht mehr. Gestern hat Jack mir gesagt, ich sehe wunderhübsch aus, und ich habe ihn geboxt!«

»Wieso erzählst du mir das?«, fragte Alex.

»Weil ich weiß, wie es ist, wenn man seine Gefühle nicht im Griff hat«, erklärte Goldlöckchen. »Und wenn ich es schaffe, den heutigen Tag zu überstehen, ohne Rotkäppchen an die Gurgel zu springen, dann habe ich keinerlei Zweifel, dass auch du lernen kannst, dich wieder unter Kontrolle zu halten.«

Ihr Zuspruch bedeutete Alex viel. »Ich werde mir Mühe geben.«

»Huu-huu!«, trällerte Rotkäppchen aus dem Flur. »Kommt schon! Es geht los!«

Alex und Goldlöckchen eilten aus Rotkäppchens Gemächern und folgten der strahlenden Braut den Gang hinunter.

»Bist du aufgeregt, Rot?«, erkundigte sich Alex.

»Ganz ehrlich«, meinte Rotkäppchen. »Ich habe nie geglaubt, dass ich einmal so glücklich sein würde. Wer hätte gedacht, dass ausgerechnet die Hochzeit mit einem Frosch mir so viel Freude bescheren könnte?«

Die Hochzeitsgäste waren inzwischen eingetroffen und hatten ihre Plätze gefunden. Um ihnen die Wartezeit zu verkürzen, spielten die Musiker eine freundliche Melodie (mit Ausnahme des Organisten, der einfach nicht verstand, weshalb die Orgel keinen einzigen Ton hergab). Alles, was noch fehlte, war die Braut – dann konnte die Zeremonie beginnen.

Froggy stand bereits auf der Plattform und wirkte ausgesprochen unruhig. Mit jeder Sekunde, die er länger ausharren musste, wuchs seine Sorge, Rotkäppchen könnte es sich womöglich anders überlegt haben. Er fürchtete, dass schon im nächsten Moment ihr Dienstmädchen hereinrennen und der versammelten Hochzeitsgesellschaft verkünden würde, die Braut habe die Feier abgeblasen.

Sämtliche königlichen Familien waren erschienen, um Froggy und Rotkäppchen ihren Segen zu geben. Froggys Brüder – König Chance, König Chase und König Chandler – reckten die Daumen in die Höhe, um ihn zu beruhigen. Seine Schwägerinnen Cinderella, Schneewittchen und Dornröschen warfen ihm Kusshände zu.

Königin Rapunzel hatte ihren langen Zopf in ihrem Schoß aufgetürmt, nachdem zuvor zahlreiche Gäste ringsum darüber gestolpert waren. Die Geladenen, die hinter Kaiserin Elvina saßen, ärgerten sich im Stillen darüber, dass ihre gigantische Krone aus Ästen ihnen die Sicht versperrte, wagten zugleich jedoch nicht, sie darum zu bitten, ihren Kopfschmuck abzunehmen.

Rotkäppchens Großmutter hatte neben der Kaiserin Platz genommen und plapperte ihr munter die Ohren ab.

»Ich habe gehört, dass Elfen nicht die besten Schneider sein sollen«, meinte Granny. »Ihr solltet mich einmal in Euer Reich einladen, dann gebe ich ihnen Nähkurse. Ich habe sämtliche von Rots Kleidern geschneidert, seit sie ein kleines Mädchen war. Ihr Hochzeitsgewand ist mein bisheriges Glanzstück! Zumindest hoffe ich das. Vor ein paar Wochen habe ich nämlich meine Brille verloren.«

Auch der Rat der Feen war anwesend, und Conner vermied tunlichst jeden Blickkontakt. Leider jedoch gelang es ihm nicht, *jeglicher* unliebsamer Begegnung auszuweichen.

»Trauungen sind so romantisch. Findest du nicht auch, Butterbub?«

Conners gesamter Körper verspannte sich beim Klang der nur zu vertrauten Stimme. Er spähte hoch und stellte fest, dass Trollbella den Sitz neben ihm gewählt hatte.

»Sie erinnern mich stets an die Zeit, in der wir beide selbst kurz vor unserer Hochzeit standen«, schwärmte die Königin der Trobolde. »Weißt du noch, Butterbub? Das waren die besten zehn Minuten meines Lebens!«

Conner hätte es eher als eine Episode beschrieben, die er sich vergeblich zu vergessen mühte. »Da klingelt was, ja.«

»Natürlich waren wir damals noch jung und naiv. Bei weitem nicht reif genug für die Ehe«, fuhr Trollbella fort.

»Das Ganze ist kaum zwei Jahre her«, rief Conner ihr ins Gedächtnis.

»Fühlt sich an, als wäre es gestern gewesen, nicht wahr?«, erwiderte sie. »Ich bin so froh, dass wir es nicht durchgezogen haben. Wir hatten ein wenig Abstand voneinander nötig, vor diesem großen gemeinsamen Schritt. Es hat uns gutgetan, ein wenig zu leben und einige weitere Erfahrungen in Liebesdingen zu sammeln. Ein Glück, dass ich das mit Gator erledigt habe – *möge er im Troboldhimmel in Frieden ruhen.* Ich bin sicher, du betrachtest dein Techtelmechtel mit diesem blonden Mädchen in gleicher Manier.«

»Du meinst Bree?«, fragte Conner. »Wir waren nicht *zusammen.* Ich habe seit Monaten nicht einmal mehr mit ihr gesprochen.«

Das stimmte zwar, doch zu behaupten, Conner hätte nicht ständig an Bree gedacht, wäre eine Lüge gewesen. Tatsächlich waren Gedanken an Bree die einzigen, die er sich dieser Tage *gern* machte.

»Kurios, wie schnell die Flammen einer Liebe mitunter wieder verlöschen«, sinnierte Trollbella und seufzte tief. »Glücklicherweise habe ich den Unterschied zwischen einer Flamme und einem Feuer gelernt. Zum damaligen Zeitpunkt war es mir noch nicht klar, aber Gator war bloß eine Flamme. Mit *Flammen* bin ich durch; wonach ich mich jetzt sehne, ist ein *Feuer.*«

Sie blickte zu Conner auf und klimperte mit den Wimpern. Conner drehte sich der Magen um – er hatte gehofft, all das liege endgültig hinter ihm.

»Tja, dann drücke ich die Daumen, dass du eins findest«, meinte er und tätschelte ihre Schulter. »Entschuldige mich.«

So schnell wie nur möglich hastete er davon und gesellte sich zu Froggy auf die Bühne.

Er wünschte, Trollbella hätte Bree nie erwähnt – denn wenn er ehrlich zu sich selbst wäre, müsste er sich womöglich eingestehen, wie sehr sie ihm fehlte; bislang allerdings ignorierte er dieses Gefühl, wann immer es aufkam, aus Angst, dass es wachsen könnte, sowie er ihm ein wenig Aufmerksamkeit schenkte.

Conner war froh, sie nicht mehr um sich zu haben – oder redete sich ebendas zumindest ein. Er hatte sie schon in Europa und später beim Gefecht gegen eine zweihundert Jahre alte Armee in Gefahr gebracht. Wo auch immer sie nun stecken mochte: Ohne ihn war sie zweifellos wesentlich besser dran. Das Unheil nämlich schien Conner zu verfolgen – und alle, die sich mit ihm zusammentaten.

Vor diesem Hintergrund grübelte Conner, ob er selbst wohl je würde heiraten können. Wäre es egoistisch, jemanden, den er liebte, in ein so verrücktes Leben wie das seine hineinzuziehen? Würde jemand freiwillig mit *ihm* die Ringe tauschen, wohlwissend, dass Conner ein Risiko verkörperte?

Mit einem Mal klatschte er sich die flache Hand gegen die Stirn. *»Die Ringe!«*, flüsterte er fassungslos. »Die habe ich vergessen!«

»Stimmt etwas nicht?«, erkundigte sich Jack.

»Ich habe die Ringe in der Bibliothek liegen lassen.«

»Soll ich sie für dich holen?«

»Nein, ich weiß genau, wo sie sind«, versicherte Conner. »Ich bin sofort wieder da. Herrje, einen so miserablen Trauzeugen wie mich gibt es auch kein zweites Mal.«

Conner rauschte aus der Kammer des Fortschritts und sprintete zur Burg – was sich schwierig gestaltete, da derart viele Bürger die Straßen säumten. Die Menge brach in Jubel aus, als Rotkäppchen in einer goldenen Kutsche vorbeifuhr.

»Mist!«, keuchte Conner. »Es geht los!« Er legte noch einen Zahn zu, wild entschlossen, die Ringe rechtzeitig zum Brautpaar zu bringen.

Die goldene Kutsche hielt derweil vor der Kammer des Fortschritts, und das Volk strömte an der Eingangstreppe zusammen. Rotkäppchen und Goldlöckchen wurden aus dem Kutschenschlag geleitet, und alle Umstehenden quittierten den Anblick des Hochzeitskleids mit donnerndem Beifall.

Das Toben der Menge vor dem Saal war für die Versammelten im Innern das Signal, das ihnen den Beginn der Trauung ankündigte. Das dritte kleine Schweinchen sollte die Zeremonie leiten, daher nahm es nun seinen Platz hinter dem Altar ein. Jack brachte sich auf den Stufen zur Plattform in Position, gleich unterhalb von Froggy; bis zu Conners Rückkehr war er vorübergehend zum Trauzeugen befördert worden.

»Wo ist denn Conner hin?«, fragte Froggy.

»Toilette«, raunte Jack. »Er wird gleich zurück sein.«

Alex nahm auf magische Weise in dem kleinen Raum im Innern der Orgel Gestalt an, ohne dass irgendjemand etwas mitbekam. Sie war unendlich dankbar, dass Rotkäppchen derart vorausschauend gewesen war und einen solchen Aufwand betrieben hatte. Während sie sich von ihrem Versteck aus einen Überblick verschaffte, bemerkte sie, dass sich in der Halle jede Menge Gäste tummelten, denen sie auf keinen Fall begegnen wollte – ihren Bruder dagegen erspähte sie nirgends.

Goldlöckchen eilte den Mittelgang hinunter und setzte sich Jack gegenüber. Rotkäppchen tauchte in all ihrer Pracht im Eingang auf, und der gesamte Raum erhob sich. Sie schritt auf den Altar zu, und hinter ihr fielen die Türflügel ins Schloss. Ihre Bewegungen waren so anmutig, dass sie zu schweben schien.

Für Froggy fühlte es sich an, als wäre die Zeit in jenem Moment stehengeblieben, in dem er Rotkäppchen erblickt hatte: Er vergaß, wo er sich befand und wie er dorthin gelangt war. Was ihn betraf, so existierte nur noch seine Braut. Etwas dergestalt Bezauberndes wie sie hatte er nie zuvor im Leben gesehen, und seine großen, glänzenden Augen funkelten noch mehr als sonst.

Rotkäppchen musste sich unterdessen beim Gehen selbst daran erinnern, zu atmen. Sie konnte noch immer nicht fassen, dass sie tatsächlich zu ihrer eigenen Trauung unterwegs war – alles daran war absolut perfekt, und die ganze Welt schien ihr in bester, ungestörter Ordnung zu sein.

»Ihr dürft Platz nehmen«, gestattete das dritte kleine Schweinchen den Gästen, als Rotkäppchen den Altar erreicht hatte. Es hielt eine kurze Eröffnungsrede und brachte das Publikum dabei einige Male zum Lachen. Rotkäppchen und Froggy allerdings waren so in die Augen des jeweils anderen vertieft, dass sie kein Wort davon wahrnahmen.

Jack geriet im Verlauf der Zeremonie zunehmend in Sorge; von Conner fehlte nach wie vor jede Spur.

»Was ist denn los?«, flüsterte Goldlöckchen ihm kaum hörbar zu.

»Ich habe die Ringe nicht«, wisperte Jack zurück.

»Und jetzt wird es Zeit für die Ringe«, verkündete das dritte kleine Schweinchen der Menge.

Goldlöckchen wandte sich zur Orgel, deutete auf ihren Finger und formte stumm das Wort *Ringe* – in der Hoffnung, dass Alex begreifen würde.

Zu Jacks Erleichterung tauchten aus dem Nichts zwei funkelnde Schmuckstücke in seiner Hand auf. Eines davon reichte er Froggy, das andere Rotkäppchen. Da beide nur Augen füreinander hatten, war ihnen überhaupt nicht bewusst, dass etwas nicht stimmte.

Die Rettungsaktion in letzter Sekunde war jedoch nicht gänzlich unbemerkt geblieben; Emerelda beäugte die Ringe misstrauisch – sie ahnte, dass Alex in der Nähe sein musste, und ließ den Blick nun durch den Raum schweifen, um ihr Versteck ausfindig zu machen.

»Verschwinde von hier«, raunte Goldlöckchen in Richtung der Orgel.

Alex wäre am liebsten bis zum Ende der Feierlichkeiten geblieben, doch ihr war klar, dass sie sich besser friedlich und ohne Aufhebens zurückziehen sollte, solange sie noch die Chance dazu hatte. Ein letztes Mal spähte sie zu ihren Freunden hinüber, dann verabschiedete sie sich stumm ins Nichts.

»Mit diesem Ring gelobe ich dir die Treue«, sagte Froggy und steckte Rotkäppchen den Ring an.

»Mit diesem Ring gelobe ich dir die Treue«, wiederholte Rotkäppchen und schob ihrerseits den zweiten Ring auf seinen Finger.

»König Charlie Charming, wollt Ihr die hier anwesende Rotkäppchen zu Eurer angetrauten Frau und Königin nehmen, bis dass der Tod Euch scheidet?«, fragte das dritte kleine Schweinchen.

»Ja, ich will«, bekräftigte Froggy. Er war so gerührt, dass ihm ein kleines Quaken entkam.

»Und wollt Ihr, Rotkäppchen, den hier anwesenden Charlie Charming zu Eurem angetrauten Ehemann und König nehmen, bis dass der Tod Euch scheidet?«

»Ja, ich will«, sagte Rotkäppchen. »Und sogar noch darüber hinaus.«

Ihre Herzen flossen vor Freude schier über und hätten die komplette Kammer des Fortschritts fluten können. Kein einziges Auge im Saal war noch trocken, und alle Paare im Raum schmiegten sich ein wenig enger aneinander.

»Dann erkläre ich Euch hiermit – sofern es keine Einwände gibt – zu –«

WUMM! Mit einem grellen Lichtblitz flogen die Türen auf. Eine Windböe rauschte in die Halle und brachte sämtliche Vasen und Säulen zu Fall. Die Gäste schrien auf und bedeckten schützend ihre Köpfe. Ein gehörntes Wesen betrat den Saal und schlenderte in aller Selbstverständlichkeit den Mittelgang hinunter. Als es die Plattform beinahe erreicht hatte, realisierten Froggy und Rotkäppchen, dass sie kein Tier, sondern vielmehr eine Frau vor sich hatten.

»Verzeiht die Störung, aber *ich* habe Einwände«, sagte Morina mit bedrohlichem Lächeln.

Ein leises Murmeln lief durch die Reihen der Versammelten. Niemand hatte auch nur die entfernteste Ahnung, wer oder was diese Person war.

»Wie könnt Ihr es wagen!«, empörte sich Froggy. »Wer seid Ihr?«

»Erkennst du mich etwa nicht, Charlie?«, neckte Morina und zog einen spöttischen Flunsch. »Nach allem, was wir gemeinsam durchgestanden haben?«

Wenngleich sie selbst keine Hörner besaß, machte Rotkäppchen Anstalten, wie ein Stier auf die Fremde loszugehen. »Charlie, was hast du mit dieser Frau zu schaffen?«, fragte sie.

Froggy zerbrach sich den Kopf, wer die Fremde sein mochte, doch ihm fiel beim besten Willen keine Gelegenheit ein, bei der er ihr womöglich bereits begegnet war. »Ich habe sie noch nie in meinem Leben gesehen. *Gebt Euch zu erkennen!*«

Morina gackerte so laut, dass der Widerhall den gesamten Saal erbeben ließ. »Tja, ich bin deine Verlobte«, krähte sie. »Deine *andere* Verlobte.«

Sämtliche Anwesenden brachen in empörtes Rufen und Zischen aus. Sie waren fassungslos, dass diese Frau sich erdreistete, in eine Trauung zu platzen und eine so geschmacklose Lüge aufzutischen.

Alle waren entrüstet – mit Ausnahme von Froggy. Er wurde stocksteif, und seine Haut nahm einen fahlen Grünton an. Endlich ging ihm auf, welche Gestalt da vor ihm stand: eine, deren Weg er nie wieder zu kreuzen gehofft hatte.

»*Morina* …«, hauchte Froggy. »Du hast dich verändert …«

Die Hexe war entzückt darüber, wie sehr ihre Verwandlung ihm zusetzte. »Es ist jede Menge Zeit vergangen. Und doch schaust du noch genau so aus, wie ich dich zurückgelassen habe.«

Rotkäppchen griff nach Froggys Hand; ihr schwante Schreckliches. »Charlie, wovon redet sie?«

Froggy zitterte, als hätte er ein Gespenst vor Augen. »Es ist viele Jahre her, dass wir zuletzt Kontakt hatten«, sagte er. »Sie war meine erste Liebe, aber ich fürchtete die Reaktion meiner Familie, sobald ans Licht käme, dass ich einer Hexe den Hof machte. Deshalb brach ich mit ihr. Sie war überzeugt, dass ihr damaliges Äußeres der Grund für meinen Rückzug war, obwohl ich ihr schwor, dass ihr Aussehen keinerlei Einfluss auf meine Entscheidung gehabt hatte. Dennoch verfluchte sie mich dazu, auf ewig in Froschgestalt herumlaufen zu müssen, damit es künftig mein *eigenes* Antlitz wäre, das ich mich nicht zu zeigen wagte.«

Rotkäppchen wurde speiübel. Alle Märchenkönige erhoben sich gleichzeitig.

»Wachen!«, brüllte König Chance. »Ergreift diese Frau! Sie ist eine Verbrecherin!«

»Ach, setzt euch wieder hin!«, meinte Morina, schnippte achtlos mit den Fingern – und die Märchenkönige wurden gegen ihren Willen erneut auf ihre Plätze gedrückt. »Ihr habt keinerlei Beweise dafür, dass ich die Hexe bin, die ihm das angetan hat. Auch wenn solch eine Tat ganz nach mir *klingt.*«

»Wieso bist du hier, Morina?«, fragte Froggy. »Was willst du?«

»Ist das nicht offenkundig?«, entgegnete sie. »Ich habe beschlossen, dass ich dich zurückhaben möchte. Über die Jahre habe ich dich so sehr vermisst. Wieso sonst sollte ich so rüde deine Hochzeit stören?«

»Nur über meine Leiche!«, kreischte Rotkäppchen und drängte sich zwischen Morina und Froggy.

Die Hexe verdrehte die Augen über ihre emotionale Reaktion. »Das lässt sich leicht einrichten«, meinte sie. »Du hast zwei Möglichkeiten, Charlie. Entweder du kommst jetzt mit mir und kehrst in das Leben zurück, das wir einst gemeinsam begonnen haben. *Oder* du entscheidest dich dafür, hierzubleiben und mitanzusehen, wie ich deine Braut zu einem weitaus schlimmeren Schicksal verfluche, als es dir zuteilgeworden ist. Die Wahl liegt bei dir.«

Auf diese Drohung hin sprang der Rat der Feen auf die Füße.

»Solltest du auch nur versuchen, irgendjemanden zu verwünschen, werden wir dich höchstpersönlich ins Pinocchio-Kittchen eskortieren«, warnte Emerelda.

»Entspannt euch, noch habe ich ja gar nichts Sträfliches getan«, sagte Morina zuckersüß. »Alles kommt ganz allein auf Charlie an. Also, wie hättest du es gern, mein Lieber?«

Der gesamte Saal wartete mit angehaltenem Atem, doch Froggy hatte keinen blassen Schimmer, was er sagen oder tun sollte. Gegenüber der Hexe fühlte er sich wie gelähmt.

»Schön«, antwortete er schließlich mit zitterndem Kinn. »Ich begleite dich.«

Die Hochzeitsgesellschaft schnappte geschlossen nach Luft. Morina lachte und klatschte frohlockend in die Hände.

»*Was?*«, brüllte Rotkäppchen. »Charlie, das kann doch nicht dein Ernst sein! Ich lasse dich nicht gehen!«

»Ich muss, Liebling«, sagte er. »Ich werde nicht hinnehmen, dass sie dir weh tut.«

Rotkäppchen legte ihm beide Hände an die Wangen, und Tränen liefen ihre eigenen hinab. »Sie soll mich ruhig verfluchen, mir ist es gleich«, sagte sie. »Kein Fluch der Welt könnte schlimmer sein als ein Leben ohne dich!«

»Rot, sie ist viel mächtiger, als es scheint«, erwiderte Froggy. »Nur, indem ich ihr folge, kann ich dich schützen.«

»Sie ist Lebendvieh mit Lippenstift! Mit so etwas nehme ich es locker auf!«, wimmerte Rotkäppchen. »Ich werde nicht tatenlos dabei zuschauen, wie sie dich mir wegnimmt!«

»Es tut mir so leid, mein Schatz«, flüsterte Froggy durch eigene Tränen. »Ich muss gehen … ich muss …«

Rotkäppchen klammerte sich krampfhaft an ihn. Froggy küsste ihre Stirn und löste ihren Griff; dann trat er zu Morina in den Gang. Die Hexe hakte sich bei ihm unter, und gemeinsam schritten sie zur Tür.

Tränen strömten inzwischen in Sturzbächen über Rotkäppchens Gesicht. »Emerelda, unternimm etwas!«, verlangte sie. »Das darfst du nicht zulassen!«

»Sie hat nichts verbrochen«, antwortete Emerelda. »Er begleitet sie aus freiem Willen.«

»DANN SOLL JEMAND ANDERS EINGREIFEN!«, schluchzte Rotkäppchen hysterisch. »BITTE, ICH FLEHE DARUM! JEMAND MUSS IHN AUFHALTEN!«

Verzweifelte Blicke wurden im Saal gewechselt, doch es gab nichts, was einer der Anwesenden hätte ausrichten können. Als niemand ihr zu Hilfe kam, rannte Rotkäppchen selbst Froggy nach, stolperte jedoch über ihr langes Kleid und stürzte.

»CHARLIE, WARTE! KOMM ZURÜCK!«, beschwor sie ihn. »BITTE KOMM ZURÜCK!«

Weinend kroch Rotkäppchen den Gang hinunter, rief immer wieder, doch Froggy wandte sich kein einziges Mal um. Zusammen mit Morina erreichte er die Tür, und die beiden verschwanden in einer dunklen Rauchwolke.

Rotkäppchen sackte endgültig in sich zusammen und rollte sich auf der Erde ein, wo sie von haltlosen Schluchzern geschüttelt wurde. Goldlöckchen hastete an ihre Seite und ging neben ihr auf die Knie. Cinderella, Schneewittchen, Dornröschen und Granny eilten ebenfalls hinzu, doch niemand vermochte Rotkäppchen zu trösten.

Die Märchenbrüder nahmen hinter ihren Ehefrauen Aufstellung.

»Wir finden ihn, Rot«, versicherte Chase.

»Wir werden nicht dulden, dass diese Hexe uns unseren Bruder ein zweites Mal raubt«, bekräftigte Chandler.

»Aber diesmal hat sie ihn nicht geraubt …«, wimmerte Rotkäppchen. »Er hat mich verlassen … Er hat mich am Tag unserer Hochzeit verlassen …«

Rotkäppchen war derart verstört, dass sie zu fiebrig wurde.

»Ist das ein Traum, Goldie?«, fragte sie. *»Bitte sag mir, dass ich bloß träume …«*

Selbst Goldlöckchen wusste keine Worte, um ihr Trost zuzusprechen. Rotkäppchen vergrub ihren Kopf in Goldlöckchens Schoß und weinte sich in den Schlaf. Da es auch für den Rat der Feen nichts mehr zu tun gab, verabschiedeten seine Mitglieder sich nacheinander ins Nichts hinein. Die übrigen Gäste folgten ihrem Beispiel und zogen in einer langen Prozession aus der Kammer des Fortschritts.

»Was ist denn nur aus meinem Butterbuben geworden?«,

grämte sich Trollbella, während sie mit den anderen auf die Tür zustrebte.

Jack blickte sich in der Halle um, doch noch immer fehlte von Conner jede Spur. »Ich suche ihn«, raunte er Goldlöckchen zu. »Irgendetwas muss ihm zugestoßen sein.«

Er eilte im Stechschritt aus dem Saal. Die erwartungsvolle Menge draußen hatte noch überhaupt nicht realisiert, dass etwas vorgefallen war, und brach jedes Mal, wenn die Türen sich öffneten, in Jubel aus – in der Annahme, sogleich werde das frisch vermählte Königspaar ins Freie treten.

Jack quetschte sich durch die Reihen der Bürger und nahm denselben Weg, von dem er vermutete, dass auch Conner ihn gelaufen war, um die Ringe zu holen. Er gelangte zur Burg, ohne einen einzigen Hinweis auf seinen Freund zu entdecken. Sowie Jack jedoch die Türen zur Bibliothek aufstieß, erkannte er, dass sein Instinkt ihn nicht getrogen hatte.

Sämtliche Möbelstücke waren umgeworfen, und die Gemälde hingen schief an der Wand. Die Fensterscheiben waren zerborsten, die meisten der Regale demoliert. Und der gesamte Boden war von Büchern und Glassplittern übersät.

»Conner!«, brüllte Jack.

Er vernahm ein Ächzen und fand Conner zusammengekrümmt in einer Ecke; ein blaues Auge und eine aufgeplatzte Lippe zierten sein Gesicht, und er hielt sich den Bauch. Jack richtete ihn vorsichtig in eine sitzende Position auf.

»Conner, was um alles in der Welt ist passiert?«, fragte Jack. »Wer hat dir das angetan?«

Conner war noch immer zutiefst erschüttert und hatte Mühe, Worte zu formen. »Er war hier …«, nuschelte er.

»Wer?«, drängte Jack.

»Der Maskenmann«, sagte Conner. »Als ich wegen der Ringe

zurückgekommen bin … war er in der Bibliothek … und hat Bücher gestohlen … ich habe versucht, ihn aufzuhalten … aber er hat mich abgeschüttelt …«

Conner hob einen Arm und zeigte Jack einen Leinensack, den er fest umklammert hielt: Es war ihm gelungen, dem Maskenmann die Tarnung vom Kopf zu reißen.

»Ich habe sein Gesicht gesehen …«, flüsterte Conner. »Alex hat recht gehabt … Es ist unser Dad!«

Kapitel 9

Ein Falter der Erinnerungen

Alex stand in einem Fenster, das so ausladend war, dass ein Schiff hätte hindurchsegeln können. Genau wegen dieses Fensters und des atemberaubenden Blicks, den es auf den Nachthimmel bot, hatte sie das zugehörige Schlafzimmer in der Burg des Riesen für sich gewählt. Zudem lag der Raum am weitesten von Mutter Gans' Gemächern entfernt – und war somit der einzige Ort, an dem man ihr Schnarchen nicht hörte.

Jede Nacht starrte Alex zu den Sternen empor und tat, als unterhielte sie sich mit ihrer Großmutter. Da die Burg sich über den Wolken befand, hatte Alex ungehinderte Sicht auf den Mond und die Sternbilder. Wo auch immer ihre Großmutter sein mochte: Hier fühlte Alex sich ihr bedeutend näher.

»Du hast gesagt, dass Feen nicht sterben und du immer bei uns sein würdest«, sagte Alex. »Wenn dem also so ist, dann bitte, schick mir ein Zeichen zum Beweis dafür. Schick mir etwas, das mir die Gewissheit gibt, dass ich nicht wirklich so einsam bin, wie ich mich fühle.«

Nacht für Nacht hatte Alex diese Bitte an ihre Großmutter gerichtet und vergeblich auf eine Antwort gewartet. Schließlich wurde sie stets zu müde, um sich noch weiter auf den Beinen zu halten, kroch in das Bett des Riesen – das die Maße eines Footballfelds hatte – und mühte sich, Schlaf zu finden. An diesem Abend jedoch stellte sich keine Müdigkeit bei ihr ein, und je länger Alex ausharrte, desto wütender wurde sie.

»Die ganze Welt denkt, ich sei verrückt geworden, Grandma«, rief sie in den Himmel hinauf. »Und ich kann es niemandem zum Vorwurf machen – ich habe die Kontrolle über meine Kräfte verloren und bin wie besessen von dem Ziel, einen Mann aufzuspüren, von dem ich glaube, dass er mein Dad ist. Es wäre so viel leichter, wenn ich selbst ebenfalls überzeugt wäre, dass ich wahnsinnig bin, und loslassen könnte. Ich flehe dich an: Bitte sende mir irgendetwas, das mir Klarheit verschafft – ich hasse es, so zu empfinden.«

Zu Alex' Glück wurden ihre Worte diesmal tatsächlich erhört. Gerade als sie aufgeben und zu Bett gehen wollte, erregte etwas zwischen den Sternen ihre Aufmerksamkeit. Es war hell und wurde immer größer, während Alex es verfolgte.

Wäre sie in der Anderswelt gewesen, hätte Alex es für ein Flugzeug gehalten; so jedoch hatte sie nicht die leiseste Idee, um was es sich handeln mochte. Bald erkannte sie, dass das Objekt Flügel besaß – allerdings nicht wie ein Vogel oder eine Fee, sondern Insektenflügel. Auf sie zu schwebte ein gigantischer Falter, dessen Proportionen zu jenen der Burg des Riesen passten und der gänzlich aus weißem Licht zu bestehen schien.

Der Falter landete neben Alex auf dem Fensterbrett, und aus

unerfindlichen Gründen wusste Alex, dass das Insekt ihr nichts Böses wollte.

»Woher kommst du?«, fragte Alex.

Der Falter blickte zu den Sternen empor.

»Von meiner Großmutter?«, riet Alex.

Der Falter wackelte mit seinen befiederten Fühlern, und Alex deutete das als Zustimmung.

»Wieso hat sie dich geschickt?«

Diesmal senkte der Falter seine Flügel und presste sie flach gegen das Sims. Obwohl dem Tier kein Laut entkam, begriff Alex auf der Stelle, was es ihr zu vermitteln versuchte.

»Ich soll auf deinen Rücken steigen?«, staunte sie.

Der Falter blieb in seiner unmissverständlichen Haltung kauern – somit wieder ein Ja. Alex grübelte, ob ein solches Vorhaben überhaupt gelingen konnte, doch als sie dem monströsen Insekt über den Flügel strich, stellte sie fest, dass er sich ebenso wirklich anfasste wie der eines echten Falters, obgleich dieser hier aus Licht zu bestehen schien. So kletterte Alex an dem Tier hinauf, und der Falter flatterte in den Himmel und ließ die Burg des Riesen hinter sich zurück.

Gemeinsam glitten sie durch die kühle Nachtluft und hinab in die Wolken. Sobald sie hindurchgetaucht waren, breitete sich unter Alex die gesamte Märchenwelt aus.

»Wo wollen wir hin?«, fragte sie, doch der Falter gab ihr keinerlei Hinweis.

Alles war dunkel, doch nach dem, was Alex vom Gelände zu erahnen vermochte, mutmaßte sie, dass das gewaltige Insekt irgendwo zwischen dem Königreich der Feen und jenem des Gläsernen Schuhs zur Landung ansetzte. Es kam mitten in einem Wald auf. In der Nähe erspähte Alex ein ausgetrocknetes Flussbett und einige Baumstümpfe.

»Wieso hast du mich hierhergebracht?«, wollte sie wissen, während sie vom Rücken des Falters rutschte.

Mit einem Mal zerbarst das Tier in ein Dutzend leuchtende Kugeln, die sich im Wald verteilten. Einige flogen zu den Baumstümpfen hinüber und nahmen dort die Gestalt der einstigen Bäume an. Andere verflüssigten sich zu Wasser und plätscherten bald in dem trockenen Flussbett. Beinahe wirkte es, als bildeten sie zusammen ein Hologramm, um Alex zu zeigen, wie der Wald einst ausgesehen hatte.

Zwei Lichtbälle blieben übrig; sie rauschten weit in das Gehölz hinein und wurden dort zu den Umrissen einer Frau und eines kleinen Jungen, die Hand in Hand auf Alex zueilten. Der Knirps erinnerte Alex unfassbar stark an eine jüngere Version von Conner, und die Frau glich ihrer Großmutter in jungen Jahren.

»O du meine Güte«, hauchte Alex und schaute sich mit großen Augen noch einmal im Wald um. »Das hier ist eine Erinnerung! Das sind Grandma und Dad!«

Ihr Dad und ihre Großmutter waren beim Laufen in eine Unterhaltung vertieft; ihre Stimmen klangen verzerrt wie eine alte Schallplatte.

»Wieso führst du mich in den Wald, Mutter?«, fragte der Junge. »Du weißt, dass ich die Natur hasse.«

»Weil die frische Luft dir guttut«, erwiderte die gute Fee.

»Wohl kaum, mit all diesen Käfern darin«, murrte der Junge. »Ich wünschte, du würdest mich einfach in meinem Zimmer in Frieden lassen.«

Er schien ein ausgesprochen trotziges und unglückliches Kind zu sein – ganz anders, als Alex erwartet hätte. Ihr ganzes Leben lang hatten die Zwillinge erzählt bekommen, wie lebhaft und abenteuerlustig ihr Dad als Kind gewesen sei. Doch der Junge, den Alex nun vor sich hatte, hätte von dieser Beschreibung nicht weiter entfernt sein können. Gehörte die Erinnerung, deren Zeugin sie wurde, zu einer schwierigen Phase seiner Kindheit?

»Ich wollte dir etwas zeigen, das ich vor einigen Tagen auf einem Spaziergang entdeckt habe«, sagte die gute Fee. Sie legte ihrem Sohn beide Hände auf die Schultern und schob ihn vor einen Baum. »Siehst du dieses große Loch im Stamm? Darin befindet sich ein Eichhörnchennest.«

»Faszinierend«, meinte der Junge und verdrehte die Augen. »Können wir jetzt nach Hause gehen?«

»Noch nicht – ich möchte, dass du es dir anschaust«, beharrte seine Mutter. »Bei meinem letzten Besuch hatte die Eichhörnchenmutter gerade Junge geboren. Eines der Babys hatte sehr scharfe Krallen und kratzte sich selbst und all seine Geschwister; deshalb kaute die Mutter sie ihm ab.«

»Wieso sollte sie etwas so Barbarisches tun?«, fragte er.

»Sie versuchte, so dieses Kind und die anderen Kleinen zu schützen, damit keines verletzt würde«, erklärte die gute Fee. »Mag sein, dass das junge Eichhörnchen es nun ein wenig schwerer haben wird, auf Bäume zu klettern und sich später im Leben einmal zu verteidigen, aber die Mutter hat bloß gehandelt, wie sie handeln musste. Alle Mütter sind mitunter gezwungen, harte Entscheidungen in Bezug auf ihre Kinder zu treffen. Das ist Teil der Natur. Wirf doch mal einen Blick hinein – die Babys sind gewiss schon ordentlich gewachsen.«

Die gute Fee gab ihm einen kleinen Schubs in Richtung des Baums. Widerwillig linste der Junge in den Stamm.

»Das Loch ist leer, Mutter. Nichts mehr da«, sagte er. »Vielleicht hat eine Eule mitten in der Nacht das Nest angegriffen und alle Babys gefressen. Na, *das* hätte ich gern mal gesehen.«

Der Junge wandte sich wieder um und musste feststellen, dass seine Mutter ihren Zauberstab auf ihn gerichtet hatte. *WUMM!* Seile schossen aus der Spitze des Stabs hervor und banden ihn am Baum fest. Er schrie und kämpfte gegen sie an, konnte sich jedoch bald nicht mehr rühren.

»Mutter, was soll das?«, brüllte der Junge. »Lass mich frei!«

»Es tut mir so leid, mein Liebling«, sagte die gute Fee mit Tränen in den Augen. »Das wird das Schlimmste, was ich je tun werde, aber mir bleibt keine Wahl.«

»Wovon redest du?«, fragte der Junge hysterisch. »Was hast du mit mir vor?«

»Ich weiß, wovon du im Schlaf träumst«, gestand die gute Fee. »Ich weiß, dass es dein innigster Wunsch ist, als Erwachsener die gesamte Welt zu unterwerfen, aber ich kann dich deine Magie nicht dazu nutzen lassen, andere Menschen und Wesen zu verletzen oder zu töten. Deshalb werde ich *deine Krallen stutzen* müssen. Ich muss deine Magie vernichten.«

»Nein, Mutter!«, kreischte der Junge. *»Tu das nicht! Bitte!«*

Die gute Fee zielte erneut mit ihrem Zauberstab auf ihn, und ein greller Lichtblitz traf ihren Sohn in die Brust. Einige Augenblicke später löste sich eine glitzernde Silhouette, die exakt die Größe und Form seines Körpers hatte, von ihm ab. Die gute Fee schwenkte ihren Zauberstab, und Ketten umfingen den Umriss. Sie schleifte ihn zum Fluss und drückte ihn unter die Wasseroberfläche.

Die Silhouette zuckte und krampfte und verspritzte reichlich Wasser, während die gute Fee sie ertränkte. Tatsächlich war ihre Tötung ein weitaus mühsameres Unterfangen als erwartet, und die gute Fee schloss die Augen. Nach und nach verblasste der Umriss im Wasser, bis er vollständig davongespült war.

Die gute Fee und ihr Sohn weinten beide, wenn auch aus

gänzlich unterschiedlichen Gründen. Alex musste ebenfalls schlucken – etwas derart Trauriges hatte sie bisher selten erlebt. Es konnte sich unmöglich um eine echte Erinnerung handeln; vielmehr war sie gewiss Zeugin des Albtraums eines anderen geworden. Doch wieso hatte ihre Großmutter ihr diese Szene gezeigt?

»Eines Tages wirst du mir vergeben«, sagte die gute Fee und stieg aus dem Fluss.

»Ich werde dir niemals vergeben!«, schrie ihr Sohn. *»Bis zu deinem Tod werde ich dich hassen!«*

Er starrte mit solcher Abscheu zu ihr empor, dass an der Wahrheit seiner Aussage kein Zweifel blieb: Nie wieder würde er Liebe für seine Mutter empfinden.

»Dann ist das deine Entscheidung«, erwiderte sie. »Doch selbst wenn es so kommen sollte: Ich werde niemals aufhören, dich zu lieben, Lloyd.«

Alex war, als hätte jemand eine Faust in ihrer Magengrube versenkt. *»Lloyd?«*, echote sie.

»John hättest du so etwas nicht angetan …«, schluchzte Lloyd. »Immer wirst du ihn mehr lieben als mich … immer …«

Die Bäume, der Fluss, die gute Fee, ihr Sohn und alles andere, was die Leuchtkugeln erschaffen hatten, verschwanden, und Alex blieb allein im Wald zurück. Nichts regte sich mehr, und um sie her war es nun so still, dass ihr eigenes Herz ihr laut in den Ohren pochte. Der Geist ihrer Großmutter hatte ihr mehr Klarheit verschafft, als sie sich hätte erhoffen können.

»Also war es doch eine Erinnerung«, flüsterte sie. »Dad hatte einen Bruder!«

Kapitel 10

Wiedergutmachungen

Als der Morgen anbrach, befand sich Alex noch immer in dem Wald, in den der Falter sie gebracht hatte. Sie saß auf einem Baumstumpf und starrte auf das trockene Flussbett vor sich. Immer wieder lief vor ihrem inneren Auge die Szene ab, die sich hier einige Jahrzehnte zuvor ereignet hatte. Alex war derart in ihre Gedanken vertieft, dass sie nicht einmal den Sonnenaufgang mitbekommen hatte.

Monatelang hatte sie sich selbst gequält mit dem Versuch, eine Erklärung für das zu finden, was sie im Feenpalast erlebt hatte. Tag für Tag hatte sie damit zugebracht, nach Antworten auf die Frage zu suchen, wie ihr wunderbarer Vater zu einem solchen Monstrum hatte werden können – und wie es ihm gelungen war, an zwei Orten gleichzeitig zu sein. Die Wahrheit, die sie nun kannte, mochte keine freudige sein – und doch hätte Alex sich keine bessere Auflösung wünschen können: Weder war der Maskenmann ihr Vater, noch litt sie unter Wahnvorstellungen.

Alex und Conner hatten einen Onkel – einen *Onkel Lloyd*, um genau zu sein. Und in Anbetracht des wenigen, was sie nun über ihn wusste, schien es ihr nur zu nachvollziehbar, dass ihr Dad und ihre Großmutter ihn verschwiegen hatten.

Alex brannte darauf, ihrem Bruder von ihrer Entdeckung zu berichten. Nun, da sie die Gewissheit hatte, dass mit ihrem Verstand alles in Ordnung war, fiel es ihr wesentlich leichter, Conner seine Zweifel an ihrer Geschichte zu verzeihen. Vielleicht hatte sie zu viel von ihm erwartet. Wären ihre Rollen vertauscht gewesen und *er* hätte behauptet, er habe ihren verstorbenen Vater von den Toten zurückkehren sehen, hätte sie ihn vermutlich nicht anders behandelt als er sie.

Alex freute sich darauf, wieder zu ihren Freunden zu stoßen. Goldlöckchen hatte recht: Zusammen würde ihnen alles deutlich besser gelingen. Und nachdem sie jetzt die Antworten gefunden hatte, auf die sie so verzweifelt aus gewesen war, war auch ihre Sorge, von ihren Gefühlen überwältigt zu werden und die Kontrolle zu verlieren, spürbar geschrumpft.

Ein Stampfen erklang irgendwo zwischen den Bäumen in ihrem Rücken; Alex wandte sich um und erspähte in der Ferne ein pummeliges Einhorn mit abgebrochenem Horn.

»Cornelius?«, rief sie. »Bist du das?«

Sie war beinahe sicher, dass es sich um ihren alten Gefährten handeln musste – denn ein derart sonderbares Einhorn wie ihn dürfte es selbst im magischen Land kaum zweimal geben. Cornelius buckelte freudig, als er sie ebenfalls erblickte, galoppierte dann aber in die entgegengesetzte Richtung davon.

»Seltsam«, murmelte Alex.

Wenige Minuten später kehrte Cornelius zurück; schneller

als jedes Rennpferd preschte er auf sie zu. Und das Einhorn war nicht allein: Ein ausnehmend attraktiver junger Mann mit weichem Haar ritt auf seinem Rücken.

»Rook?«, fragte Alex. »Was hast du denn mit Cornelius zu schaffen?«

Rook war der letzte Mensch, mit dem sie gerechnet hatte – er jedoch schien überglücklich, sie gefunden zu haben.

»Alex!«, rief er. »Cornelius und ich haben *überall* nach dir gesucht!«

Alex war klar, weshalb der Rest der Welt nach ihr Ausschau hielt, doch Rooks Motivation war ihr ein Rätsel. »Wieso?«

»Lange Geschichte – aber wir sind dem Maskenmann auf der Spur!«, erzählte er. »Wir wissen, wo er sich versteckt!«

Alex' Herzschlag beschleunigte sich – wobei sie insgeheim betete, dass Rook sich nicht täuschte. »Aber wir jagen ihn seit Monaten! Wie habt ihr ihn ausfindig gemacht?«

»Cornelius und ich haben ihn beschattet«, erklärte Rook. »Wir dachten uns, dass es sicher nicht schadet, den Suchtrupp um zwei Mann zu verstärken. Allerdings wollten wir euch nicht belästigen, solange wir nichts Wertvolles beisteuern konnten. Vor ein paar Tagen haben wir ihn dann aber durch die Zwergenwälder hetzen sehen! Wir haben uns an seine Fersen geheftet und eine Höhle aufgestöbert, in der er offenbar seit längerem haust!«

»Rook, das ist ja großartig!«, jubelte Alex. »Wo ist diese Höhle?«

»Im Nordwesten, zwischen dem Reich der Elfen und dem Nördlichen Königreich«, sagte er, zog dann ein zusammengefaltetes Blatt Papier aus seinem Stiefel und reichte es ihr. »Hier, diese Karte zeigt den genauen Ort.«

Alex warf einen Blick darauf – Rook hatte exakt eingezeichnet, wo in den Nördlichen Bergen die Höhle sich befand.

»Es gibt noch etwas, das du erfahren solltest«, sagte Rook, und sein Tonfall wurde merklich ernster. »Wir haben die Höhle gestern wieder kontrolliert, um sicherzugehen, dass er nicht umgezogen war. Seine Maske hatte er nicht mehr, dafür aber eine große Tasche voller Bücher bei sich. Er hat sie einzeln herausgenommen, aufgeschlagen vor sich gelegt und eine sonderbare Flüssigkeit aus einem blauen Fläschchen daraufgeträufelt. Dadurch haben die Seiten zu leuchten angefangen – *und dann ist er hineinverschwunden.*«

»Und welche Bücher waren es?«, fragte Alex bang. Anscheinend hatte der Maskenmann nun doch die Sammlung aufgespürt, hinter der er her gewesen war.

Rook kniff ein Auge zu, während er sich zu erinnern versuchte. »Ein paar ganz ausgefallene Titel, von denen ich noch nie gehört hatte«, antwortete er. »Das erste Buch hieß *20000 Meilen unter dem Meer.* Darin hat er mehrere Stunden verbracht und ist dann tropfnass wieder daraus aufgetaucht. Hinter ihm hat sich ein gigantisches Tentakel zwischen den Seiten hervorgeschoben und versucht, ihn abermals hineinzuzerren, doch er hat es geschafft, den Buchdeckel über dem schleimigen Ding zuzuschlagen, so dass es verschwunden ist. Der zweite Band trug den Titel *Das Dschungelbuch*, und darin war er nur ein paar Minuten lang, ehe er am ganzen Körper zerkratzt herausgekrochen kam.«

Alex schlug sich eine Hand über den Mund. Nie hatte sie in Erwägung gezogen, dass der Maskenmann es auf Literatur aus der *Anderswelt* abgesehen haben könnte. Kein Wunder, dass es ihm solche Schwierigkeiten bereitet hatte, die Sammlung ausfindig zu machen.

»Die Geschichte des dritten Schmökers handelte von einer Art wundersamem Hexenmeister oder dergleichen«, berichtete

Rook weiter. »Er stammte aus einer Welt mit zwei Buchstaben – der erste war, wenn ich mich recht entsinne, ein *O.*«

»Du meinst Oz?«, fragte Alex. »Er ist in *Der Zauberer von Oz* gestiegen?!«

»Ja! Genau das war es!«

»Und wie lange hat er sich darin aufgehalten?«

»Soweit ich weiß, steckt er immer noch im Innern«, sagte Rook. »Ein paar Stunden vor Sonnenaufgang hat er sich hineinbegeben und die komplette Büchertasche mitgenommen. Cornelius und ich haben den ganzen Vormittag nach dir gesucht – wir wollten nichts unternehmen, bis wir dich gefunden hatten. Ein Glück, dass uns das gelungen ist!«

Alex zitterte vor Aufregung. »Ich muss mit meinem Bruder sprechen. Danke dir so sehr, Rook!«

Sie schloss Rook fest in die Arme und küsste ihn auf die Wange – was sie bereits im nächsten Moment bereute. Hastig stolperte sie von ihm weg, und er lief scharlachrot an. Vor dem Hintergrund ihrer gemeinsamen Geschichte war die Geste tatsächlich reichlich unsensibel gewesen.

»Du hättest getötet werden können«, sagte sie. »Wieso hast du das Risiko auf dich genommen, ihm nachzustellen?«

Rook zierte sich ein wenig, zwang sich dann aber doch, ehrlich zu antworten. »Ich versuche bloß wiedergutzumachen, dass ich dich verletzt habe. Du bedeutest mir nach wie vor sehr viel, Alex, und das wird sich auch niemals ändern.«

Seine Worte rührten Alex, doch sie veränderten ihre eigenen Gefühle gegenüber Rook nicht. Während des Kriegs gegen die Grande Armée hatte er wissentlich das Schicksal des gesamten magischen Landes aufs Spiel gesetzt, um seinen Vater zu retten. Ihr war bewusst, dass er damals – Hals über Kopf in eine schreckliche Situation geraten – lediglich gehandelt hatte, wie es ihm richtig erschienen war; dennoch fiel es ihr schwer, ihm zu vergeben.

Leider jedoch hielt Alex' Welt schreckliche Situationen und knifflige Entscheidungen zuhauf bereit, und so blieb ihr keine andere Wahl, als jedem, der ihr bedingungslos seine Hilfe anbot, zu vertrauen. Auch wenn sie dabei dieselbe Furcht hegte, die ihren Bruder umtrieb, und nicht glaubte, dass sie je jemanden nah genug an sich würde heranlassen können, um diese Bürde mit ihm zu teilen.

»Tja, meinetwegen solltest du jedenfalls keine Zeit mehr vergeuden«, meinte Rook. »Geh und such deinen Bruder.«

Alex umarmte Cornelius und eilte aus dem Wald, mit Kurs auf das Königreich in der Mitte und in der Hoffnung, dass ihr Bruder und ihre Freunde sich noch immer dort aufhielten.

Conner lag in einem Gästezimmer der Burg des Königreichs in der Mitte im Bett. An seiner Seite saß Hagetta und schickte ihr heilendes magisches Feuer über seine Verletzungen aus. Goldlöckchen und Jack standen derweil neben der Bettkante, beide zutiefst fasziniert von dem Prozedere.

»Danke, dass du gekommen bist, Hagetta«, sagte Conner. »Das ist definitiv besser, als darauf zu warten, dass alles auf natürliche Weise abheilt.«

»Wenn sich bloß auch gebrochene Herzen mit dem Feuer kitten ließen«, murmelte Hagetta. »Wie geht es Rotkäppchen?«

Goldlöckchen seufzte. »Sie will nichts essen und weigert sich, ihre Gemächer zu verlassen.«

»Die gute Nachricht dabei: Den Bürgern tut Rot so leid, dass sie sie für die Dauer von Froggys Abwesenheit erneut zur Königin gewählt haben«, ergänzte Jack.

»Ich fasse es nicht, dass er sich am Altar von ihr abgewandt hat«, sagte Conner. »Das klingt überhaupt nicht nach dem Froggy, den wir kennen.«

»Er hat den Fluch überwunden, nicht allerdings den Bann, in den diese Frau ihn einst geschlagen hat«, meinte Hagetta. »Ich hasse es, das sagen zu müssen, aber: Er hat das Richtige getan. Morina ist eine außerordentlich mächtige Hexe und berüchtigt dafür, wie nachtragend sie sein kann. Vermutlich hat er Rotkäppchens Leben gerettet, indem er ihr gefolgt ist.«

Sie streckte einen brennenden Stock nach Conners halb zugeschwollenem Auge, doch er hob eine Hand, um sie aufzuhalten.

»Das würde ich irgendwie lieber so behalten«, murmelte er. »Damit schaue ich wie ein echt harter Kerl aus.«

Hagetta drückte ihm das Feuer dennoch aufs Lid, und der Bluterguss verflüchtigte sich innerhalb von Sekunden. Ein letztes Mal wanderte ihr Blick über seine Wunden, und sie schüttelte den Kopf. »Ich begreife nicht, was für ein Vater es über sich bringt, seinem eigenen Sohn etwas Derartiges anzutun.«

»Und du bist ganz sicher, dass der Maskenmann dein Vater ist?«, vergewisserte sich Jack.

Conner nickte. »Ich schäme mich so sehr. Niemand kennt Alex so gut wie ich – natürlich hat sie die Wahrheit gesagt! Sie hätte ja selbst nie daran geglaubt, solange sie sich dessen, was sie gesehen hatte, nicht absolut sicher gewesen wäre. Ich hätte sie mehr unterstützen sollen. Was für ein miserabler Bruder bin ich denn bitte?«

Ein heller Blitz zuckte durch den Raum, und mit einem Mal stand Alex mitten im Zimmer. Alle erschraken fürchterlich, und Conner fiel beinahe aus dem Bett.

»Ich habe keine Ahnung, wann du das gelernt hast, aber ich

wünschte, du würdest es dir verkneifen!«, brüllte er. »Sekunde – *Alex*! Du bist *hier*! Gott sei Dank – ich muss dir so viel erzählen!«

Alex war unendlich froh, dass sie Conner und ihre Freunde zusammen erwischte. »Und ich habe dir genauso viel zu berichten! Wo sind Froggy und Rot? Schon in den Flitterwochen?«

Die anderen wechselten niedergeschlagene Blicke, und sofort war Alex klar, dass etwas Furchtbares vorgefallen sein musste.

»Conner, du bist verletzt«, rief sie, als sie die violetten Brandherde entlang seines ganzen Körpers bemerkte. »Was ist passiert?«

Goldlöckchen brachte ihr die schlimmen Neuigkeiten bei. »Kurz nachdem du verschwunden warst, ist eine Hexe namens Morina in die Hochzeitszeremonie geplatzt und hat gedroht, Rotkäppchen zu verfluchen, sofern Froggy nicht mit ihr mitkäme.«

»Was?«, keuchte Alex. »Aber wieso? Wer ist diese Hexe?«

»Dieselbe, die einst Froggy dazu verflucht hat, all die Jahre als Frosch zu leben«, erläuterte Hagetta. »Es muss sie erzürnt haben, dass er trotz seines Äußeren wahre Liebe gefunden hat – etwas, das ihr nie gelungen ist.«

»Aber der Rat der Feen war dort. Warum hat keines der Ratsmitglieder etwas unternommen, um ihr Einhalt zu gebieten?«, fragte Alex.

»Die Märchenkönige haben es versucht; allerdings ist Froggy schließlich nicht entführt worden«, gab Jack zu bedenken. »Niemand wäre in der Lage gewesen, etwas auszurichten. Er ist aus eigenem freien Willen gegangen, um Rot zu schützen.«

Alex war fassungslos darüber, dass sie all das verpasst hatte, und doch zugleich froh, der Trauung so zeitig den Rücken gekehrt zu haben. Andernfalls hätte sie ohne jeden Zweifel die

Kontrolle über sich verloren und etwas getan, das sie später bereut hätte.

»Conner, bitte sag mir, dass du dir deine Verletzungen bei dem Versuch zugezogen hast, sie in die Flucht zu schlagen«, sagte sie.

»Oh, warte nur, die Geschichte wird noch besser«, gab Conner sarkastisch zurück. »Während all das passiert ist, bin ich zurück in die Burg gelaufen, weil ich die Ringe vergessen hatte. Dort habe ich – dreimal darfst du raten – den Maskenmann beim Bücherklauen in der Bibliothek erwischt! Ich habe mein Bestes gegeben, ihn festzuhalten, aber er hat mich angegriffen. Im Gerangel habe ich ihm die Maske heruntergerissen, kurz bevor er es geschafft hat zu entkommen, und dabei sein Gesicht gesehen! Du hattest recht, Alex – *es ist Dad*! Es tut mir so leid, dass ich dir vorher nicht geglaubt hatte!«

Alex warf ihren Freunden nacheinander verlegene Blicke zu. »Ähm … nein, ich hatte nicht recht.«

»Nein, schon in Ordnung, Alex!«, sagte Conner. »Wir wissen inzwischen alle, dass du weder verrückt noch verwirrt bist! Wir glauben dir jetzt – ich hatte ihn ja leibhaftig vor mir! Dad ist am Leben, und er treibt im magischen Land sein Unwesen! Ich bin an allem schuld, weil ich dir nicht von Anfang an vertraut habe – *wieso schaust du mich so an*?«

Sie wirkte nicht annähernd in dem Maß erleichtert, das Conner sich ausgemalt hatte. Stattdessen nickte sie bloß zu seinen Worten und schien ungeduldig darauf zu harren, dass er mit seiner Entschuldigung zum Ende kam.

»Danke für deinen Zuspruch – das, was du sagst, bedeutet mir viel«, fing sie an. »Aber ich habe mich geirrt. Der Maskenmann ist nicht Dad – sondern Dads *Bruder*! Das habe ich gerade erfahren!«

Conner zog eine Augenbraue hoch. »Von wem?«

»Na ja«, druckste Alex, die nicht recht wusste, wie sie ihr Erlebnis schildern sollte. »Ähm … von einem Falter.«

Conner kniff die Augen zusammen, und der Mund klappte ihm auf. Er hatte mit einer wesentlich schlüssigeren Antwort gerechnet. »Ein *Falter* hat es dir erzählt?«

»Ja – allerdings kein gewöhnlicher … eher eine Art Engel.«

»Ein *Engelsfalter*?«

»Tja, er ist zumindest aus den Sternen herabgeschwebt. Ich denke, Grandma hat ihn geschickt.«

»Grandma hat dir einen Engelsfalter aus dem Weltraum gesandt?«

»Gewissermaßen! Jedenfalls hat dieser Falter mich in einen Wald mitgenommen und sich dann in einen Haufen Leuchtkugeln verwandelt, die zusammen eine Erinnerung nachgebildet haben – hör auf, mich so anzustarren, Conner! Der springende Punkt, den ich dir zu vermitteln versuche, ist: Der Maskenmann ist nicht unser Vater!«

Die Augen der Übrigen huschten zwischen den Zwillingen hin und her, als folgten sie einem Tennisspiel. Nie zuvor waren sie Zeugen einer derart absurden Unterhaltung geworden.

»Leute«, wandte Conner sich an seine Freunde, »ich nehme alles zurück, was ich eben behauptet habe. Alex *hat* den Verstand verloren – und mir blüht das wahrscheinlich auch gleich.«

»Sekunde mal«, hakte Alex ein und verschränkte die Arme vor der Brust. »Gerade noch hast du getönt, du hättest mir von Anfang an Glauben schenken sollen! Wieso tust du es dann jetzt nicht?«

»Weil du vollkommen wirres Zeug redest«, entgegnete er.

Alex schloss die Augen und ballte beide Hände. »Conner, wie ich all das in Erfahrung gebracht habe, ist doch völlig egal! Der

Maskenmann ist in Wirklichkeit unser Onkel Lloyd! Grandma hatte *zwei* Söhne!«

»WURDE JA AUCH MAL ZEIT, DASS IHR DAS SPITZ-KRIEGT!«, polterte eine Stimme vor dem Fenster, und Mutter Gans erschien auf Lesters Rücken. Der Ganter stieß das Glas mit dem Schnabel auf, flog ins Zimmer und landete dumpf auf dem Fußboden.

»Alex sagt die Wahrheit, Conner«, erklärte Mutter Gans und rutschte von Lesters Rücken. »Ihr macht euch keine Vorstellung davon, wie lange ich schon darauf warte, dass ihr die Puzzleteile zusammenfügt!«

»Du wusstest die ganze Zeit über Bescheid?«, fragte Alex.

»Auf dem Sterbebett hat deine Großmutter mich darum gebeten, es euch nicht zu verraten«, erwiderte Mutter Gans. »Es war ihr letzter Wunsch, und ich habe ihr geschworen, dass ich es für mich behalte. Das war auch einer der Gründe, aus denen ich mich so rar gemacht habe! Mir war klar, dass ich als Begleiterin auf eurer Jagd nach ihm früher oder später alles ausplaudern würde. Zum Glück ist die Katze jetzt aus dem Sack!«

Am liebsten hätten Alex und Conner sie dafür, dass sie ihnen wieder einmal Informationen vorenthalten hatte, grob geschüttelt – doch beide verstanden, dass Mutter Gans die Freundschaft zu ihrer Großmutter zu hoch geschätzt hatte, um ihr Versprechen zu brechen.

»Ist sonst noch jemand eingeweiht?«, fragte Alex. »Ich meine, der Rat der Feen muss doch wissen, dass Grandma Mutter zweier Söhne war.«

»Na ja, die Sache ist kompliziert«, meinte Mutter Gans. »Lloyd ist als Teenager aus dem Feenpalast fortgelaufen, und eure Großmutter hat den übrigen Ratsmitgliedern weisgemacht, er wäre tot – sogar eine Beerdigung hat sie inszeniert, an der der komplette Rat teilgenommen hat. Erst Jahre später hat sie ihn wiedergesehen – in jener *ersten* Nacht, in der er in den Palast eingebrochen ist, um den Trank zu stehlen. Die gute Fee hatte vorab einen anonymen Brief mit einer Vorwarnung erhalten, so dass sie ihn erwartete. Dank der Halle der Träume ahnte sie bereits, was er mit dem Gebräu vorhatte, also verurteilte sie ihn zu lebenslanger Haft im Pinocchio-Kittchen. *Sie* gab ihm die Maske, die er seither getragen hat, damit niemand je erfahren sollte, dass er ihr Sohn war.«

Die Geschichte des Maskenmannes wurde immer vertrackter, und nach wie vor gab es so viele Dinge, die sie nicht durchschauten.

»Mutter Gans, hast du eine Ahnung, wo er sich all die Zeit verborgen gehalten hat?«, erkundigte sich Jack.

»Ich nicht, aber Alex«, erwiderte Mutter Gans. »Alex' alter *Macker* hat sie im Wald aufgestöbert und ihr erzählt, er habe die Höhle gefunden, in der Lloyd sich versteckt.«

Sämtliche Köpfe schnellten zu Alex herum; keiner begriff, wie sie diese Frage so lange hatten übergehen können.

»Moment mal – wie hast du das mitbekommen?«, wunderte sich Alex.

»Ich bin dir seit Auftauchen des Falters gefolgt«, gestand Mutter Gans. »Ja, Conner, da war tatsächlich ein Falter – und ja, höchstwahrscheinlich hat deine Großmutter ihn geschickt, von wo auch immer sie nun sein mag. Ich wünschte, sie hätte sich stattdessen einfach für einen Brief entschieden. Riesige Insekten finde ich gruselig, ganz gleich, wie himmlisch ihre Absichten sind.«

»KANN UNS EINER VON EUCH EINFACH ENDLICH VERRATEN, WO ER STECKT?«, brüllte Conner.

Rasch schilderte Alex der kleinen Gruppe ihre Begegnung

mit Rook und Cornelius im Wald. Sie wiederholte alles, was Rook ihr berichtet und was er beobachtet hatte.

»Mit genau diesen Büchern ist der Halunke aus der Bibliothek getürmt!«, rief Conner.

»Sie waren ein Geschenk von Grandma an Froggy – als Dankeschön dafür, dass er uns auf unserem ersten Ausflug ins magische Land beschützt und am Leben gehalten hat«, erläuterte Alex. »Und bilden zusammengenommen offenbar ebenjene Sammlung, auf die der Maskenmann es abgesehen hatte und die er mit Hilfe der Hexen aufspüren wollte. Inzwischen ist es ihm allem Anschein nach allein gelungen, und während alle aus der Burg bei der Trauung waren, hat er sie gestohlen.«

»Also soll die Armee, die er zu rekrutieren plant, nicht bloß aus den Figuren einer einzigen Geschichte bestehen«, schlussfolgerte Conner.

Dann schnappte er nach Luft, da ihm etwas in den Sinn gekommen war, worüber er und seine Schwester einige Monate zuvor gestolpert waren. Damals war es ihnen belanglos erschienen, doch nun, da er die Absichten seines Onkels kannte, gewann es auf gruselige Weise an Bedeutung.

»Alex, hast du seine Zelle im Pinocchio-Kittchen noch vor Augen?«, fragte Conner. »Da waren all diese sonderbaren Einritzungen in den Wänden: Monster, Piraten und Soldaten! Und jetzt denk mal an die Bücher, die er in seinen Besitz gebracht hat. Er ist darauf aus, eine Armee aus *literarischen Schurken* zusammenzustellen!«

Diese Vorstellung sorgte für große Unruhe. Die Verwüstung, die der Maskenmann anrichten könnte, sollte es ihm gelingen, eine solche Armee auf die Welt loszulassen, schien allen in der Runde katastrophal. Keine Macht der Märchenwelt wäre in der Lage, es mit ihm und seinen Schergen aufnehmen. Die Armeen des magischen Landes waren noch vom vergangenen Krieg gegen die Grande Armée geschwächt.

»Also, wie schaut unser Plan aus?«, erkundigte sich Jack. »Wie halten wir ihn auf?«

»Wir müssen uns in seine Höhle schleichen«, beschloss Alex. »Dort warten wir, bis er wieder in ein Buch steigt – sofern er nicht gerade bereits in einem ist. Und anschließend zerstören wir es. So sollte er doch für immer darin feststecken, oder?«

»Den Regeln aus dem Tagebuch deiner Großmutter zufolge sollte er das«, meinte Goldlöckchen. »Sie hat ja nachdrücklich darauf hingewiesen, dass man gut auf das Buch achtgeben muss, da es der einzige Eingang und Ausgang der Erzählung ist.«

»Großartig«, befand Alex mit einem Seufzer der Erleichterung. Womöglich würde es deutlich einfacher als befürchtet sein, ihren Onkel loszuwerden. »Dann haben wir keine Zeit zu vertrödeln.«

Alle schienen überzeugt – mit Ausnahme von Conner, der den Kopf schüttelte. »Alex, du vergisst eine Sache«, wandte er ein.

»Und die wäre?«, fragte sie.

»Wir brauchen den Maskenmann, um zunächst deinen Namen wieder reinzuwaschen«, beharrte er. »Ohne ihn haben wir nichts in der Hand, womit wir dem Rat der Feen beweisen könnten, dass du von Beginn an recht hattest – die Ratsmitglieder müssen ihn mit eigenen Augen sehen. Sie müssen eingestehen, dass es falsch von ihnen war, an dir zu zweifeln, und dich wieder als gute Fee einsetzen.«

»Conner, es schert mich nicht mehr, ob ich die gute Fee bin –«

»Aber mich!«, unterbrach er sie. »Du bist dazu geboren, die Bewohner dieser Welt anzuführen, zu beschützen und zu unterstützen, und diese Bestimmung kannst du nicht erfüllen, wenn du gezwungen bist, den Rest deines Lebens untergetaucht zu verbringen. Du und ich, wir wissen beide, dass das magische Land vor die Hunde geht, sobald sein Wohlergehen allein dem Rat überlassen wird.«

Sosehr die Worte ihres Bruders Alex auch bewegten, so wenig ertrug sie die Vorstellung, all ihre Freunde noch größerer Gefahr auszusetzen, bloß um ihren eigenen Ruf zu retten. Als sie den Blick allerdings über sämtliche Gesichter schweifen ließ, wurde ihr klar, dass diese Wahl nicht bei ihr lag: Alle nickten einhellig zu Conners Rede.

»Er hat recht«, sagte Goldlöckchen. »Wir müssen euren Onkel fangen und hierher zurückbringen – selbst falls das erfordert, dass wir uns selbst in die Bücher wagen.«

»Wir sollen selbst in die Bücher steigen?«, fragte Mutter Gans, und alle drehten sich ruckartig zu ihr um. »Entschuldigt – das war kein Einwand. Bloß wäre es in der Tat *enorm* abenteuerlich, selbst für diese Gruppe.«

Ihr Rückhalt rührte Alex beinahe zu Tränen. Innerhalb von weniger als vierundzwanzig Stunden war sie vom vermeintlich einsamsten Menschen der Welt zu einem Mädchen geworden, das sich nicht glücklicher hätte schätzen können.

»Dann seid ihr also alle dabei?«, fragte Conner. Er streckte seine Hand in die Mitte ihres kleinen Kreises, und einer nach dem anderen legte die seine darauf. Selbst Lester wollte nicht außen vor bleiben und klatschte eine Flügelspitze zuoberst.

»Nichts wie los, zur Höhle!«, rief Jack.

»Und über die Grenzen der Königreiche hinaus!«, ergänzte Goldlöckchen.

Ein leises Klopfen ertönte an der Schlafzimmertür. Sie öffnete sich, und zur Freude jedes Einzelnen im Raum stand dahinter

Rotkäppchen. Ihre Augen waren vom Weinen geschwollen, und sie hatte die Hand fest um ein Taschentuch geballt.

»Ich habe mehr oder weniger unfreiwillig alles mitgehört«, schniefte sie. »Ich durchschaue noch nicht ganz, wohin ihr letztlich wollt, aber ich hoffe doch, ihr nehmt mich mit. Ein *Abenteuer* könnte ich wirklich gut gebrauchen.«

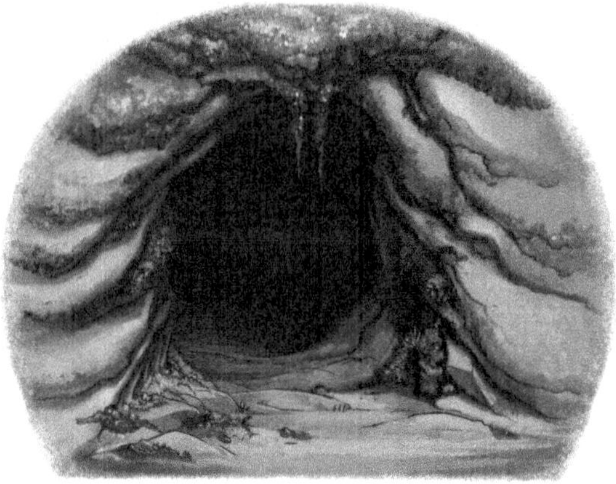

Kapitel 11

Die Höhle

Nur Minuten nachdem sie ihren Plan gefasst hatten, waren die Zwillinge und ihre Freunde bereits zur Höhle unterwegs. Alex' Vertrauen in ihre Kräfte war noch nicht wieder so weit gefestigt, dass sie die Gruppe auf magische Weise ans Ziel hätte teleportieren können; daher nahmen sie den Weg stattdessen zu Pferd auf sich. Im gestreckten Galopp ging es nach Nordwesten, da allen bewusst war, dass jede Minute zählte.

Jack und Goldlöckchen saßen auf Hafergrütze, während die Zwillinge Flöckchen ritten, der vor Begeisterung über seine erste große Reise regelrecht sprühte. Flöckchens Vater, ein stattlicher Hengst namens Inferno, war für Hagetta aus den Stallungen des Königreichs in der Mitte geholt worden. Kaum eine Minute hatte sie es im Sattel des für sein Temperament berüchtigten Pferds ausgehalten, ehe sie einen Beruhigungszauber über ihn gesprochen hatte.

Mutter Gans und Rotkäppchen hatten sich auf Lesters Rücken in die Lüfte geschwungen und kreisten hoch oben über den anderen, von wo aus sie sie stets im Blick behielten. Mutter Gans hatte es sich selbst zur Aufgabe gemacht, dafür zu sorgen, dass die kleine Reisegesellschaft auf Kurs blieb, und rief entsprechend von Zeit zu Zeit Richtungsanweisungen zu ihren Gefährten hinunter. Zudem nutzte sie die Gelegenheit, um sich als Therapeutin zu betätigen, und war eifrig darum bemüht, Rotkäppchen mit Geschichten über ihre eigenen verflossenen Liebschaften zu »trösten«.

»Ich bin schon viele Male am Altar verlassen worden – oder selbst verduftet«, erklärte Mutter Gans ihr. »An jenem Tag, an dem ich König Henry VIII. heiraten sollte, hat er Anne Boleyn kennengelernt. Wie du dir denken kannst, bin ich allein nach Hause gegangen – aber Himmel, was war das letztlich ein Glück!«

»Ist das erst kürzlich passiert?«, erkundigte sich Rotkäppchen.

Die nordwestlichen Berge lagen nicht allzu weit vom Königreich in der Mitte entfernt, so dass die Freunde die Höhle gegen Mitternacht zu erreichen hofften. Das stetige Donnern der Pferdehufe machte Alex ein wenig wehmütig; sie vermisste ihre früheren Ausflüge auf Cornelius, war jedoch froh, dass er in Rook einen neuen treuen Gefährten und Freund gefunden hatte.

Damit ihnen die Zeit nicht lang wurde, erzählte Conner Alex alles, was er aus dem Tagebuch ihrer Großmutter über das Weltenwanderer-Elixier erfahren hatte.

»Die Zutaten für das Gebräu schienen mir ziemlich simpel«, erläuterte er. »Man braucht bloß einen Ast vom ältesten Baum des Waldes, eine Feder vom hübschesten Fasan und ein eingeschmolzenes Schloss samt Schlüssel von jemandem, den man liebt. Dann lässt man das Ganze unter dem Mondlicht zweier Wochen köcheln, fügt noch einen Spritzer Magie hinzu, und *voilà – Zaubertrank en masse*!«

»Das ist alles?«, fragte Alex. »Man sollte doch meinen, ein derart mächtiges Elixier bestehe aus wesentlich komplexeren Komponenten. Verglichen mit dem Wunschzauber ist das ja Kinderkram.«

»Die einzelnen Elemente haben nicht unbedingt eine praktische, sondern eher eine symbolische Funktion«, weihte Conner sie ein. »Grandma musste bei der Erfindung des Tranks richtig kreativ werden.«

»Das ist ja das Wunderbare an Magie – ein Patentrezept und unumstößliche wissenschaftliche Regeln gibt es nicht«, schwärmte Alex.

Nach Sonnenuntergang verzauberte Mutter Gans einen Schwarm Glühwürmchen so, dass sie der Gruppe den Weg leuchteten. Wie geplant langten sie kurz vor Mitternacht an der Höhle an. Alex war dankbar für die genaue Ortsbeschreibung, die sie von Rook erhalten hatte; die Höhle verschmolz derart nahtlos mit der Bergflanke, dass die Freunde sie auf eigene Faust nie gefunden hätten.

Lester landete, als die anderen gerade von den Pferden stiegen.

»Hafergrütze«, wandte Goldlöckchen sich an ihre Stute, »falls statt uns irgendetwas oder irgendjemand anders aus dieser Höhle kommt, dann möchte ich, dass du zusammen mit Flöckchen und Inferno ins Dickicht rennst und ihr euch dort versteckt, verstanden?«

Das cremeweiße Pferd nickte entschlossen. Einen Augenblick lang zögerten alle noch vor den Höhleneingang, bevor sie sich hindurchwagten.

Mutter Gans rieb sich die Hände. »Na, wie ich schon einst zu Lewis und Clark gesagt habe: Nordamerika erschließt sich nicht von allein«, schmetterte sie. »Machen wir uns auf die Socken.«

Sie marschierte den Übrigen voran in die Höhle und zog dabei einen ängstlichen Lester erbarmungslos mit sich. Im Innern war es stockfinster.

»Es ist so dunkel und unheimlich hier«, piepste Rotkäppchen.

»Was hast du denn erwartet? Einen Kronleuchter?«, witzelte Conner.

»Keine schlechte Idee eigentlich«, meinte Mutter Gans. Sie pfiff, und die Glühwürmchen schossen durch den Eingang und nahmen an der Decke die Gestalt eines imposanten Lüsters an. »Gut mitgedacht, C-Dog.«

Nun, da sie ein wenig Licht hatten, erkannten die Freunde, dass der Hohlraum, in dem sie sich befanden, zwar sehr hoch, allerdings nicht allzu geräumig war. Eine Handvoll der aus der Burg gestohlenen Bücher war auf der Erde verstreut. Gemeinsam schritten Conner, Alex und ihre Gefährten die Höhle ab, verschafften sich einen Überblick und lasen die Titel, die sie erspähten, laut vor.

»*Tom Sawyer*«, sagte Jack.

»*Große Erwartungen*«, vermeldete Goldlöckchen.

»*Hamlet!*«, rief Rotkäppchen entzückt. »Ooohh! Können wir da hineinschauen? Das ist mein Lieblingsstück von Shakeybakey!«

»Ich denke, deine Woche ist bereits tragisch genug verlaufen«, bemerkte Mutter Gans trocken.

Conner hob ein älteres Buch mit gelbem Einband vom Boden auf. Sowie er es öffnete, schoss ein heller Lichtstrahl mit der Leuchtkraft eines Suchscheinwerfers daraus hervor. Conner erschrak und ließ den Wälzer fallen, woraufhin ein paar lose Seiten davonflatterten.

Conner schluckte. »*Der Zauberer von Oz* ist auch mit von der Partie«, murmelte er.

»Sei vorsichtig«, bat Alex. »Eventuell zählt jede einzelne Seite!«

Die Zwillinge sammelten die ausgerissenen Blätter ein und verstauten sie gewissenhaft in ihren Taschen. Anschließend stieß Alex behutsam mit einer Schuhspitze den Einband des Buchs abermals auf und blätterte zur ersten Seite der Geschichte. Wie bereits zuvor jagte eine grelle Lichtsäule geradewegs aus den Seiten zur Höhlendecke empor – einhundertmal gleißender als die Glühwürmchen.

»Ich wette, unser Onkel befindet sich noch immer dort drinnen«, verkündete Alex.

»Tja, es gibt nur einen Weg, das zu überprüfen«, meinte Goldlöckchen. »Lasst uns mal hineinlinsen und nachschauen.«

»Einer von uns sollte zurückbleiben und auf das Buch achten«, gab Jack zu bedenken. »Wenn ihm etwas zustößt, während wir in der Erzählung stecken, hängen wir fest.«

»Ich warte hier«, bot Hagetta an. »Ich werde es mit meinem Leben verteidigen. Ihr Übrigen bleibt zusammen – und bitte passt auf euch auf.«

Die Freunde bildeten einen Kreis und starrten auf das Buch hinunter wie Fallschirmspringer, die sich jeden Moment aus einem Flugzeug stürzen wollten.

»Wird schon schiefgehen«, murmelte Conner endlich, trat als Erster in den Lichtstrahl und verschwand aus der Höhle.

Er geriet in eine grelle, grenzenlose Weite. Mit Ausnahme einiger umherschwebender Wörter, die sich drehten und um ihn herumhüpften, gab es absolut nichts zu sehen.

»Wow«, machte er. »*So etwas* habe ich noch nie erlebt.«

Sekunden später tauchte Alex an seiner Seite auf. Ihr folgten Goldlöckchen, Rotkäppchen, Jack und zuletzt Mutter Gans, die Lester hinter sich ins Buch zerrte. Alle waren gleichermaßen fassungslos vor Staunen über das Universum aus Worten, das sie soeben betreten hatten.

Als hätte ihre Gegenwart einen Mechanismus in Gang gesetzt, erwachten die Buchstaben mit einem Mal zum Leben und wirbelten in sämtliche Richtungen. Sie verteilten sich scheinbar willkürlich und nahmen verschiedene Formen an – dehnten und vervielfältigten sich, um schließlich haargenau das zu verkörpern, was sie beschrieben.

Die Zwillinge und ihre Freunde verfolgten mit großen Augen, wie um sie her eine komplette Welt neu entstand. In der Ferne zeichnete sich ein ärmliches kleines Häuschen mit nur vier Wänden und einer winzigen Scheune ab. Wiesen und Felder erstreckten sich bis zum Horizont, wohin die Gefährten auch blickten. Alles – Land wie Himmel – war trostlos und grau.

»Alex, *ich glaube, wir sind nicht mehr in Kansas*«, flüsterte Conner seiner Schwester zu. »Und damit meine ich, wir befinden uns genau dort: in Kansas!«

Kapitel 12

Der Wirbelsturm

Obwohl es für Alex und Conner nicht die erste Reise zwischen verschiedenen Dimensionen war, verschlug ihnen die Erfahrung diesmal glattweg die Sprache. Innerhalb von Sekunden hatte sich rings um sie und ihre Freunde die weite Prärie des amerikanischen Bundesstaates Kansas gebildet, und den Zwillingen stand der Mund ebenso weit offen wie ihren von Ehrfurcht ergriffenen Gefährten.

»Es hat funktioniert!«, stammelte Alex. »Nicht, dass ich daran gezweifelt hätte – aber trotzdem: Ich fasse es nicht, dass es tatsächlich geklappt hat!«

»Das ist wahrhaftig beeindruckend!«, stimmte Goldlöckchen ihr zu.

Das Einzige, was ihnen aus der Höhle gefolgt war, war das Buch selbst: *Der Zauberer von Oz* lag aufgeschlagen auf dem Boden und sandte noch immer den grellen Lichtstrahl aus, genau wie zuvor in der Märchenwelt. Conner schob den Kopf hinein und erkannte Hagetta genau dort, wo er und die anderen sie soeben verlassen hatten.

»Und?«, fragte die Hexe.

»Alles paletti!«, sagte Conner und reckte beide Daumen in die Höhe. »Wünsch uns Glück.«

Conner lehnte sich zurück in die Geschichte und klappte den Wälzer zu. Die Lichtsäule erlosch, sprang jedoch sofort abermals auf, sowie er die Seiten wieder öffnete. Erneut schloss er den Deckel und verstaute den Band dann sicher hinten in seinem Hosenbund.

Rotkäppchen ließ den Blick über die Felder schweifen, als wäre ihr etwas derart deprimierend Eintöniges noch nie im Leben begegnet. »Das also ist die Anderswelt?«, fragte sie.

»Bloß L. Frank Baums Interpretation davon«, berichtigte Alex. »Aber, im Grunde genommen ... ja.«

»Na, schaut ja ganz *reizend* aus«, meinte Rotkäppchen, doch ihre Miene sagte das Gegenteil. »Diese Gegend hier erinnert mich an mein Königreich – wenn man ihm alles Bunte und jedes Glück nehmen würde.«

Das Fehlen jeglicher Farbe erwies sich durchaus als immens bedrückend und schlug sich sofort auf die Stimmung der gesamten Gruppe nieder. Tatsächlich waren die Geschwister und ihre Reisegefährten selbst der einzige Farbfleck in dieser Welt.

Mit einem Mal vernahmen sie Bellen und Kinderlachen aus dem nahen Farmhaus. Dass es an diesem Ort immerhin *irgendetwas* Fröhliches zu geben schien, erleichterte alle enorm. Die Tür des Häuschens flog auf, und ein alter Mann mit weißem Bart trat auf den Rasen davor. Er starrte besorgt zum Himmel empor.

»Der Himmel ist schrecklich grau heute, Em«, rief er zurück ins Haus. »Grauer als gewöhnlich.«

Eine gebrechliche Farmersfrau eilte an seine Seite und machte sich daran, die Veranda zu fegen.

»Oh, Henry, hör doch auf«, sagte Em. »Der Himmel sieht nicht anders aus als gestern oder vorgestern.«

Nun erschien auch ein kleines Mädchen hinter dem Fliegengitter der Haustür. Mit seinen geflochtenen Zöpfen und dem hübschen Kleidchen wirkte es sehr niedlich. Zudem hielt es einen zotteligen kleinen Hund im Arm und streichelte ihm liebevoll das Fell.

»Nein, ich habe kein gutes Gefühl bei der Sache«, beharrte Henry. »Gut möglich, dass uns ein Tornado bevorsteht.«

»Du machst Dorothy noch Angst, wenn du so redest. Und jetzt ab ins Haus mit dir«, befahl Em.

Das kleine Mädchen umklammerte den Hund ein wenig fester und blickte nun gleichermaßen beunruhigt zum Himmel empor – um seine Sorglosigkeit war es bereits geschehen.

»Wer sind denn diese traurigen Leute?«, wollte Rotkäppchen von den Zwillingen wissen. »Und von was für einem Torpedo spricht er?«

Alex und Conner gaben keine Antwort. Für sie war es nicht die erste Gelegenheit, bei der die liebsten Buchfiguren ihrer Kindheit vor ihren Augen zum Leben erwachten, doch das Erlebnis zog sie jedes Mal aufs Neue in seinen Bann.

In diesem Moment erspähte Dorothy die Gruppe und kreischte vor Entzücken.

»Tante Em! Onkel Henry!«, rief sie. »Schaut mal, dort drüben! Da sind andere Leute!«

Es musste viel Zeit vergangen sein, seit das kleine Mädchen zuletzt eine Menschenseele außer seiner Tante und seinem Onkel zu Gesicht bekommen hatte. Es war von ihrem Anblick noch faszinierter als die Geschwister und ihre Freunde von

Dorothys. Prompt stürmte die Kleine hinaus auf das Feld, um sie zu begrüßen. Henry und Em waren derweil so überrumpelt, dass sie sich überhaupt nicht zu rühren vermochten.

»Hallo, ihr!«, juchzte Dorothy. »Was führt euch auf unsere Farm?«

»Hi, Dorothy«, erwiderte Conner.

Dorothy schnappte nach Luft. »Wieso kennst du meinen Namen?«, fragte sie mit großen Augen.

Alex warf Conner einen warnenden Blick zu, und er verfiel in Panik. »Weil … weil …«, stotterte er.

Ein breites Lächeln brach sich auf Dorothys Gesicht Bahn. »Ich weiß schon«, rief sie. »Du bist ein *Hellseher*, richtig? Das habe ich mir gleich gedacht, als ich euch entdeckt habe – *ihr seid ein Wanderzirkus*!«

Da ihnen selbst nichts Besseres einfiel, nickten die Freunde bloß.

»Genau«, bekräftigte Conner und ging sofort in seiner exzentrischen neuen Rolle auf. »Ich bin *Master Connermoondo* – Medium par excellence. Die Männer, Frauen und der Vogel hinter mir sind Teil des weltberühmten Wanderzirkus Bailey.«

Dorothy hüpfte begeistert auf und ab. Toto bellte die Gruppe an; sogar er schien ein wenig Abwechslung und Unterhaltung bitter nötig zu haben. Etwas vergleichbar Aufregendes war den beiden in ihrem ganzen Leben noch nicht widerfahren.

»Erlaube mir, euch zweien meine Truppe vorzustellen«, sagte Conner mit übertrieben theatralischen Gesten. »Das hier ist Jack, der stärkste Mann der Welt; Goldie, die mit Schwertern jongliert wie keine andere; Rot, die hochdekorierte Meisterin des Hochseils. Direkt aus den wilden Dschungeln Madagaskars kommt der Lestersaurus – und seine Dompteurin, Madam Gans. Und zu guter Letzt: meine Schwester Alexandra, *die bärtige Dame.*«

»Wie bitte?«, empörte sich Alex.

»Aber sie hat doch gar keinen Bart«, bemerkte Dorothy.

»Sie hat sich heute Morgen rasiert«, gab Conner zurück.

Alex verdrehte die Augen – es blieb einem nichts erspart, wenn man mit ihrem Bruder unterwegs war.

»Wir waren auf der Durchreise nach Kansas City und sind so über euer bescheidenes Domizil gestolpert«, fuhr Conner fort.

»Wenn man es nett ausdrücken möchte«, murmelte Rotkäppchen.

»Und darüber freue ich mich so!«, sagte Dorothy. »Hier passiert nie irgendetwas Tolles.«

Ihr ehrliches Entzücken amüsierte die Zwillinge, und sie tauschten ein Lächeln; sie kannten die Kleine besser als Dorothy sich selbst.

»Wollt ihr nicht zum Abendessen bleiben?«, fragte Dorothy und wandte sich dann rasch zu ihrer Tante und ihrem Onkel um. »Sie dürfen uns doch Gesellschaft leisten, Tante Em? O bitte, sag ja!«

Tante Em und Onkel Henry sahen einander an und zuckten dann mit den Schultern.

»Meinetwegen«, meinte Onkel Henry.

»Ich hoffe, ihr mögt Mais«, ergänzte Tante Em.

Conner warf einen schnellen Blick zurück zu seinen Gefährten, doch niemand erhob Einwände.

»Abendbrot klingt nach einer guten Idee«, befand Mutter Gans. »Ich bin ein wenig hungrig, und sofern Lester nicht alle vier Stunden etwas zu fressen bekommt, wird er enorm unleidlich. *Schau mich nicht so an, Lester; ich würde es nicht behaupten, wenn es nicht wahr wäre.*«

Dorothy führte ihre Besucher in das Farmhaus. Tatsächlich handelte es sich eher um eine Hütte, so klein war es – nur ein

Raum, in dem sich ein Ofen, ein Schrank, zwei Betten und ein Tisch mit vier Stühlen befanden. Somit waren alle außer Conner gezwungen, zum Essen auf den Matratzen oder dem Fußboden Platz zu nehmen. Tante Em hielt Wort und servierte Mais – *und sonst nichts.*

»Bitte erzählt mir von all den Orten, an denen ihr bereits aufgetreten seid!«, bettelte Dorothy, sobald alle versorgt waren.

»Na ja, in guter Erinnerung geblieben sind mir Baton Rouge und Jefferson City«, setzte Mutter Gans an. »Wer aber darauf aus ist, ein paar Kröten zu verdienen: Das Geld liegt in Texas.«

Die anderen musterten sie schief von der Seite. Woher wusste sie das?

»Was?«, entgegnete Mutter Gans. »Glaubt ihr, das hier ist der erste Zirkus, mit dem ich durch die Welt ziehe?«

Onkel Henry und Tante Em schauten kein einziges Mal von ihrem Mais auf, doch Dorothy hatte alles um sich herum vergessen und hing Mutter Gans mit weit aufgesperrten Augen und Ohren an den Lippen. Ihr Leben auf der Farm in Kansas musste bislang außerordentlich trist und gleichförmig gewesen sein – doch die Abenteuer, die sie erwarteten, würden sie für diese Vergangenheit definitiv mehr als entschädigen.

»Ihr fahrendes Volk treibt euch ja ganz schön herum«, kommentierte Onkel Henry.

»Wo wir gerade vom *Herumtreiben* sprechen«, hakte Jack ein, »hat jemand von euch in den letzten Tagen zufällig einen sonderbaren Mann in der Gegend bemerkt?«

»Gut möglich, dass er sich *Lloyd* oder *Maskenmann* nennt«, fügte Goldlöckchen hinzu. »Er ist ein Bekannter von uns, ebenfalls aus dem Zirkus. Wir sind auf der Suche nach ihm.«

»Kann mich nicht entsinnen«, antwortete Tante Em. »Ihr

seid die ersten und einzigen Besucher in diesen Breiten seit … tja, im Grunde solange ich mich erinnern kann.«

Diese Aussage enttäuschte und verwirrte die Zwillinge gleichermaßen. Wenn in dieser Geschichte von ihrem Onkel keine Spur zu finden war – hatte er sich dann vielleicht bereits in ein neues Buch aufgemacht?

»Er muss *anderswo* sein«, sagte Conner. Die Doppeldeutigkeit seiner Worte verstanden zum Glück nur seine Schwester und seine Freunde.

»Ich wäre auch gern anderswo«, seufzte Dorothy. »Manchmal träume ich davon, mich einem Zirkus anzuschließen, bloß um eine Gelegenheit zu haben, durch die Welt zu reisen – aber ich fürchte, Toto und ich werden niemals aus Kansas hinauskommen.«

Von draußen ertönte mit einem Mal ein lautes Heulen, dicht gefolgt von einem schrillen Pfeifen. Die Geräusche klangen furchterregend, und Dorothy, Henry und Em erstarrten. Das winzige Haus begann zu schwanken, während der Wind zunahm und immer wütender um die Farm toste.

»Ein Tornado!«, brüllte Henry und sprang vom Tisch auf. »Ich lasse die Tiere frei!«

Er hastete zur Tür und rannte panisch hinaus. Mutter Gans, Lester, Rotkäppchen, Goldlöckchen und Jack eilten ihm arglos nach.

»Leute, wo wollt ihr denn hin?«, schrie Conner.

»Wir müssen im Haus bleiben!«, rief Alex ihnen hinterher. »Hier gibt es einen Sturmkeller!«

Doch es war bereits zu spät – ihre Freunde befanden sich bereits im Freien und verstanden über dem Brausen des Sturms kein Wort aus Alex' und Conners Mund. Em hechtete in die Mitte des Zimmers und rollte hektisch den Teppich auf, so dass darunter eine quadratische, in den Boden eingelassene Tür zum Vorschein kam.

»Schnell, Dorothy! Mir nach in den Keller!«, befahl Em.

Sie zog die Klappe auf und kletterte in den Sturmkeller des Farmhauses hinab. Der verschreckte Toto sprang von Dorothys Schoß und kroch unter das Bett.

»Toto!«, rief sie. »Hierher, mein Junge!«

Während Dorothy sich mühte, ihren Hund wieder hervorzulocken, sprinteten Alex und Conner zur Tür, um ihre Freunde einzusammeln. Der Himmel war inzwischen mehr schwarz als grau, und der Wind blies so stark aus sämtlichen Richtungen, dass es ihnen kaum gelang, sich auf den Beinen zu halten.

Die Zwillinge fanden ihre Freunde in der Scheune, wo sie Henry dabei halfen, die Tiere aus ihren Boxen zu befreien. Die Kühe und Pferde preschten ins Freie und flohen über die Felder vor dem herannahenden Sturm.

»Leute! Wir müssen zurück ins Haus!«, brüllte Conner. »Vertraut uns! Das wird gleich richtig unangenehm!«

»Der Sturmkeller ist unsere einzige sichere Überlebenschance!«, beschwor Alex die Gruppe.

Da Alex und Conner die Geschichte kannten, ließen Jack, Goldlöckchen und die anderen sich rasch überzeugen, und gemeinsam machten sie sich auf den Rückweg von der Scheune zum Haus. Auf halber Strecke jedoch hielten sie abrupt inne, schrien auf und deuteten in den Himmel: Aus den schwarzen Wolken senkte sich soeben der Rüssel eines gewaltigen Tornados zur Erde.

Er erreichte den Boden und rotierte direkt auf das kleine Farmhaus zu. Die Geschwister und ihre Freunde mussten einander an den Händen fassen, um nicht sofort davongeweht zu werden.

»Wir schaffen es nicht mehr in den Keller!«, brüllte Conner.

Alex kreischte auf. »CONNER! SCHAU, DA DRÜBEN!«, schrie sie und zeigte zu einem nahen Feld.

So schnell wie nur menschenmöglich rannte dort Alex' und Conners Onkel gegen den Wind an. Seine Tasche mit den gestohlenen Büchern hatte er über eine Schulter geworfen, und er hetzte in Richtung der Farm. Noch schockierender war allerdings, dass er die Maske, die Conner ihm in der Bibliothek heruntergerissen hatte, keineswegs durch eine neue ersetzt hatte – und für den Bruchteil einer Sekunde war es den Zwillingen daher doch, als sähen sie ihren Vater.

Lloyd schwang sich auf die Veranda und grüßte Alex und Conner spöttisch. Er war die gesamte Zeit über in Kansas gewesen und hatte lediglich darauf gewartet, dass der Sturm losbrach.

Unterdessen war der Tornado nur noch Meter vom Haus entfernt, und Lloyd rettete sich hinein. Im nächsten Augenblick wurde die komplette Konstruktion vom Fundament gepflückt und in die Luft gewirbelt. Wie ein riesiges Wolkenmonster schluckte die Windhose die Hütte im Ganzen, und sie verschwand in ihrem Strudel.

»Dorothy!«, schrie Henry und wetzte auf den Tornado zu.

»Henry! Wartet! Bleibt bei uns!«, brüllte Jack dem Farmer hinterher.

»Nein, Jack!«, rief Alex. »Lass ihn! Ihm passiert nichts!«

»Wie kannst du das behaupten?«, entgegnete Jack.

»Ich habe das Buch gelesen!«, erklärte Alex.

Das Röhren des Windes war inzwischen ohrenbetäubend und nahm noch an Lautstärke zu, je näher die Windhose heranwalzte. Conners erster Gedanke war, dass sie allesamt durch das Buch zurück in die Höhle reisen sollten, doch eine der mächtigen Böen hätte ihm ohne jeden Zweifel *Der Zauberer von Oz* aus den Händen gerissen, sowie er es auch nur aufzuschlagen versucht hätte.

»Alle zurück in die Scheune!«, kommandierte Conner. Es war ihre einzige Rettung.

Voller Panik stolperten sie beinahe übereinander, zogen und stießen sich gegenseitig voran und erreichten den Schober in letzter Sekunde. Kaum befand sich die Gruppe vollständig im Innern, da schlug Jack die Türen zu, und jeder der Gefährten schlang die Arme wahllos um irgendetwas, das Halt versprach. Conner klammerte sich mit einem Arm an einen Stützbalken und presste sich mit dem anderen das Buch gegen den Leib.

Der Tornado krachte in die Scheune und riss das Dach herunter. Die Wände begannen zu ächzen und zu schwanken. Sie neigten sich vor und zurück, jedes Mal ein wenig weiter.

»Houston, wir sind bereit zum Start!«, rief Mutter Gans.

Der Schober trudelte in die Luft und wurde von Sekunde zu Sekunde höher emporgehoben. Sämtliche Fußpaare baumelten über dem Erdboden, und schon bald vermochte niemand mehr zu bestimmen, wo oben und wo unten war. Die Macht des Wirbelsturms war so gewaltig, dass sie die Schwerkraft schlicht aushebelte.

Die Türen der Scheune wurde aus ihren Angeln gesaugt. Rotkäppchens Griff rutschte ab, und auch sie flog durch den Rahmen.

»ROT!«, schrien die Zwillinge wie aus einem Mund.

»Lester! Rette sie!«, befahl Mutter Gans.

Der Ganter stieß sich von einem der Verschlagsgatter ab, an dem er sich mit dem Schnabel festgebissen hatte, und rauschte hinaus in den Sturm. Der Wind erfasste ihn und schleuderte ihn mit sich im Kreis. In regelmäßigen Abständen zischte ein großes rotes Stoffbündel an ihm vorüber – *Rotkäppchen.* Lester spreizte die Flügel, um den Böen mehr Angriffsfläche zu bieten und rascher voranzukommen, und es gelang ihm, einen Zipfel von Rotkäppchens Kleid mit dem Schnabel zu erhaschen.

»LESTER, HILF MIR!«, kreischte Rotkäppchen. »LASS MICH NICHT AN EINEM SO HÄSSLICHEN ORT STERBEN!«

Die Scheune raste nun direkt auf die beiden zu. Lester barg Rotkäppchen dicht an seinem Körper und faltete die Flügel über sie, so dass er selbst zu einem großen Federball wurde. So durchschlug er geradewegs eine Seitenwand der Holzkonstruktion und fand sich wieder inmitten der anderen.

»Phantastische Arbeit, Lester!«, schmetterte Mutter Gans.

»Ich hatte geglaubt, nachdem ich am Altar verlassen worden bin, könnte meine Woche nicht mehr schlimmer werden!«, erboste sich Rotkäppchen.

Der Schober taumelte derweil unkontrolliert weiter durch den Himmel, und auch der Sturm flaute nicht im Geringsten ab. Hin und wieder erspähten die Geschwister das Farmhaus, das seinerseits in der Mitte der Windhose auf und ab hüpfte, doch für die Gefährten war es unerreichbar.

Der Strudel legte noch einmal an Geschwindigkeit zu, wirbelte Scheune und Haus in unterschiedliche Richtungen. Die Welt draußen rotierte so rasch, dass es unmöglich war, zu erkennen, wohin sie unterwegs waren. Bald tauchten zum ersten Mal bunte Farben in der Ferne auf, doch ob es sich dabei um Erde oder Himmel handelte, ließ sich nicht ausmachen.

Der Schuppen drehte und drehte sich um die eigene Achse und sackte schneller und schneller in die Tiefe … aber *wohin* ihr Sturz die Freunde befördern würde, davon hatten sie nicht den blassesten Schimmer …

Kapitel 13

Der Blech-Holzfäller

Sind alle am Leben?«, fragte Conner. Eine Tirade aus Stöhnen, Grunzen und Krächzen beantwortete seine Frage. Wie durch ein Wunder hatte tatsächlich jeder überlebt.

Nach einem scheinbar nicht enden wollenden Fall war die Scheune ebenso plötzlich wie unsanft auf der Erde aufgekommen. Alles, was von ihr zu diesem Zeitpunkt übrig gewesen war, hatte der Aufprall zum Einsturz gebracht, und die Zwillinge und ihre Freunde mühten sich nun, die Trümmer, unter denen sie verschüttet lagen, beiseitezuräumen.

»Das war wesentlich turbulenter, als ich erwartet hatte«, gestand Alex.

»Sekunde mal – du hattest so etwas *erwartet*?«, fragte Goldlöckchen.

Alle feuerten böse Blicke auf Alex ab, und sie lächelte schuldbewusst. Ihr war vollkommen entfallen, dass ihre Gefährten

Der Zauberer von Oz nicht annähernd so gut kannten wie sie und ihr Bruder. Keiner der Truppe hatte geahnt, dass ihnen ein Tornado bevorstand.

»Jaah, tut mir leid«, sagte Alex. »In der Geschichte erfasst ein gigantischer Wirbelsturm Dorothys Haus und trägt es ins Land Oz. Das hätte ich euch allen vermutlich vorab erzählen sollen.«

»Aber wenn der Tornado sie nach Oz gebracht hat, wohin hat er dann *uns* geschickt?«, wollte Conner wissen.

Die Reisegefährten halfen einander auf die Füße und bahnten sich einen Weg aus der demolierten Scheune. Zuerst mussten sie ihre Augen beschirmen – alles war so viel heller und farbenfroher als in Kansas: Der Himmel erstrahlte in lebhaftem Blau, und ringsum wuchs ein üppiger grüner Wald. Selbst der Braunton der Erde wirkte mit einem Mal richtig lebendig.

»Oha«, machte Conner. »Hat hier irgendjemand am Kontrastregler herumgespielt?«

»Wo sind wir?«, staunte Jack.

Darüber musste Alex nicht zweimal nachdenken. »Leute, wir sind in OZ!«, erklärte sie aufgeregt. »Zwar nicht im Land der Munchkins, wie Dorothy – aber definitiv in derselben Welt.«

Ein leises Wehklagen schallte mit einem Mal durch die Bäume.

»Hört das noch jemand außer mir?«, erkundigte sich Rotkäppchen.

Alle blickten sich um, fanden die Quelle des Lauts jedoch nicht sofort.

»Was ist das?«, fragte Mutter Gans. »Lester, rumort etwa dein Magen?«

Der Ganter schüttelte den Kopf. Er war ebenso neugierig auf den Ursprung des Geräuschs wie die Übrigen. Immer länger und allem Anschein nach auch leidender wurde es, und plötzlich keuchte Conner auf und seine Augen weiteten sich – ihm war klargeworden, woher das Stöhnen rührte.

»O nein!«, japste er. »Die Laute stammen aus dem Schutthaufen der Scheune! Wir sind auf jemandem gelandet – genau wie Dorothy in der Geschichte! Schnell, wir müssen unserem Opfer helfen!«

Gemeinsam mit seinen Freunden wühlte er sich hastig durch die Bruchstücke des Schobers; da das Gejammer beständig lauter wurde, nahmen sie an, dass sie dem oder der Verschütteten bereits nahe sein mussten.

»Bitte nicht sterben – Hilfe ist unterwegs!«, rief Conner in den Trümmerberg hinein. »Glinda, bist du das? O Gott, wenn wir Glinda umgebracht haben, würde ich mir das nie verzeihen!«

Zu Conners Erleichterung entdeckten sie wenig später nicht etwa die sympathische gute Hexe des Südens, sondern stattdessen einen Mann. Er war außergewöhnlich groß und sehr dünn, mit langer, spitzer Nase und einem ebenso spitzen Hut. Während sie Bretter und Staub von ihm herunterräumten und abwischten, erkannten sie, dass alles an ihm – von seinen Kleidern bis zu seiner Haut – aus Metall bestand.

»Du meine Güte! Das ist der Blech-Holzfäller!«, hauchte Alex.

»Ein Freund von euch?«, fragte Rotkäppchen.

»Nein, aber eine der Hauptfiguren des Buchs«, raunte Conner ihr zu. »Volltreffer, würde ich sagen!«

Der Blech-Holzfäller erwies sich als so schwer, dass es ihnen nur mit vereinten Kräften gelang, ihn auf die Beine zu wuchten. Noch dazu war er steif wie eine Statue und in einer Pose mit gehobener Axt verklemmt. Seine riesigen Augen zuckten wild über seine sonderbaren Helfer. Und er stöhnte, obwohl sein Mund fest geschlossen war.

»Was ist denn los mit ihm?«, fragte Goldlöckchen. »Ist er versteinert?«

»Nein, eher eingerostet!«, erklärte Alex. »Er braucht Öl.«

»Meinst du, es gibt hier in der Nähe eine Autoschlosserei?«, fragte Mutter Gans zweifelnd.

»Nein, aber er sollte ein Ölkännchen bei sich haben«, antwortete Alex.

Sie ließ den Blick umherschweifen und erspähte ein Stück weit entfernt im Wald eine winzige Hütte zwischen den Bäumen. Sofort rannte sie hinüber, eilte durch die Tür und war schon wenige Momente später mit besagtem Ölkännchen zurück bei ihren Freunden. Sie machte sich umgehend daran, die Gelenke um den vorstehenden Kiefer des Blechmanns zu ölen, und seine Kinnlade klappte nach unten.

»AAAAAAHHHHH!« Nun, da sein Mund wieder funktionstüchtig war, verwandelte sich das Wehklagen des Blech-Holzfällers in schrille Schreie, die gar nicht mehr aufhörten.

Alle pressten sich die Hände auf die Ohren und wandten sich ratsuchend den Zwillingen zu.

»Kann man ihn irgendwie abstellen?«, fragte Rotkäppchen.

»Immer locker!«, sagte Conner. »Wieso kreischen Sie denn so?!«

»WEIL GERADE EINE SCHEUNE VOM HIMMEL GEFALLEN UND MIR AUF DEN KOPF GEKRACHT IST!«, brüllte der Blechmann. »ICH WETTE, DU WÜRDEST DAS AN MEINER STELLE AUCH NICHT BESSER AUFNEHMEN!«

Goldlöckchen schlug den Kiefer des Blech-Holzfällers zu, bis er sich ein wenig beruhigt hatte.

»Habt Ihr jetzt genug geschrien?«, fragte sie, doch er regte sich nicht. »Na? Einmal nicken, bitte.«

»Das kann er nicht, ehe ich ihm ein wenig Öl gegeben habe«, sagte Alex. Flink beträufelte sie auch die Scharniere in seinem Nacken, und der Blech-Holzfäller nickte. Goldlöckchen zog seinen Mund wieder auf.

»So ist es schon viel besser«, murmelte der Blechmann. Er war derart erleichtert, dass er kurz vergaß, weshalb er überhaupt gebrüllt hatte. »Wärst du so lieb, auch den Rest von mir noch zu ölen? Bitte?«

Alex arbeitete sich von den Halsgelenken abwärts. Langsam entspannte sich der Körper des Blech-Holzfällers. Seine Schultern sackten nach unten, und er ließ auch die Axt sinken.

»Danke«, sagte er mit einem langen Seufzer. »Ein ganzes Jahr lang habe ich dieses Ding in die Höhe gehalten!«

»Seit einem Jahr habt Ihr so festgeklemmt?«, staunte Jack.

»Höchst unbequem«, bestätigte der Blechmann. »Für gewöhnlich trage ich zu jeder Zeit ein Ölkännchen bei mir – für den Fall, dass ich zu rosten anfange. Ein einziges Mal vergesse ich es in meiner Hütte, und ausgerechnet da überrascht mich ein kolossaler Regenschauer. Seither bin ich nicht mehr in der Lage gewesen, mich zu rühren.«

»Das klingt schrecklich«, meinte Mutter Gans mitfühlend. »Und ich kann es bestens nachempfinden. Einmal war ich für zwei Wochen *lebendig begraben* – Junge, war ich froh, als ich mich aus dieser Bredouille wieder freigeschaufelt hatte! Allerdings hat diese Erfahrung mich gelehrt, stets Fragen zu stellen, *bevor* ich mich bereiterkläre, an irgendeinem religiösen Ritual teilzunehmen, ganz gleich, wie putzig die Insulaner sind.«

Der Blechmann bedachte die kleine Gruppe mit nervösen Blicken. »Wer seid ihr, Leute? Woher kommt ihr?«

Conner schob seine Schwester nach vorn. »Alex, ich überlasse dir jetzt mal das Wort, da ich offenbar immer ausgerechnet das Falsche sage.«

Alex sah dem Blech-Holzfäller unverwandt in die wissbegierigen Augen. Gemessen an seiner Reaktion auf das Malheur mit der Scheune, war die Wahrheit bei weitem zu schockierend, als dass er sie begreifen könnte. Also musste sie sich eine Geschichte einfallen lassen, die er glauben, die ihn jedoch nicht in die Flucht schlagen würde, falls sie seine Hilfe nötig hatten.

»Eigentlich sollen wir es niemandem verraten«, setzte Alex an. »Aber wir sind in geheimer Mission unterwegs, im Auftrag *des Zauberers.* Wir flogen gerade über Oz dahin, als unser Schober seinen Heißluftballon – eine Erfindung des Zauberers – verloren hat und wir über diesem Wald abgestürzt sind. Ein Glück, dass Sie unseren Aufprall abgefedert haben.«

Der Blechmann war von ihren Worten augenblicklich gefesselt. Seine Kinnlade fiel ihm erneut herunter, und er schlug die Hände über dem Kopf zusammen. »Ihr kennt den Zauberer von Oz?«, fragte er ungläubig.

»Wir arbeiten für ihn!«, bekräftigte Alex. »Ein skrupelloser Schurke befindet sich auf freiem Fuß, und der Zauberer hat uns persönlich gebeten, ihn aufzuspüren und zu stellen. Der Bösewicht ist nach Oz gereist in der Absicht, eine Armee zu rekrutieren! Der Zauberer möchte, dass wir ihn aufhalten, ehe Unschuldige verletzt werden.«

»O weh, das ist ja furchtbar!«, rief der Blech-Holzfäller aus. »Aber was für eine Art von Armee will er denn hier zusammenziehen?«

»Wir hatten gehofft, Sie könnten uns das verraten«, erwiderte Alex. »Wir stammen von weit her. Fällt Ihnen vielleicht irgendjemand oder irgendetwas ein, das diesem Kriminellen dabei helfen würde, den Zauberer zu stürzen?«

Der Blechmann kratzte sich am Kopf und dachte angestrengt nach. »Da gibt es zum einen die Torwächter der Smaragdstadt, aber die würden *niemals* dem Zauberer in den Rücken fallen«, überlegte er. »Wartet! Ich hab's! Wahrscheinlich verbündet er sich mit der bösen Hexe des Westens! Jeder weiß, dass sie bereits seit der Ankunft des Zauberers in Oz danach trachtet, ihn wieder loszuwerden!«

Die Zwillinge und ihre Freunde schluckten alle gleichzeitig. Sie brauchten den Inhalt des Buchs gar nicht zu kennen, um zu begreifen, dass die böse Hexe des Westens eine der furchteinflößendsten Verbrecherinnen der Literaturgeschichte sein musste. Ohne jeden Zweifel war der Onkel der Geschwister nach Oz gereist, um sich mit ihr zusammenzutun.

»Na ja, *so* übel ist das nun auch wieder nicht, oder?«, meinte Conner in dem verzweifelten Versuch, ihre Lage herunterzuspielen. »Letztlich ist sie bloß eine Hexe mit einem Haufen geflügelter Affen.«

»Die geflügelten Affen sind nicht die einzigen Geschöpfe, die in ihrem Dienst stehen«, widersprach ihm der Blech-Holzfäller. »Sie befehligt vierzig riesige, grausame Wölfe, eine ebenso große Schar beängstigender Krähen, Schwärme von Killerbienen und eine Armee Winkies.«

»Jep, das klingt ganz nach etwas, woran Lloyd Interesse hätte«, kommentierte Mutter Gans.

»Sekunde – was ist ein Winkie?«, sagte Rotkäppchen.

»Die Winkies sind das Volk, das im westlichen Teil von Oz lebt«, erklärte der Blechmann. »Die böse Hexe des Westens hat sie versklavt, als sie das Land Winkie unterworfen hat, über das sie nun von ihrem Palast aus erbarmungslos herrscht.«

Diese Information beunruhigte alle außer Alex – die stattdessen geradezu beglückt darüber schien.

»Alex, warum lächelst du?«, fragte Conner. »Das sind katastrophale Neuigkeiten für uns. Dagegen kommen wir nie an.«

»Nein, das sind *phantastische* Neuigkeiten für uns!«, widersprach sie. »Es ist vollkommen gleichgültig, hinter *wem* oder *was* unser Onkel her ist, solange wir Gewissheit darüber haben, wo sein Ziel liegt. So nämlich bleibt uns die Chance, ihn zu stoppen, ehe er die Hexe überhaupt erreicht. Und wenn er zusammen mit Dorothy ins Land der Munchkins geraten ist, während der Sturm uns in den Wald zum Blech-Holzfäller befördert hat, bedeutet das, dass wir einen Vorsprung von mindestens einem bis zwei Tagen haben.«

»Oh, stimmt!«, erkannte Conner freudig. »Wir beziehen einfach ein Versteck in der Nähe des Hexenpalasts und stürzen uns dann auf ihn, bevor er dort vorstellig werden kann!«

»Aber wer bringt uns dorthin?«, erkundigte sich Goldlöckchen. »Keiner von uns kennt sich hierzulande gut genug aus, um den Palast auf eigene Faust zu finden.«

Die gesamte Gruppe drehte sich auf der Stelle geschlossen zu dem Blech-Holzfäller um – der abwehrend die Hände hob, sobald er begriffen hatte, was ihnen durch den Kopf ging.

»Schaut mich nicht so an!«, sagte er. »Ich wage mich nicht einmal in die Nähe dieses Orts!«

»Ach, ich bitte Euch!«, entgegnete Rotkäppchen. »Falls dieser Mann die böse Hexe vor uns ausfindig macht, kostet das womöglich Tausende unschuldiger Menschen das Leben! Fasst Euch ein Herz!«

Alex beugte sich zu Rotkäppchen hinüber, um ihr ins Ohr zu flüstern. »So funktioniert es nicht, Rot. In der Geschichte steht, dass der Blech-Holzfäller gar kein Herz hat –«

»Was soll das heißen, er hat kein Herz?«, fragte Rotkäppchen laut. »Das ist absolut lächerlich! Alles und jeder hat ein Herz!«

Der Blechmann wurde schlagartig misstrauisch. »Woher weißt du, dass ich kein Herz besitze?«

»Weil der Zauberer es uns gesagt hat!«, warf Conner geistesgegenwärtig ein. »Der große und mächtige Zauberer weiß alles! Er hat uns geraten, dass wir dem Mann aus Blech – sofern wir ihm begegnen – ein Herz als Gegenleistung dafür anbieten sollen, dass er uns hilft.«

»Wenn ich euch also ins Land Winkie führe, schenkt der Zauberer mir ein Herz?«, vergewisserte sich der Blech-Holzfäller.

»Ganz bestimmt –«

»Entschuldigen Sie uns für einen Moment«, unterbrach Alex. Ehe ihr Bruder Gelegenheit hatte weiterzureden, zog sie ihn rasch beiseite. »Conner, was tust du da? Wir haben überhaupt nicht die Mittel, diesem Mann ein Herz zu besorgen.«

»Notfalls basteln wir eins aus Pappmaché!«, raunte Conner. »Sogar der Zauberer gibt ihm ja am Ende der Geschichte ein falsches, und damit ist er im Buch mehr als zufrieden!«

»Da hast du recht«, flüsterte sie. »Dann mach weiter.«

Conner schlenderte zu dem Blech-Holzfäller zurück und streckte ihm seine Hand entgegen. »Ein Herz im Austausch für Ihre Führung zum Palast der bösen Hexe des Westens. Sind wir im Geschäft, Mr. Holzfäller?«

Der Blechmann wirkte innerlich zerrissen. Würde er es schaffen, sich seiner größten Angst zu stellen – für die Aussicht auf die Erfüllung seines sehnlichsten Wunschs? Gewiss würde ihm kein Herz zufliegen, solange er untätig im Wald darauf wartete.

»Einverstanden«, sagte er und schüttelte Conners Hand.

»Großartig«, befand Mutter Gans. »Also: Wo geht's lang?«

»Wir nehmen natürlich den gelben Ziegelsteinweg«, erwiderte er, als sei das selbstverständlich.

Ein leises Keuchen entschlüpfte Alex, und sie packte die Hand ihres Zwillingsbruders.

»Ist dieser Weg weit von hier entfernt?«, erkundigte sich Jack.

»Er liegt gleich hinter dem Wald«, erklärte der Blechmann. »Wir folgen ihm bis in die Smaragdstadt und gehen von dort aus weiter durch das Land der Winkies und bis zum Palast der Hexe. Mir nach, alle miteinander – und jemand muss mein Ölkännchen mitnehmen.«

Er marschierte voran, und Mutter Gans, Rotkäppchen, Jack, Goldlöckchen und Lester hefteten sich an seine Fersen. Alex hielt Conner kurz zurück, so dass die anderen einen kleinen Vorsprung gewannen.

»Hast du das gehört, Conner?«, fragte Alex. Ihre Augen leuchteten, und ein breites Lächeln erstrahlte auf ihrem Gesicht. »Er bringt uns zum gelben Ziegelsteinweg! *Zum gelben Ziegelsteinweg!* Mein sechsjähriges inneres Ich flippt gerade vollkommen aus!«

Auch Conner schmunzelte. »Da ist sie ja«, seufzte er glücklich.

»Wer? Wo? Wovon redest du?«

»Von *dir* rede ich.« Conner lachte. »Es ist schön, dich endlich einmal wieder richtig glücklich zu erleben. Das habe ich vermisst.«

Kapitel 14

Ärger auf dem gelben Ziegelsteinweg

Der Blech-Holzfäller lotste seine neuen Bekanntschaften durch den Wald von Oz, und bald schon stießen sie auf den prächtigen gelben Ziegelsteinweg, der sich zwischen den Bäumen entlangschlängelte. Selbst eingebettet in die verschwenderisch bunte Kulisse des Landes Oz stach die freundlich helle und majestätische Straße sofort ins Auge.

Alex fing unwillkürlich zu hüpfen an, sowie ihre Füße den ersten Ziegelstein berührten – sie konnte gar nichts dagegen tun. »Wie es im Buche steht«, kam sie ihrem Bruder zuvor, ehe er Gelegenheit hatte, sie dafür zu necken.

Während sie dem berühmtesten Pfad der Literatur folgten, veränderte sich das Gelände ringsum dramatisch: Tatsächlich war Oz landschaftlich noch vielfältiger als die Märchenwelt, und mit jeder Kurve wand der gelbe Ziegelsteinweg sich hinein in völlig neues Terrain. Im einen Moment schritten die Freunde durch einen dichten Wald, im nächsten erstreckten sich weite Felder am Wegesrand. Sie überquerten Bäche und Flüsse, Teiche und Seen, spazierten durch Ackerland und kleine Dörfer, nur um kurz darauf den nächsten Wald zu betreten.

Mutter Gans fühlte sich vom beständigen Wandel ihrer Umgebung köstlich unterhalten. Selbst *sie* hatte nie zuvor eine derart launenhafte Gegend bereist.

»Dieses Pflaster ist der Brüller!«, frohlockte sie. »Sogar willkürlicher als deine Stimmungsschwankungen, Lester!«

»Squaaaw«, antwortete der große Vogel, als wollte er sagen: *Wie kannst du es wagen?*

Jack und Goldlöckchen ließen unterwegs stets wachsam den Blick schweifen. Für sie war es eine gänzlich neue Erfahrung, sich ohne jedes Vorwissen in einer Region zurechtfinden zu müssen. Instinktiv waren sie immerzu bestrebt, jederzeit auf alles vorbereitet zu sein, hatten nun jedoch nicht den blassesten Schimmer, was sie womöglich erwartete.

Rotkäppchens Interesse galt weniger der Natur als vielmehr dem Blech-Holzfäller. So lange und angestrengt sie ihn auch musterte: Es gelang ihr einfach nicht auszutüfteln, wie er funktionierte. Beinahe rechnete sie damit, irgendwo an seinem Rücken einen Schalter oder eine Aufziehkurbel zu entdecken.

»Seid Ihr schon immer ein Holzfäller?«, fragte sie.

»O ja«, erwiderte er. »Bereits mein Vater war ein Holzfäller, und sein Vater vor ihm.«

»Und bestandet Ihr alle aus Blech, oder setzt sich Eure Familie aus unterschiedlichen Materialien zusammen?«, bohrte Rotkäppchen weiter, entschuldigte sich dann aber rasch: »Verzeiht – ich hoffe, das ist keine taktlose Frage. Ich bin noch nie zuvor jemandem von Eurer … ähm … *Machart* begegnet.«

»Nein, ich bin der Einzige aus Blech«, erklärte der Blech-Holzfäller. »Und auch ich war einst ein gewöhnlicher Mann aus Fleisch und Blut.«

»Oh, ein Fluch also!«, rief Rotkäppchen. »Damit kenne ich mich bestens aus. Mein Verlobter ist durch einen Fluch dazu verdammt worden, als Frosch herumzulaufen – tja, jedenfalls *war* er früher einmal mein Verlobter. Wie er jetzt zu mir steht, weiß ich nicht so recht.«

»Ein Fluch war es nicht, allerdings durchaus die Folge eines Zaubers«, berichtigte sie der Blechmann. »Ich hatte mich in ein wunderhübsches Munchkin-Mädchen verliebt, und es nahm meinen Heiratsantrag an. Doch es lebte bei einer garstigen alten Frau, die wenig von der Aussicht hielt, künftig allein zu wohnen. Daher bestach sie die böse Hexe des Ostens und brachte sie dazu, mir weh zu tun. Sie belegte meine Axt mit einem Zauber, woraufhin das Werkzeug mir aus der Hand glitt und sämtliche meiner Gliedmaßen einzeln abtrennte. Zuletzt hieb sie meinen Kopf vom Hals und spaltete meinen kompletten Körper. Ein örtlicher Blechschmied flickte mich Glied um Glied wieder zusammen, bis ich gänzlich aus Metall gefertigt war.«

Diese schauderhafte Erzählung verstörte Rotkäppchen zutiefst. »Wieso um alles in der Welt habt Ihr Euch nicht einfach eine andere Axt besorgt?«

Einen Augenblick lang blieb der Blech-Holzfäller stumm. »Das ist mir gar nicht in den Sinn gekommen«, gestand er schließlich.

»Und was ist aus dem Munchkin-Mädchen geworden, das Ihr heiraten wolltet?«, fragte Rotkäppchen weiter.

»Das weiß ich nicht«, antwortete er. »Der Körper, den der Blechschmied für mich gebaut hat, war hohl. Ich habe nie ein

Herz besessen, mit dem ich es hätte vermissen können, also habe ich es gänzlich vergessen. Ich nehme an, es lebt noch immer bei der niederträchtigen alten Frau.«

»Glaubt mir, ohne Herz seid Ihr besser dran«, meinte Rotkäppchen. »Ich spreche aus Erfahrung. Ohne Herz müsst Ihr auch nie fürchten, es gebrochen zu bekommen. Und ich versichere Euch, *dieser Schmerz ist unerträglich.*«

»Aber ein Leben ohne Herz bedeutet auch, dass man *überhaupt nichts* fühlt«, gab der Blechmann zu bedenken. »Mag sein, dass es einem Kummer erspart, oder Einsamkeit, oder Elend, oder Sehnsucht, oder Angst – man ist jedoch auch nicht in der Lage, etwas zu genießen, zu lachen, Begeisterung oder Liebe zu empfinden. Und jemand, der nicht lieben kann, der ist bloß ein Ding.«

Rotkäppchen legte die Stirn in Falten. »Aber wenn Ihr nicht fähig seid, Euch nach etwas zu sehnen, wie kommt es dann, dass Ihr Euch ein Herz wünscht?«, fragte sie. »Und wenn Ihr Euch vor nichts fürchtet, wieso wart Ihr dann so verschreckt, nachdem die Scheune auf Euch gekracht war?«

Das verschlug dem Blech-Holzfäller erneut die Sprache. Er hatte keine Antwort parat, doch Rotkäppchens Worte machten ihn nachdenklich.

Conner räusperte sich. »Entschuldigen Sie uns kurz, Mr. Holzfäller«, sagte er und zog Rotkäppchen beiseite, außer Hörweite des Blechmanns. »Rot! Was tust du da? Du musst die Klappe halten!«

»Warum? Dieser Mann hat eindeutig ein Herz, bloß ist es ihm selbst nicht bewusst«, entgegnete Rotkäppchen.

»Klar!«, bestätigte Conner. »Aber diese Lektion soll er erst am Ende der Geschichte lernen! Wenn er es jetzt begreift, verlieren wir unseren Fremdenführer!«

Rotkäppchen verschränkte die Arme vor der Brust und mühte sich nach Kräften, still zu bleiben.

Der gelbe Ziegelsteinweg hielt ein paar Hindernisse für die Reisegesellschaft bereit, allerdings nichts, womit sie nicht fertig geworden wären. Einmal zog sich ein tiefer Graben durch die Straße, doch der Blechmann fällte rasch einen Baum, den sie als Brücke verwendeten.

Ein andermal war die Gruppe gezwungen anzuhalten, weil sich ihnen keine Möglichkeit bot, einen reißenden Fluss zu überwinden, der den gelben Ziegelsteinweg durchschnitt. Lester fungierte schließlich als Boot und brachte einen nach dem anderen ans gegenüberliegende Ufer. Beim Übersetzen mit dem Blech-Holzfäller auf seinem Rücken krächzte er laut, denn der schwere Mann drückte ihn mit seinem Gewicht beinahe selbst unter Wasser.

Alex und Mutter Gans machten absichtlich keinen Gebrauch von ihrer Magie. Soweit die Zwillinge sich erinnerten, waren die einzigen Bewohner von Oz, die *wirklich* zaubern konnten, die Hexen, und sie wollten keinesfalls, dass der Blechmann glaubte, sie stünden in irgendeiner Weise der bösen Hexe des Ostens oder Westens nahe.

Insgesamt entpuppte sich ihre Reise als recht problemloses Unterfangen, verglichen zumindest mit ihrer turbulenten Ankunft in Oz, was Jack und Goldlöckchen entspannend fanden, die Zwillinge jedoch zusehends misstrauisch stimmte.

»Aus dem Buch habe ich Oz wesentlich gefährlicher im Gedächtnis«, flüsterte Conner seiner Schwester zu.

»Ich auch«, erwiderte Alex. »In der Geschichte war von allerlei gruseligen Pflanzen und Tieren die Rede. Vielleicht haben wir sie alle geschickt umgangen.«

Beide nickten einmütig, ahnten jedoch, dass ihnen das Glück

wohl kaum derart hold war – und schon die nächsten Meilen auf dem gelben Ziegelsteinweg sollten ihnen diese Vermutung bestätigen.

»Was war das?«, fragte Goldlöckchen plötzlich und blieb wie angewurzelt stehen.

»Was meinst du?«, erkundigte sich Jack.

»Da war ein großer Schatten«, sagte sie. »Gleich zu meiner Rechten, hinter den Bäumen –«

Rotkäppchen schrie auf. »Ich habe auch etwas gesehen. Da, oben im Geäst!«

Der Blech-Holzfäller umfasste seine Axt mit beiden Händen, woraufhin Jack und Goldlöckchen ebenfalls ihre Waffen zogen. Alex und Mutter Gans tauschten einen Blick – falls nötig, würden sie ihre Magie nun doch nutzen.

Im Wald ringsum bewegten sich Schatten flink von Baum zu Baum, tauchten jedoch nie zweimal am selben Ort auf. Etwas – oder mehrere Wesen, wie es schien – *jagte* die Gruppe.

»Was ist das?«, fragte Conner.

»Kalidahs«, sagte der Blechmann und äugte angespannt ins Unterholz.

»Wie bitte?«, piepste Rotkäppchen. »Was sind Kalidahs?«

Leider wurde ihre Frage beantwortet, indem ein Rudel von acht monströsen Untieren aus den Bäumen brach und die Gruppe umzingelte. Sie hatten die Körper von Bären, auf denen Tigerköpfe saßen. Jedes einzelne der Wesen war beinahe drei Meter groß, und sie alle entblößten ihre grausamen Fangzähne und Klauen.

»Heilige Hybriden!«, schrie Mutter Gans.

Die Kalidahs knurrten die zitternden Reisenden an.

»Diese Typen sind nicht zufällig Herbivoren, oder?«, fragte Conner.

»O doch, durchaus!«, antwortete der Blech-Holzfäller.

Conner war erleichtert. »Na, das nenn ich Glück!«

»Moment – Herbivoren fressen Fleisch, nicht wahr?«, vergewisserte sich der Blechmann.

»Nein, Sie meinen *Karnivoren*!«

»Oh«, machte der Blechmann. »Mein Fehler. Also dann: Die Kalidahs sind *eindeutig* Karnivoren.«

Im nächsten Augenblick sprangen die Bestien auf die Freunde zu. Jack und der Blech-Holzfäller erwischten zwei von ihnen mit ihren Äxten. Goldlöckchen schlitzte ein Biest mit ihrem Schwert auf und verpasste einem anderen einen Tritt in den Bauch. Mutter Gans verteilte Nasenstüber.

»Böser Bastard!«, tadelte sie. »Ganz böser Bastard!«

Ihre Gegenwehr verärgerte die Kalidahs nur zusätzlich, und bald schon troff ihnen der Geifer aus den Mäulern. Alex schlug mit einer Faust auf den gelben Ziegelsteinweg, und Baumwurzeln schossen aus dem Boden und rankten sich um die Tatzen der Monster.

»Lauft!«, rief sie ihren Gefährten zu.

Die Zwillinge und ihre Freunde rannten den gelben Ziegelsteinweg hinunter, so schnell ihre Füße sie trugen. Die Wurzeln bremsten die Kalidahs nur für wenige Sekunden aus; im Nu jedoch hetzten die Bestien den Reisenden auf allen vieren nach. Alex und Mutter Gans bildeten die Nachhut der kleinen Gemeinschaft und verzauberten im Fliehen den Wald ringsum, um ihre Kameraden zu schützen.

Alex vollführte eine ausgreifende Handbewegung, und die Bäume neigten sich über die Straße und versperrten den Kalidahs mit ihren Ästen den Weg. Allerdings waren die Bestien zu stark, um sich davon lange behindern zu lassen; wie winzige, schwächliche Zweige zerfetzten sie das Astwerk mit ihren Krallen.

Mutter Gans hob beide Arme in die Höhe, als wollte sie etwas Schweres emporstemmen, und schleuderte sie dann mit Karacho in Richtung Erde, woraufhin ein starkes Beben durch den gelben Ziegelsteinweg lief. Ganz ähnlich einem sich wellenden Teppich riss er die Kalidahs von den Beinen.

»Yeehaw!« Mutter Gans stieß eine Faust in die Luft.

Dennoch genügte all das nicht, um die Biester endgültig zu vertreiben. Sie mieden nun die Straße und preschten stattdessen durch die Bäume zu beiden Seiten des gelben Ziegelsteinwegs – und sie holten auf. Der Blech-Holzfäller, Jack und Goldlöckchen hieben im Rennen immer wieder nach ihren Klauen, sooft die Biester nach der Gruppe ausschlugen.

Allmählich dünnte der Wald aus, und der gelbe Ziegelsteinweg mäanderte in eine weite, üppige Blumenwiese – die den Freunden ohne jegliche Bäume keinerlei Schutz vor den Kalidahs bot. Alex geriet in Panik: Die Untiere waren zu mächtig und zu zahlreich, als dass sie sie im Kampf hätten besiegen können.

»Conner, sobald wir die Wiese erreichen, sorg dafür, dass die anderen weiterrennen«, sagte sie. »Bring so viel Abstand zwischen sie und mich wie nur möglich! Ich bleibe zurück!«

»Aber die Kalidahs werden dich umbringen!«, keuchte Conner.

»Nein, das werden sie nicht«, entgegnete Alex. »Ich verliere gerade die *Kontrolle.*«

Das beunruhigte Conner; zugleich jedoch war ihm klar, dass darin eventuell ihre einzige Chance lag, lebend aus Oz zu entkommen. Er und die restlichen Gefährten hasteten hinaus auf das Blumenfeld, während Alex am Waldrand innehielt. Sie wandte sich zu den Kalidahs um, die inzwischen so nah waren, dass sie das Weiß um ihre Iris und die Spitzen ihrer Fangzähne erkennen konnte.

Alex schloss die Augen und versuchte, die unbändigsten Gedanken heraufzubeschwören, die ihr nur in den Sinn kamen. Wenn es ihr gelänge zu provozieren, dass ihr Temperament abermals ähnlich mit ihr durchging, wie es im Hexenkessel geschehen war, dann – dessen war sie gewiss – würde es ihr ein Leichtes sein, die Kalidahs zu verschrecken.

Zum Glück jedoch war das gar nicht nötig. Alle acht Bestien stockten am Waldrand abrupt, kaum Zentimeter von Alex entfernt. Sie wimmerten und sprangen im nächsten Moment in die Gegenrichtung davon. Alex war fassungslos; sie hatte doch noch gar nichts getan – *oder*?

Auch die anderen bemerkten das seltsame Gebaren der Monster und verharrten mitten in der Wiese.

»Was war das denn?«, brüllte Conner zurück.

»Ich habe keinen blassen Schimmer«, meinte Alex lachend. »Sie sind einfach stehen geblieben und dann umgekehrt!«

Sie schloss zu ihren Freunden auf, und gemeinsam verfolgte die Gruppe zutiefst verwirrt, wie die feigen Wesen sich zwischen die Bäume zurückzogen.

»Du musst ja wirklich einen Todesblick haben!«, meinte Mutter Gans. »Feines Mädchen!«

Alle gratulierten Alex, legten ihr die Arme um die Schultern und klopften ihr auf den Rücken, doch sie war keineswegs sicher, dieses Lob verdient zu haben – sondern vielmehr überzeugt, dass etwas anderes die Untiere verscheucht hatte.

Auch der Blech-Holzfäller war baff. »Dann habt ihr – du und die alte Frau – also *magische* Fähigkeiten?«

»Wen nennst du hier alt, du Rostlaube?«, fauchte Mutter Gans ihn an.

»Wir kennen bloß ein paar Kniffe, die der Zauberer uns beigebracht hat«, wiegelte Alex mit schuldbewusstem Lachen ab.

Zu ihrem Glück nahm der Blechmann diese Neuigkeit eher höchst fasziniert denn verängstigt auf.

Ihre Flucht vor den Kalidahs hatte allen jedoch offenbar erheblich zugesetzt; jeder Einzelne von ihnen wirkte erschöpft. Sie keuchten und japsten nach Luft und kamen dennoch kaum wieder zu Atem. Lester war flach auf die Erde geplumpst und prompt eingeschlafen.

»Schaut euch nur all diese wunderschönen Blumen an!«, schwärmte Rotkäppchen und bewunderte die scharlachroten Blüten ringsum. »Sie passen perfekt zu meinem Kleid.«

Sie pflückte eine davon und steckte sie sich ins Haar. Dann fasste sie mehrere weitere zu einem kleinen Strauß zusammen, schrie jedoch plötzlich auf.

»Was ist denn los, Rot?«, fragte Jack.

»Da liegt ein Skelett!«, kreischte sie. »Direkt hier, unter den Blumen!«

Alle schickten sich an, zu ihr zu eilen, um sich selbst ein Bild zu verschaffen, erstarrten jedoch, als es unter ihren Füßen krachte und knirschte. Die Wiese war nicht bloß mit Blüten übersät – sondern auch mit Knochen. Allein die Vorstellung war albtraumhaft, doch keiner der Freunde hatte sich zwischenzeitlich ausreichend erholt, um einen Angstschrei auszustoßen – genau genommen wurden sie stetig matter und kraftloser, je länger sie sich im Blumenmeer aufhielten.

»Was ist das für ein Ort?«, fragte Goldlöckchen kurzatmig.

Der Blech-Holzfäller wirkte nicht annähernd so mitgenommen wie der Rest der Gruppe. »O nein!«, rief er mit einem Mal alarmiert. »Nicht vor *uns* sind die Kalidahs geflüchtet – sondern vor den Blumen! Wir sind in das tödliche Mohnfeld geraten!«

Hinter sich hörten die Zwillinge einen dumpfen Aufprall, dicht gefolgt von einem zweiten. Einer nach dem anderen sackten ihre Gefährten zu Boden, betäubt von den giftigen Dämpfen der Mohnblumen.

»Conner«, schnaufte Alex. »Was sollen wir –«

Sie stürzte in die Blumen, ehe sie Gelegenheit hatte, ihren Satz zu Ende zu bringen.

Conner war als Letzter noch auf den Beinen. Verbissen kämpfte er gegen die Ohnmacht an, doch die Blumen waren übermächtig. Ihr Duft machte ihn zunehmend schwindelig und so schlapp, wie er sich nie zuvor im Leben gefühlt hatte. Sogar zum Atmen war er beinahe zu müde.

Ohne Lungen im Körper war der Blechmann der Einzige im Bunde, dem das Gift nichts anhaben konnte, und er verfolgte entsetzt, wie auch Conner nach und nach das Bewusstsein verlor.

»Hol … Hilfe …«, flüsterte Conner ihm zu.

Dann brach auch er zusammen; seine Lider schlossen sich flatternd, und er fiel in einen tiefen, womöglich endlosen Schlaf …

Kapitel 15

Der Palast der Hexe

Ein lautes Schniefen holte Alex und Conner aus dem Schlaf. Beide waren so groggy, dass sie nicht einmal mit Gewissheit zu sagen vermochten, ob sie wach waren oder noch immer träumten.

»Sie sind tot … Sie sind tot, und das ist allein meine Schuld«, schluchzte jemand. »Ich hätte es besser wissen müssen und sie niemals in dieses Mohnfeld führen dürfen. Jetzt werden sie nie zum Palast der Hexe gelangen, und ich bekomme niemals ein Herz.«

Die Zwillinge setzten sich auf und blickten umher. Sie befanden sich auf einer Wiese am Rand eines kleinen Flusses. All ihre Freunde schlummerten friedlich am Boden in ihrer Nähe; dass Mutter Gans' lautes Schnarchen dabei noch keinen der anderen geweckt hatte, glich einem Wunder.

Der Blechmann saß derweil auf einem Geröllblock am Ufer

und weinte eimerweise Tränen in seine Hände. Alex und Conner halfen einander auf die Füße und eilten zu ihm hinüber.

»Mr. Holzfäller, geht es Ihnen gut?«, erkundigte sich Alex.

»Nein, es geht mir nicht gut«, jammerte der Blechmann, ohne auch nur aufzusehen. »Ich habe soeben die Verbündeten des Zauberers geradewegs ins Verderben geführt! Sie haben zu viel der tödlichen Mohnblumendämpfe eingeatmet, und nun werden sie nicht mehr aufwachen! Ich bekomme kein Herz und werde nie wieder in der Lage sein, zu lieben oder zu lachen oder Trauer zu empfinden!«

Die Geschwister tauschten ein Lächeln.

»Mr. Holzfäller, Sie können Ihre Tränen trocknen!«, verkündete Alex fröhlich. »Wir sind wach!«

»Bist du das, Alex?«, fragte der Blechmann, hielt jedoch den Blick weiterhin gesenkt.

»Ja, allerdings«, bekräftigte Alex. »Mein Bruder und ich sind längst auf den Beinen, und ganz gewiss kommen unsere Freunde ebenfalls bald zu sich.«

»Oh, das ist ja wundervoll!«, rief er. »Ich dachte schon, ich habe euch alle ganz und gar verloren!«

Ungeachtet der guten Neuigkeiten, verharrte der Blechmann allerdings in seiner bekümmerten Haltung, mit beiden Händen über den Augen.

»Kumpel, alles okay mit dir?«, versuchte Conner es ein wenig vertraulicher.

»Ich fürchte, ich habe mich rostig geweint«, erklärte der Blechmann. »Sei doch so lieb und hol mein Ölkännchen, ja?«

Conner brachte eilig den handlichen Behälter, der an Lesters Zügel geknotet gewesen war, und ölte die Gelenke des Blech-Holzfällers – der so überglücklich war, die Zwillinge lebendig vor sich zu haben, dass er beide fest in die Arme schloss.

Einer nach dem anderen kam nun auch der Rest der Truppe wieder zu Sinnen. Sie gähnten und streckten sich und stutzten, als sie ihre veränderte Umgebung bemerkten.

»Was ist denn passiert?«, fragte Jack.

»Die tödlichen Mohnblumen haben euch alle in einen tiefen Schlaf versetzt«, erklärte der Blechmann. »Ich habe euch so weit wie nur möglich von der Wiese fortgetragen – doch ich hatte solche Angst, dass es bereits zu spät war! Aber ihr seid alle am Leben, und alles ist gut!«

Selig hüpfte der Blech-Holzfäller umher, was jedes Mal, wenn sein metallener Körper auf dem Boden auftraf, ein lautes Scheppern verursachte.

»Du hast uns ganz allein allesamt hierhergeschleppt?«, vergewisserte sich Goldlöckchen.

»Oh, natürlich nicht«, räumte der Blechmann ein. »Die Feldmäuse haben mir geholfen.«

Mit einem Mal erstarrten die Gefährten. Zunächst war es ihnen gar nicht aufgefallen, doch nun realisierten sie, dass sich auf der Erde Tausende winziger Mäuse tummelten, die durch ihr braunes Fell nahtlos mit dem Untergrund verschmolzen. Rotkäppchen stieß einen schrillen Schrei aus, und die Nager schossen zwischen die nahen Bäume davon.

»Wie hast du einen Haufen Feldmäuse dazu gebracht, dir zur Hand zu gehen?«, erkundigte sich Jack.

»Zuerst habe ich die Zwillinge aus dem Feld geschleift – und dabei zufällig die Königin der Feldmäuse getroffen«, erläuterte der Blechmann. »Sie war gerade auf der Flucht vor einer Wildkatze, die sie beinahe erwischt hätte. Zum Glück jedoch konnte ich das verhindern und der Katze den Kopf abschlagen, ehe sie Gelegenheit hatte, die Königin zu fressen. Als Dankeschön hat diese ihren Untertanen anschließend befohlen, mich bei meinem Versuch, euch alle in Sicherheit zu schaffen, zu unterstützen.«

»Oh«, machten Alex und Conner wie aus einem Mund. Sie hatten zwischenzeitlich ganz vergessen, dass die Feldmäuse Dorothy und ihren Freunden in der ursprünglichen Geschichte ebenfalls bei der Flucht vor den tödlichen Blumen geholfen hatten. So oder so aber war die Vorstellung höchst befremdlich.

»Du hast zugelassen, dass *Mäuse* über mich gewuselt sind, während ich geschlafen habe?«, schrie Rotkäppchen. »Wie sehe ich denn aus? Wie *Cinderella*? Das ist absolut widerlich! Da wäre ich lieber auf dem Mohnfeld zurückgeblieben!«

Mutter Gans rappelte sich hoch und ließ einige Male die Arme kreisen, um sie zu lockern. Ihre Gelenke knackten und krachten wie Silvesterböller. »Was für ein Nickerchen! Wie lange waren wir außer Gefecht?«

»Zwei Tage lang«, sagte der Blechmann.

»O nein!«, rief Conner,

»Das ist furchtbar!«, stimmte Alex ihm zu, und ihre Panik kehrte zurück. »Das bedeutet, wir haben unseren Vorsprung zu Lloyd eingebüßt! Er könnte längst den Palast der bösen Hexe erreicht und damit begonnen haben, sie und ihre Armee zu rekrutieren!«

»Dann nichts wie auf ins Land der Winkies!«, beschloss Goldlöckchen.

Ohne auch nur eine weitere Minute zu vergeuden, rannte der Blech-Holzfäller zurück zum gelben Ziegelsteinweg, dicht gefolgt von den übrigen Gefährten. Sie holten alles aus ihren Körpern heraus und sprinteten sich die Lungen aus dem Leib, so dass auch die letzte dem Mohnblumengift geschuldete Schläfrigkeit im Nu verflog.

»Schaut nur! Die Smaragdstadt!« Der Blechmann deutete in

die Ferne. »Das Land der Winkies liegt gleich auf der anderen Seite! Wir sind fast da!«

Ein heller, grünlicher Glanz erleuchtete den Himmel über der Stadt am Horizont. Eine massive Mauer samt Tor war um das gesamte Gebiet in die Höhe gezogen worden und über und über mit Smaragden und Juwelen gespickt, die in der Sonne so grell und strahlend funkelten, dass sie die Freunde beinahe blendeten. Alex wünschte sich von ganzem Herzen, durch das Tor zu treten und mit eigenen Augen einen Blick auf die spektakuläre Stadt zu werfen, doch dafür blieb ihnen schlicht keine Zeit.

Hoffentlich würde sich für sie und ihren Bruder in der Zukunft und unter erfreulicheren Umständen einmal eine Chance ergeben, zurück nach Oz zu reisen und die Smaragdstadt zu besichtigen.

Die Gruppe umrundete die Hauptstadt von Oz und eilte einige Meilen weit nach Westen. Die Wiesen und Felder ringsum wurden immer karger, bis schließlich überhaupt kein Gras am Wegrand mehr wuchs. Nun erkannten Alex, Conner und die anderen vor sich nur noch schroffe, felsige Hügel. Als der gelbe Ziegelsteinweg abrupt endete, war allen klar, dass sie im Territorium der Winkies angelangt waren.

»Wieso führt denn keine Straße durch das Land der Winkies?«, erkundigte sich Goldlöckchen.

»Weil niemand es durchqueren möchte«, antwortete der Blech-Holzfäller nüchtern.

»Und wie sollen wir dann die böse Hexe finden, wenn es keinen Pfad gibt?«, bohrte Jack.

»Für gewöhnlich weiß die böse Hexe, dass man sich in ihrem Reich befindet, sobald man einen Fuß auf Winkie-Boden setzt«, sagte der Blechmann. »Sie hat nur ein Auge, aber das ist so scharf wie ein Teleskop, und so sieht sie alles, was meilenweit rings um ihren Palast geschieht. Wir müssen sie nicht finden – sie wird uns finden.«

Die Reisegefährten verlangsamten ihre Schritte und beäugten furchtsam das wenig einladende Land, das vor ihnen lag. Niemand wollte sich zuerst noch weiterwagen.

»Nicht alle auf einmal«, spöttelte Mutter Gans.

»Ich schlage vor, der Blech-Holzfäller geht voran«, sagte Rotkäppchen. »Das hier ist immerhin seine Welt.«

»Wir können es uns nicht leisten, unseren Fremdenführer zu verlieren«, gab Jack zu bedenken.

»Dann bilde ich die Vorhut«, beschloss Alex. »Aber niemand betritt das Land der Winkies unbewaffnet.«

Sie schnippte mit den Fingern, und wassergefüllte Eimer erschienen in sämtlichen Händen und Lesters Schnabel. Ihre Freunde musterten sie verwirrt.

»Und wofür sollen die gut sein?«, fragte Goldlöckchen.

»Spoileralarm«, witzelte Conner. »Wasser lässt die Hexe schmelzen.«

Alex pirschte auf Zehenspitzen bis ganz ans Ende des gelben Ziegelsteinwegs. Sie atmete tief durch und schob dann einen Fuß hinüber auf die kahle Erde des Gebiets der Winkies. Die ganze Gruppe schnappte geschlossen nach Luft und wappnete sich – doch nichts passierte. Einige Momente vergingen, und noch immer war nirgends ein Zeichen der bösen Hexe zu erkennen.

»Vielleicht ist die Grenze nach hinten verlegt worden«, mutmaßte Rotkäppchen. »Mach noch einen Schritt.«

Alex tat wie geheißen. Wieder hoben alle schützend die Arme, und wieder erwies sich ihre Vorsicht als unnötig. Alex stiefelte mehrere Meter ins Territorium der Winkies, ohne dafür mit Vergeltung gestraft zu werden.

»Keine Hexe in Sicht. Wie schaut unser Plan B aus?«, erkundigte sich Mutter Gans.

»Ich habe gehört, dass man, um zum Palast der Hexe zu gelangen, einfach immerzu der Sonne auf ihrem Weg nach Westen folgen muss«, meldete sich der Blech-Holzfäller.

»Also dann«, meinte Mutter Gans. »Der gute Mann hat gesprochen – *Abmarsch*!«

Die Zwillinge und ihre Gefährten wanderten geradewegs ins Land der Winkies hinein. Für alle gehörten diese Schritte wohl zu den nervenaufreibendsten, die sie je unternommen hatten, und sie rechneten jederzeit damit, von den Wölfen, Krähen, Bienen oder fliegenden Affen der bösen Hexe attackiert zu werden.

Meile um Meile drangen sie nach Westen vor, ohne den geringsten Hinweis auf auch nur *irgendetwas* zu erhaschen. Das trockene, unebene Land war völlig verlassen – nicht einmal einen einzigen Winkie bekamen die Reisenden zu Gesicht. Als die Sonne zu sinken begann, war es ein Leichtes vorauszusehen, wo sie den Horizont treffen würde; so schlugen die Freunde ebendiese Richtung ein. Und kaum war der leuchtende Ball gänzlich verschwunden, tauchte der Palast der Hexe in ihrem Blickfeld auf.

»Da ist es!«, rief der Blech-Holzfäller den anderen zu.

Der Palast war keineswegs die düstere und einschüchternde Festung, die die kleine Gruppe erwartet hatte, sondern vielmehr ein hübscher, traditioneller Prachtbau mit Türmen und Fahnen, der auf einer Klippe thronte und von dort aus das Land im Westen überblickte. Noch mehr überraschte, dass nichts und niemand die Freunde daran hinderte, sich ihm zu nähern.

Alex, Conner und die Übrigen schlichen einen steilen Pfad

bis zum Eingangstor hinauf. Die Zugbrücke war bereits heruntergelassen worden, und sie überquerten vorsichtig die Holzbohlen und gelangten ohne Probleme ins Innere des Palasts. Das komplette Land schien vollkommen unbewohnt.

»Das gefällt mir ganz und gar nicht!«, kommentierte Conner. »Das ist eindeutig eine Falle! Jeden Moment werden die schrecklichen Kreaturen der Hexe über uns herfallen!«

Doch selbst auf das Echo seiner angespannten Stimme, das durch die hohen Hallen des Palasts waberte, zeigte sich keine Seele. Sie bewegten sich argwöhnisch durch das ausgestorbene Gebäude und entdeckten schließlich einen lang gestreckten Thronsaal. Die hohen Fenster boten einen beeindruckenden Ausblick auf die trostlose Umgebung.

»Das begreife ich nicht«, sagte Conner und ließ seine Augen durch den Saal schweifen. »Wo sind denn alle?«

»Ist das nicht offenkundig?«, entgegnete Alex seufzend. »Unser Onkel ist vor uns hier gewesen. Er hat die Hexe und ihre Armee für sich gewonnen – wir sind zu spät!«

Entmutigt sackte Alex auf den Thron der bösen Hexe. Mit einem Mal schnellte ein geflügeltes Wesen panisch unter der Sitzfläche hervor. Es wirkte vollkommen verstört und zischte so flink durch die Luft, dass keiner der Freunde erkennen konnte, was es war. Die Kreatur hielt auf das Fenster zu, ohne zu bemerken, dass es verschlossen war, und krachte mit Wucht gegen das Glas.

Wimmernd taumelte sie zu Boden. Alex, Conner und ihre Gefährten scharten sich um das Geschöpf und betrachteten es staunend: Vor ihnen kauerte ein kleiner Affe, nicht größer als eine Katze. Er hatte runde, rosige Wangen und braunes Fell und trug eine winzige Weste. Ein Paar fledermausähnlicher Flügel wuchs ihm aus dem Rücken.

»Ein geflügeltes Affenbaby«, flüsterte Rotkäppchen entzückt. »Na, du kleines Kerlchen! So etwas Niedliches wie du ist uns ja auf unserem gesamten Weg durch Oz noch nicht begegnet.«

Das Äffchen kreischte und schlug nach ihnen in dem Versuch, sich gegen den unverhofften Besuch zur Wehr zu setzen. Dennoch war der kleine Kerl zweifellos verängstigter als alle anderen und mutete durch seine Anstrengungen, ihnen Furcht einzujagen, nur noch drolliger an.

»Schon gut, du Knirps, wir wollen dir nicht weh tun«, beschwichtigte Conner.

Eine Banane erschien auf magische Weise in Alex' Hand, und sie reichte sie dem Äffchen. Dankbar für die Nahrung griff es danach und verputzte die komplette Frucht in wenigen Bissen. Alex ging auf die Knie und lächelte das Tier an.

»Kannst du sprechen?«, fragte sie.

»Ja«, antwortete das Äffchen mit hoher Kleinkindstimme.

»Und wie heißt du?«

»Blubo«, sagte der Affe.

»Was ist passiert, Blubo?«, erkundigte sich Alex. »Wieso bist du ganz allein hier?«

Sie sprach ruhig und freundlich, damit er keinen Grund hatte, sie zu fürchten.

»Ein Mann ist in den Palast gekommen, um die Hexe zu besuchen«, berichtete Blubo. »Er hatte eine Tasche mit Büchern bei sich und ein Paar glitzernder silberner Schuhe. Der Hexe hat er erzählt, er habe die böse Hexe des Ostens getötet und sie ihr abgenommen, und falls sie sie nun haben wolle, müsse sie ihm helfen.«

»Du machst das wunderbar, Blubo«, ermunterte Alex ihn. »Erinnerst du dich noch, worum genau der Mann die Hexe gebeten hat?«

Der Affe klimperte mit den Wimpern. »Kann ich zuerst noch eine Banane haben?«, fragte er.

»Natürlich«, erwiderte Alex.

Sie schnippte mit den Fingern, und eine ganze Obstschale voller Bananen erschien aus dem Nichts. Blubo tat sich daran gütlich, während er seine Geschichte zu Ende brachte. Jetzt, da sein Magen sich füllte, wirkte er deutlich lebhafter.

»Der Mann hat gegenüber der Hexe behauptet, er wisse, dass sie versessen auf die Silberschuhe sei«, sagte das Äffchen. »Und er hat gesagt, er werde sie ihr überlassen, sofern sie ihm ihre Armee aus Winkies, Wölfen, Krähen, Bären und fliegenden Affen zur Verfügung stelle. Die böse Hexe hat zugestimmt, und dann sind sie alle gemeinsam verschwunden – *diese Bananen sind übrigens absolut köstlich*!«

»Hast du mitbekommen, wohin sie gegangen sind?«, hakte Alex nach.

»Der Mann hat ein Buch aus seiner Tasche gezogen und dieses komische blaue Wasser daraufgeträufelt«, schilderte der Affe. »Da haben die Seiten auf einmal zu leuchten begonnen! Und anschließend sind sämtliche Winkies und Wölfe und Krähen und Bienen und auch die fliegenden Affen und die böse Hexe höchstpersönlich dem Mann in das Buch gefolgt!«

Die Zwillinge und ihre Freunde warfen einander besorgte Blicke zu. Genau das hatten sie befürchtet.

»Wieso bist du zurückgeblieben?«, wunderte sich Conner.

»Die böse Hexe trägt eine goldene Kappe, mit der sie die fliegenden Affen kontrolliert«, erklärte Blubo. »Aber ich bin so jung, dass die Kappe noch keine Wirkung auf mich hat. Ich habe mich versteckt, doch meine Familie musste gegen ihren Willen gehorchen. Hoffentlich kehren sie alle heil wieder.«

»Ist das Buch noch hier?«, erkundigte sich Alex.

»Auf Geheiß des Mannes hat die böse Hexe mir befohlen, ich solle es vom Balkon des Palasts werfen, sobald sie fort wären«, gestand das Äffchen. »Er meinte, er müsse es loswerden, weil andere auf der Suche danach seien.«

»Wieso trennt Lloyd sich von den Büchern, in die er reist?«, stutzte Jack. »Eure Großmutter hat doch notiert, dass sie der einzige Eingang und Ausstieg ihrer jeweiligen Geschichte sind.«

»Er hat uns während des Wirbelsturms in Kansas gesehen«, fiel es Conner ein. »Und begriffen, dass wir ihm auf den Fersen sind. Anscheinend hat er noch eine andere Möglichkeit ausgetüftelt, nach Hause zu gelangen, wenn er sich der Bücher entledigt.«

»Aber wie kann das sein?«, fragte Goldlöckchen.

Alle verstummten für einen Augenblick und grübelten darüber nach. Welches alternative Schlupfloch in die Märchenwelt mochte der Onkel der Zwillinge aufgetan haben?

»Ich habe eine Idee«, verkündete Rotkäppchen. »Charlie hatte ein Buch mit dem Titel *Eine Schatztruhe klassischer Märchen* in seiner Bibliothek. Darin standen sämtliche unserer Geschichten – obwohl mir die Illustrationen zu meiner nicht sonderlich gefallen haben. Ich wette, das benutzt er, um mit Hilfe des Weltenwanderer-Elixiers zurück ins magische Land zu gelangen.«

Somit war Alex' und Conners Onkel ihnen gegenüber sogar in noch weitaus größerem Maße im Vorteil, als sie geahnt hatten: Er vermochte sich frei zwischen den Welten zu bewegen, statt wie die Geschwister und ihre Gefährten den Regeln des Tranks unterworfen zu sein.

Conner eilte zum nächsten Fenster und spähte nach dem Balkon. »Wir müssen das Buch finden«, rief er. »Und das könnte ewig dauern!«

»Nein, ganz und gar nicht«, widersprach Blubo. »Wie gesagt: Die goldene Kappe hat keinerlei Macht über mich, also musste ich den Anordnungen der Hexe auch nicht Folge leisten. Stattdessen habe ich den Band versteckt.«

»Wo?«, fragte Alex. »Zeigst du ihn uns?«

Der kleine Affe schien abzuwägen. »Wenn ich ihn euch gebe, besiegt ihr dann die böse Hexe und befreit meine Familie aus ihrer Gewalt?«

Mit großen, verzweifelten Augen sah er zu ihnen auf. Ein solches Versprechen konnten die Zwillinge eigentlich nicht geben, doch sie brauchten das Buch dringend.

»Wir schwören, dass wir es *versuchen* werden«, antwortete Alex. »Es gibt eine Menge Leute, die wir zu retten hoffen, indem wir Jagd auf diesen Mann machen – zahllose Familien genau wie deine, denen wir so helfen würden.«

Blubos Blick sprang zwischen allen in der Gruppe hin und her. Dann langte er in seine Weste und fingerte ein kleines Buch mit grünem Einband hervor. Er reichte es Alex, und sie las den Titel. Ihre Augen weiteten sich.

»Peter Pan«, verkündete sie den anderen. »Er will also nach Nimmerland.«

»Nimmerland? Was hat es damit auf sich?«, fragte Goldlöckchen.

»Es ist die Heimat von Captain Hook und seinen Piraten«, sagte Conner mit schwerem Herzen.

Die anderen mussten gar keine weiteren Fragen stellen, um zu begreifen, dass ihre ohnehin wenig erbauliche Situation sich soeben noch erheblich verschlimmert hatte.

»Dann nichts wie hinterher«, befand Jack. »Hier im Palast herumzusitzen ist ja auch keine Lösung.«

Sie drängten sich um das Buch und besprachen rasch die nächste Etappe ihres Plans.

»Da wir im Gegensatz zu unserem Onkel keine Ausweichroute nach Hause haben, muss einer von uns in Oz bleiben und ein Auge auf beide Bücher – *Der Zauberer von Oz* und *Peter Pan* – haben«, erläuterte Conner.

»Das übernehme ich«, meldete sich Goldlöckchen.

»Dann bleibe ich ebenfalls«, sagte Jack sofort.

»Jack, ich werde hier im Palast bestens allein zurechtkommen«, hielt sie dagegen. »Die anderen brauchen wenigstens einen von uns an ihrer Seite.«

»Ich lasse die Mutter meines ungeborenen Kindes nicht aus den Augen«, beharrte Jack. »Falls Alex und Conner unsere Unterstützung tatsächlich nötig haben, sind wir nur ein Buch entfernt.«

Damit war es beschlossene Sache. Conner zog das gelbe Buch, das noch immer in seinem Gürtel steckte, hervor und übergab es Jack und Goldlöckchen zur Aufbewahrung. Derweil legte Alex das grüne Bändchen in der Mitte des Thronsaals auf den Fußboden und schlug es auf. Wie erwartet schoss eine helle Lichtsäule geradewegs aus den Seiten empor und bohrte sich durch die hohe Decke des Palasts.

»Ich bekomme allmählich den Eindruck, dass viel mehr in euch steckt, als ihr mir bisher verraten habt«, murmelte der Blech-Holzfäller. Bis zu diesem Moment war er stummer Zeuge des Geschehens gewesen, doch nun, da er das Buch auf magische Weise leuchten sah, schaffte er es nicht mehr, weiterhin an sich zu halten.

»*Eventuell* haben wir ein paar Details ausgelassen«, räumte Conner ein wenig kleinlaut ein.

»Könnt ihr mir trotzdem wie versprochen ein Herz besorgen?«, fragte der Blech-Holzfäller hoffnungsvoll.

»*Klar*«, beteuerte Conner. »Bloß dauert es unter Umständen etwas länger als geplant.«

»Und wenn ich euch auf eurer weiteren Mission zur Hand gehe, bekomme ich es dann womöglich schneller?«, hakte der Blechmann nach.

Alex und Conner tauschten einen Blick und zuckten dann einhellig mit den Schultern. »Schaden kann es nicht«, meinte Alex.

»Dann stehe ich euch zu Diensten«, rief der Blech-Holzfäller.

Gemeinsam mit den Zwillingen, Rotkäppchen, Mutter Gans und Lester bildete er einen Kreis um den Lichtstrahl.

»Sind alle bereit?«, erkundigte sich Alex. Jeder in der Runde nickte entschlossen.

»Dann auf zu neuen Abenteuern«, sagte Conner. »Nächster Halt: *Nimmerland*!«

Kapitel 16

Pech für die Darlings

Alex und Conner traten durch die strahlende Säule und ließen den Palast der Hexe und das Land Oz hinter sich. Sie warteten, während diesmal die Worte des grünen Büchleins eine gänzlich neue Welt um sie her erschufen. Der Blech-Holzfäller, Rotkäppchen, Mutter Gans und Lester tauchten nur Sekunden später an ihrer Seite auf und bestaunten ebenfalls die frisch entstandene, unvertraute Umgebung.

»Außergewöhnlich«, urteilte der Blech-Holzfäller. »Einen solchen Ort habe ich nie zuvor gesehen.«

»Das ist spektakulär!«, rief Rotkäppchen und presste sich eine Hand aufs Herz. »Schaut euch bloß all die eleganten Gebäude an! Die Lampen! Die gepflasterten Straßen! Nie hätte ich mir Nimmerland so *fortschrittlich* vorgestellt!«

»Leute, das ist nicht Nimmerland«, erklärte Conner. »Wir befinden uns in *London.*«

Sie standen in einem kleinen, quadratischen Park, der von Straßen und Reihen geschmackvoller Stadthäuser begrenzt wurde. Es war sehr spät, und sämtliche Straßenlaternen brannten. Die Zwillinge amüsierten sich köstlich darüber, wie sehr die traditionelle englische Wohngegend ihre Freunde verzauberte. Den Blech-Holzfäller und Rotkäppchen scherte es nicht, wie diese fremde Gegend auch immer heißen mochte; selbst nach Conners Berichtigung erschien sie ihnen wunderbarer und exotischer als alles, was sie je zu Gesicht bekommen hatten.

»Hallo, London, altes Haus!«, schmetterte Mutter Gans. »Junge, was haben wir hier schon herrliche Zeiten erlebt, nicht wahr, Lester?«

Lester nickte mit großen Augen. Er hatte besagte Zeiten ganz anders in Erinnerung. Conner griff nach der Ausgabe von *Peter Pan* und verstaute sie sicher in Lesters Satteltasche.

Ein Pferd samt Wagen klapperte auf der Straße vorbei. Der Kutscher trug einen hohen Zylinder und imposanten Schnauzbart. Rotkäppchen und der Blech-Holzfäller grüßten mit Knicks und Diener. Der Mann warf ihnen einen reichlich befremdeten Blick zu, als argwöhne er, seine Augen spielten ihm einen Streich, und fuhr weiter, ohne den Gruß zu erwidern.

»In welchem Jahr spielt diese Geschichte?«, erkundigte sich Mutter Gans. »Vor oder nach dem Großen Brand von London – nur aus reiner Neugier gefragt, *nicht dass ich etwas damit zu tun gehabt hätte.*«

»Im frühen 20. Jahrhundert«, antwortete Alex.

»Mutter Gans, warst du schon einmal in dieser Erzählung?«, fragte Rotkäppchen misstrauisch.

»London ist eine Stadt in der Anderswelt, und hier beginnt die Handlung, genau wie jene von *Der Zauberer von Oz* in Kansas ihren Anfang nimmt«, führte Alex aus.

»Dann wage ich kaum zu fragen, wie wir nach Nimmerland kommen«, murmelte Rotkäppchen, der es bereits vor der Antwort graute. »Hurrikan? Erdbeben? Sinkloch?«

»Natürlich nicht«, erwiderte Conner. »Das wäre ja absurd. Wir *fliegen.*«

»Fliegen – womit?«, fragte Mutter Gans.

»Mutter Gans, ich fasse es nicht, dass du all diese Geschichten nicht kennst«, meinte Conner kopfschüttelnd. »Du hast so viel Zeit in der Anderswelt verbracht und trotzdem keine Ahnung von Peter Pan?«

»Ich war zu sehr damit beschäftigt, zusammen mit deiner Großmutter und den anderen Feen Märchen zu verbreiten, um selbst welche zu lesen«, entgegnete sie. »Also, wer ist dieser Typ – Peter Pan? Ein Pilot?«

»Im Moment ist er unsere einzige Hoffnung, Onkel Lloyd zu finden und aufzuhalten«, sagte Alex. »Kommt mit, wir müssen nach ihm Ausschau halten.«

Alex hastete die Straße hinunter, und die anderen folgten ihr dicht auf den Fersen. Mit prüfendem Blick begutachtete sie jedes der Stadthäuser, an denen sie vorbeieilten, und kletterte hin und wieder sogar über ein Gartentor, um in eines der Fenster nach drinnen zu linsen.

»Wonach suchen wir denn?«, fragte der Blech-Holzfäller.

»Nach dem Zuhause der Darlings«, erklärte Alex. »Peter besucht die Geschwister Darling zu Beginn des Buchs in ihrem Kinderzimmer. Wenn wir davorstehen, sollte ich es wiedererkennen – *still, alle miteinander*!«

Ohne Vorwarnung schubste Alex ihren Bruder und Rotkäppchen in ein Blumenbeet und zerrte den Blechmann, Mutter Gans und Lester hinter die Säulen der Veranda, die sie gerade inspizierten.

Ein Mann und eine Frau traten aus dem Haus gegenüber. Der Mann schloss sorgsam die Haustür ab und geleitete die Frau anschließend die Straße entlang. Sie waren schick angezogen – er im Anzug, sie im Abendkleid – und in eine angeregte Unterhaltung vertieft.

»Ich sage dir, George, ich weiß genau, was ich gesehen habe«, beteuerte die Frau.

»Mary, deine Einbildungskraft geht mit dir durch.« George lachte.

»Ich habe es mir nicht eingebildet«, beharrte Mary. »Gestern Abend, nachdem ich den Kindern eine Gutenachtgeschichte vorgelesen hatte, saß ich nähend noch ein wenig bei ihnen, bis sie einschliefen, und plötzlich war er da – ein Junge vor dem Fenster des Kinderzimmers!«

»Meine Liebe, vor dem Kinderzimmerfenster ist nichts als Luft«, hielt George ihr entgegen.

»Dann ist er eben *geschwebt*«, erwiderte Mary. »Nana hat ihn ebenfalls bemerkt! Sie hat das Fenster zugestoßen, und er ist verschwunden.«

»Na, so was aber auch«, gluckste George.

»Mach dich nicht über mich lustig, ich würde es nicht behaupten, wenn es nicht wahr wäre. Jedenfalls hat er seinen Schatten zurückgelassen. Ich habe ihn zur Verwahrung in eine Schublade gesperrt. Zumal ich stark annehme, dass er zurückkehren wird, um ihn abzuholen.«

»Seinen *Schatten*?«, George staunte immer mehr über die Worte, die seiner Frau aus dem Mund kamen. »Mary, das reicht jetzt. Du bist viel zu lange mit den Kindern eingepfercht gewesen und brauchst dringend eine Auszeit. Nun lass uns den restlichen Abend genießen und nicht länger über solchen Unsinn reden, ich bitte dich.«

George und Mary umrundeten eine Ecke und waren bald außer Sicht.

»Die Frau klingt wie eine Spinnerin«, raunte Mutter Gans.

»Nein, sie sagt die Wahrheit«, widersprach Alex. »Jeden Augenblick müssen jetzt Peter Pan und eine Fee namens Tinker Bell am Fenster des Kinderzimmers auftauchen. Ich gebe zu, ich bin selbst ganz aufgeregt und gespannt auf die beiden!«

Alle fassten die hohen Fenster direkt unter dem Dach des Stadthauses ins Visier und warteten auf den Jungen und die Fee. Sie warteten und warteten, doch nichts tat sich. Vom langen Hinaufstarren schmerzte ihnen bald der Nacken. Während ihre Freunde nacheinander auf den Treppenstufen vor der Haustür Platz nahmen, blieb Alex stehen – sie wollte keinesfalls etwas verpassen.

»Gleich muss es so weit sein!«, verkündete sie fröhlich. »Wir schnappen ihn uns – Pech für die Darlings – und machen uns auf nach Nimmerland!«

Einige lange Stunden später regte sich jedoch noch immer kein Zeichen von Peter Pan oder Tinker Bell. Dann vernahmen die Gefährten ein paar Stimmen, und allen schlug das Herz schneller – *endlich, es ging los.* Rasch begaben sie sich erneut in ihre Verstecke hinter den Säulen und im Blumenbeet. Allerdings erspähten sie lediglich George und Mary, die auf ihrem Heimweg soeben in die Straße eingebogen waren.

»Hier stimmt etwas nicht«, murmelte Alex. »Die zwei dürften noch nicht zurück sein! Peter Pan hätte Wendy, Michael und John inzwischen längst nach Nimmerland bringen sollen.«

Als Mr. und Mrs. Darling die Stufen zu ihrem Eingang hinaufgingen, verspürte Conner einen leisen Lufthauch. Er warf einen Blick die Straße hinunter und erhaschte einen Jungen, der hinter dem Kamin eines benachbarten Hauses hervorlugte und dann von Schornstein zu Schornstein dichter an das Heim der Darlings heranflog.

»Leute!«, flüsterte Conner. »Schaut nur! Da ist Peter!«

Sämtliche Köpfe wandten sich in die Richtung, in die Conner wies, und alle sahen »den Jungen, der niemals erwachsen wurde« mit eigenen Augen. Er hatte wirres, rotbraunes Haar, rosige Wangen und Kleider aus grünen und braunen Blättern.

Peter schwebte hinter dem Kamin des Nachbarhauses der Darlings in der Luft, bis George und Mary die Haustür hinter sich zugedrückt hatten. Sowie das Schloss einrastete, schoss er zum Fenster des Kinderzimmers, ohne dabei je einen Schatten auf die Erde unter sich zu werfen.

Alex deutete auf das Fenster, das sich schloss, ehe Peter Gelegenheit hatte, hindurchzuschlüpfen. Er zog daran, doch es gab nicht nach. Schließlich presste er die Nase an die Scheibe, spähte hindurch und wirkte dabei ausgesprochen besorgt. Da sich offenbar im Zimmer nichts rührte, klopfte er leicht gegen das Glas.

»Tink?«, wisperte Peter. »Tink, bist du da drin? Hat die Frau dich zusammen mit meinem Schatten eingefangen?«

Als er keine Antwort erhielt, ließ Peter die Schultern hängen, und sein ganzer Körper sackte ein paar Meter nach unten. Flink stob er in die Nacht davon und suchte dabei mit den Augen den Himmel und die Straßen ringsum ab.

»Ihm nach!«, bestimmte Alex. »Wir dürfen ihn nicht verlieren!«

Am Boden verfolgten sie Peter, jagten ihm hinterher wie einem fortgewehten Ballon. Allerdings wurde es zunehmend schwieriger für die Freunde, mit ihm Schritt zu halten; je länger er die Stadt nach Tinker Bell durchkämmte, desto weniger orientierte er sich dabei an Straßen und Wegen: Manchmal flog er quer über mehrere Kreuzungen hinweg und wechselte in rasantem Tempo von einem Bezirk in den nächsten.

»So holen wir ihn niemals ein!«, schnaufte Rotkäppchen.

»Ganz meine Meinung – ein vollkommen aussichtloses Unterfangen«, pflichtete Mutter Gans ihr bei. »Lester, flieg ihm nach!«

»Sekunde!«, warf Conner ein, als ihm etwas ins Auge fiel. »Guckt mal, *da.*«

Er zeigte hinüber zu einem kleinen Park in der Mitte des Wohnviertels. Ganz oben auf einer Statue hockte Peter Pan. Er hatte das Gesicht in den verschränkten Armen vergraben und schien zu weinen. Die Truppe um die Geschwister näherte sich ihm so zügig und zugleich lautlos wie nur möglich, was dem Blech-Holzfäller mit seinen klobigen Metallstiefeln besonders schwerfiel.

»Soll ich ihn ansprechen?«, wisperte Conner.

»Nein, lass mich das machen«, erwiderte Alex. »Ich weiß genau, was ich sagen muss.«

Auf Zehenspitzen schlich sie bis unmittelbar vor den Sockel der Statue, auf der Peter saß. Er war so aufgewühlt, dass er sie zunächst gar nicht bemerkte.

»Junge, warum weinst du denn?«, fragte Alex und zitierte damit die Geschichte, die sie stellenweise auswendig im Kopf hatte.

Ihre Stimme erschreckte ihn, und er schoss ruckartig empor. Sowie ihm klarwurde, dass lediglich ein Mädchen ihn angeredet hatte, stemmte er mitten in der Luft die Hände in die Hüften und sank langsam zur Erde herab.

»Wer bist du?«, fragte er zurück.

»Mein Name ist Alex«, erklärte sie. »Und das hier sind meine Freunde.«

Sie deutete auf ihren Bruder und die anderen, die auf die Geste hin ebenfalls dazutraten.

»*Piraten!*«, schrie Peter, als er sie sah. Er schirmte Alex mit seinem Körper ab und riss einen kleinen Dolch hervor. »Keine Angst, Alex! Ich werde dich beschützen!«

»Sie sind keine Piraten, sondern meine Freunde«, wiederholte Alex. »Keiner von ihnen will dir weh tun.«

»*Alle* Erwachsenen sind Piraten«, beharrte Peter und fuchtelte mit seinem Dolch in Richtung der kleinen Gruppe.

»Aber ich bin bloß ein oder zwei Jahre älter als du«, gab Conner zu bedenken.

»Aber ich bin bloß ein oder zwei Jahre älter als du«, äffte Peter ihn mit piepsiger Stimme und hässlicher Grimasse nach.

»Machst du dich über mich lustig?«, fragte Conner.

»Machst du dich über mich lustig?«, wiederholte Peter.

»Hey, lass das.«

»Hey, lass das.«

»Mann, bist du kindisch!«

»Mann, bist du kindisch!«

Conner war inzwischen mehr als verärgert und schnaubte schwer. »Schon klar, Jungbleiben ist dein Ding und so, aber es wird *echt* Zeit, dass du mal ein bisschen reifer wirst!«, sagte er.

»Schon klar, Jungbleiben ist dein Ding –« Peter hielt in seiner Imitation inne und musterte Conner neugierig. »Moment mal: Woher weißt du das?«

Alex ergriff die Gelegenheit, sich abermals zwischen Peter und die Übrigen zu schieben. »Wir wissen alles über dich und Nimmerland«, erklärte sie. »Wir haben beim Haus der Darlings auf dich gewartet, aber du warst unheimlich spät dran – tja, viel später jedenfalls, als du es hättest sein sollen. Was hat dich aufgehalten?«

Peter steckte seinen Dolch weg, beäugte die Gefährten jedoch weiterhin misstrauisch. »Ich war auf der Suche nach Tinker Bell. Sie ist eine Freundin von mir – und eine Fee. Gestern Abend haben Tink und ich heimlich gelauscht, während Mrs. Darling den Kindern ein Märchen vorgelesen hat. Sie hat mich vor dem Fenster erspäht, daher bin ich hastig geflohen – so überstürzt, dass mein Schatten zurückgeblieben ist. Normalerweise hält sich Tink immer an meiner Seite, aber seither habe ich sie nirgends mehr finden können! Ich habe die gesamte Stadt abgesucht, aber sie ist einfach *weg*!«

»Hast du irgendeine Idee, wohin sie vielleicht verschwunden ist?«, bohrte Alex.

»Wäre es vorstellbar, dass sie ohne dich nach Nimmerland geflogen ist?«, überlegte Conner.

»Nein, Tink fliegt nicht gern ohne Begleitung«, meinte Peter betrübt. »Jetzt bin ich ganz allein, ohne Fee und ohne Schatten.«

»Wieso ist die Geschichte mit dem Schatten eine so große Sache?«, erkundigte sich Conner.

Peter starrte ihn an, als hätte Conner ein Familienmitglied beleidigt. »Ein Schatten ist ein Freund, der stets an deiner Seite bleibt!«, betonte er.

»Na, *deiner* offensichtlich nicht«, bemerkte Conner.

»Das war ja nicht seine Schuld«, konterte Peter. »Er hat versucht, die Geschwister im Kinderzimmer zu wecken, damit ihre Mutter ihnen dann eine weitere Gutenachtgeschichte vorliest. Mein Schatten liebt Märchen.«

Ein keckes Lächeln stahl sich auf Rotkäppchens Gesicht. »Um welches Märchen ging es denn?«, fragte sie und strich sich mit den Fingern durchs Haar.

»›Aschenputtel‹«, sagte Peter.

Rotkäppchens Schultern sackten nach unten. »Oh …«, seufzte sie enttäuscht. »Da hast du nicht viel verpasst – sie stirbt am Ende.«

Peter klappte der Mund auf, und seine Augen wurden feucht. Alex packte Conner am Arm und zog ihn beiseite.

»Denkst du, was ich denke?«, fragte sie.

»Der Kerl ist plemplem?«, fragte er zurück.

»Nein, was Tinker Bell anbelangt«, raunte Alex. »Das kann doch kein Zufall sein, dass sie ausgerechnet zur selben Zeit verschwindet, zu der unser Onkel die Geschichte betritt.«

»Ach so, klar«, meinte Conner. »Lloyd hat sie entführt, eindeutig. Vermutlich ist er mit Hilfe ihres Feenstaubs nach Nimmerland gereist, um dort Captain Hook zu rekrutieren.«

»Und er wird Tink nicht nur dafür benutzen«, mutmaßte Alex. »Genau so, wie er mit den silbernen Schuhen die böse Hexe bestochen hat, braucht er einen guten Einsatz, um mit Hook ins Geschäft zu kommen – und was wünscht der sich mehr als alles andere?«

»Er will *Peter* töten«, sagte Conner – hochkonzentriert bemüht, sich die Erzählung ins Gedächtnis zu rufen. »Onkel Lloyd wird Captain Hook Tinker Bell anbieten, so dass der sie als Köder für Peter verwenden kann.«

»Exakt«, nickte Alex.

Hastig gesellten die Zwillinge sich wieder zu ihren Freunden und dem Jungen, der niemals älter wurde.

»Peter, wir wissen, wo Tinker Bell ist!«, verkündete Conner.

»Wo?«, fragte Peter sofort. Er war so aufgeregt, dass er abhob und einen halben Meter über dem Boden vor den Zwillingen in der Luft stehen blieb.

»Ein sehr böser Mann hat sie entführt«, erklärte Alex. »Er hat vor, sie einzusetzen, um Captain Hook und die Piraten für eine besondere Armee zu gewinnen, die er derzeit zusammenzieht. Kannst du uns nach Nimmerland bringen? Gemeinsam gelingt es uns vielleicht, ihn aufzuhalten und Tinker Bell zu retten – aber das lässt sich erst mit Sicherheit sagen, wenn wir dort sind.«

»Natürlich!«, sagte Peter. »Folgt mir!«

Wie eine Rakete schoss er in die Luft und war im nächsten Augenblick von der Nacht verschluckt. Die anderen mitzunehmen hatte er völlig vergessen.

»Der Junge ist eindeutig hyperaktiv«, kommentierte Conner.

Sie warteten eine Weile, bis Peter zu ihrer Erleichterung wieder heransauste.

»Tut mir leid, ich habe nicht daran gedacht, euch mit dem magischen Feenstaub zu überstreuen!«, rief er, langte dann in einen kleinen Beutel an seinem Gürtel und ließ eine Handvoll schimmernden Puders auf jeden der Freunde rieseln. *»Puff! Paff! Peng!«*, krähte er übermütig, bis nichts mehr von dem Staub übrig war.

»Für mich nicht, danke«, wehrte Mutter Gans ab, ehe die Reihe an sie kam. »Als ich das letzte Mal Feenstaub genommen habe – damals, 1964 –, bin ich am nächsten Tag ganz oben auf einem der Türme der Brooklyn Bridge mit einem Tattoo von John Lennon am Knöchel aufgewacht. Wenn wir nach Nimmerland fliegen, dann reite ich einfach Lester.«

»Soll mir recht sein«, meinte Peter. »Ihr Übrigen: Denkt jetzt fest an etwas Wunderbares und Schönes!«

Das war leichter gesagt als getan. Die Gruppe hatte etliche zermürbende Tage hinter sich, und entsprechend schwer fiel es jedem Einzelnen, sich ausreichend heitere Gedanken zu machen, die ihre Körper mit Freude fluteten.

»Oh, kommt schon«, spornte Peter sie an. »Kann allen Ernstes keiner von euch einen einzigen glücklichen Moment aufrufen? Ihr seid ohne jeden Zweifel der kläglichste Haufen, der mir je begegnet ist!«

»Aber ich kann *wirklich* keine Glücksmomente in mir wecken«, argumentierte der Blech-Holzfäller. »Dazu bräuchte ich ein *Herz* – WAAAH!!«

Allein die Erwähnung eines Herzens katapultierte den Blechmann einige Meter in die Höhe. Dort hing er mit gespreizten Gliedern wie ein Astronaut und rotierte um sich selbst; ob es ihm gefiel, vermochte man nicht zu sagen.

Die Zwillinge und Rotkäppchen waren von ihrem schwebenden Gefährten zutiefst beeindruckt. Dennoch gestalteten sich ihre eigenen Bemühungen um einen Gedanken reinsten Glücks wie die Suche nach Wasser in der Wüste. Peter wurde derweil allmählich zappelig – nie zuvor hatte es ihn solche Anstrengungen gekostet, jemandem das Fliegen beizubringen.

»Wenn euch nichts Frohes einfällt, dann denkt einfach an eine angenehme Erinnerung«, riet er. »Ich will doch hoffen, dass ihr davon zumindest *eine* habt.«

Allesamt schlossen sie die Augen und durchforsteten ihr Gedächtnis nach dem einen Augenblick in ihrer Vergangenheit, in dem sie rundum zufrieden und erfüllt gewesen waren.

»Ich denke an den Moment, in dem Mrs. Peters mir gesagt hat, ich sei ein guter Schriftsteller«, verkündete Conner.

»Mir ist als Erstes das Gespräch mit Grandma in den Sinn gekommen, in dem sie uns offenbart hat, dass wir Magie im Blut haben«, meinte Alex.

Ganz langsam lösten sich Alex' und Conners Füße vom Boden, und sie fassten einander an den Händen, um leichter das Gleichgewicht zu halten. Das Gefühl der Schwerelosigkeit brachte beide zum Lachen: Es war, als befänden sie sich gleichzeitig in einem Swimmingpool und in der Achterbahn.

»Sehr gut!«, lobte Peter. »Und jetzt bist du an der Reihe, Prinzessin.«

»*Königin*, wenn ich bitten darf«, entgegnete Rotkäppchen pikiert.

Sie hatte von allen die größten Probleme, was nach der verheerenden Woche, die hinter ihr lag, wohl kaum verwunderte. Tatsächlich fürchtete sie sogar, vielmehr im Boden zu versinken, sobald sie ihren Emotionen zu viel Raum gab.

»Komm schon, Rot«, ermunterte Conner sie. »Du schaffst das!«

»Vergiss die Hochzeit«, ergänzte Alex. »Konzentrier dich stattdessen auf eine Zeit, in der du rundum glücklich warst!«

Rotkäppchen kniff die Augen noch fester zusammen. »Ich sehe den Tag vor mir, an dem ich Königin meines eigenen Reichs geworden bin«, murmelte sie. Als sie jedoch ein Auge öffnete, um sich zu vergewissern, ob es damit funktioniert hatte, musste sie zu ihrer Enttäuschung feststellen, dass sie nach wie vor mit beiden Beinen fest auf der Erde stand.

Mit einer Erinnerung würde es in ihrem Fall nicht klappen. Jeder Gedanke führte sie unweigerlich zu Froggy und ihrer Sehnsucht nach ihm. Anstatt also rückwärtsgewandt nach etwas Glücklichem zu suchen, verlegte Rotkäppchen sich auf die Zukunft.

»Ich male mir den Moment aus, in dem ich Charlie zurückbekomme und Morina endlich schlachten kann wie die Kuh, die sie ist!«, posaunte Rotkäppchen.

Wie ein Feuerwerkskörper schoss die junge Königin in die Höhe und stieg kreischend höher empor als jeder andere der kleinen Gruppe. Ihre Freunde jubelten und applaudierten ihr. Rotkäppchen wirbelte durch die Luft und kämpfte dabei mit den Lagen ihres Kleids, die sich aufbauschten. Schließlich gelang es ihr, sich selbst wieder ins Lot zu bringen, und sie spähte ängstlich zu den anderen herunter – fassungslos darüber, wie hoch sie geflogen war.

»Und weg sind wir!«, rief Peter und stob in den Nachthimmel davon. Mutter Gans sprang auf Lesters Rücken und folgte ihm prompt.

Alex, Conner, Rotkäppchen und der Blech-Holzfäller wippten dagegen bloß wie eine Reihe an ihren Schnüren tanzender Luftballons auf der Stelle auf und ab. Das Schweben war der leichte Teil der Übung – tatsächlich *fliegen* zu lernen erwies sich als deutlich komplizierter.

Zunächst versuchten sie es mit Schwimmbewegungen, doch davon wurden ihnen schon nach kurzer Zeit die Glieder schwer. Endlich entdeckten sie, dass der Trick darin bestand, durch Gewichtsverlagerung zu steuern, ganz so, als stünden sie auf einem unsichtbaren Skateboard – auf diese Weise gelang es ihnen, ihre Bewegungen besser zu koordinieren, und nach einigen Minuten hatten alle vier den Dreh heraus und schnellten Peter und Mutter Gans hinterher.

Peter wählte die zweifellos malerischste Route nach Nimmerland: Sie kreisten über dem Tower of London, huschten unter der Tower Bridge hindurch und entgingen dabei nur knapp einem Zusammenstoß mit einem Ausflugsdampfer. Dann folgten sie der Themse, wie sie sich durch das Herz der Stadt wand. Peter tauchte so tief hinab, dass er die hinter sich fliegenden Zwillinge nassspritzte.

Im Zickzack führte ihr Weg sie bald um die Spitzen des Parlamentsgebäudes; sie schraubten sich am Glockenturm von Big Ben empor, und Peter gab dem kürzeren Zeiger der gigantischen Uhr ausgelassen einen Tritt, der London um eine Stunde zurückwarf und ein dröhnendes Glockenläuten durch die Stadt schickte.

Aufgrund seiner Größe und Ungelenkigkeit glitt der Blech-Holzfäller weniger grazil durch die Nacht als seine Gefährten und krachte immer wieder gegen Hindernisse. Vom Dach des Parlaments prallte er ab wie eine Flipperkugel.

»Tut mir leid! Verzeihung! Entschuldigt! Meine Schuld!«, rief er in einem fort den Türmen, Schornsteinen und Fahnenstangen zu, die er rammte.

Sie zischten durch das Regierungsviertel und über den St. James's Park hinweg und nahmen dann Kurs auf den Buckingham Palace.

»Oooh, was ist das denn?«, schrie Rotkäppchen verzückt, kaum hatte sie den Palast erblickt.

»Das ist die Residenz der britischen Königin«, erklärte Alex.

Rotkäppchen war hingerissen. »So ein schicker und geschmackvoller Bau! Schaut euch nur diese wunderhübsche Statue in der Mitte der Straße vor dem Tor an! Genau so eine wollte ich zur Feier meiner Hochzeit mit Charlie errichten lassen!«

Rotkäppchen schwenkte ab und stieß auf eigene Faust zum Palasttor hinab. Fasziniert linste sie durch die Streben – wobei sie sich gut daran festklammern musste, da der Feenstaub sie zurück in den Himmel zu ziehen drohte.

Einer der Wachmänner bemerkte Rotkäppchen und starrte sie ungläubig an. Eine schwebende Frau am Tor bekam er schließlich nicht jeden Tag zu Gesicht.

»Huuhuu!«, rief sie ihm zu. »Eure Mütze ist großartig! Bitte richtet der Königin aus, dass Königin Rotkäppchen vom Königreich in der Mitte ihre herzlichsten Grüße –«

Conner flog ihr eilig nach und löste Rotkäppchens Hände von den Stangen. »Rot, na los. Du verlierst sonst den Anschluss!«

Der Wachmann fiel in Ohnmacht, und Rotkäppchen und Conner holten die Gruppe wieder ein. Peter lotste sie höher und höher in den Nachthimmel hinauf. Sie ließen London hinter sich und steuerten die Sterne an.

Einige Minuten lang waren sämtliche Sorgen aus den Köpfen der Zwillinge wie weggepustet. Sie empfanden keine Angst mehr davor, ihren Onkel Lloyd zu stellen, und auch die Bürde ihrer Aufgabe, ihm Einhalt zu gebieten, fiel von ihnen ab – ebenso wie die Furcht vor dem, was geschehen könnte, falls ebendas ihnen nicht gelang. Alles, was die Geschwister spürten, waren Freiheit und die kühle Nachtluft an ihren Wangen. Ihr Geist segelte so schwerelos dahin wie ihre Körper, und sie teilten ein einmütiges Lächeln in der Gewissheit, dass sie dieses Erlebnis für den Rest ihres Lebens nicht vergessen würden.

Beim nächsten Blick in die Tiefe streckte sich nicht nur London, sondern die ganze Welt unter ihnen aus. Sie hatten die Atmosphäre überwunden, doch die Luft begleitete sie weiter.

»Sagt mal, wo soll dieses Nimmerland denn überhaupt sein?«, erkundigte sich Mutter Gans.

»Am zweiten Stern rechts vorbei, und dann geradeaus bis zum Morgen!«, rief Peter über die Schulter.

Und die Worte waren noch nicht ganz aus seinem Mund, da blinkte ein ungewöhnlich heller Stern vor ihnen am Firmament auf. Je näher sie ihm kamen, desto deutlicher zeichnete sich daneben eine kleine Insel ab, die im Weltraum schwebte.

»Wir haben es geschafft!«, jubelte Peter. »Willkommen in Nimmerland!«

Kapitel 17

Abenteuer mit den verlorenen Jungen

Von oberhalb einer großen, flauschigen Wolke bestaunten Peter Pan und seine Fluggefährten den atemberaubenden Anblick der mystischen Insel tief unten.

Mitten durch Nimmerland zog sich eine hoch aufragende Bergkette, während der Rest des Eilands aus Hügeln und Stränden zu bestehen schien. Es gab Wälder und Dschungel, Wasserfälle und Flüsse, Bäche und Buchten. Das Wasser bahnte sich seinen Weg durch das Land und mündete schließlich in einen Ozean, der Nimmerland umtoste, bis er sich in den sternenübersäten Nachthimmel ringsum verflüchtigte.

Nimmerland war ein Kinderparadies, das Abenteuer und Entdeckungen hinter jeder Ecke bereithielt: Es war genau so, wie die Zwillinge es sich vorgestellt hatten, und noch besser.

»Seht ihr diese Rauchsäule in den Hügeln?«, fragte Peter.

»Das ist das Lager der Indianer! Und da drüben, die Nixenlagune! Und gleich hier in der Mitte, da lebe ich mit den verlorenen Jungen!«

»Was ist mit Captain Hook und den Piraten? Wo sind die?«, wollte Alex wissen.

»An Bord der *Jolly Roger*, in der Piratenbucht auf der anderen Seite von Nimmerland«, erklärte Peter. »Kommt mit, dann zeige ich sie euch!«

»Nein, warte!«, hakte Conner ein. »Wir dürfen nicht riskieren, von den Piraten entdeckt zu werden! Sie sollen erst erfahren, dass wir hier sind, nachdem wir einen Plan gefasst haben, der sie daran hindert, die Insel zu verlassen.«

»Dann werden wir sie von Land ausspionieren müssen«, befand Peter und wirkte von dieser neuen Herausforderung ganz begeistert. »Wir schließen uns mit den verlorenen Jungen zusammen und marschieren sofort zum Piratenschiff! Je mehr wir sind, desto sicherer ist es, sich den Piraten zu nähern!«

Er tauchte durch die Wolke und rauschte zur Insel hinab. Die anderen folgten ihm, mit Ausnahme des Blech-Holzfällers, der die Wolke vorsichtshalber umkurvte, da er fürchtete, ihr Wasserdampf könnte ihn rosten lassen. Im Landeanflug behielten sie ihre Umgebung mit Argusaugen im Blick und hofften inständig, unbemerkt zu bleiben.

Peter dirigierte sie in eine tropische Gegend im Herzen Nimmerlands. Die Region war von Sand und gewaltigen Pflanzen mit eindrucksvollen Blättern geprägt. Peter schrie wie ein Vogel, um den verlorenen Jungen seine Rückkehr anzukündigen.

Gerade als sie zur Landung ansetzten, vernahm Conner ein leises *Wuuusch*, das an seinem Gesicht vorbeiflitzte. Zuerst verschwendete er keinen weiteren Gedanken daran, doch dann wiederholte und verstärkte sich der Laut – bald zischte es von allen Seiten. Er wandte sich seiner Schwester zu, weil er wissen wollte, ob sie es ebenfalls hörte; da erhaschte er etwas sehr Kleines und Dünnes, das zwischen ihnen hindurchschoss.

»Was um Himmels – PASST AUF, ALLE MITEINANDER!«, brüllte Conner.

Das Geräusch rührte von Pfeilen, die aus den umstehenden Bäumen auf sie abgefeuert wurden. Die Zwillinge und ihre Freunde wichen ihnen aus, soweit sie es vermochten, doch die Geschosse waren im Flug schwer auszumachen. Die Pfeile, die den Blech-Holzfäller trafen, prallten in alle Richtungen von ihm ab.

»AUTSCH!«, schrie Rotkäppchen. Die Geschwister wirbelten zu ihr herum und erkannten einen Pfeilschaft, der ihr aus dem Hintern ragte. »ICH BIN GETROFFEN WORDEN!«

Rotkäppchen wurde blass, und ihre Lider schlossen sich flatternd. Sie taumelte die verbliebene Strecke bis zum Boden und schlug auf dem sandigen Untergrund auf. Peter, die Zwillinge, der Blech-Holzfäller und Mutter Gans auf Lester landeten und eilten an ihre Seite.

»Rot, geht es dir gut?«, fragte Alex.

Mutter Gans inspizierte den Pfeil, der noch immer in der jungen Königin steckte, sorgfältig und riss ihn dann heraus. Rotkäppchen kam unterdessen zu sich und setzte sich auf.

»AUA! Das tut weh!«, japste sie.

»Entspann dich – dein Kleid ist so üppig, dass die Spitze kaum auch nur deine Haut berührt hat«, tadelte Mutter Gans.

»Peter, was ist hier los? Greifen die Indianer uns an?«, bedrängte Conner den Jungen, der niemals erwachsen wurde, hektisch.

Peter nahm den recht erbärmlichen Pfeil näher in Augenschein. »Nein«, sagte er. »Indianerpfeile hätten euch alle umgebracht.«

Eine Gruppe von sechs Jungen brach aus den Bäumen hervor. Sie heulten wie wilde Tiere und skandierten im Laufen Kriegsparolen. Dazu reckten sie selbstgefertigte Bogen und Pfeile, Schwerter, Hämmer und Keulen in die Luft. Ausnahmslos waren sie schmutzig und trugen Kleider aus Blättern, Rinde, Tierhäuten und den verschiedensten Materialien, die sie auf der Insel zusammengeklaubt hatten.

Sobald die Knirpse Peter bei den Neuankömmlingen erspähten, blieben sie wie angewurzelt stehen.

»Peter!«, riefen sie alle wie aus einem Mund.

»Hallo, Jungen!«, erwiderte er. »Ich bin zurück!«

Die sechs jubelten und hüpften freudig umher – sie schienen recht leicht zufriedenzustellen.

»Verlorene Jungen, ich möchte euch meinen neuen Freunden vorstellen«, verkündete Peter, der jedoch kein allzu gutes Namensgedächtnis zu haben schien. »Neue Freunde, das hier sind die verlorenen Jungen: Tootles, Nibs, Slightly, Curly und die Zwillinge.«

Sämtliche kleinen Rabauken schenkten den Besuchern einen finsteren Blick und ein Knurren, sowie ihr jeweiliger Name fiel – jeder bemüht, ein wenig lauter zu grollen als sein Vorgänger. Doch ganz gleich, wie grimmig sie tönten: Sie waren und blieben doch bloß kleine Knirpse.

Tootles war der Älteste der Bande, mit einer klobigen Brille auf der Nase. Nibs wirkte am rauflustigsten, und passend dazu fehlten ihm auch die meisten Milchzähne. Slightly dagegen schien der Kultivierteste im Bunde zu sein und hatte sich eine aus Ranken geflochtene Krawatte umgelegt.

Der pummeligste Junge, Curly, platzte beinahe aus seinen

Kleidern, und die Zwillinge waren die Jüngsten und praktisch nicht voneinander zu unterscheiden. Sie bewegten sich so perfekt synchron, dass man hätte meinen können, sie teilten sich sogar ein Gehirn.

»Guckt nur, da ist der große Vogel, den wir abzuschießen versucht haben!«, krähte Tootles und zeigte auf Lester.

»Schnell, schnappen wir ihn uns, bevor er wieder davonfliegt!«, brüllte Nibs.

»Wir kochen ihn über dem Feuer, dann haben wir tagelang etwas zu essen!«, schlug Curly vor.

»Wir hatten schon ewig nichts Anständiges mehr zwischen den Zähnen«, klagte Slightly.

»Attacke!«, riefen die kleinen Zwillinge.

Die verlorenen Jungen leckten sich die Lippen und stürmten auf Lester los wie Wilde. Der riesige Ganter tauchte hinter Mutter Gans in Deckung, und Peter verstellte den kleinen Raufbolden den Weg.

»Jungen, lasst den Vogel in Ruhe!«, befahl er. »Er ist ein Freund von Alex, und jeder Freund von Alex ist auch mein Freund!«

Die verlorenen Jungen sackten in sich zusammen und scharrten mit den Füßen im Sand. »Ja, Peter«, sagten sie reihum. Ihre Begeisterung kehrte jedoch im Nu zurück, als sie nun den Blech-Holzfäller erspähten.

»Schaut euch mal diesen Mann an!«, tönte Tootles.

»Er ist ganz aus Metall gemacht!«, staunte Slightly.

»Wir könnten einen Ofen aus ihm schmieden!«, überlegte Curly.

»Und Waffen!«, warf Nibs ein.

»Attacke!«, grölten die Zwillingsbengel wieder.

Nun war es der Blech-Holzfäller, der von den Dreikäsehochs

gejagt und zu Boden gerempelt wurde. Unter Kriegsgeheul droschen sie mit ihren Waffen auf ihn ein.

»Hey! Aufhören! Lasst das!«, rief der Blechmann.

Die anderen waren fassungslos über den Anblick, der sich ihnen bot. Die verlorenen Jungen waren ohne Zweifel die unerzogensten Kinder des gesamten Universums; beinahe verhielten sie sich, als spielten sie ein wildes Rollenspiel, das jedoch niemals endete.

»Und genau *deshalb* habe ich nie Nachwuchs bekommen«, bemerkte Mutter Gans.

»Ich glaube kaum, dass diese Rotzlöffel uns in irgendeiner Weise nützlich sein werden«, raunte Rotkäppchen den Zwillingen zu.

Auch Alex und Conner wurden zunehmend frustrierter – sie konnten es sich nicht leisten, noch mehr Zeit zu verlieren. Alex vollführte eine rasche Handbewegung, und eine heftige Windböe pustete die Jungen von dem Blech-Holzfäller hinunter. Die sechs rappelten sich wieder hoch und drängten sich ängstlich aneinander.

»Sie ist eine Hexe!«, riefen sie und zeigten mit den Fingern auf Alex.

»Oh, ich bin viel, viel gefährlicher als eine Hexe«, sagte Alex. »Und falls einer von euch Bengeln ein einziges weiteres Mal versucht, einen meiner Freunde zu jagen, abzuschießen oder anzugreifen, dann verwandele ich euch allesamt in Vögel, die ich höchstpersönlich mit einem Pfeil vom Himmel hole!«

»Peter, wieso schaffst du eine Hexe nach Nimmerland?«, jammerte Tootles.

»Warum hat Tink das bloß zugelassen?«, klagte Nibs.

»Sie wird mir Albträume bescheren!«, wimmerte Curly.

»Sekunde mal – wo *ist* Tink überhaupt?«, fragte Slightly.

»Tinker Bell?«, riefen die Zwillingsbuben.

Die verlorenen Jungen sahen sich in allen Richtungen nach ihrer Feenfreundin um, doch sie war nirgends zu entdecken.

Peter überbrachte ihnen die traurige Nachricht. »Tinker Bell ist entführt worden. Ich habe Alex und ihre Gefährten hierher mitgenommen, damit sie uns dabei helfen, sie aus den Fängen des Mannes zu retten, der sie geraubt hat!«

»Entführt?«, japste Curly erschrocken.

»Nicht Tinker Bell!«, rief Tootles und brach in Tränen aus.

»Dafür wird er büßen!«, schrie Nibs voller Rachedurst.

»Aber *wer* hat sie denn geraubt?«, erkundigte sich Slightly.

»Ja, wer?«, echoten die Zwillingsknirpse.

Peter schielte zu Alex und Conner hinüber – vielleicht sollte besser einer von ihnen die Erklärung liefern.

»Ein schrecklicher Mann, der Captain Hook und die übrigen Piraten für eine besondere Armee gewinnen will, die er zusammenzieht«, sagte Alex. »Wir müssen ihn finden und aufhalten, ehe er Nimmerland mit den Piraten und Tinker Bell wieder verlässt!«

Die verlorenen Jungen schüttelte es vor Wut – sie waren außer sich vor Zorn, dass jemand ihrer Freundin so etwas antat.

»Wir brechen sofort zur *Jolly Roger* auf!«, beschloss Nibs.

»Wir sorgen dafür, dass niemand sich mit Tinker Bell aus dem Staub macht!«, verkündete Tootles.

»Wir zeigen diesen Piraten keine Gnade!«, dröhnte Slightly.

»Und Gefangene nehmen wir auch nicht!«, ergänzte Curly.

»Attacke!«, grölten die Zwillingsbengel.

Die verlorenen Jungen übertrafen sich gegenseitig in ihrem Eifer; es bedurfte nicht viel, um sie für etwas zu entflammen.

»Leute, beruhigt euch mal, so leicht ist das nicht«, dämpfte Conner ihren Übermut. »Dieser Mann, von dem wir reden, ist nicht allein. Er hat Wölfe und Krähen und Bienen und fliegende Affen und dazu noch eine Armee Winkies hinter sich. Wenn wir einfach so das Schiff entern und ihn zum Kampf herausfordern, haben wir keine Chance. Wir müssen uns zuerst einmal die *Jolly Roger* anschauen und dann überlegen, wie wir ihn stoppen können.«

Erneut ließen die verlorenen Jungen die Köpfe hängen und kickten Sand. *Irgendetwas* wollten sie endlich angreifen – war das denn zu viel verlangt?

»Ihr habt ihn gehört, Jungen!«, sagte Peter und katapultierte sich in die Luft. »Auf geht's, wir bringen unsere neuen Freunde zu den Piraten und verschaffen uns einen Eindruck, womit wir es zu tun bekommen!«

Er verschwand im Flug zwischen den Bäumen, und die verlorenen Jungen rannten ihm nach. Alex und Conner spähten zu ihren Gefährten und zuckten dann mit den Schultern.

»Ich schätze, wir sollten ebenfalls hinterher«, urteilte Alex.

»Das wird schrecklich schiefgehen«, prophezeite Rotkäppchen.

»Viel anderes bleibt uns ja wohl nicht übrig«, befand Mutter Gans. »Lasst uns einfach den Pfadfindern aus der Hölle folgen und das Beste hoffen.«

Sie tauschten Blicke, einer besorgter als der vorige, doch Mutter Gans hatte recht. Im nächsten Moment war Peter zurück, der ihnen noch etwas Wichtiges zu sagen vergessen hatte.

»Nur eine nett gemeinte Warnung: Passt besser auf, wohin ihr tretet«, riet er. »Die verlorenen Jungen stellen gern Fallen.«

Umsichtig eilten Alex, Conner und ihre Freunde Peter und den verlorenen Jungen nach, zur gegenüberliegenden Seite der Insel. Die Urwälder Nimmerlands wimmelten von bizarren Reptilien und abstoßenden Insekten – der Traum jedes kleinen

Jungen. Rotkäppchen bescherte das Gekreuch und Gefleuch dagegen beinahe einen Panikanfall. Sie kniff die Augen zusammen und bat die Zwillinge, sie zu führen, während sie sich vorstellte, ganz woanders zu sein.

Schließlich erreichten sie die Piratenbucht und duckten sich hinter einer Reihe Geröllbrocken am Strand. Captain Hooks *Jolly Roger* war ein imposantes Schiff aus rotem und schwarzem Holz, das den größten Teil der Bucht einnahm. Alex und Conner hatten nicht allzu viel Erfahrung mit Piratenschiffen, doch dieses hier war mit Abstand das beeindruckendste, das ihnen je begegnet war.

Von Deck vernahmen sie jede Menge Stimmen und geschäftiges Treiben, doch die *Jolly Roger* ragte so hoch auf, dass von unten nicht zu erkennen war, was genau sich dort abspielte.

»Können wir näher heran?«, fragte Conner.

»Nicht ohne dass die Piraten auf uns aufmerksam werden«, entgegnete Peter.

Ein kleines Ruderboot wurde vom Schiff heruntergelassen. Darin saß nur ein einziger Passagier, und die Zwillinge identifizierten ihn mühelos aus der Ferne.

»Conner, schau nur!«, flüsterte Alex. »Das ist Onkel Lloyd!«

»Was treibt er da?«, wisperte Conner.

Der Onkel der beiden wirkte keineswegs entmutigt, also war es offenkundig nicht so, dass die Piraten ihn von Bord verwiesen hatten. Ganz im Gegenteil: Lloyd wirkte vielmehr freudig erregt.

Er ruderte das Boot bis zur Mitte der Lagune und hielt dann an. Mit einem weißen Taschentuch winkte er zum Schiff hinauf. Ein Pirat oben im Krähennest erwiderte die Geste und pfiff zu seinen Gefährten an Deck hinunter.

Die Segel wurden gehisst und bauschten sich in den Himmel,

fingen die Meeresbrise ein. So kroch die *Jolly Roger* in die Bucht hinaus, mit direktem Kurs auf Lloyd und sein Ruderboot. Lloyd zog derweil das blaue Trankfläschchen aus einer Innentasche seiner Jacke und träufelte ein paar Tropfen in ein rotes Buch. Ein greller Lichtstrahl brach daraus hervor und bohrte sich in den Himmel.

»Er und das Buch werden gleich zermalmt, wenn er nicht schleunigst den Weg freimacht!«, raunte Mutter Gans. »Allerdings muss ich zugeben, dass mein Wissen über Schiffe eher begrenzt ist – auf der *Mayflower* habe ich es bloß ein Wochenende lang ausgehalten.«

Die Zwillinge beobachteten die Szene mit angehaltenem Atem – welches Ass mochte ihr Onkel diesmal bloß im Ärmel haben? Zu ihrer Verblüffung erhob sich die *Jolly Roger* aus dem Wasser und schwebte in die Höhe!

»Wie ist das möglich?«, keuchte Rotkäppchen.

»Sie müssen Feenstaub auf dem gesamten Schiff ausgestreut haben!«, staunte Peter.

Die *Jolly Roger* flog über das Ruderboot hinweg und geradewegs hinein in die Lichtsäule. Das komplette Schiff, die Piraten und alle anderen an Bord glitten aus Nimmerland hinüber in die Geschichte des roten Buchs. Lloyd verfolgte das Kunststück jubelnd aus seinem Boot: Eine weitere Phase seines Plans war vollendet.

Der Onkel der Zwillinge schlang eine schwere Kette um den Einband des Buchs in seinem Schoß. Mit einem raschen Satz sprang er selbst in den Lichtstrahl und schleuderte zugleich das Buch ins Meer. Es sank auf den Boden der Bucht, und Lloyd verschwand.

Die Zwillinge und ihre Freunde hechteten hinter den Felsen hervor und starrten ungläubig auf das Wasser hinaus.

»Ich fasse es nicht, dass er es tatsächlich geschafft hat«, sagte Alex. »Und nicht nur Captain Hook und seine Piraten, sondern das ganze Schiff hat er auch noch mitgenommen!«

»Sind diese Leute gerade allen Ernstes in ein magisches Buch gereist?«, wollte Peter von den Geschwistern wissen.

»Fang gar nicht erst an zu fragen, Jungchen«, meinte Mutter Gans. »Sonst platzt dir gleich der Kopf.«

»Wir müssen an dieses Buch herankommen«, sagte Conner und beäugte die Wellen. »Alles klar: Hände hoch, wer ein guter Schwimmer ist! Nibs, ich nehme an, du bist flink im Wasser?«

»Die Bucht ist zu tief, als dass ein Mensch bis zum Grund tauchen könnte«, warf Peter ein. »Aber ich kenne jemanden, dem das mühelos gelingt. Jungen, nehmen wir unsere Freunde mit zur Lagune!«

Kapitel 18

Die Nixenlagune

Peter und die verlorenen Jungen führten die anderen in jene Region Nimmerlands, in der sich die Nixenlagune befand – der bei weitem heiterste Ort, den sie auf der Insel bislang besucht hatten.

Ein Riff trennte das flache Wasser vom offenen Meer, und die komplette Lagune war von hohen Weiden beschattet, die ringsum entlang ihres Saums wuchsen. Felsbrocken im Wasser erlaubten es Peter, den Zwillingen und den verlorenen Jungen, trockenen Fußes bis zur Mitte zu hüpfen.

Mutter Gans, Lester und Rotkäppchen warteten an Land, wo sie sich sicherer fühlten. Conner beugte sich auf seinem Stein nach vorn, um in die sanften Wellen zu spähen, bemerkte jedoch lediglich kleine Fische zwischen den Felsen.

»Glaubst du, sie werden sich bereiterklären, uns zu helfen?«, fragte Alex.

»Schwer zu sagen; wir haben sie bisher nie um Hilfe gebeten«, gestand Peter. »Sie mögen mich, versuchen für gewöhnlich aber, die verlorenen Jungen zu ertränken, wann immer die ihnen zu nahe kommen.«

»Wie bitte?«, fragte Conner und schluckte.

Mit einem Mal schoss eine Hand mit Schwimmhäuten und langen Nägeln aus dem Wasser und packte seinen Knöchel. Weitere Hände tauchten überall in der Lagune auf und mühten sich, die Geschwister und die verlorenen Jungen ins Wasser zu zerren, die tretend versuchten, sich der greifenden Finger zu erwehren. Dutzende Nixen waren erschienen, doch sie sahen vollkommen anders aus, als die Zwillinge sie sich vorgestellt hatten.

Im Gegensatz zu den bunten und engelsgleichen Meerjungfrauen der Märchenwelt waren die Nixen von Nimmerland garstige und unheimliche Gestalten. Ihre Haut war schleimig und beinahe durchscheinend; sie hatten rote Schlitzaugen und schmale Nasenlöcher. Anstelle von Haaren wuchsen ihnen längliche Flossen wie Irokesenfrisuren aus dem Kopf, und jede war mit mehreren Piercings und kleinen Fischknochen geschmückt.

»Ich dachte, die Nimmerland-Nixen sind wunderschön!«, raunte Conner seiner Schwester zu.

»Schönheit liegt im Auge des Betrachters«, flüsterte Alex zurück.

»Was wollt ihr in unserem Revier?«, zischte die Nixe, die Conner am nächsten war. Um ihren Hals lag eine Kette aus Muscheln, wie sie keine der anderen besaß, daher schlussfolgerten die Geschwister, dass sie wohl die Anführerin der Bande sein musste.

»Wir haben nichts Böses im Sinn«, beteuerte Conner. »Wir sind hier, um Sie um einen Gefallen zu bitten!«

Die Nixe blinzelte einige Male, und ihre Nasenflügel bebten. Sie tauschte verwirrte Blicke mit ihren Gefährtinnen, doch keine von ihnen begriff, wovon Conner sprach.

»Was ist ein *Gefallen*?«, fragte die Nixe.

»Etwas, das man für jemanden tut, wenn dieser Jemand Hilfe braucht«, erklärte Alex.

Die Nixen wälzten diese Vorstellung kurz im Kopf hin und her und brachen dann in johlendes Gelächter aus, das ihre kleinen, spitzen Haizähne entblößte.

»Gefallen tun wir nicht«, sagte die Nixe. »Und schon gar nicht den *verlorenen Jungen*!«

Sofort brach ein heilloses Durcheinander aus, in dem die kleinen Rotzlöffel und die Nixen einander wüste Beleidigungen entgegenschleuderten. Die Geschwister konnten dem nicht länger tatenlos zusehen – ihnen lief die Zeit davon, und die Nixen waren ihre einzige Hoffnung.

»RUHE!«, brüllte Alex. »Ich möchte, dass sich sämtliche verlorenen Jungen zurück an Land scheren, und anschließend reden mein Bruder und ich allein mit den Nixen!«

Die Jungen trennten sich – nicht ohne einige weitere Beschimpfungen und Wasserspritzer – von ihren Gegnerinnen und sprangen widerwillig ans Ufer.

»Freundliches Bitten bringt uns also nicht weiter«, stellte Alex fest. »Wie wäre es dann vielleicht mit einem Handel?«

»Das kommt darauf an«, sagte die Nixe. »Was ist ein Handel?«

»Wenn man jemandem etwas gibt und selbst etwas anderes als Gegenleistung erhält«, beschrieb Alex.

»Wir machen es Ihnen beileibe nicht zum Vorwurf, dass Sie die verlorenen Jungen nicht leiden können«, versicherte Conner. »Wir selbst sind gerade erst auf der Insel angekommen und finden sie jetzt schon unerträglich. Aber wenn Sie sich auf eine

Sache festlegen müssten, die Sie an den Bengeln am meisten stört – welche wäre das?«

Blicke wechselten zwischen den Nixen, und sie grübelten gemeinsam; dabei verständigten sie sich mit schrillen Klicks und Knurrlauten – allem Anschein nach verfügten sie über eine eigene Sprache.

»Sie fangen all unsere Fische!«, fauchte die Anführerin. »Auf dem Trockenen gibt es reichlich Nahrung, die sie jagen könnten, an Land oder in der Luft, aber wir haben bloß die Fische im Wasser.«

»Großartig«, sagte Alex und klatschte in die Hände. »Wenn wir also die verlorenen Jungen dazu bringen, dass sie das Fischen in Ihren Gewässern aufgeben, würden Sie dann im Gegenzug auch etwas für uns tun?«

»Und was soll das sein?«

»Am Grund der Piratenbucht liegt ein mit einer Kette umwickeltes Buch«, erzählte Conner. »Das müssten Sie für uns an die Oberfläche holen.«

Erneut vertieften die Nixen sich in eine knurrende, klickende Beratung. Ihre Sprache klang wie eine Mischung aus Delfin- und Fledermaustönen.

»Ja«, verkündete die Nixe. »Einem solchen Handel würden wir zustimmen.«

»Phantastisch!«, rief Alex aus. »Wir sind gleich zurück.«

Die Zwillinge hüpften über die Steine ans Ufer und weihten die verlorenen Jungen in ihre Absprache mit den Nixen ein.

»Was? Niemals lassen wir das Angeln sein!«, empörte sich Peter. »Fischen gehört zu den Lieblingsbeschäftigungen der verlorenen Jungen!«

»Wollt ihr Tinker Bell wiedersehen oder nicht?«, schrie Conner ihn an.

Peter und die verlorenen Jungen seufzten und nickten ergeben. Die Zwillinge überbrachten den Nixen eilig die gute Nachricht.

»Das wäre also geklärt!«, frohlockte Alex. »Genießen Sie Ihren Fisch!«

Die Blicke der Nixen huschten zwischen den Geschwistern und den verlorenen Jungen hin und her – sie waren noch nicht sicher, was sie von dieser ganzen Handelsgeschichte hielten, wagten zugleich jedoch auch nicht, ihren Teil der Abmachung zuerst zu brechen.

»Wir treffen uns in der Piratenbucht«, wandte die Anführerin der Nixen sich an Alex und Conner. Sie klickerte in Richtung der anderen Nixen, und gemeinsam tauchten alle unter.

Die Zwillinge und ihre Freunde machten sich ebenfalls auf dem schnellsten Weg auf zur Piratenbucht. Als sie dort anlangten, wurden sie von den Nixen bereits erwartet. Alex und Conner schilderten ihnen genau, wo das Buch vor ihren Augen versunken war, und die Nixen stürzten sich hinab, um es zu suchen. Wenige Augenblicke später waren sie zurück – und reichten es den Geschwistern.

»Vielen, vielen Dank!«, sagte Alex. »Wir versprechen Ihnen, dass die verlorenen Jungen sich an die Vereinbarung halten werden – *nicht wahr*?«

»Ja, ja«, maulten die Bengel mürrisch.

Die Nixen spritzten sie ein letztes Mal nass und schwammen dann davon. Alex wickelte das tropfnasse Buch aus der Kette und las den Umstehenden den Titel vor.

»*Alice im Wunderland*«, verkündete sie. »Lloyd plant offenbar, als Nächstes die Herzkönigin und ihre Spielkartensoldaten zu rekrutieren!«

Der Blech-Holzfäller verstand das fälschlicherweise als positive Neuigkeit. »Die *Herz*königin?«, fragte er lächelnd.

»Freu dich nicht zu früh – sie ist laut und schrecklich«, warnte Conner und stieß einen tiefen Seufzer aus. »Dieser Ausflug wird einfach immer besser, was?«

»Habt ihr vor, jetzt in dieses magische Buch zu reisen, so wie die *Jolly Roger*?«, erkundigte sich Peter.

Alex und Conner nickten. »Uns bleibt keine Wahl«, erklärte Alex. »Nur so haben wir eine Chance, sie aufzuhalten – falls das überhaupt noch möglich ist.«

»Dann begleite ich euch!«, verkündete Peter. »Ich werde nicht ruhen, bis Tinker Bell wieder bei mir und den verlorenen Jungen in Nimmerland ist!«

»Das ist furchtbar mutig von dir, Peter, aber es wird sehr gefährlich werden«, gab Conner zu bedenken. »Du könntest ernsthaft verletzt oder sogar getötet werden!«

Peter zog seinen Dolch und reckte die Waffe in den Himmel. »Der Tod wäre das allergrößte Abenteuer!«, posaunte er.

Alex und Conner schielten aus dem Augenwinkel zu ihrem jeweiligen Zwilling und dachten exakt das Gleiche: Sie würden ihn nicht loswerden. Statt also Zeit darauf zu verschwenden, mit ihm zu diskutieren, setzten sie ihre eigene Planung fort.

»Einer von uns muss in Nimmerland bleiben und auf die Bücher aufpassen«, sagte Alex. »Wer übernimmt das diesmal?«

Die Zwillinge, der Blech-Holzfäller, Mutter Gans und Lester wandten sich allesamt Rotkäppchen zu. Ihre Augen wurden groß, und ihr ganzer Körper versteifte sich – jede Faser von ihr sträubte sich gegen diese Vorstellung.

»Denkt nicht einmal daran«, erwiderte sie. »Ich bleibe nicht auf dieser Insel zurück.«

»Rot, ich möchte ja nicht grob sein … aber du bringst unserer Gruppe den geringsten Nutzen«, gestand Conner. »Es würde uns enorm helfen, wenn du hier warten und darauf achtgeben könntest, dass den Büchern nichts zustößt.«

»Diese *Barbaren* haben bereits auf mich geschossen«, ereiferte sich Rotkäppchen und deutete auf die verlorenen Jungen. »Was glaubt ihr wohl, was die mit mir anstellen, sobald ich allein mit ihnen bin?«

»Rot, ich verspreche dir, dass du hier sicherer bist als im Wunderland«, beteuerte Alex.

Rotkäppchen traute ihren Ohren kaum. Genauso gut hätte Alex versuchen können, sie davon zu überzeugen, sich von einer Klippe zu stürzen. Doch die Geschwister gaben ihr keine Gelegenheit zur Gegenrede mehr. Ehe sie es sich versah, hatte Conner ihr die Ausgabe von *Peter Pan* in die Hand gedrückt, als wäre die Entscheidung längst gefallen.

»Jungen, ich befehle euch, Miss Rot zu gehorchen«, wies Peter seine Schützlinge an. »Ich will, dass ihr sie beschützt und alles tut, damit sie sich sehr wohlfühlt, solange wir fort sind. Behandelt sie, wie ihr eure eigene Mutter behandeln würdet.«

Diese Idee weckte die glühende Begeisterung der verlorenen Jungen. Rotkäppchen wirkte dagegen eher, als wäre ihr plötzlich übel.

»Yes, Sir!«, rief Tootles und salutierte.

»Eine Sekunde mal! Soll ich etwa mitten im Dschungel schlafen?«, fragte Rotkäppchen, doch keiner ihre Freunde hörte ihr mehr zu.

»Natürlich nicht; wir bauen dir selbstverständlich ein Haus!«, verkündete Nibs.

»Das klingt nicht sonderlich beruhigend!«

»Eine Mutter habe ich mir schon immer gewünscht«, schwärmte Slightly.

»Tja, träum weiter!«

»Dürfen wir dich Mutter nennen, Miss Rot?«, fragte Curly.

»Ganz sicher nicht!«

»Mutter!«, krähten die Zwillingsbuben.

»Wir haben eine Mutter! Wir haben eine Mutter! Wir haben eine Mutter!«, skandierten die verlorenen Jungen.

Rotkäppchen kam sich vor, als hätten ihre Freunde sie soeben einem Rudel hungriger Wölfe zum Fraß vorgeworfen. Sie setzte ihren Protest lautstark fort, aber es war zu spät. Die Zwillinge, der Blech-Holzfäller, Mutter Gans, Lester und Peter hatten sich bereits in einem Kreis um das nächste Buch aufgestellt.

Alex öffnete *Alice im Wunderland*, und eine Lichtsäule schoss in den Himmel empor. »Wir müssen uns auf dem schnellsten Weg zum Schloss der Königin begeben«, sagte sie. »Wenn wir Lloyd in dieser Geschichte nicht einholen, schaffen wir es womöglich nie.«

Sie traten in den Lichtstrahl und verließen Nimmerland; dabei hofften sie ausnahmslos von ganzem Herzen, dass das Wunderland die letzte Etappe ihrer Reise sein würde.

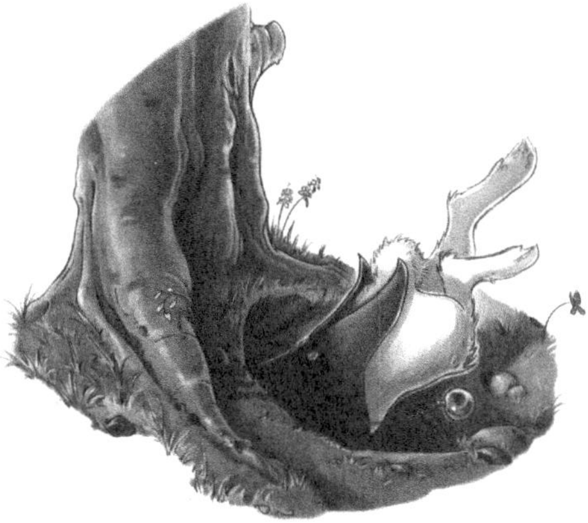

Kapitel 19

Durchs Kaninchenloch

Die Zwillinge und ihre Freunde landeten wohlbehalten in *Alice im Wunderland* und musterten ihre neue Umgebung. Wieder einmal hob Conner das Buch auf und verstaute es sicher, diesmal in Lesters Satteltasche.

»*Junge, was bin ich froh, von dieser Insel herunter zu sein!*«, meinte Mutter Gans. »Es würde mich nicht wundern, wenn Tinker Bell sich absichtlich hätte entführen lassen, bloß um diese furchtbaren Kinder loszuwerden.«

»Ist das hier das Wunderland?«, fragte der Blech-Holzfäller.

»Besonders *wundersam* erscheint es mir nicht«, stellte Peter fest und verschränkte die Arme vor der Brust. »Genau genommen erinnert es mich sehr an das ländliche England.«

»Das liegt daran, dass wir im ländlichen England *sind*«, erklärte Alex. »Vertraut mir – wenn wir erst einmal ins Wunderland kommen, werdet ihr das merken.«

Die Landschaft ringsum war ausgesprochen malerisch. Sanfte grüne Hügel und Bäume jeder Art erstreckten sich in sämtliche Richtungen, und ein ruhiger Fluss schlängelte sich nicht weit von ihnen. Das Wetter war ebenfalls ausgesprochen angenehm, und nach den unterschiedlichen Goldtönen der Blätter zu urteilen stand der Herbst kurz bevor.

Ein Stück weit flussabwärts vernahmen sie Stimmen und entdeckten so, dass sie nicht allein waren: Eine junge Frau führte soeben ein kleines Mädchen aus den Bäumen und über eine steinerne Brücke. Die beiden waren offenbar in einen Streit vertieft, und die Geschwister und ihre Gefährten verbargen sich hinter einigen Stämmen und lauschten.

»Wir dürfen nicht ausgerechnet jetzt das Ufer aus den Augen lassen«, jammerte das kleine Mädchen – ein ganz reizendes Kind, das ein Kätzchen im Arm hielt. Es trug eine Schleife im Haar und eine gerüschte Schürze über seinem Kleid.

»Alice, ich bringe dich nach Hause, damit Mutter dich für ein feines Nickerchen fertig machen kann«, antwortete die junge Frau. Auch sie war hübsch – eine ältere Version ihrer kleinen Schwester.

»Du bist die schrecklichste Schwester der Welt!«, zeterte Alice. »Wärst du diejenige, die das fliegende Piratenschiff gesehen hätte, dann hätte ich dir geglaubt! Dinah hat es auch bemerkt und sich mächtig erschrocken, das arme Schätzchen!«

Sie küsste das Kätzchen auf den Kopf und wiegte es in ihren Armen. Zu Alices Verteidigung wirkte das Fellbündel tatsächlich zutiefst verstört.

»Dann fürchte ich, ihr habt beide den Verstand verloren«, beharrte die Schwester. »Und nun komm. Wenn du dieses Piratenschiff noch ein einziges Mal erwähnst, werde ich mit Vater ein Wörtchen darüber reden.«

Die Schwester packte Alices Hand, und gemeinsam überquerten sie die Brücke und machten sich auf den Heimweg.

»Hier sind wir definitiv richtig«, stellte Conner fest.

»Absolut«, nickte Alex. »Jetzt fehlt uns bloß noch –«

Plötzlich schoss etwas Weißes und Flauschiges quer über eine Wiese in der Ferne und zog aller Aufmerksamkeit auf sich.

»Was ist das?«, fragte der Blech-Holzfäller.

»Unsere Eintrittskarte ins Wunderland«, frohlockte Alex. »Schnell, alle dem Kaninchen hinterher!«

Die Zwillinge, der Blechmann, Peter, Mutter Gans und Lester sprinteten in das Feld, dem pelzigen Tier dicht auf den Fersen. Es hoppelte einen Feldweg entlang und huschte dann in einen kleinen Hain. Mit all den Blättern und dem hohen Gras, das ihnen die Sicht versperrte, war es schwierig, das flinke Tier nicht zu verlieren, doch zum Glück blieb das weiße Kaninchen alle paar hundert Meter stehen, nestelte eine goldene Taschenuhr aus seiner Westentasche und warf einen Blick darauf.

»O weh! Ich bin viel zu spät dran!«, rief das weiße Kaninchen jedes Mal aufs Neue und wetzte dann prompt weiter über Stock und Stein.

Die Freunde jagten es einen hohen Hügel hinauf und anschließend hinab in ein beschauliches Tal. Nach Luft schnappend, hielten sie inne: Am Boden der Senke lag die gewaltige *Jolly Roger* auf der Seite. Dankenswerterweise schien das Schiff verlassen – beinahe so, als hätten die Piraten es dort geparkt.

Mit wenigen Sätzen erreichte das weiße Kaninchen eine Hecke und kletterte in ein breites Loch, das sich unter deren Wurzeln auftat. Die Zwillinge und ihre Gefährten langten nur Sekunden, nachdem die Erde es verschluckt hatte, an dem Gebüsch an und starrten in die Öffnung hinab, während sie wieder zu Atem kamen.

»Bevor wir uns da hinunterwagen, solltet ihr alle ein paar Dinge über das Wunderland wissen«, sagte Alex.

»Oh, *jetzt* beschließt sie auf einmal, uns vorzuwarnen«, spöttelte Mutter Gans.

»Das Wunderland ist ein trickreicher und verwirrender Ort« überging Alex den Einwurf. »Nichts ergibt Sinn, und nichts ist, was und wie es auf den ersten Blick scheint. Wir müssen zu jeder Zeit zusammenbleiben, also entfernt euch nie allzu weit von der Gruppe. Glaubt niemandem ein Wort, ganz gleich, wie freundlich derjenige oder diejenige wirkt. Wenn ihr nicht aufpasst, treibt das Wunderland euch im Nu in den Wahnsinn.«

Alle schnauften noch einmal tief durch und wappneten sich.

»Bei drei springen wir gleichzeitig hinein«, befahl Alex. »Eins … zwei … *drei!*«

Sie hüpften in den Kaninchenbau und stürzten einen langen Erdtunnel hinab. Immer tiefer und tiefer ging es hinunter, und immer schneller und schneller fielen sie, doch ein Ende war nirgends in Sicht. Als sie an den Wänden des Lochs Schränkchen und Bücherregale bemerkten, die in den unmöglichsten Neigungswinkeln dort befestigt waren, vermuteten sie daher zunächst, es könne nicht mehr weit sein – was sich jedoch bedauerlicherweise als Trugschluss entpuppte.

»Seid ihr sicher, dass das der korrekte Kaninchenbau ist?«, fragte der Blech-Holzfäller. »Er scheint ja bodenlos zu sein!«

»Absolut sicher«, beschwichtigte Alex ihn.

»Dann beschleunigen wir die ganze Sache doch mal«, meinte Mutter Gans.

Sie legte die Finger zu einer Pistole zusammen und feuerte eine unsichtbare Kugel in die Höhe. *PENG!* Eine gewaltige Explosion zündete und katapultierte die Freunde wie ein Raketenantrieb den Tunnel hinunter. Die Druckwelle löste ein Beben aus, das sämtliche Schränke und Regale von den Wänden riss, so dass die Möbel ihnen nach ebenfalls den Gang hinabtaumelten.

Endlich plumpsten die Zwillinge und ihre Freunde auf einen weichen Haufen Blätter und Zweige am Grund des Lochs. Sie blickten auf und sahen eine Lawine aus Holzmöbeln auf sich zurauschen.

»IN DECKUNG!«, brüllte Conner.

Alle sprangen auf die Füße und hechteten aus dem Laubhaufen. Die Schränke und Bücherregale von den Tunnelwänden krachten zu Boden und türmten sich zu einem Berg aus zerbrochenem Holz, Glas und Teetassen, der so hoch aufragte, dass er den Eingang des Kaninchenbaus verstopfte.

»Ich hoffe, wir hatten nicht vor, den gleichen Weg zurück zu nehmen«, sagte Mutter Gans.

Die Gefährten fanden sich in einer lang gestreckten, niedrigen Halle wieder. Entlang der Seiten reihten sich Türen jeder Form, Farbe und Größe – kein einziger Knauf glich dem anderen. Mutter Gans, der Blech-Holzfäller und Peter rüttelten daran, doch ausnahmslos waren sie abgesperrt.

»Keine dieser Türen geht auf«, rief Peter.

»Das stimmt schon so«, erwiderte Alex. »Wir brauchen sie ohnehin nicht.«

Sie eilte zu einem Vorhang an der Rückwand des Gewölbes, schob ihn beiseite und enthüllte so eine winzige Tür, kaum einen halben Meter hoch. Sie linste durch das noch winzigere Schlüsselloch und erspähte jenseits davon einen wunderschönen Garten – *das Wunderland.*

»Diese hier ist es!«, verkündete Alex. Sie richtete sich wieder auf und schaute sich suchend um. »Und irgendwo sollte ein goldener Schlüssel dafür herumliegen.«

Alex entdeckte einen Glastisch, der von seinem Platz gerückt war, allerdings ohne den Schlüssel, den sie erwartet hatte.

»O nein«, murmelte sie. »Onkel Lloyd muss ihn mitgenommen haben, als er selbst durch die Tür geschlüpft ist. Uns bleibt nichts weiter übrig, als einen anderen Weg hinein zu finden. Einmal zurücktreten, alle miteinander, ich verzaubere die –«

RUMMS! Da hatte der Blech-Holzfäller der Tür schon einen Tritt versetzt, der sie aus den Angeln hob.

»Verzeihung«, meinte er. »Aber ich hatte mir überlegt, dass es so schneller geht.«

Alex jubelte. »Gut gemacht.«

»Wie sollen wir denn bitte da hindurchpassen?«, grübelte Mutter Gans. »Lester schafft es nie, sich durch eine so enge Öffnung zu quetschen.«

Lester warf ihr einen garstigen Blick zu, als wolle er sagen: *Aber DU, oder was?*

»Es müsste ein Fläschchen mit einem Trank geben, der uns schrumpfen lässt – oh, hier ist es ja!«, rief Conner. Er griff sich die Flasche, um deren Hals eine Schleife gebunden war, von der gläsernen Tischplatte. Auf dem Band stand:

TRINK MICH

Conner zog den Korken heraus. »Prost!«, sagte er, doch ehe er den ersten Schluck nehmen konnte, stieß Peter ihm die Flasche aus den Händen. Sie fiel zu Boden und zersprang, so dass die Flüssigkeit sich überall verteilte.

»Was sollte das denn?«, schrie Conner ihn an. »Das hätten wir gebraucht!«

»Conner, schau nur, die Fliesen!«, kreischte Alex.

Die Gefährten wichen zurück, weg von dem verschütteten

Trank. Die Flüssigkeit ließ die Keramikplatten unter ihren Füßen verrotten und verwandelte ihr Schachbrettmuster in ein hässliches Verwesungsbraun.

»Mir war gleich klar, dass dieses Fläschchen nicht aus dem Wunderland stammt!«, sagte Peter. »Sondern von Hooks Schiff! Darin war Gift! Sie müssen die Flaschen ausgetauscht haben, weil sie wussten, dass wir ihnen nachkommen.«

Die Zwillinge seufzten vor Erleichterung – sie waren unendlich froh, dass Peter darauf bestanden hatte, sie zu begleiten.

»Trotzdem, wie gelangen wir durch die Tür?«, fragte nun auch der Blech-Holzfäller.

»Ich schrumpfe uns«, beschloss Alex.

Seit ihre Kräfte zuletzt verrücktgespielt hatten, war bereits eine Weile vergangen, und sie betete insgeheim, dass ihre Glückssträhne nicht ausgerechnet jetzt reißen würde. Dann kniff sie die Augen fest zu und konzentrierte sich, so angestrengt sie es nur vermochte. Nacheinander deutete Alex auf jeden Einzelnen ihrer Freunde, und ein Lichtwirbel legte sich um deren Körper und ließ sie allesamt auf die Höhe der Tür zusammenschnurren. Nachdem ihr das ohne Zwischenfälle gelungen war, verkleinerte sie auch noch sich selbst.

»Nicht übel!«, lobte Conner und umarmte seine Schwester.

Die frisch geschrumpfte Gruppe wuselte durch die zertrümmerte Tür und betrat die Gärten des Wunderlands. Haargenau wie von Alex prophezeit, hatte keiner von ihnen mehr einen Zweifel daran, wo sie sich befanden, sowie sie sich umblickten.

Es war, als wären sie in ein Gemälde geraten: Alles mutete hell und bunt und doch seltsam verzerrt an, beinahe wie eine aus abstrakten Kunstwerken zusammengesetzte Welt. Und jede Komponente dieser Welt war in Bewegung, schien sich in einer leichten Brise zu wiegen, obwohl keinerlei Wind spürbar war.

»Schaut mal, die Blumen!«, staunte Peter und zeigte ein Stück weit voraus.

Die Blumen, von denen er sprach, wirkten ebenso beeindruckend wie verstörend. Allesamt waren sie so groß wie die Gefährten, überwältigend gefärbt und mit ebenso prallen wie prachtvollen Blütenblättern gespickt. Allerdings besaß jede von ihnen auch ein *Gesicht*, und nun wandten sie sich den Neuankömmlingen zu und beobachteten sie, während Alex, Conner und die Übrigen an ihnen vorbeigingen.

»Vergesst nicht, die Bewohner des Wunderlands lieben es, Leute zu täuschen und hereinzulegen«, mahnte Alex flüsternd. »Redet mit keinem von ihnen.«

»Hallihallo«, grüßte eine Rose.

»Willkommen in unserem Garten«, flötete eine Tulpe.

»Habt ihr nicht Lust, ein wenig zu bleiben und einem unserer Lieder zu lauschen?«, fragte eine Orchidee.

Die Gruppe nahm sich Alex' Rat zu Herzen und eilte an den Blumen vorüber, sorgsam darauf bedacht, jeglichen Blickkontakt zu vermeiden. Sie hielten ihre Augen auf den Boden geheftet, bis sie die Gärten hinter sich gelassen hatten.

»Wenn mir das bisher nie in einem Albtraum begegnet ist, dann wird es jetzt sicher nicht mehr lange dauern«, grummelte Conner.

Als die Freunde aufschauten, beschleunigte sich ihr Herzschlag vor Aufregung: In der Ferne, am Rand eines Waldes aus sehr hohen Bäumen, erspähten sie das weiße Kaninchen. Soeben hatte es innegehalten, um auf seine Uhr zu sehen.

»O weh, ich bin viel zu spät dran!«, klagte das Kaninchen aufs Neue verzweifelt. »Ich muss mich beeilen, damit ich das Schloss erreiche, ehe die Königin ausgehen will!«

Es stob ins Unterholz davon, und Alex, Conner und die Übrigen rannten ihm nach. Das kleine Tier hoppelte einen gepflasterten Pfad entlang, der jedoch seinen eigenen Kopf zu haben schien, was eine Verfolgung enorm erschwerte – immer wieder schlug der Weg einen Bogen, rollte sich um die eigene Achse, wand sich Bäume hinauf oder endete plötzlich ohne ersichtlichen Grund, so dass die Reisenden gezwungen waren umzukehren.

Unglücklicherweise verloren sie dabei die Spur des weißen Kaninchens, kaum dass es aus ihrem Blickfeld verschwunden war. Sie folgten dem Pfad in die Richtung, in der sie es zuletzt erhascht hatten, und gelangten an eine Gabelung. Der Weg teilte sich in zwei unterschiedliche Straßen, und direkt vor ihnen ragte eine riesige silberne Gabel aus der Erde.

»Welche Abzweigung wählen wir?«, fragte Conner.

»Ich habe keinen blassen Schimmer«, gestand Alex. »Vielleicht sollten wir jemanden um Hilfe bitten.«

»Aber du hast doch selbst gesagt, dass man hier niemandem trauen darf«, erinnerte Peter sie.

»Ich weiß, aber nun bleibt uns nicht viel anderes übrig«, seufzte Alex. »Wir gehen nach links und sprechen die erste Person, Pflanze oder Kreatur an, die uns begegnet.«

Sie folgten dem linken Pfad hinaus aus den Bäumen, bloß um kurz darauf in eine gänzlich andere Art Wald zu geraten.

Überall um sie herum sprossen Pilze aus dem Boden. Vertreten waren alle Größen – manche ähnelten in ihrer Gestalt gewöhnlichen Speisepilzen, andere waren hoch wie Häuser. Zudem gab es gepunktete und karierte Pilze und solche, die in allen Farben des Regenbogens leuchteten; kein Muster und keine Schattierung schien zu fehlen.

»Dieses Wunderland ist echt irre!«, urteilte Conner.

Je weiter sie sich in den Pilzwald vortasteten, desto penetranter erfüllte ein charakteristischer Duft die Luft.

»Dieses Aroma erkenne ich wieder«, sagte Mutter Gans. »Es erinnert mich an *Marokko!*«

Sie schlussfolgerten, dass *irgendjemand* dafür verantwortlich sein musste, und folgten dem Geruch, bis sie den Verursacher entdeckten – auch wenn sie dabei ihren Augen kaum trauen mochten.

Mitten in dem merkwürdigen Wald fläzte sich eine riesige Raupe auf der Kappe eines Champignons und rauchte eine Wasserpfeife. Das Tier war blau mit dunklen Flecken und selbst für Raupenverhältnisse unleugbar fett. Seine Fühler hatte es sich wie einen Turban um den Kopf gewickelt, und die Augen waren glasig, als befände es sich kurz vor dem Wegdämmern. So paffte es einen Rauchring nach dem anderen in die Luft.

»Verzeihung, Mr. Raupe?«, sagte Alex und näherte sich dem Pilz. »Ich hoffe, wir stören Sie nicht – aber wären Sie wohl so freundlich, uns den Weg zum Schloss der Herzkönigin zu verraten?«

»*Wer* seid ihr, Bande?«, fragte die Raupe träge.

»Ich heiße Alex, das hier ist mein Bruder Conner, und hinter uns stehen unsere Freunde Mutter Gans, Lester, Mr. Holzfäller und Peter.«

»Und *was* seid ihr?«, fragte die Raupe weiter.

»Na ja, das ist ganz unterschiedlich«, erklärte Alex. »Ich bin ein Mädchen, diese beiden sind Jungen, Mutter Gans ist eine alte Frau, Lester ein Ganter, und zu guter Letzt haben wir noch einen Mann aus Metall dabei.«

Die Raupe kicherte. »Alle verschieden und doch gleich.«

»Wie bitte?«

»Verschieden, aber gleich«, wiederholte sie und amüsierte sich darüber ebenso köstlich wie beim ersten Mal. »So scheint es zumindest.«

Alex wandte sich zu ihren Begleitern um, doch keiner von ihnen hatte die leiseste Ahnung, worauf die Raupe hinauswollte.

»Ich fürchte, das begreife ich nicht«, räumte Alex ein.

»Verloren«, stellte die Raupe fest.

»War das eine Frage?«, erkundigte sich Alex.

»Für dich vielleicht; mir ist es längst klar«, erwiderte die Raupe.

Inzwischen war Alex derart verwirrt, dass sie den Kopf schüttelte. Auch die Übrigen spürten, wie ihnen ihr Verstand zusehends zu entgleiten schien, je länger sie sich bloß in der Nähe der Raupe aufhielten.

»Das klappt ja *fabelhaft*«, kommentierte Conner und verdrehte entnervt die Augen. »Dieser Wurm ist eindeutig verrückt; los, suchen wir uns jemanden, der uns wirklich helfen kann.«

»Lasst mich mal vor, Kiddos«, sagte Mutter Gans. »Dieses Früchtchen ist nicht verrückt, die Wasserpfeife hat ihm lediglich das Hirn vernebelt. Sobald ich auf seinem Niveau bin, werde ich womöglich doch noch schlau aus ihm.«

Mutter Gans marschierte auf die Raupe zu und schwang sich neben sie auf die federnde Pilzkappe.

»Darf ich mal?«, fragte sie und gestikulierte zu der Pfeife.

Die Raupe reichte sie ihr, und Mutter Gans nahm einen Zug. Wenige Augenblicke später wurde auch ihr Blick ausdrucksleer, und sie begann ebensolchen Unsinn zu lallen.

»Wer seid Ihr?«, fragte Mutter Gans die Raupe.

»Ich bin, wer ich bin«, antwortete sie.

»Wo seid Ihr?«, nuschelte Mutter Gans.

»Hier bei Euch«, erwiderte die Raupe.

»Und wenn wir hier im Schloss der Herzkönigin wären?«, bohrte Mutter Gans.

»Dann wären wir dort«, meinte die Raupe.

»Aber wo?«, fragte Mutter Gans.

»Im Schloss«, kam die Antwort.

»Ah, dann wäre dort also hier«, schlussfolgerte Mutter Gans, und beide nickten einmütig.

»Hier wäre das Ziel.« Die Raupe wiegte sich hin und her.

»Ich wäre am Ziel?«, fragte Mutter Gans.

»Der Weg ist das Ziel.«

»Sofern es der rechte Weg ist.«

»Und der wäre es.«

»Absolut nachvollziehbar«, befand Mutter Gans. »Ich danke Euch sehr, Mr. Raupe.«

Der Rest der kleinen Gruppe starrte die beiden vollkommen entgeistert an. Mutter Gans hüpfte vom Pilzschirm und schlenderte zu ihren Freunden zurück.

»Die Raupe meint, wir sollten zurück zur Gabelung des Pfads gehen und die rechte Abzweigung nehmen«, verkündete sie.

»Ach ja?«, machte Alex.

»Auf die Schlüsselwörter kommt es an«, erklärte Mutter Gans. »Ich war einst mit einem Sultan befreundet, der ebenfalls gern Wasserpfeife geraucht hat. Lester, den Rest der Strecke wirst du mich tragen müssen – ich bin furchtbar müde.«

Gemeinsam verließen sie den Pilzwald und gelangten erneut an jene Stelle, an der die Straße sich teilte; diesmal wandten sie sich nach rechts. Sie folgten dem Pfad durch das Wunderland, bis vor ihnen ein Wegweiser auftauchte, auf dem SCHLOSS DER HERZKÖNIGIN geschrieben stand und dessen Spitze eine Straße ausdeutete, die einen sehr steilen Hügel hinauflief. Auf seiner Kuppe thronte ein gewaltiges Gemäuer mit herzförmigen Fenstern, und auch die Fahnen, die von seinen Türmen wehten, trugen Herzen im Banner.

»Das ist es!«, rief Alex. »Das ist das Anwesen der Herzkönigin!«

Die Freunde rannten den Hügel zum Schloss empor und fanden sich bald in den Gärten der Königin wieder.

Überall waren Rosenbüsche gepflanzt – die meisten der Blüten leuchteten rot, andere weiß, und einige Stöcke schienen beide Farben zu tragen. Ein genauerer Blick verriet den Zwillingen jedoch, dass sämtliche Blumen rot angemalt worden waren. Erst da bemerkten sie, dass ringsum unzählige Pinsel und Farbtöpfe verstreut lagen. Beinahe schien es, als wären die Malarbeiten plötzlich abgebrochen worden – und Alex und Conner hatten eine gute Ahnung, woher diese Störung gerührt haben mochte.

»Lasst uns ins Schloss gehen«, schlug Alex vor. »Vielleicht sind die Herzkönigin und ihre Spielkartensoldaten noch da.«

Sie eilten über die Zugbrücke und betraten die Residenz der Herzkönigin. Zum unbändigen Entzücken des Blech-Holzfällers wimmelte es darin nur so von Herzen: In Teppichmuster waren sie eingewebt, sie prangten auf Wandbehängen, und auch jegliche Gemälde hatten Herzen zum Motiv. Selbst die Türen und Bogen im gesamten Schloss wiesen Herzform auf.

»Himmel, das schaut aus, als hätte der Valentinstag sich hier drin übergeben«, kommentierte Conner.

Aller Dekoration zum Trotz empfanden die Gefährten das Schloss als bemerkenswert wenig *herzlich.* Genau wie das Zuhause der bösen Hexe wirkte es zudem völlig ausgestorben.

»Hier ist niemand!«, stellte Alex fest, und Tränen stiegen ihr in die Augen. »Wir sind wieder zu spät! Onkel Lloyd hat alle bereits mitgenommen! Wir werden ihn niemals einholen!«

»O doch, das werden wir«, widersprach Conner. »Und wenn wir dafür in jedes einzelne Buch reisen müssen, das je geschrieben worden ist: Wir werden ihn finden und seine Armee stoppen. Jeder hält jetzt die Augen nach einem Buch offen – er könnte es überall verstaut haben.«

Sie suchten jeden Winkel des Gebäudes ab, trafen bald jedoch mit leeren Händen wieder zusammen. Zusammen hasteten sie einen langen Flur hinunter und durch eine imposante Flügeltür, ebenfalls mit dem Umriss eines Herzens.

Der quadratische Raum dahinter war gewaltig. Vor der gegenüberliegenden Wand stand ein riesiger Thron, und in der Mitte erhob sich eine ausladende Plattform, auf der wiederum eine Axt mit herzförmig geschliffener Klinge ruhte. Entlang der Seiten des Zimmers zog sich Reihe um Reihe von Bänken in die Höhe – so viele, dass bequem Tausende von Menschen darauf hätten Platz nehmen können.

»Was ist das hier? Ein Stadion?«, fragte Conner.

»Ein Gerichtssaal«, antwortete Alex. »Offenbar der Ort, an dem die Königin Leute köpfen lässt.«

Alex näherte sich dem Thron, wobei ihr Fuß unversehens gegen etwas stieß. Der flache Gegenstand schlitterte über den Boden. Sie sah nach unten und erkannte, dass es sich dabei um ein Buch handelte – und zwar um eines mit braunem Einband, das den Titel *Eine Schatztruhe klassischer Märchen* trug.

»Ich habe es!«, rief Alex den anderen zu. »Das ist die *Schatztruhe*, von der Rot gesprochen hat! Conner, unser Onkel ist längst wieder in der Märchenwelt!«

Beiden Zwillingen wurde flau im Magen. Lloyd hatte es geschafft: Er hatte ebenjene Armee aus literarischen Schurken zusammengezogen, von der er bereits als Kind geträumt hatte, und führte sie nun ins magische Land, um es zu zerstören.

»Okay, dann müssen wir auch schnellstmöglich zurück«, beschloss Conner. »Sie sind sicher noch nicht weit vorgedrungen – schließlich müssen sie gerade erst dort angekommen sein. Wir sammeln Jack, Goldlöckchen und Rotkäppchen ein und begeben uns dann schnurstracks zum Rat der Feen. Sowie wir den Ratsmitgliedern Peter und den Blech-Holzfäller präsentieren, sind sie gezwungen, uns zu glauben! Wir alarmieren sämtliche Truppen aller Königreiche und bieten unserem Onkel die Stirn.«

Alex schlug *Eine Schatztruhe klassischer Märchen* auf, und ein heller Lichtstrahl sprang aus den Seiten hervor.

»Wenn wir uns aufteilen, sparen wir Zeit«, gab sie zu bedenken. »Mutter Gans und ich sputen uns auf direktem Weg zum Rat der Feen und machen Xanthous, Emerelda und die anderen mit dem Blech-Holzfäller und Peter bekannt. Conner, du reist zurück nach Nimmerland und Oz und holst unsere Freunde. Kehrt zusammen in die Höhle zurück und warnt von dort aus die einzelnen Königreiche vor dem, was uns bevorsteht.«

Alle nickten. Angesichts der Zeit und der Umstände hatten sie keinen besseren Plan parat. Conner kramte ihre Ausgabe von *Alice im Wunderland* aus Lesters Satteltasche.

»Pass auf dich auf, Alex«, sagte er und schloss seine Schwester fest in die Arme.

»Du auch«, erwiderte sie.

Alex, Mutter Gans und Lester traten eilig in die Lichtsäule und verschwanden aus dem Schloss der Herzkönigin.

Conner öffnete *Alice im Wunderland.* Als er jedoch gerade den Übertritt nach Nimmerland wagen wollte, schoss ein geflügeltes Wesen in den Gerichtssaal und schnappte sich das Buch.

»Was zur Hölle?«, rief Conner.

Die Kreatur war so rasch wieder fort, wie sie aufgetaucht war. Conner blickte sich wild um, erspähte sie allerdings nirgends. Doch schon im nächsten Moment stieß sie erneut herab und krallte sich auch *Eine Schatztruhe klassischer Märchen*, in das der Blech-Holzfäller und Peter soeben Alex und Mutter Gans hatten folgen wollen.

Ein finsteres Lachen hallte durch den Raum, doch es stammte von keinem der verbliebenen Gefährten.

»Was geschieht hier?«, fragte Peter.

Conners Herz schien ihm aus der Brust springen zu wollen. »Wir sind nicht allein.« Diese Worte auszusprechen verängstigte ihn ebenso, wie es seine Freunde erschreckte, sie zu hören.

Ein dumpfer Aufprall ließ den Saal erbeben. Wie Tauwasser, das von einer Fensterscheibe verdunstet, hob sich ein Unsichtbarkeitsschild und enthüllte Tausende und Abertausende Gestalten, die bereits die gesamte Zeit über im Raum gewesen waren. Lloyd und seine Schurkenarmee waren überhaupt nicht zurück ins magische Land geschlüpft – sie waren *hier*.

»Schau an, schau an«, meinte Lloyd. »Sieht ganz so aus, als hätten meine tapfere kleine Nichte und mein mutiger kleiner Neffe den kompletten weiten Weg umsonst auf sich genommen.«

Conners Onkel trat hinter dem Thron hervor. An seiner Seite reihten sich Captain Hook, die Herzkönigin und die böse Hexe des Westens.

Captain Hook war ein groß gewachsener Mann mit langem, gelocktem dunklen Haar. Er trug einen breiten schwarzen Hut und einen schweren Mantel mit verstärkten Schultern. Erwartungsgemäß fehlte seine rechte Hand; an ihrer Stelle saß ein scharfer metallener Haken.

Die Herzkönigin entpuppte sich als abstoßende Frau: Sie hatte einen übergroßen Kopf, einen breiten Mund, und ihr Gesicht glühte immerzu in einem ungesunden Rotton. Dazu schmückte sie sich mit einer goldenen Krone und einem enormen, wenig vorteilhaften Gewand, das nicht zusammenpassende Herzmuster zierten. Ihr Zepter und sämtliches Geschmeide wiesen ebenfalls Herzform auf.

Die böse Hexe des Westens – eine kurz geratene, streitsüchtige Person – verbarg eines ihrer bemerkenswert großen Augen unter einer Klappe. Ihr Haar war zu drei dünnen Zöpfen geflochten, und darauf befestigt hatte sie einen spitzen goldenen Hut, der es ihr erlaubte, die fliegenden Affen zu kontrollieren. Zudem hielt sie einen magischen Regenschirm umklammert, der ihr beim Gehen als Stock diente.

In den Sitzreihen entlang der Wände tummelten sich die berüchtigten Untergebenen der drei Bösewichte und jubelten ihrem jeweiligen Gebieter oder ihrer Gebieterin zu.

Mehrere tausend Männer und Frauen in gelber Rüstung stellten die Armee der Winkies; sie starrten mit leerem Blick ins Nichts, als hätte die böse Hexe sie einer Gehirnwäsche unterzogen. Die Wölfe, Krähen, Bienen und fliegenden Affen der Hexe hatten sich unter sie gemischt oder schwirrten über ihren Köpfen.

Auch Hunderte von Piraten waren anwesend – allesamt abscheuliche und ungepflegte Burschen. Hooks berühmter Handlanger, Mr. Smee, fehlte ebenfalls nicht: ein fetter, linkischer Mann mit schütterem Haar, einem grauen Bart und blau gestreiften Hosen.

Im ganzen Gerichtssaal verteilt fanden sich auch die Spielkartensoldaten der Herzkönigin. Jeder einzelne von ihnen maß zweieinhalb Meter, bei einer Breite von gut einem Meter. Ihre Vorderseiten waren mit Nummern und den Farben Herz, Pik, Karo und Kreuz bedruckt. Zwischen ihnen kauerte das weiße Kaninchen, das von all den sonderbaren Wesen ringsum derart eingeschüchtert wirkte, dass es sich die Ohren auf die Augen presste.

Würden sämtliche Kinder der Anderswelt ihre Albträume zusammenwerfen, wären sie in diesem Augenblick wohl an Conners Stelle gewesen. Die böse Hexe rammte ihren Regenschirm auf die Bodenfliesen; wieder vibrierte der dumpfe Aufprall, den die Gefährten zuvor schon vernommen hatten, durch den Saal, und ein fliegender Affe landete neben Lloyd. Er reichte ihm die beiden Ausgaben von *Alice im Wunderland* und *Eine Schatztruhe klassischer Märchen.*

»Du hast einen großen Fehler begangen«, verkündete Conner seinem Onkel. »Sobald Alex klarwird, dass du noch nicht im magischen Land bist, wird sie die richtigen Schlüsse ziehen und mit den Feen zurückkommen.«

Lloyd lachte. »Leider wird Alex von dem Ort, an den ich sie befördert habe, überhaupt niemals wiederkehren.« Er schälte das Buch – *Eine Schatztruhe klassischer Märchen* – aus seinem Einband, und Conner begriff, dass es sich in Wirklichkeit um einen völlig anderen Titel handelte. *Alex war in eine fremde Geschichte gelockt worden!*

»Wohin hast du sie geschickt?«, brüllte er.

»Das tut nun nichts mehr zur Sache«, antwortete Lloyd. »*Jetzt* zählt bloß, wohin ich den Rest von euch verfrachte.«

»HERUNTER MIT IHREN KÖPFEN, sage ich!«, dröhnte die Herzkönigin.

»Ich habe es Euch doch bereits erklärt, Euer Majestät: Sowie wir erst einmal die Märchenwelt erobert haben, könnt Ihr so viele Köpfe abhacken, wie es Euch beliebt«, wandte Lloyd sich an sie. »Für diese drei allerdings habe ich etwas sogar noch Besseres im Sinn.«

Lloyd nickte der bösen Hexe zu, und sie ließ erneut ihren Regenschirm auf den Boden donnern. Sechs fliegende Affen rauschten heran und packten Conner, den Blech-Holzfäller und

Peter an den Armen. Sie rissen alle drei in die Luft, und das gesamte Schurkenheer grölte vor Begeisterung.

Conners Onkel fingerte ein neues Buch und dazu das blaue Trankfläschchen aus seiner Jacke. Er platzierte das Buch auf der Plattform in der Mitte des Raums und beträufelte es mit der magischen Flüssigkeit. Sofort brach die Lichtsäule aus den Seiten hervor und schoss zur Decke empor.

»Damit kommst du niemals davon!«, prophezeite Conner.

»Aber das bin ich doch längst«, erwiderte Lloyd mit bedrohlichem Lächeln. »Werft sie hinein!«

»NEEEIIIN!«, brüllte Conner.

Die fliegenden Affen schleuderten ihn, den Blech-Holzfäller und Peter in den Strahl, und sie verschwanden unter dem Applaus der Schurkenarmee aus dem Schloss der Herzkönigin.

Lloyd stapelte das Buch, mit dem er Alex geködert hatte, und jenes, das Conner und seine Freunde verschluckt hatte, auf ihre Ausgabe von *Alice im Wunderland*. Ein neuerliches Nicken in Richtung der bösen Hexe, und eine Flamme aus der Spitze ihres Regenschirms verbrannte die Bände, bis nicht mehr als ein Häufchen Asche von ihnen übrig war.

Das allerdings erzürnte Captain Hook, und er angelte mit seinem Haken nach Lloyds Kragen. »Ihr habt gesagt, *ich* dürfe Peter Pan umbringen!«, spuckte er ihm ins Gesicht. »Das war unsere Abmachung!«

»James, entspannt Euch«, beschwichtigte Lloyd. »Ich habe ihn lediglich an einen Ort verbannt, von dem er vorerst nicht entfliehen kann. Sobald Ihr und Eure Männer mir erfolgreich dabei geholfen habt, meine Heimat zu erobern, hole ich den Jungen für Euch zurück.«

Captain Hook ließ ihn vom Haken, und Lloyd klopfte dem

Piraten auf die Schulter. Hook war keineswegs überzeugt, dass Lloyd Wort halten würde, doch er beschloss, noch abzuwarten.

Lloyd schwang sich auf die Plattform, um zu seiner versammelten Armee zu sprechen.

»Die Zeit ist reif!«, rief er. »Nun, da die Kinder aus dem Weg geräumt sind, schützt nichts mehr die Königreiche meiner Heimatwelt! Wir kehren zum Schiff zurück und setzen augenblicklich Segel! Gemeinsam werden wir das magische Land einnehmen und alles zerstören, was sich uns in die Quere stellt!«

Die Schurken johlten zustimmend. Lloyds Blick schweifte stolz über das Heer, das er rekrutiert hatte. Sein ganzes Leben lang hatte er auf ebendiesen Moment hingearbeitet. Der Junge, dem einst seine magischen Kräfte geraubt worden waren, war zum mächtigsten Mann des Universums erstarkt. Er hatte das Unmögliche erreicht, und nichts würde ihn nun noch aufhalten.

»Zuerst aber«, sagte Lloyd, »gibt es da eine letzte Geschichte, aus der ich gern ein paar Unterstützer gewinnen würde, um unseren Triumph endgültig zu besiegeln … *Einen* Zwischenstopp legen wir noch ein.«

Kapitel 20

Der Märchenimbiss

Die Schule war gerade zu Ende gegangen, und anstatt Zeit mit ihren Freundinnen zu verbringen, wie ihre Mutter es sich gewünscht hatte, saß Bree allein in einer Nische eines nahen Diners. Sie schlürfte einen Vanille-Milchshake und starrte auf den Brief von Cornelia Grimm hinunter, den sie auf dem Dachboden gefunden hatte – in der Hoffnung, ihr könnte plötzlich etwas Neues ins Auge springen, das eine der vielen Fragen beantwortete, die ihr durch den Kopf schwirrten, wenn sie ihn nur oft genug las. Leider jedoch konnte sie einfach keinen verborgenen Hinweis und auch keine geheime Botschaft zwischen den Zeilen entdecken.

Bree gönnte sich eine Pause von ihrer zermürbenden Analyse und ließ ihre Augen durch das kleine Imbisslokal schweifen. Hinter dem Tresen drängten sich an diesem Nachmittag zwei Angestellte, von denen jedoch nur eine wirklich zu arbeiten schien. Sie bemühte sich aktiv um die Gäste, während die andere lediglich an der Theke saß und sich aus einem dicken Lehrbuch Notizen herausschrieb.

»Petunia, die Bestellung für Tisch Nummer vier ist fertig«, sagte die Arbeitende zu der Lernenden.

»Rosemary, zum *zwanzigsten Mal*: Ich bin beschäftigt, weil ich für meine Abschlussprüfung in Zoologie büffele«, entgegnete Petunia.

»Und ich habe mit Tisch zwei und Tisch sieben alle Hände voll zu tun«, klagte Rosemary. »Da werden deine Hausaufgaben ja wohl *eine* Minute warten können!«

Bree hatte inzwischen erraten, dass es sich bei den beiden Kellnerinnen um Schwestern handeln musste – sie gingen haargenau so miteinander um wie Bree mit ihren Geschwistern. Ein Blick auf die Speisekarte bestätigte ihre Vermutung. In plakativer Schrift hieß es dort:

Der Märchenimbiss
Familienbetrieb

Natürlich hatte Bree es nicht übers Herz gebracht, an einem solchen Lokal einfach vorbeizugehen, als sie auf ihrem Heimweg von der Schule darüber gestolpert war. Das Restaurant war über und über mit Bildern aus Märchentrickfilmen und jeder Menge Nippes dekoriert, vermittelte aber dennoch eine authentische Fünfziger-Jahre-Atmosphäre – selbst eine Jukebox gab es.

»Da haben wir also einmal den Oger-Burger, halb durch, einmal den Bohnenstangensalat mit Ranch-Dressing, ein Cinderella-Club-Sandwich auf Schneewittchenbrot, drei Portionen Märchenpommes mit Kobold-Dip, eine Portion Spinnradhäppchen vorneweg und die Lebkuchenhäuschen-Torte zum Dessert«, wiederholte Rosemary die Bestellung der Familie von Tisch sieben. »Darf es sonst noch etwas sein?«

Bree hatte nie zuvor von dem Restaurant gehört, fühlte sich jedoch – wenig verwunderlich – auf Anhieb ausgesprochen wohl. Sie wünschte, sie hätte noch immer Kontakt zu Alex und Conner, um ihnen davon erzählen zu können.

»Petunia, ernsthaft?«, empörte sich Rosemary, sowie sie feststellte, dass ihre Schwester sich hinter dem Tresen keinen Millimeter bewegt hatte. »Das Essen für Tisch vier wird kalt! Kein Wunder, dass sie dir in der Tierklinik gekündigt haben!«

»Wie kannst du es wagen!«, feuerte Petunia zurück. »Du weißt ganz genau, dass ich auf eigenen Wunsch gegangen bin, um weiterzustudieren!«

Eine ältere Dame trat aus dem hinteren Teil des Diners an die Theke. »Mädchen, streitet nicht!«, beschwichtigte sie. »*Ich* kümmere mich um Tisch vier.« Die Frau wirkte bestimmt, allerdings bereits leicht verdrießlich, woraus Bree schloss, dass es sich um die Mutter der Kellnerinnen handeln musste.

Sie brachte die Speisen an den Tisch; auf ihrem Rückweg trafen sich ihre und Brees Augen. Schlagartig spürten beide eine sonderbare Verbindung, als wären sie einander in einem früheren Leben bereits begegnet.

»Schmeckt dir dein Mitternachts-Milchshake?«, erkundigte sich die Frau.

»Absolut köstlich, vielen Dank«, erwiderte Bree.

»Kann ich dir vielleicht noch ein paar Märchenpommes oder ›Drei kleine Schweinchen im Schlafrock‹ anbieten? Auf Kosten des Hauses, natürlich«, fragte die Dame.

»Nein, vielen Dank«, antwortete Bree. »Dieser Imbiss ist mir noch nie aufgefallen – ist er neu?«

»Nächsten Monat feiern die Mädchen und ich unser zweijähriges Bestehen«, sagte die Frau. »Niemals hätte ich mir vorstellen können, so spät im Leben noch ein Restaurant zu besitzen, aber es hält uns auf Trab.«

Die Frau erwies sich als angenehme Gesprächspartnerin, und seit Bree sich zuletzt angeregt mit jemandem unterhalten hatte, war bereits einige Zeit vergangen.

»Wieso haben sie sich für das Märchenmotto entschieden?«, wollte Bree wissen.

»Wir haben nach etwas gesucht, das uns an zu Hause erinnert. Märchen haben in unseren Herzen einen besonderen Platz.«

Das konnte Bree mühelos nachempfinden. »Dieses Gefühl kenne ich.«

Die Frau ließ sich auf dem freien Platz ihr gegenüber nieder. »Ich heiße Iris – und du?«

»Bree Campbell.« Sie schüttelte Iris' Hand. »Freut mich, Sie kennenzulernen.«

»Verzeih, wenn die Frage zu neugierig ist, aber … was liest du da?«, erkundigte sich Iris und deutete auf das Papier in Brees Hand.

»Das ist ein Brief, den ich gefunden habe – vor langer Zeit hat jemand ihn an meine Großmutter geschrieben«, erläuterte Bree.

»Oh«, machte Iris. »Und für dich ist er von Bedeutung?«

»Irgendwie schon«, nickte Bree. »Ich denke in letzter Zeit viel über meine Familie nach, und er beantwortet ein paar der Fragen, die mir dabei in den Sinn gekommen sind.«

»Jede Familie braucht das eine oder andere gute Geheimnis«, sagte Iris. »Darf ich einmal sehen?«

Bree schob den Bogen über die Tischplatte. Iris setzte ihre Lesebrille auf und vertiefte sich darin.

»Eine bezaubernde Handschrift«, kommentierte sie. »So etwas lernt heute zweifellos niemand mehr.« Der Name der Absenderin schien Iris ebenso zu faszinieren wie zuvor Bree. »Cornelia Grimm war eine Cousine deiner Großmutter?«

»Ich glaube schon«, antwortete Bree. »Meine Oma lebt leider nicht mehr, daher habe ich nicht die Möglichkeit, sie zu fragen.«

»Grimm ist ein ungewöhnlicher Name, nicht wahr?«, meinte Iris weiter. »Besteht da rein zufällig irgendeine Verbindung zu den Brüdern Grimm?«

»Tatsächlich versuche ich, genau das herauszufinden«, gestand Bree. »Falls sie noch lebt, würde ich diese Cornelia gern aufsuchen und es von ihr erfahren, aber damit wären meine Eltern nie und nimmer einverstanden. Bei meinem letzten Ausflug sind die Dinge ein klein wenig außer Kontrolle geraten.«

Das schien Iris sehr zu interessieren. »Du wirkst recht angetan von dieser Vorstellung – würde eine Verwandtschaft mit den Brüdern Grimm dir mehr bedeuten als bloß etwas, womit du angeben könntest?«

Bree hatte keine Ahnung, wie sie sich erklären sollte, ohne wie eine völlig Verrückte zu erscheinen.

»Für mich wäre das … wäre das …«, stotterte sie, während sie nach den richtigen Worten suchte. »Ich schätze, es wäre, als trüge ich selbst einen Funken Magie irgendwo in mir. Damit hätte ich das Gefühl, ein Teil von etwas Größerem zu sein – dass ich zu Großartigerem, Wichtigerem bestimmt bin, als mir bisher bewusst war.«

»Ich würde dir wünschen, dass du ganz unabhängig von jeglicher familiären Zugehörigkeit so empfindest«, sagte Iris.

»Die Verbindung ist gar nicht das Ausschlaggebende«, stellte Bree richtig. »Sofern sie allerdings besteht, würde diese Tatsache vieles erhellen – mir helfen, zu begreifen, wohin ich gehöre, und meinem Leben Sinn und Richtung verschaffen. Ich weiß, das klingt absurd, aber ich sorge mich in einem fort, dass diese Frage mich bis in alle Ewigkeit quälen wird, wenn ich keine Antwort darauf bekomme. Und seit ich mit dieser Angst lebe, habe ich mich bereits verändert. Ich konzentriere mich weniger auf die Schule, unternehme kaum noch etwas mit meinen Freundinnen, und zu meinen kleinen Schwestern bin ich gemeiner denn je. Fast ist es, als wäre ich überhaupt nicht mehr in der Lage, etwas zu genießen, solange ich dieses Rätsel nicht gelöst habe.«

Bree war selbst fassungslos darüber, dass sie soeben einer Fremden gegenüber derart viel ausgeplaudert hatte. Sowie sie erst einmal begonnen hatte, darüber zu reden, war alles auf einmal nur so aus ihr hervorgesprudelt.

»Entschuldigen Sie.« Bree lachte. »Ich klinge wie ein typischer Teenager – zu emotional und dramatisch.«

Iris jedoch verstand sie inniger, als Bree ahnte. Es ging nicht nur um DNA; Bree befand sich gerade auf dem heiklen Weg der Selbstfindung.

»Du solltest nicht dein ganzes Leben mit der Suche nach Sinn und Bedeutung zubringen«, mahnte Iris. »Das führt bloß zu Fehlern. Und diese Fehler werden dich hart und verbittert machen. Dann fängst du an, Menschen, die ihr Glück gefunden haben, zu beneiden und es ihnen zu missgönnen. Du verbreitest Elend, wo du gehst und stehst, in der Hoffnung, auf diese Weise dein eigenes loszuwerden – aber so funktioniert es nicht. Wenn sich dir die Chance bietet, Bestätigung für etwas zu erlangen, das du tief in dir fühlst, dann tu dir selbst einen Gefallen und nutze diese Gelegenheit. Denn zu leben, während ein Teil deines Herzens fehlt, ist keine gute Idee – ein solches Leben wird dich in ein Monster verwandeln. Es ist immer besser, der Held seiner eigenen Geschichte zu sein, als zum Schurken in der Geschichte eines anderen zu werden.«

»Das heißt, Sie sind der Meinung, ich sollte diese Cornelia ausfindig machen?«, vergewisserte sich Bree.

»Sofern es dir Frieden verschafft, empfehle ich es dir dringend«, bekräftigte Iris. »Und sogar angenommen, du erhältst nicht die Antworten, die du dir wünschst: Zumindest wirst du nicht länger einer vergebenen Chance nachtrauern und von der Reue vergiftet werden.«

Das leuchtete Bree vollkommen ein, und sie stimmte Iris in jeder Hinsicht zu – doch mit nicht einmal fünfzehn Jahren waren ihre Möglichkeiten begrenzt.

»Aber sie lebt hoch oben an der Ostküste, in Connecticut«, sagte Bree. »Allein komme ich niemals bis dorthin.«

Iris hob verschwörerisch eine Augenbraue. »Wo genau in Connecticut?«

»Willow Grove«, antwortete Bree. »Haben Sie davon schon einmal gehört?«

Iris warf einen prüfenden Blick auf den Umschlag samt Briefmarke. »Was für ein Zufall«, meinte sie. »Die hellen Brötchen, die wir Schneewittchenbrot nennen, stammen aus einer Fabrik in Connecticut. Die liegt nicht direkt in Willow Grove, aber nach der Postleitzahl zu schließen ganz in der Nähe.«

Iris zwinkerte Bree zu, doch Bree begriff nicht, worauf sie abzielte.

»Die nächste Lieferung erwarten wir am kommenden Freitag«, sagte Iris. »Wir sind für den Fahrer stets der letzte Halt, ehe er zurück nach Norden fährt. Ein sehr netter Mann, der sich aber *außerordentlich* leicht ablenken lässt. Er hat ein Auge auf meine Tochter Petunia geworfen.«

Bree wagte ihren Ohren kaum zu trauen. Deutete Iris gerade tatsächlich an, was Bree vermutete?

»Iris, wollen Sie mich dazu anstiften, als blinde Passagierin in einem Lieferwagen nach Connecticut zu reisen?«, fragte Bree und konnte bei diesem Gedanken ein Lächeln nicht unterdrücken.

»Ich habe nicht den blassesten Schimmer, wovon du redest, meine Liebe«, sagte Iris und erhob sich aus der Nische. »Aber ich hole dir eben noch einen zweiten Mitternachts-Milchshake, solange du dir die Sache überlegst.«

Kapitel 21

Der Zauberer und sein Lehrling

Alex wappnete sich, während die Worte aus *Eine Schatztruhe klassischer Märchen* um sie herum das magische Land zusammensetzten. Sie hatte keine Ahnung, in welchem Teil der Märchenwelt das Buch sie ausspucken oder welches Chaos sie dort unter Umständen vorfinden würde, deshalb machte sie sich auf das Schlimmste gefasst. Sie hoffte lediglich, dass es ihr gelingen würde, Peter und den Blech-Holzfäller dem Rat der Feen vorzuführen, bevor die Schurkenarmee zuschlug.

Ein wolkenverhangener Himmel tauchte über ihr auf. Grüne Hügel erstreckten sich bis zum Horizont, übersät mit Steinen und Geröllbrocken. In der Ferne erspähte sie einen dichten Wald aus mächtigen, moosbewachsenen Bäumen. Die Luft schmeckte salzig, und jenseits einer imposanten Klippe ganz in der Nähe erkannte Alex das Meer.

Sie war ganz allein, daher fühlte sie sich für den Augenblick sicher, doch ihr war vollkommen schleierhaft, wo sie sich befinden mochte. Da sie nahezu jeden Winkel sämtlicher Königreiche des magischen Landes auswendig kannte, hatte sie keinen Zweifel daran gehabt, die Gegend sofort zuordnen zu können – doch nun erschien ihr nichts von dem, was sie ringsum wahrnahm, vertraut.

Mutter Gans und Lester trudelten ebenfalls mit den bangsten Erwartungen aus dem Wunderland ein: Mit erhobenen Fäusten und Flügeln stürmten sie die Szenerie, entspannten sich jedoch rasch, sobald ihnen klarwurde, dass keine Bedrohung bestand. Ihre neue Umgebung ließ allerdings auch sie stutzen, und sie sahen sich perplex um.

»Wo sind wir?«, fragte Mutter Gans.

»Ich habe nicht die leiseste Idee«, entgegnete Alex verwirrt. »Ich dachte, ich hätte schon jeden Teil der Märchenwelt besucht, aber hier bin ich definitiv noch nie gewesen.«

Sie musterten die umliegenden Hügel, hielten Ausschau nach Hinweisen und rechneten zugleich damit, dass jeden Moment der Blech-Holzfäller und Peter aus der Lichtsäule treten würden – doch nichts geschah.

»Das ist merkwürdig«, murmelte Alex. »Ich frage mich, was sie aufhält.«

Sie eilte zurück zu dem Buch, doch gerade als sie den Kopf in den Strahl strecken wollte, verschwand er. Im nächsten Augenblick ging der komplette Band in Flammen auf, und Alex sprang erschrocken nach hinten. Innerhalb weniger Sekunden verschmorte der dicke Wälzer zu nicht mehr als einem kleinen Häufchen Asche.

»Was um alles in der Welt war das?«, staunte Mutter Gans.

»Sie müssen die Ausgabe von *Eine Schatztruhe klassischer*

Märchen im Wunderland zerstört haben«, mutmaßte Alex. »Bloß wieso sollten sie das tun? Vereinbart war doch, dass der Blech-Holzfäller und Peter zu uns stoßen.«

Die Zwillinge hatten ihren Plan so überstürzt gefasst, dass Alex sich nun sorgte, sie und ihr Bruder könnten womöglich aneinander vorbeigeredet haben. Allerdings fiel ihr kein Missverständnis ein, das Conner und die anderen dazu hätte verleiten dürfen, das Buch zu verbrennen. Beide Geschwister wussten, dass es für den Blechmann und Peter den einzigen Weg ins magische Land verkörperte und die zwei Buchfiguren dort benötigt wurden, um die Ratsmitglieder von der herannahenden Gefahr zu überzeugen, die Lloyd mit seiner Armee darstellte.

Alex betrachtete noch einmal nachdenklich die fremde Landschaft ringsum, und ein höchst beunruhigender Gedanke beschlich sie. Alle Farbe wich ihr aus dem Gesicht, und ihre Knie gaben nach. Zitternd sackte sie zu Boden, während das Herz ihr bis in die Kniekehle rutschte.

»O nein«, hauchte sie.

»Alex, was ist denn los?«, erkundigte sich Mutter Gans. »Du schaust aus, als hättest du ein kleines Kind im Einkaufszentrum vergessen.«

»Peter und der Blech-Holzfäller werden uns nicht in die Märchenwelt folgen, *weil wir uns gar nicht in der Märchenwelt befinden!*«, japste Alex. »Mutter Gans, wir sind hereingelegt worden! Unserem Onkel war bewusst, dass wir ihm auf den Fersen sind, und er hat uns getäuscht und in die falsche Geschichte gelockt!«

Mutter Gans erbleichte, und Lester ließ den Kopf so tief hängen, dass sein Schnabel beinahe den Boden berührte. Beide wollten es nicht glauben, doch tatsächlich war Alex' Erklärung nur zu einleuchtend.

»Und wie gelangen wir zurück?«, fragte Mutter Gans.

»Gar nicht«, sagte Alex. »Das jeweilige Buch ist Eingang und Ausgang seiner Geschichte! Ohne es stecken wir hier fest!«

»Aber Conner und die anderen müssen doch mitbekommen haben, wie das Buch vernichtet worden ist«, gab Mutter Gans zu bedenken. »Dann ist ihnen klar, dass wir hier gefangen sind!«

»Mag sein«, seufzte Alex. »Es sei denn, ihnen ist ebenfalls etwas Schlimmes widerfahren! Nach allem, was wir wissen, könnten sie in einer anderen Geschichte gestrandet sein!«

Bei dieser Vorstellung brach Alex in Tränen aus. Sie war fassungslos darüber, dass ihre Reise eine derart furchtbare Wendung genommen hatte. Bis zu diesem Punkt waren sie allzeit so vorsichtig gewesen, und nun saßen sie fest – womöglich für immer!

Mutter Gans beschloss, dass Alex panisch genug für sie alle drei von ihnen war. Sie atmete tief durch und gab sich dann alle Mühe, der Situation eine positive Seite abzugewinnen.

»Momentan haben wir keine Chance, in Erfahrung zu bringen, was aus deinem Bruder geworden ist«, räumte sie ein. »Aber es ist sehr gut denkbar, dass er Nimmerland wohlbehalten erreicht hat und wir uns hier grundlos Sorgen machen. In diesem Fall wird es nicht lange dauern, bis er gemeinsam mit den anderen im magischen Land eintrifft und sie alle realisieren, dass uns etwas zugestoßen ist. Und selbst wenn nicht: *Irgendjemand* wird uns finden, daran habe ich keinerlei Zweifel. Eventuell wird es ein wenig dauern, und vielleicht wirft es unsere Planung über den Haufen, aber ich verspreche dir, dass wir nicht bis in alle Ewigkeit hier versauern.«

Mutter Gans zog ein Taschentuch hervor und trocknete Alex' Tränen. Alex schenkte ihr ein zaghaftes Lächeln und nickte. »Du hast recht«, schniefte sie. »Das hier ist nichts Endgültiges, sondern bloß eine kleine Verzögerung.«

»Gutes Mädchen«, sagte Mutter Gans. »Und da wir nun ja ohnehin hier sind, lass uns doch erst einmal ergründen, wo *hier* eigentlich ist, hmm? Ich will jedenfalls sehr hoffen, dass es irgendwo in dieser Geschichte ein Wirtshaus gibt – auf diese Aufregung brauche ich etwas zu trinken.«

Mutter Gans half Alex auf die Füße, und gemeinsam gingen sie los und hielten dabei die Augen nach irgendeinem Fingerzeig offen, der ihnen verriet, in welche Erzählung sie geraten waren.

Sie marschierten durch einen Wald mit uralten Bäumen, die bis hinauf in den Himmel ragten. Die gewaltigen Wurzeln hatten den Boden vollkommen durchdrungen und aufgewölbt, so dass die drei Freunde bei jedem Schritt achtgeben mussten, um nicht zu stolpern. Leider jedoch war die Gegend gänzlich verlassen und bot ihnen nichts, das zu ihrer Beruhigung hätte beitragen können.

»Zu Fuß kommen wir nicht weiter«, befand Mutter Gans schließlich. »Lester, wir gucken mal, ob wir aus der Luft irgendetwas erkennen. Alex, du suchst derweil zwischen den Bäumen weiter. Wir sind im Nu wieder bei dir.«

Sie hüpfte auf Lesters Rücken, und gemeinsam hoben die zwei ab und verschwanden über die Baumkronen hinein in den bedeckten Tag.

Alex ließ sich auf einen nahen Baumstumpf sinken und wartete. Sie spürte, wie sie erneut in eine Spirale der Verzweiflung zu rutschen drohte, und kämpfte nach Kräften dagegen an. Nun den Mut zu verlieren würde niemandem helfen – doch ihre Zuversicht zu wahren erwies sich als echte Herausforderung. Zu ihrem Glück wurde sie von einem Geräusch aus dem Wald gestört – sie vernahm Schritte, die auf sie zuhielten.

»Mutter Gans?«, rief Alex. »Bist du das?«

Mutter Gans oder Lester waren nirgends zu erspähen, doch die Schritte kamen eindeutig näher. Sie echoten durch die Bäume, so dass Alex unmöglich zu sagen vermochte, aus welcher Richtung sie rührten. Alex rappelte sich hoch und schaute sich um, in der Hoffnung, der Verursacher der Schritte werde ihr verraten können, wo sie sich befand.

Sie kraxelte auf einen steilen Hügel und prallte frontal in einen Mann, der ihr zügig entgegengeeilt war. Beide purzelten die Steigung wieder hinunter und landeten übereinander in einer flachen Senke. Alex schrie, und sowohl sie als auch ihr Gegenüber kamen rasch auf die Füße.

Der Mann war groß gewachsen und muskulös. Er trug ein rotes Hemd, darüber eine braune Lederweste und einen Ritterhelm. Dazu hatte er einen Schild und ein hölzernes Schwert bei sich.

»Verzeihung, Miss«, entschuldigte er sich und nahm seinen Helm ab, um ihr in die Augen zu blicken. »Seid Ihr verletzt?«

Dessen war Alex sich nicht sicher – der Mann sah derart gut aus, dass ihr Körper vollkommen taub wurde. Er mochte bloß ein oder zwei Jahre älter sein als sie, mit kurzem, sandfarbenem Haar und blauen Augen, in denen Alex sich sofort verlor.

»Miss, seid Ihr verletzt?«, wiederholte er.

»Neinallesokay«, murmelte Alex atemlos – mehr brachte sie nicht heraus.

»Oh, Ihr sprecht kein Englisch – HABT KEINE ANGST, ICH KOMME IN FRIEDEN!«, rief er laut mit ausgreifenden Gesten.

»Wenn ich kein Englisch spräche, würde mich das noch lange nicht schwerhörig machen«, konterte Alex augenzwinkernd. Ihre plötzliche Schlagfertigkeit überraschte sie selbst – sie hatte den jungen Mann gerade erst kennengelernt und *flirtete bereits mit ihm!*

Er lächelte sie an. »Hübsch *und* schlau, wie ich sehe«, bemerkte er.

Röte stieg Alex ins Gesicht, während im nächsten Moment ein donnernder Lärm aus dem Wald schallte. Offenbar war der junge Mann auf der Flucht vor einem Untier gewesen, das ihn nun einzuholen drohte. Alex war erleichtert – denn somit würde er hoffentlich glauben, dass sie lediglich aus Furcht rot anlief.

»Entschuldigt mich einen Augenblick«, bat der junge Mann formvollendet und setzte seinen Helm wieder auf.

Er kletterte aus der Vertiefung, und Alex folgte ihm. Ein gewaltiger Bär ragte nur wenige Meter vor ihnen auf, mit erhobenen Tatzen und gefletschten Zähnen. Das Tier brüllte – so laut, dass Alex und der junge Mann beinahe zurück in die Grube gestolpert wären.

»Ich kümmere mich darum, keine Sorge«, beteuerte er.

Alex sorgte sich nicht im mindesten. Mit einem simplen Fingerschnippen wäre sie bei Bedarf jederzeit mühelos in der Lage, die Bestie in einen harmlosen Pudel zu verwandeln. Der Bär griff an, und der junge Mann wehrte die todbringenden Pranken mit seinem Schild ab. Alex nahm unter einem nahen Baum Platz und verfolgte den Kampf – was ihr wesentlich unterhaltsamer erschien, als von ihrer Magie Gebrauch zu machen.

»Vergiss nicht: Du musst stets über deinem Feind stehen!«, erklang eine luftige Stimme durch die Bäume. Alex blickte sich im Wald um, doch es gelang ihr nicht festzustellen, wer oder was gesprochen hatte. Vielleicht ein Geist?

Der junge Mann schien sich den Rat der Stimme zu Herzen zu nehmen. Er benutzte den Kopf des Bären als Sprungbrett und katapultierte sich in die Luft, bekam einen Ast zu fassen und zog sich in die Baumkrone hinauf.

»Nicht im WÖRTLICHEN Sinn!«, stellte die mysteriöse Stimme klar.

Der Bär erklomm ebenfalls den Baum und riss bei seinem Aufstieg etliche Äste ab, so dass der junge Mann keine Chance hatte, auf diesem Weg wieder nach unten zu gelangen.

»Wenn du in der Klemme steckst, mach dir deine Umgebung zunutze!«

Der junge Mann hangelte sich bis zur Spitze des Baumes hinauf, und der Bär folgte ihm. Bald bog sich der Stamm unter dem Gewicht des Tieres. Sein Opfer wartete, bis der Bär unmittelbar hinter ihm war, und stieß sich dann ab. Der zurückschnalzende Baum schleuderte den Bären wie ein Katapult einige hundert Meter weit in den Wald, wo die Bestie zu Boden krachte.

Alex klatschte Beifall, und der junge Mann verneigte sich knapp vor ihr. Der inzwischen vor Wut schnaubende Bär erholte sich unterdessen von seinem Sturz und machte sich mit bebenden Nasenlöchern zu einem neuerlichen Angriff bereit.

»Verwende die Wut deines Gegners gegen ihn! Schmähe und verspotte ihn, bis er blind vor Zorn ist!«

Der junge Mann sprintete im Zickzack zwischen den Bäumen hindurch, und die Erde, die er dabei aufwirbelte, stob dem ihm nachjagenden Bären in die Augen, bis dieser tatsächlich nichts mehr sah. Während das Tier sich mit den Pranken ins Gesicht langte, um den Dreck wieder loszuwerden, stürmte der junge Mann auf es zu, um mit seinem hölzernen Schwert zuzuschlagen.

»Lass dich niemals von vorgeschützten Verletzungen täuschen!«

Plötzlich riss der Bär die Augen auf und beförderte seinen

Gegner mit einem einzigen Tatzenhieb quer durch den Wald, so dass dieser direkt unter dem Baum landete, an dem Alex saß.

»Bist du ein Ritter oder so?«, fragte sie.

Der junge Mann zog sich neben ihr in eine sitzende Position. »So in etwa«, murmelte er.

»Ich denke nicht, dass du diesen Kampf mit einem Holzschwert gewinnen wirst«, meinte Alex mit frechem Grinsen. »Brauchst du ein bisschen Unterstützung?«

»Natürlich nicht«, entgegnete der junge Mann, den die bloße Frage bereits kränkte. »Dieser Bär ist genau da, wo ich ihn haben wollte. Und schließlich keineswegs die erste Bestie, mit der ich es aufnehme.«

Der Bär preschte mittlerweile direkt auf sie zu – bereit zum tödlichen Angriff.

»Womöglich allerdings die letzte«, kommentierte Alex.

Der junge Mann richtete seine hölzerne Waffe auf den Bären, doch er hätte das Tier ebenso gut mit einem Zahnstocher bedrohen können – der Bär war so schnell, dass nichts ihn aufhalten würde.

»Und das Wichtigste: Bring niemals Unbeteiligte in Gefahr, wenn du dich mit einem Gegner –«

Die mysteriöse Stimme wurde auf mysteriöse Weise unterbrochen. Gerade als der Bär sich auf seine beiden Opfer stürzen wollte, schlangen sich Eisenketten um seinen Körper und zerrten ihn in einen großen Käfig, der wie von Zauberhand hinter ihm aufgetaucht war.

Der junge Mann setzte seinen Helm ab und staunte mit weit aufgerissenen Augen. »Seht Ihr das auch, oder habe ich mir den Kopf angeschlagen?«

Alex war ebenso verblüfft wie er – *ihre* Magie hielt den Bären jedenfalls nicht fest. Dieser Streich rührte von jemand *anderem*.

Eine Windböe zauste ihnen die Haare, und Alex und der junge Mann blickten zum Himmel empor. Mutter Gans und Lester schwebten heran und landeten neben dem gefangenen Biest.

»Fünf Minuten lasse ich dich allein, und schon wirst du fast von einem Bären aufgeschlitzt?«, empörte sich Mutter Gans.

»Ich hätte jederzeit eingreifen können, wenn es brenzlig geworden wäre«, beteuerte Alex.

Mutter Gans hüpfte von Lester Rücken. Der junge Mann sprang hastig auf die Füße, und seine Augen huschten zwischen der alten Frau und dem riesigen Vogel hin und her. Einem Menschen, der auf einem gigantischen Ganter durch die Lüfte flog, war er offenbar noch nicht begegnet.

»Lester und ich haben von dort oben auch nicht viel mehr als weitere Bäume ausmachen können – hey, wer ist denn dieser Herzensbrecher?«, fragte Mutter Gans, als sie den jungen Mann bemerkte.

»Wir sind einander noch nicht offiziell vorgestellt worden«, erklärte Alex und wandte sich dann dem jungen Mann zu. »Ich bin Alex. Und das hier sind meine Freunde, Mutter Gans und Lester.«

»Freut mich, dich kennenzulernen, du Schnuckel«, meinte Mutter Gans augenzwinkernd zu ihm.

»Die Freude ist ganz meinerseits«, erwiderte der junge Mann mit höflichem Lächeln. »Mein Name ist Artus, und bei dem Bären, den Ihr soeben in Ketten gelegt habt, handelt es sich in Wirklichkeit um meinen Freund Merlin.«

Alex und Mutter Gans trauten ihren Ohren kaum und tauschten eilig einen Blick, um sicherzugehen, dass die jeweils andere das Gleiche verstanden hatte. »Hat er gerade *Merlin* gesagt?«, fragten sie wie aus einem Mund.

WUUUSCH! Ein Tornado aus Erde und Blättern umwirbelte

mit einem Mal den Bärenkäfig, und die Bestie verschwand. An ihrer Stelle erschien ein alter Mann mit langem, silbergrauem Bart und buschigen, ebenso silbrigen Augenbrauen. Er trug eine Brille, einen blauen Umhang und den dazu passenden Spitzhut und starrte verwirrt auf seine Arme und Beine hinunter.

»Madam, das war eine *brillante* Verzauberung!«, rief Merlin aus und applaudierte Mutter Gans. »Nie zuvor habe ich jemanden eine so mühelose Verwünschung ausführen sehen!«

Mutter Gans klimperte mit den Wimpern. »Nun ja, wenn man schon so lange verzaubert wie ich, bekommt man jede Menge Übung«, kicherte sie.

Merlin zog seinen Hut vom kahlen Kopf und verneigte sich vor ihr. »Es ist mir ein Vergnügen, Eure Bekanntschaft zu machen«, sagte er und küsste ihre Hand. »Ihr seid eine wahre Göttin der Zauberkunst!«

Das Kompliment trieb Mutter Gans die Röte in die Wangen – mehr noch sogar als zuvor Alex. Lester verdrehte die Augen und wandte den Blick ab.

Alex konnte derweil gar nicht glauben, was sie sah und hörte. Hatte sie allen Ernstes die legendären Figuren aus *König Artus und die Ritter der Tafelrunde* vor sich? Sie brauchte Gewissheit, ehe sie das Gespräch weiterführte.

»Eine Sekunde mal«, hakte sie ein. »Seid ihr *der* Artus und *der* Merlin – aus *Camelot*?«

»Pssst!«, zischte Merlin und legte Artus rasch seine Hände über die Ohren. »Davon ahnt der Junge noch nichts! Du verrätst ja alles! Ich habe so bereits Schwierigkeiten genug, ihn dazu zu bringen, sich auf seine Kampfstunden zu konzentrieren – Moment, woher weißt du überhaupt von Camelot?«

Alex und Mutter Gans verstummten – beide hatten keinen blassen Schimmer, was sie ihm erzählen sollten. Immerhin war

Merlin ein Zauberer; womöglich würde er die Wahrheit begreifen, wenn sie sie ihm enthüllten. Artus musterte Alex und Mutter Gans unterdessen mit neugierigem Lächeln.

»Könnt Ihr wie Merlin in die Zukunft schauen?«, erkundigte er sich.

»Wie bitte?«, fragte Mutter Gans.

»Merlin bereitet mich auf meine Rolle als nächster König Englands vor«, erläuterte Artus. »Er behauptet, er sei gewiss, dass ich in einigen Jahren den Thron besteige, weil er es prophezeit hat. Allerdings habe ich bisher noch nie jemand *anderen* getroffen, der ebenfalls davon überzeugt ist.«

»Tja, er hat recht«, sagte Alex, wofür sie sich einen garstigen Blick des Zauberers einhandelte. »Verzeihung, Merlin! Ich wollte nichts ausplaudern.«

Artus' Augen leuchteten auf. »Dann stimmt es also«, frohlockte er. »Ich werde wirklich und wahrhaftig König! Ihr zwei müsst ebenfalls Zauberinnen sein!«

»Genau genommen bin ich eine Fee«, sagte Alex. »Und Mutter Gans ist – na ja, ich bin mir nicht so sicher, wie ich sie am besten bezeichnen soll.«

»Erfahren«, fügte Mutter Gans ein. »Ich habe mich noch nie gern in irgendwelche Schubladen stecken lassen – und es tut mir ja leid, dich enttäuschen zu müssen, Artie, aber wir können nicht in die Zukunft schauen. Dort, wo wir herkommen, sind die Leute bloß sehr *weise.*«

»Wir stammen sozusagen aus einer anderen Welt«, druckste Alex mit nervösem Lachen.

»Avalon?«, fragte Merlin.

»Nein, *buchstäblich* aus einer anderen Welt«, betonte Mutter Gans.

»Oh, *Frankreich*!«, rief Merlin und nickte zufrieden.

Alex und Mutter Gans seufzten – vielleicht war Merlin doch nicht so verständig, wie sie angenommen hatten.

»Wir kommen aus einer fernen *Dimension*«, versuchte es Alex ein letztes Mal. »Ich weiß, das klingt unglaublich, aber wir sind in dieser Welt gefangen, bis jemand herausfindet, wo wir stecken, und uns rettet.«

Merlin und Artus tauschten gleichermaßen faszinierte Blicke.

»Und von welcher Dimension mag hier die Rede sein?«, erkundigte sich Merlin.

»Moment – Sie glauben mir? Sie halten mich nicht für völlig verrückt?«, vergewisserte sich Alex.

»Du klingst ganz und gar nicht verrückt«, befand Artus. »Merlin sagt schon immer, dass das Universum viel komplexer ist, als wir es uns vorstellen können, und das beweist du nun lediglich. Wie nennt ihr eure Dimension?«

»Na ja, im Grunde gibt es zwei«, erläuterte Alex. »Zum einen die Anderswelt – und dann die Märchenwelt. Ich schätze, gewissermaßen stammen wir aus beiden – aber das führt jetzt wohl zu weit. Eine lange und komplizierte Geschichte.«

Doch Alex sorgte sich unnötig; der Zauberer und sein Lehrling hingen gebannt an ihren Lippen. Ihre Begegnung mit Alex und Mutter Gans war das Spannendste, was ihnen seit langem widerfahren war.

»Ihr zwei müsst einen Tee mit uns trinken, und ein Nein als Antwort lasse ich nicht gelten«, beschloss Merlin. »Wir wollen alles über Eure Welt – oder *Welten* – erfahren und hören, wie Ihr den Weg in unsere gefunden habt.«

Alex und Mutter Gans hatten keinen Grund abzulehnen. Da sie ohnehin gestrandet waren, hatten sie keinerlei Pläne oder Verpflichtungen, und von einem Zauberer war bisher keine von ihnen je zum Tee eingeladen worden. Merlin bot Mutter Gans seinen Arm an, und sie hakte sich bei ihm unter. Artus nahm sich an seinem Lehrmeister ein Vorbild und trat an Alex' Seite, und gemeinsam eskortierten die beiden die Frauen (und Lester) durch die Bäume zu Merlins Zuhause.

Merlin lebte in einer bescheidenen Hütte einige Meilen tief im Wald. Als Alex und Mutter Gans durch die Eingangstür traten, vermochten sie nicht zu sagen, in welchem Teil seiner Wohnung sie sich befanden; jede Oberfläche und sämtliche Möbel waren übersät mit Trankfläschchen, Pflanzen, Kesseln, Kerzen und Tausenden von Büchern, die sich bis unter die Decke stapelten.

Es gab alles, was man im Heim eines Zauberers erwarten würde, darüber hinaus jedoch auch stoßweise Skizzen und Zeichnungen höchst vertrauter Geräte und Apparaturen. Alex erkannte eine Spinnmaschine, eine Nähmaschine, eine Schreibmaschine und einen Plattenspieler. Sie hätte schwören können, in seiner Sammlung sogar eine Kritzelei erspäht zu haben, die einem Handy glich, wollte allerdings nicht zu neugierig nachforschen. Zweifellos hatte Merlin hier zu Papier gebracht, was ihm in seinen Zukunftsvisionen erschienen war.

»Merlin, Ihr seid ein Messie«, stellte Mutter Gans fest.

»Verzeiht die Unordnung«, antwortete er. »Seit ich zuletzt Gäste hatte, sind ein paar Jahrhunderte vergangen.«

Merlin schnippte mit den Fingern; ein Besen, ein Wischmopp und ein Eimer, die in einer Ecke gelehnt hatten, erwachten zum Leben und machten sich daran, die Hütte zu schrubben und zu wienern. Der Zauberer räumte eine unter Büchern begrabene Fläche frei, und zum Vorschein kam ein Tisch. Alle nahmen daran Platz, und Artus brachte jedem eine Tasse Tee. Für Lester, der es sich vor der Tür gemütlich gemacht hatte, warf er einen Eimer Gemüse zusammen – der gigantische Ganter war so groß, dass er schlicht nicht in die Hütte passte.

»Und nun erzählt uns von der Anderswelt und der Märchenwelt, und spart bloß nicht an Einzelheiten«, ermunterte Merlin seinen Besuch.

Zunächst hielten Alex und Mutter Gans ihre Schilderungen bewusst vage: Sie berichteten den beiden vom magischen Land und davon, wie die frühere gute Fee die Anderswelt entdeckt hatte. Mutter Gans erzählte, wie sie und die übrigen Feen dort die Geschichten ihrer eigenen Welt verbreitet hatten, um den Kindern Mut und Träume zu schenken. Alex fügte dem ihre eigenen Abenteuer mit Conner an und führte aus, wie sie und ihr Bruder durch das Buch ihrer Großmutter versehentlich zum ersten Mal in die Märchenwelt gereist waren.

Zu erklären, wie sie schließlich in die Welt von *König Artus und die Ritter der Tafelrunde* geraten waren, erforderte jedoch unweigerlich einige Details, und so wurden ihre Beschreibungen immer genauer. Alex erläuterte, wie sie und ihr Bruder die Zauberin und im darauffolgenden Jahr die Grande Armée besiegt und anschließend die Märchenunion gegründet hatten. Sie legte dar, dass sie kürzlich einen Schurken enttarnt hatten, der sich selbst als Maskenmann bezeichnete und tatsächlich ihr und Conners Onkel war, und kam letztlich auf das Weltenwanderer-Elixier zu sprechen, das er aus dem Feenpalast gestohlen hatte.

Alex gestand, dass sie einst die neue gute Fee gewesen, dann aber vom Rat der Feen ihres Amtes enthoben worden war, da die restlichen Mitglieder sich weigerten, ihr zu glauben, dass der Maskenmann eine Bedrohung für die Königreiche darstellte. Mutter Gans setzte ihre beiden Gastgeber über die

Reisen der kleinen verschworenen Gemeinschaft um Alex und Conner ins Bild, auf denen sie Lloyd von einer Geschichte in die nächste gejagt hatten, um ihn daran zu hindern, eine Armee aus literarischen Schurken zu rekrutieren – nur um am Ende in eine Falle zu tappen und hilflos in Artus' und Merlins Welt zu landen.

Die zwei Männer erwiesen sich als großartige Zuhörer. Stunde um Stunde lauschten sie Alex und Mutter Gans, ohne sie je zu unterbrechen. Artus' Augen klebten an Alex, als hätte sie ihn mit einem Zauber belegt. Jedes Wort aus ihrem Mund faszinierte ihn.

»Das ist bemerkenswert, absolut bemerkenswert«, murmelte Merlin und strich sich über den silbernen Bart. »Allein die Vorstellung, dass diese Welt *als Sage* in anderen Dimensionen existiert. Das stützt meine Theorie, der zufolge wir *alle bloß Figuren in den Büchern der Bibliothek Gottes sind.* Oder vielleicht stammt diese Weltanschauung ursprünglich auch von jemand anderem und ich habe lediglich vergessen, von wem. Das ist das Beste am Voraussagen der Zukunft: Am Ende bin ich stets der Erste, der etwas äußert.«

Mutter Gans betrachtete unterdessen all die Dinge, die Merlin im Lauf der Jahrhunderte gesammelt hatte. Eine gerahmte Skizze an der Wand fiel ihr ins Auge.

»Merlin, ist das eine Zeichnung einer *Flugmaschine*?«, erkundigte sie sich.

Merlin hatte den Entwurf zwischenzeitlich völlig vergessen gehabt und stand nun vom Tisch auf, um selbst einen genaueren Blick darauf zu werfen. »Scheint so«, meinte er. »Kommt sie Euch vertraut vor?«

»Ein Freund von mir hat im 15. Jahrhundert ein ganz ähnliches Gerät entworfen«, sagte Mutter Gans. »Er lebte damals in Italien und hieß Leonardo da Vinci. Habt Ihr ihn in einer Eurer Visionen gesehen?«

»Madam, ich kann mir kaum all die Namen der Leute merken, die in *diesem* Jahrhundert leben«, erwiderte Merlin. »Da dürft Ihr nicht von mir erwarten, dass ich auch noch weiß, wer mir im *15.* Jahrhundert begegnet ist.«

Mutter Gans kicherte wie ein Schulmädchen. Nie zuvor hatte Alex sie derart eingenommen von jemandem erlebt. Merlin setzte sich wieder, rutschte nun jedoch mit seinem Stuhl merklich näher an Mutter Gans heran.

»Vielleicht handelt es sich bei dieser Welt hier lediglich um Eure eigene, allerdings zu einem früheren Zeitpunkt«, mutmaßte er. »Gehen wir doch einmal Jahrhundert für Jahrhundert durch. Nennt mir die Namen Eurer Freunde, und ich zähle Euch die Namen all jener Leute auf, die ich aus Offenbarungen kenne. Das wird ein Spaß!«

»Oh, Merlin, ich habe so viele Menschen getroffen, dass wir dieses Spiel tagelang betreiben könnten«, lachte Mutter Gans.

»Großartig! Dann sind wir prächtig unterhalten, bis jemand zu Eurer Rettung erscheint!«, konterte er.

Während Mutter Gans und Merlin in Erinnerungen schwelgten, kamen Artus und Alex sich zunehmend überflüssig vor.

»Hast du vielleicht Lust auf einen Spaziergang?«, flüsterte Artus ihr zu.

»Klar«, meinte Alex lächelnd.

Gemeinsam verließen die beiden Merlins Hütte und schlenderten durch einen Teil des Waldes, den Alex bislang nicht zu Gesicht bekommen hatte – eine wesentlich hübschere Gegend mit jüngeren Bäumen und deutlich ebenerem Untergrund. Seit sie Merlins Zuhause betreten hatten, war die Sonne untergegangen, und so leuchtete ihnen nun bloß der Mond als einzige Lichtquelle. Wäre ihr Kopf nicht mit derart vielen anderen Dingen beschäftigt gewesen, hätte Alex die Szene womöglich durchaus romantisch gefunden.

»Ich bin froh, dass ich jetzt ein wenig mehr von dir erfahren habe – in Anbetracht der Tatsache, dass du bereits alles über mich weißt.« Artus lachte. »Deine Welt klingt unglaublich. Ich fasse es nicht, wie viel du in so jungen Jahren bereits erreicht hast. Höchst inspirierend.«

»Ich habe wunderbare Freunde, die mir bei allem geholfen haben«, gab Alex zu bedenken. »Und eine Inspiration bist du ebenso – gewissermaßen ja sogar eine echte Legende.«

Artus gluckste. »Im Ernst? Das musst du mir ausführlicher erzählen.«

»O nein, ich habe es schon wieder getan!«, erschrak Alex. »Nimm dich in meiner Gegenwart besser in Acht – ich verleide dir noch deine Bestimmung, wenn du nicht aufpasst.«

»Oh, das werde ich«, entgegnete Artus und zuckte leichthin mit den Schultern, doch allzu überzeugend wirkte die Geste nicht. »Wenn es eines gibt, worüber ich definitiv *nichts* hören will, dann ist es meine Zukunft. Davon möchte ich mich auf ganzer Linie überraschen lassen. Die Gewissheit, dass ich der nächste König von England sein werde, genügt – aber dessen bist du dir sicher, ja?«

»Ja, du wirst König«, bekräftigte Alex. »Mehr werde ich dir allerdings nicht verraten, also stell mir keine weiteren Fragen!«

»In Ordnung«, sagte Artus. »*Aber* … niemand hat bisher prophezeit, dass ich auch ein *guter* König sein werde. Es wäre eine enorme Erleichterung, wenn ich mir keine Sorgen darüber machen müsste, dass ich am Ende böse oder wahnsinnig werden könnte.«

Alex seufzte, schaffte es jedoch nicht, ein Schmunzeln zu

unterdrücken. Ihr war klar, dass Artus Informationen aus ihr herauszukitzeln versuchte, bloß um sie zu necken, doch *dieser* Spieß ließ sich auch umdrehen.

»Du wirst ein *phantastischer* König sein, keine Sorge«, sagte sie und schlug dann betrübt die Augen nieder. »Zumindest nachdem du dich wieder erholt hast von dem … Zwischenfall.«

»Von welchem *Zwischenfall*?«, fragte Artus.

Alex schüttelte mit düsterer Miene den Kopf. »Tja, wenn Merlin dir das noch nicht offenbart hat, sollte ich es wohl ebenso wenig.«

»Ach, richtig – *diesen* Zwischenfall meinst du«, sagte Artus und tat mit einem Mal ganz kundig. »Darüber habe ich mit dem alten Merlin schon etliche Male geplaudert.«

»Ach, gut«, sagte Alex. »Dann bist du über die *Blutegel* also schon im Bilde.«

Artus schluckte. »Ja … natürlich«, erwiderte er mit Unbehagen.

»Ein Glück, dass die Sachsen dich zu diesem Zeitpunkt längst gefangen genommen und dir die Beine abgerissen haben«, fabulierte Alex weiter. »Daher können die Egel gar nicht mehr allzu schlimmen Schaden anrichten.«

Artus schluckte erneut. »Ein Riesenglück, absolut«, pflichtete er ihr bei.

»Schade nur, dass du schon vorher in der Schlacht auch beide Arme verloren hast«, meinte Alex. »Na, man nennt dich schließlich nicht grundlos *Artus der Gliederlose*.«

»Artus der Gliederlose?«

»O ja«, nickte Alex. »Für einen geringeren König als dich wäre ein solcher Titel eine Schmach gewesen; dir dagegen gelingt es selbst damit noch, all deinen Feinden Furcht einzuflößen. Wobei … das mag freilich auch an deiner zukünftigen

Ehefrau liegen: Königin Girtha. Merlin hat dir sicherlich schon alles über sie erzählt …«

»Selbstverständlich«, beteuerte Artus. »Sie ist doch dieses widerwärtige Weibsstück, nicht wahr? So abstoßend, dass niemand sie anschauen will. Hilf meinem Gedächtnis kurz auf die Sprünge – wie viele schreckliche Kinder bekommen wir miteinander?«

»Nur das eine«, sagte Alex. »Und wer hätte gedacht, dass ausgerechnet *du* während der Geburt sterben würdest?«

»*Ich* sterbe während der Geburt?«, fragte Artus, dessen Stimme nun unbestreitbar zitterte. »Wie soll das denn möglich sein?«

»Ist das nicht offenkundig?«, entgegnete Alex. »Deshalb wird deine Frau immerhin *Girtha die Starkhändige* gerufen. Hast du da nie die Verbindung hergestellt?«

»Oh, stimmt ja«, stammelte Artus. »Doch, gewiss, diesen Schluss hatte ich schon mal gezogen – das war mir bloß gerade entfallen.«

»Was ich dir kaum zum Vorwurf machen kann«, seufzte Alex. »Ich hätte es wohl ebenso verdrängt.«

Artus blieb nachdenklich stehen und schien sich alles noch einmal durch den Kopf gehen zu lassen.

»Sekunde mal – wenn ich bei meiner Thronbesteigung schon *gliederlos* bin, wie gelingt es mir dann, *das da* aus dem Stein zu ziehen?«, fragte er und deutete ein Stück weit voraus.

Alex wandte sich in die angezeigte Richtung und erspähte zwischen den Bäumen in einiger Entfernung eine grasbewachsene Lichtung. In ihrer Mitte erhob sich ein efeuüberwucherter Geröllhaufen, und in einen mächtigen Felsbrocken an der Spitze hatte jemand ein schimmerndes Schwert gerammt.

Alex schlug sich eine Hand auf den Mund. *»Das Schwert im Stein!«*, keuchte sie.

Ihre Reaktion amüsierte Artus köstlich. »Ich dachte mir, dass du es vielleicht gern sehen würdest.«

»Dir war die ganze Zeit klar, dass ich dich aufziehe, nicht wahr?«, fragte Alex.

»Seit den Blutegeln«, räumte Artus mit schuldbewusstem Lächeln ein. »Aber du warst sehr überzeugend.«

Alex boxte ihm spielerisch auf die Schulter und eilte anschließend auf die Lichtung. Sie schritt um das Schwert im Stein herum und bewunderte es in all seiner Pracht. Seine Ehrwürdigkeit war förmlich spürbar. Die Waffe hatte einen blauen Griff und eine blankpolierte silberne Schneide. An dem Felsen war eine quadratische Plakette befestigt, auf der stand:

ER, DER DIESES SCHWERT AUS DEM STEIN ZIEHT, WIRD SICH ALS WAHRER KÖNIG ENGLANDS ERWEISEN.

»Willst du es mal probieren?«, schlug Artus vor.

»Was? Du meinst, *ich* soll probieren, das Schwert aus dem Stein zu ziehen?«, fragte sie und zeigte auf ihre eigene Brust.

»Warum nicht?«, erwiderte Artus. »Wer weiß, womöglich bist in Wirklichkeit *du* diejenige, die dazu bestimmt ist, als Nächste den englischen Thron zu besteigen.«

»Das bezweifle ich, aber wenn es dir Freude bereitet, gebe ich mal mein Bestes«, meinte sie.

Alex kletterte auf die Felsen, brachte sich hinter dem Schwert in Position und legte beide Hände um das Heft. Als ihre Finger sich um eines der bedeutsamsten Objekte der mittelalterlichen Mythologie schlossen, spürte sie, wie ein Energiestoß durch ihren Körper jagte. Sie fasste noch fester zu und konzentrierte sich, ehe sie einmal kraftvoll am Griff ruckte.

»BUH!«, rief Artus nur Zentimeter von ihrem Ohr entfernt.

»AHHHHH!«, schrie Alex. *»Bist du bescheuert?* Du hast mir beinahe einen Herzinfarkt beschert!«

Artus brach in so haltloses Gelächter aus, dass er zu Boden taumelte. Ein Blick hinauf in ihr wutschnaubendes Gesicht, und er krümmte sich noch heftiger vor Lachen.

»Es tut mir leid, ich konnte nicht widerstehen!« Er kicherte. »Du hättest deine Miene sehen müssen!«

Alex war fuchsteufelswild. Am liebsten hätte sie das Schwert aus dem Stein gerissen und ihre Prophezeiung von *Artus dem Gliederlosen* wahr gemacht. Doch bald verflüchtigte sich ihr Schreck, und auch sie begriff die Komik der Situation. Es gluckste aus ihr hervor, und schließlich musste sie so losprusten, dass ihr Tränen über die Wangen liefen. Es tat unfassbar gut – sie konnte sich nicht einmal erinnern, wann sie zuletzt derart befreit gelacht hatte.

»Verzeihst du mir?«, fragte Artus.

»Ich schätze, ich hatte es nicht anders verdient«, räumte Alex ein. »Jetzt solltest du dich aber einmal an dem Schwert versuchen. Vielleicht ist ja heute die Nacht, in der du zum König auserkoren wirst.«

Artus' Lächeln verblasste, und er schüttelte den Kopf. »Ich weiß, dass es sich nicht bewegen lassen wird. Erst wenn ich bereit für den Thron bin – und das bin ich noch nicht. Dass der rechte Moment gekommen ist, werde ich tief in meinem Innern spüren, noch ehe ich das Schwert auch nur angefasst habe.«

Zum ersten Mal seit Alex' Ankunft wirkte der einstige und zukünftige König ein wenig traurig.

»Artus, was ist denn los?«, erkundigte sie sich. »Fürchtest du, dass diese Gewissheit sich niemals einstellt?«

Zuerst tat Artus ihre Vermutung mit einem Schulterzucken ab, doch in Alex' Blick lag so viel Anteilnahme, dass er hoffte, sie werde ihn verstehen. Nie zuvor war er jemandem begegnet, der in ihm den Wunsch weckte, seine Gefühle zu offenbaren, statt zu verbergen.

»Ich habe wohl bloß Sorge, dass ich die Menschen enttäuschen werde«, beichtete Artus. »Merlin behauptet, ich werde einst dieser legendäre König sein – wenn ich doch nur ausreichend Selbstvertrauen hätte, ebenfalls daran zu glauben! Und nun, nachdem ich erfahren habe, dass der Mythos meiner Herrschaft bis in andere Dimensionen reicht, scheint es mir unmöglich, diesen Erwartungen jemals gerecht zu werden. Oder, was beinahe noch schlimmer wäre –«

»Den Erwartungen, die du dir selbst aufbürdest?«, brachte Alex seinen Satz zu Ende.

Artus verstummte und nickte. »Geht es dir auch manchmal so?«

»Mein Schicksal ist nicht vorherbestimmt wie deines, aber als ich damals zur guten Fee berufen wurde, haben mich die Ansprüche der anderen Leute beinahe erdrückt«, sagte Alex. »Ich wollte ebenso fest auf mich vertrauen wie der Rest der Welt, also habe ich mir derart großen Druck gemacht, dass ich bei jedem kleinen Fehler bodenlos enttäuscht von mir war. Und felsenfest davon überzeugt, auch alle anderen würden es sein, sollten sie je herausfinden, dass ich gar keine geborene Fee bin, sondern bloß ein –«

»Mensch«, vervollständigte diesmal Artus ihre Rede.

»Ja«, bestätigte Alex. »Meine größte Angst war es, für irgendjemanden aus der Märchenwelt eine Enttäuschung zu sein, und dann habe ich in einem Moment der Schwäche letztlich alle vor den Kopf gestoßen. Im einen Moment war ich die meistgeliebte Person der Märchenunion, im nächsten die am meisten gefürchtete und gehasste. Aber statt mich gegen die Welt zu wenden, die mich fallengelassen hatte, habe ich mich dazu entschlossen, weiterhin mein Bestes zu geben, um sie zu retten. Wahre Größe hat also vielleicht gar nichts mit Unsterblichkeit zu tun, oder mit Ruhm – sondern zeigt sich darin, dass man sich dafür entscheidet, für das Gute zu kämpfen, selbst wenn Himmel und Erde sich von einem abgewandt haben.«

Artus blickte ihr so tief in die Augen, wie es nie zuvor jemand getan hatte. Sie teilten eine ganz besondere Verbindung, ein gegenseitiges Verständnis und eine Sicht auf das Leben, wie sie beiden nie zuvor in einem anderen Menschen begegnet war – und womöglich nie wieder begegnen würde.

»Ich habe keine Ahnung, welche Mächte dich in diese Welt gebracht haben, aber ich bin unendlich dankbar, dass du hier bist«, sagte Artus.

»Ich auch«, erwiderte Alex. »Es ist schön zu wissen, dass ich nicht so einsam bin, wie ich dachte.«

»Lass uns einen Pakt schließen«, schlug Artus vor. »Wir geloben uns gegenseitig, in unserem Leben weiterhin nach *wahrer Größe* zu streben, ganz gleich, wie wir der Welt am Ende dafür in Erinnerung bleiben.«

»Abgemacht«, sagte Alex.

Sie schüttelten einander die Hände und tauschten ein warmes Lächeln. Die Energie, die Alex bei der Berührung des Schwerts im Stein verspürt hatte, war nichts gegen jene, die von Artus' Hand ausging. Einige Augenblicke verharrten sie so, dann lösten sie sich voneinander, ehe mehr aus dieser Berührung werden konnte.

»Wir sollten uns auf den Rückweg zu Merlins Hütte machen, bevor es zu spät wird«, meinte Artus.

Ein wenig linkisch brachen sie den Blickkontakt ab und schoben die Hände in die Taschen. Dabei ertastete Alex etwas Überraschendes – ein Stück Papier, an das sie längst nicht mehr gedacht hatte. Sie zog es aus ihrem Kleid und entfaltete es. Ihr ganzes Gesicht erstrahlte vor Begeisterung.

»Oh du meine Güte«, rief Alex. »Das ist eine Seite aus *Der Zauberer von Oz*!«

»Ist das nicht eine der Geschichten, in die ihr gereist wart?«, fragte Artus.

»Ja – mein Bruder und ich haben die losen Blätter aufgesammelt, die aus dem Buch gesegelt waren, ehe wir in den Lichtstrahl getreten sind«, erklärte Alex. »Ich vermute, dass ich mit Hilfe dieses Ausschnitts zurück nach Oz und von dort aus nach Hause gelangen kann!«

»Brauchst du dazu nicht auch das Weltenwanderer-Elixier?«

»Das Rezept habe ich auswendig im Kopf – ich braue es mir selbst«, erwiderte Alex. »Und solange mein Bruder die anderen Blätter noch bei sich hat, wird auch er in der Lage sein, nach Oz zu gelangen! Das muss ich unbedingt Mutter Gans erzählen!«

Aufgeregt rannten Artus und Alex durch den Wald zu Merlins Hütte, um ihm und Mutter Gans die guten Neuigkeiten zu eröffnen. Bis sie dort anlangten, hatten der Zauberer und Mutter Gans allerdings bereits drei Viertel einer enormen Flasche Ale geleert, und Mutter Gans schwelgte noch immer in Erinnerungen an vergangene Jahrhunderte.

»Mit Kaiser Konstantin verband mich einst eine Liebelei – mit Alexander dem Großen ging's nach dem ersten Date entzwei«, verkündete sie gerade hicksend. *»Die Zeit Dschingis Khans war gar nicht so fatal – ein viel schlimmerer Rüpel war der Große Karl.«*

»Ich verstehe zwar nicht, weshalb du reimst, aber lustig ist es allemal«, meinte Merlin und wurde selbst von einem Schluckauf überwältigt.

Beide zuckten zusammen, als Alex und Artus durch die Tür stürmten.

»Mutter Gans, ich habe wunderbare Nachrichten!«, rief Alex und streckte ihr das Blatt entgegen, das sie in ihrer Tasche gefunden hatte. »Das ist eine Seite aus *Der Zauberer von Oz*! Damit können wir in die Geschichte zurückkehren und von dort aus in die Märchenwelt!«

Vor lauter Überschwang wurde Mutter Gans von einer Reihe hysterischer Hickser geschüttelt, so dass sie kein Wort herausbrachte.

»Und die Zutaten für das Weltenwanderer-Elixier sind ganz simpel«, fuhr Alex fort. »Wir brauchen einen Ast vom ältesten Baum des Waldes, eine Feder vom prächtigsten Fasan am Himmel, ein geschmolzenes Schloss samt Schlüssel, das einem geliebten Menschen gehört hat, den Mondschein zweier Wochen und einen Funken Magie.«

Mutter Gans kam eine Idee. Sie öffnete den Mund, um ihren Gedanken zu teilen, doch lediglich ein Rülpser kam ihr über die Lippen. Statt sich mit einer Erklärung aufzuhalten, beschloss sie, einfach selbst zur Tat zu schreiten. Sie stemmte sich vom Tisch hoch und marschierte nach draußen. Kurz darauf erklang ein lautes Krächzen von Lester, und Mutter Gans eilte mit einer Handvoll weißer Feder wieder herein.

»*Schaut euch bloß dieses Gefieder an – feiner als Lester ist auch kein Fasan* – HICKS!«, lobte Mutter Gans.

Alex wählte eine besonders lange Feder aus. »Großartig! Eine Komponente haben wir damit – fehlen noch vier!«

»Das erscheint mir absolut machbar!«, urteilte Merlin. »Artus, als Teil deiner Ausbildung bestehe ich darauf, dass du der reizenden jungen Dame dabei zur Hand gehst, alles zu besorgen, was sie für den Trank benötigt. Ich werde derweil Mutter Gans unterhalten.«

»Es wird mir eine Ehre sein.« Er zwinkerte Alex zu. »Ich möchte gern so viel Zeit wie möglich mit dir verbringen, bevor du dich wieder verabschiedest.«

»Mir geht es ganz genauso«, sagte sie und lächelte von einem Ohr zum anderen.

Über ihrem Glückstaumel wegen der unverhofft entdeckten Buchseite war ihr bislang kaum ins Bewusstsein gedrungen, dass ihre gemeinsame Zeit begrenzt sein würde – und es erstaunte sie, wie traurig diese Erkenntnis sie machte. Den gesamten Tag lang hatte Alex sich den Kopf darüber zerbrochen, wie sie aus *König Artus und die Ritter der Tafelrunde* fortkommen konnten; nun, da sie den Abend mit dem zukünftigen König höchstpersönlich verbringen würde, beschlich sie völlig unerwartet der Gedanke, dass ebenjener es womöglich sogar wert wäre zu bleiben.

Kapitel 22

Die tollkühnen Gesellen aus dem Sherwood Forest

Nachdem Conner, der Blech-Holzfäller und Peter in das Buch geworfen worden waren, dauerte es nicht lange, bis die Worte der Geschichte ihre Welt um sie herum erschaffen hatten. Ein Wort zog sich unter Conners Füßen in die Länge. Ehe er Gelegenheit hatte, es zu lesen, verflüssigte es sich, und Conner platschte in ein gewaltiges Gewässer.

Eine unerbittliche Kraft drückte ihn tiefer und tiefer hinab; er war derart durcheinander, dass er keine Ahnung hatte, wo oben und wo unten war – oder auch nur, ob es überhaupt eine Oberfläche gab, die er erreichen konnte. So streckte er die Arme und Beine möglichst weit nach allen Seiten aus, um etwas zu ertasten, das ihm Halt zu bieten vermochte – vergeblich. Conner ertrank in einem literarischen Ozean.

Gerade als er schon überzeugt war, sein letztes Stündlein

habe geschlagen, spürte er eine Hand, die ihn am Rücken seines T-Shirts packte und in die Höhe zerrte. Im nächsten Moment fand er sich in Bauchlage auf einem hölzernen Untergrund wieder. Er rollte sich auf den Rücken und erspähte den Blechmann und Peter, die auf ihn heruntersahen.

»Conner, ist alles in Ordnung mit dir?«, fragte der Blech-Holzfäller. »Du bist im Bach gelandet und hattest eine Art Anfall.«

»Ich bin panisch geworden, weil ich dachte, das Wasser sei das Meer aus *Moby Dick* oder *Robinson Crusoe*«, keuchte Conner.

»Es ist nicht mal allzu tief«, meinte Peter. »Du musst ein miserabler Schwimmer sein.«

Conner setzte sich auf und ließ den Blick schweifen. Er und seine Freunde befanden sich auf einer schmalen Brücke, die über ein seichtes Flüsschen führte. Sie waren zu allen Seiten von einem Wald aus hohen, schlanken Bäumen umgeben, doch Conner fiel nichts Markantes ins Auge, das ihm verraten hätte, um *welchen* Wald es sich handelte.

»Kommt dir hier irgendetwas vertraut vor?«, erkundigte sich der Blech-Holzfäller.

»Nein«, sagte Conner. »Schnell, wir brauchen das Buch! Es muss hier irgendwo sein!«

Sie verteilten sich und durchkämmten das Unterholz.

»Conner! Ich habe es!«, rief Peter. Er deutete auf einen grünen Gegenstand, der stromabwärts trieb.

»Hinterher!«, schrie Conner.

Er sprang ins Wasser und kraulte dem Buch nach. Peter schoss in die Höhe und versuchte, es aus der Luft zu greifen, doch die zunehmende Strömung erfasste das Buch und warf es hin und her. Gerade als es für beide Jungen beinahe in Reichweite war, ging der grüne Einband plötzlich in Flammen auf –

obwohl er von Wasser durchtränkt und umgeben war. Das Buch verbrannte zu Asche, die der Fluss davonspülte.

Conner fühlte sich, als hätte jemand eine Faust in seiner Magengrube versenkt. Sein Onkel musste die Ausgabe im Wunderland zerstört haben. Sie waren gefangen!

»Was war das denn?«, wunderte sich der Blech-Holzfäller. Er hatte alles vom trockenen Ufer aus verfolgt.

»Das Buch ist futsch«, sagte Conner und schüttelte betrübt den Kopf. »Wir stecken hier fest. Und das bedeutet, dass meine Schwester und Mutter Gans vermutlich ebenfalls gestrandet sind – wo auch immer sie sein mögen. Wir werden es niemals rechtzeitig zurück in die Königreiche schaffen, um die anderen im magischen Land zu warnen – so bleibt ihnen keine Zeit, sich auf die herannahende Armee vorzubereiten!«

Conner kroch aus dem Wasser, blieb auf der Erde sitzen und vergrub das Gesicht in den Händen. Der Blech-Holzfäller ließ gleichermaßen den Kopf hängen und presste sich eine Hand auf die Stelle, an der sein Herz hätte sein sollen.

»Macht euch keine Sorgen, Kumpels!«, sprach Peter ihnen Mut zu. »Die verlorenen Jungen werden uns holen kommen!«

»Sie befinden sich in einer anderen Dimension, Peter!«, fauchte Conner. »Wie stellst du dir da denn vor, dass sie uns retten?«

»Wie stellst du dir da denn vor, dass sie uns retten?«, äffte Peter ihn nach.

»Das hier ist eine todernste Angelegenheit, Peter!«, brüllte Conner. »Womöglich sind wir hier gefangen bis in alle Ewigkeit!«

»Womöglich sind wir hier gefangen … Moment – *bis in alle Ewigkeit?«*, stutzte Peter. Erst in diesem Augenblick realisierte er, wie brenzlig ihre Lage tatsächlich war, und landete neben

Conner am Flussufer. »Heißt das, ich sehe Nimmerland und die verlorenen Jungen vielleicht nie wieder?«

Conner seufzte. »Ich fürchte, genau das heißt es.«

Peter sank zu Boden und reckte die Beine von sich. Der Mund klappte ihm auf, und Tränen traten in seine Augen.

»Es muss doch *irgendetwas* geben, das wir tun können«, beharrte der Blech-Holzfäller.

»Ich schätze, am besten finden wir zuerst einmal heraus, wo wir überhaupt sind«, sagte Conner. »Hoffentlich begegnen wir jemandem, der uns helfen kann.«

Sie wanderten tiefer in den Wald hinein, trafen jedoch meilenweit auf nichts und niemanden. Peter stieg für einen besseren Überblick abermals in die Luft und entdeckte dabei in der Ferne einen großen steinernen Bau. Da sie annahmen, dass dort ihre Chancen, Hilfe aufzutreiben, wohl am günstigsten wären, nahmen die Freunde darauf Kurs. Unterwegs bemerkten sie an einem Baum ein langes Blatt Pergament, das an den Stamm genagelt war. Darauf stand:

GESUCHT

TOT ODER LEBENDIG

DER DIEB,
VANDALE
UND
GESETZLOSE

Robin von Locksley,

AUF BEFEHL DES
SHERIFFS VON NOTTINGHAM

DEM FÄNGER WINKT
EINE BELOHNUNG

Conner las das Plakat einige Male, nur um sicherzugehen, dass seine Phantasie ihm keinen Streich spielte. Wenn er all die Orte bedachte, an die es sie hätte verschlagen können, dann hatten sie es wohl gar nicht so übel getroffen, befand er.

»Leute, wir sind in *Robin Hood*, und das hier ist Sherwood Forest«, verkündete Conner.

Der Blech-Holzfäller und Peter jubelten vor Begeisterung, verstummten jedoch rasch wieder.

»Wo?«, fragte der Blech-Holzfäller.

»Ist das eine Gegend im magischen Land?«, erkundigte sich Peter.

»Nein, aber eine gute Neuigkeit!«, erklärte Conner. »Hier lebt Robin Hood – er ist ein Held, und wenn es einen Menschen in dieser Welt gibt, der in der Lage sein wird, uns beizuspringen, dann ihn! Wir müssen ihn finden!«

Der Blechmann und Peter beäugten das Poster argwöhnisch.

»Wenn er ein Held ist, wieso will der Sheriff von Dingsbums ihn dann tot oder lebendig verhaften?«, fragte der Blech-Holzfäller.

»Der Sheriff von Nottingham ist der Bösewicht in dieser Geschichte«, stellte Conner richtig. »Robin Hood bestiehlt die Reichen und gibt den Armen – er ist unser Mann.«

»Ich schlage vor, wir schnappen uns Robin Hood, liefern ihn aus und sacken die Belohnung ein«, tönte Peter. »Sicherlich wäre ein wenig Reichtum uns doch dienlicher als ein Krimineller.«

»Da scheint mir etwas dran zu sein«, meinte der Blech-Holzfäller.

Prompt begannen die beiden, Pläne für die Ergreifung des Ausgestoßenen zu schmieden. Conner, der darüber wild den Kopf schüttelte, ignorierten sie völlig.

»Leute!«, rief Conner noch einmal. »Wir werden Robin Hood weder fangen noch umbringen!«

WUUUSCH! Ein Pfeil zischte aus dem Nichts heran und pinnte Conner an den Baumstamm. Er schrie gequält auf, brach jedoch ab, sowie ihm klarwurde, dass das Geschoss lediglich seinen Ärmel und nicht den Arm durchbohrt hatte. *WUUUSCH!* Zwei weitere Pfeile hefteten Peters Hosenbeine neben Conner an die Rinde. *WUUUSCH!*

»INDIANER!«, kreischte Peter.

»In Sherwood Forest gibt es keine Indianer!«, sagte Conner. »Außerdem lautet die politisch korrekte Bezeichnung *amerikanische Ureinwohner*!«

WUUUSCH! Ein Pfeil schlug in die Rückenplatte des Blech-Holzfällers ein, zersplitterte jedoch am Metall. *WUUUSCH!* Gleich mehrere Geschosse hagelten auf den Blechmann ein. *WUUUSCH!* Allesamt prallten sie von seinem metallenen Körper ab. *WUUUSCH!* Der Blech-Holzfäller zog seine Axt und spaltete die nächsten Pfeile in der Luft.

»DER RITTER IST UNVERWUNDBAR!«, schrie eine Stimme von irgendwoher aus den Baumkronen. »ANGRIFF, GESELLEN!«

Ehe die drei Freunde es sich versahen, brachen vier Männer und fünf Pferde durch die Bäume; die Männer sprangen von den Rücken der Tiere und kreisten Conner, Peter und den Blech-Holzfäller mit erhobenen Waffen ein.

Einer der Kerle war riesig – sicher über zwei Meter groß – und führte einen langen Stab in den Händen. Ein anderer, ziemlich extravagant in Kleider aus roter Seide gehüllt und mit einem üppigen, gefiederten Hut auf dem Kopf, umklammerte mit jeder Faust ein Schwert. Ein kurz geratener und recht fülliger Mönch war ebenfalls Teil der Truppe; er hielt Bibel und

Kruzifix, als handelte es sich dabei um Schwert und Schild. Der Letzte im Bunde war ein dünner Musikant, der ebenfalls keine Waffen bei sich hatte, jedoch auf einer Mandoline eine bedrohliche Melodie zupfte und die Jungen mit finsteren Blicken durchlöcherte.

»Schau an, wen haben wir denn hier?«, meinte der Riese mit schroffer Stimme.

»Der Sheriff verzweifelt offenbar allmählich, wenn er nun schon einen einsamen Ritter mit zwei Kindern in den Wald schickt«, gluckste der in Seide gewandete Mann und warf sein langes Haar über die Schulter.

»Vater im Himmel, welcher Feigling befiehlt denn Kindern, sein sündiges Werk zu verrichten?«, klagte der Mönch und schüttelte fassungslos den Kopf.

Conner hätte die Raubeine, die sie umzingelten, beinahe nicht erkannt: Sie wirkten deutlich wettergegerbter und aggressiver, als er erwartet hatte.

»PIRATEN!«, schrie Peter.

»Piraten gibt es in dieser Welt genauso wenig!«, raunte Conner. »Das hier sind die tollkühnen Gesellen – Robin Hoods Kameraden!«

»Scheint ganz so, als hätten sie uns aufgespürt, ehe wir sie finden konnten«, sagte der Blech-Holzfäller, der den Bewaffneten ringsum nicht einmal ansatzweise über den Weg traute. »Welcher von ihnen ist Robin Hood?«

»HABT IHR DAS GEHÖRT, MÄNNER? DER RITTER VERLANGT NACH EINER AUDIENZ MIT MIR!«, rief die Stimme aus den Wipfeln.

Mit einem Mal fiel ein weiterer Mann aus dem Blätterdach und landete vor ihnen auf den Füßen. Er war hochgewachsen und gutaussehend, mit rotem Bart und breitem Lächeln, und trug dunkelgrüne Kleider, eine Kappe mit angesteckter Feder und Stiefel mit hohem Schaft. In einer Hand hielt er einen Bogen, und einen Köcher samt Pfeilen hatte er sich diagonal über den Rücken gespannt.

»Robin Hood!«, begrüßte Conner ihn aufgeregt. »Gerade haben wir von Ihnen geredet –«

»UND EUCH VERSCHWOREN, MICH ZU FANGEN UND AUSZULIEFERN, WENN ICH ES RICHTIG VERSTANDEN HABE«, dröhnte Robin Hood. »HEUTE ABER SOLLT IHR NICHT SIEGEN, RITTER. DEM LEGENDÄREN ROBIN HOOD UND SEINEN TOLLKÜHNEN GESELLEN SEID IHR NICHT GEWACHSEN!«

Robin Hood posaunte die Worte so heraus, als wäre er von einem großen Publikum umgeben. Conner war abgrundtief enttäuscht; der berühmte und berüchtigte König der Diebe entpuppte sich keineswegs als der leidenschaftliche Held, den Conner von klein auf bewundert hatte – sondern stattdessen als ziemlich prahlerischer Narzisst, der von sich selbst in der dritten Person schwärmte.

»Time-out!«, rief Conner. »Erstens gibt es keinen Grund zu schreien – *wir stehen direkt vor Ihnen.* Und zweitens: Das ist alles ein gigantisches Missverständnis –«

»HALT DEN MUND, KINDSKOMPLIZE!«, befahl Robin Hood lautstark. »SCHÄMT EUCH ALLE MITEINANDER DAFÜR, DASS IHR EUCH VOM SHERIFF VON NOTTINGHAM DAFÜR EINSPANNEN LASST, MIT EURER UNSCHULDIGKEIT ALS KÖDER SEINEN MISSETATEN VORSCHUB ZU LEISTEN. MEIN GEFECHT FÜHRE ICH MIT DEM RITTER IN EURER MITTE, DEN DER SHERIFF ZWEIFELLOS ENTSANDT HAT, UM MICH ZU FANGEN UND WOMÖGLICH ZU TÖTEN.«

Robin Hood funkelte den Blech-Holzfäller wütend an. Dieser warf einen verstohlenen Blick hinter sich, um sicherzugehen, dass tatsächlich er gemeint war.

»Mit mir?«, fragte er zaghaft. »Aber ich bin gar kein Ritter.«

»LÜGT MICH NICHT AN, RITTER!«, polterte Robin Hood. »NUR EIN MANN IM DIENSTE DES SHERIFFS TRÄGT EINE RÜSTUNG WIE EURE! IHR KÖNNT MICH NICHT TÄUSCHEN! BELEIDIGT NICHT EURE EIGENE INTELLIGENZ, INDEM IHR MEINE AUF DIE PROBE STELLT!«

»Oh, ich trage überhaupt keine Rüstung«, beteuerte der Blech-Holzfäller. »Wisst Ihr, dort, wo ich herstamme, gibt es eine Hexe, die meine Axt verzaubert hat –«

»FÜLLT MEINEN KOPF NICHT MIT MÄRCHEN VON HEXEREI«, donnerte Robin Hood. »SCHERT EUCH ZURÜCK ZUM SHERIFF UND RICHTET IHM AUS, DASS ROBIN HOOD DIESEN VERSUCH, IHN ZU ERGREIFEN, ALS BELEIDIGUNG EMPFINDET! NUN FORT MIT EUCH, DANN WILL ICH DIESMAL EUER LEBEN VERSCHONEN!«

Die tollkühnen Gesellen jubelten beifällig, und der Musikant spielte einige Akkorde auf seiner Mandoline. Der Blech-Holzfäller jedoch rührte sich nicht, sondern musterte die Männer lediglich verwirrt.

»DER RITTER ZÖGERT!«, rief Robin Hood.

»Verzeihung, aber wohin soll ich mich denn scheren?«, fragte der Blech-Holzfäller. »Wie ich bereits sagte: Ich bin kein Ritter – und ich habe keinen blassen Schimmer, wo ich den Sheriff finden könnte.«

Robin Hood starrte ihn an und strich sich über den Bart. Dass er keinen echten Ritter vor sich hatte, war offenkundig –

Robin Hood allerdings zu eingebildet, um an seine eigene Fehlbarkeit zu glauben. Also musste er sich einen anderen Grund einfallen lassen, aus dem der Blech-Holzfäller sich ihm widersetzte.

»DER RITTER IST VON MEINER GEGENWART DERART ÜBERWÄLTIGT UND IN DER FOLGE GANZ *KONFUS*«, wandte Robin Hood sich mit erhobener Stimme an seine Gefährten. »LITTLE JOHN, WILL SCARLET – ERGREIFT DAS GANZE PACK! WIR NEHMEN DEN RITTER UND DIE KINDER MIT IN UNSER LAGER, BIS SIE WIEDER HERREN ÜBER IHRE SINNE SIND!«

Die tollkühnen Gesellen lösten Conner und Peter vom Baumstamm und fesselten ihnen die Hände auf den Rücken, und auch dem Blech-Holzfäller banden sie seine metallenen Handgelenke zusammen. Robin Hood und seine Bande bestiegen erneut ihre Pferde und ritten tiefer in den Wald, wobei sie ihre Gefangenen am Seil hinter sich herzerrten.

»Ein schöner Held«, grummelte Peter kaum hörbar.

»Dieser Mann ist des Wahnsinns«, urteilte der Blech-Holzfäller.

»Ihr hattet recht, Leute«, murmelte Conner. »Wir hätten ihn definitiv fangen und ausliefern sollen.«

»ALAN-A-DALE, MEIN TREUER BARDE«, rief Robin Hood dem Musikanten zu. »SPIEL UNS EINE BESCHWINGTE MELODIE, DIE MEINEN MUT UND RUHM PREIST, DAMIT UNS DIE ZEIT AUF DEM HEIMWEG NICHT LANG WIRD.«

Der Musikant zupfte ein Lied auf seiner Mandoline und sang dazu:

Robin von Locksley, Robin von Locksley,
Englands geschätztester Mann.
Er spürt keine Furcht und zieht in den Kampf,
dass Nottingham ruhig schlafen kann.

Anders als der Sheriff gewinnt Robin Herzen,
denn seins ist wahrhaftig und rein.
Ihn lieben die Frauen und wünschen sich Kinder,
seine Schar könnt' beliebter nicht sein.

Dem Sheriff wird bange, denn Robin gelobt,
Prinz John um den Thron bald zu bringen.
Träumt ihr auch von Frieden und besseren Zeiten,
stimmt ein und lasset uns singen!

Robin von Locksley, Robin von Locksley,
schlägt alle in seinen Bann,
Robin von Locksley, Robin von Locksley,
Englands geschätztester Mann!

Ein ums andere Mal schmetterten die tollkühnen Gesellen die Verse, während Robin sich als Dirigent betätigte und Conner, Peter und dem Blech-Holzfäller damit bald unsäglich auf die Nerven fiel. Bei Einbruch der Dämmerung erreichten sie das Lager, das aus einem halben Dutzend Zelte rings um ein kleines Feuer bestand. Die Männer zerrten ihre Gefangenen in eines davon und fesselten sie im Innern an einen Pfosten.

Draußen wurde derweil munter weitergesungen, nachdem Robin Hoods Gefährten sich alle um das Lagerfeuer geschart hatten, so dass Conner, Peter und der Blech-Holzfäller gezwungen waren, noch viele weitere Stunden den fürchterlichen

Reimen über einen nicht minder schrecklichen Mann zu lauschen.

»Das treibt mich noch in den Wahnsinn – und ich lebe zusammen mit einem Haufen kleiner Jungen auf einer entlegenen Insel mitten im Weltraum! Ich habe tonnenweise Geduld!«, erklärte Peter und rempelte Conner an, als könnte dieser etwas gegen ihre Qual unternehmen.

»Was soll das, Blätterjunge?«, motzte Conner und revanchierte sich mit einem ebenso festen Stoß.

»Wir wären ja gar nicht hier, wenn du und deine Schwester nicht die Kontrolle über euren Onkel verloren hättet!«, giftete Peter.

»Und wenn deine Freundin mehr als ein erbsengroßes Feenhirn hätte, wäre sie nicht entführt worden!«, konterte Conner.

Mit jedem Vorwurf wurden ihre Knüffe ein wenig härter.

»Kämpft nur weiter, meine Herren!«, ermutigte sie der Blech-Holzfäller.

»Wieso?«, fragte Conner.

»Je heftiger ihr einander schubst, desto mehr lockern sich die Seile um meine Hände«, sagte er.

Conner und Peter tauschten begeisterte Blicke und warfen sich nun mit aller Kraft abwechselnd gegen den jeweils anderen. Sie sehnten sich so verzweifelt danach, den tollkühnen Gesellen zu entwischen, dass sie dabei den zunehmenden Schmerz in ihren Schultern kaum spürten. Nach einer Weile gelang es dem Blech-Holzfäller, seine Hände aus den Seilschlingen zu ziehen, und er knotete auch die beiden Jungen los.

»Conner, da ragt etwas aus deiner Hosentasche«, bemerkte Peter.

Conner tastete danach und fingerte eine lose Buchseite hervor. Während seiner Rangelei mit Peter musste sie nach oben gerutscht sein. Er entfaltete sie, und seine Augen wurden doppelt so groß, als ihm klarwurde, was er in der Hand hielt.

»Leute, das ist eine Seite aus *Der Zauberer von Oz*!«, rief er aus. »Damit können wir zurück nach Oz reisen – und von dort aus weiter ins magische Land!«

»Brauchen wir dazu nicht einen Zaubertrank?«, fragte der Blech-Holzfäller.

»Den machen wir uns selbst! Ich habe die Rezeptur im Kopf!«, erwiderte Conner.

Er strahlte vor Freude. Damals, als er in der Höhle das Papier in seine Tasche gestopft hatte, hätte er sich nie träumen lassen, dass es einmal seine Rettung sein würde. Und, was noch besser war: Conner entsann sich, dass auch seine Schwester eine Buchseite bei sich trug – so war es gewiss nur eine Frage der Zeit, bis Alex sie finden und ebenfalls dazu benutzen würde, ihrer neuen Geschichte zu entkommen, sofern sie das nicht längst getan hatte.

Seine Überschwänglichkeit währte jedoch nicht lange, denn mit einem Mal vernahmen er und seine Freunde von draußen unheilvollen Lärm. Nicht etwa ein weiteres Lied, sondern das Hufgetrappel von Pferden – *Hunderten von Pferden*!

Conner, Peter und der Blech-Holzfäller spähten ins Freie und sahen eine Truppe Soldaten, die soeben aus den Bäumen brach und das Lager der tollkühnen Gesellen einkesselte. Sie waren so plötzlich aufgetaucht, dass Robin Hood und seinen Männern keine Zeit blieb, zu den Waffen zu greifen. Ein Mann mittleren Alters mit dunklem Bart führte die Soldaten an; auf seiner Rüstung prangte ein blankpolierter Stern.

»Oh-oh«, machte Conner.

»Wer ist das?«, wollte Peter wissen.

»SCHAUT AN, MÄNNER, DER SHERIFF VON NOT-

TINGHAM STATTET UNS EINEN BESUCH AB«, dröhnte Robin Hood und beantwortete damit die Frage. »WAS VERSCHAFFT UNS DIESE *MISSEHRE*?«

»Robin von Locksley«, sprach der Sheriff ihn an, »Ihr und Eure Gefolgsleute seid hiermit verhaftet – wegen Diebstahls, Vandalismus und Flucht vor dem Gesetz. Ihr werdet uns nach Nottingham begleiten, wo Euch der Prozess blüht. Jeder Fluchtversuch wird mit dem Tod geahndet.«

Der Sheriff nickte seiner Truppe zu. Die Bogenschützen traten vor und legten ihre Pfeile auf Robin Hood und die tollkühnen Gesellen an. Ein Entkommen schien aussichtlos.

»Das ist furchtbar«, flüsterte Conner.

»Wieso? Der Kerl ist ein Albtraum«, erwiderte Peter.

»Nein, furchtbar für uns!«, erklärte Conner. »Der Sheriff wird uns entdecken und ebenfalls mit nach Nottingham schleifen.«

»Aber wir sind Gefangene, da wird er uns kaum mit dieser Bande in Verbindung bringen«, warf der Blech-Holzfäller ein.

»Das tut nichts zur Sache«, widersprach Conner. »Ich weiß, der Sheriff wirkt vernünftiger als Robin Hood, aber er ist ein echt mieser Typ. Er wird uns in seine Burg verschleppen und dort zum Spaß foltern!«

Peter und der Blech-Holzfäller warfen einander nervöse Blicke zu. Conner tigerte derweil auf und ab und zermarterte sich das Hirn nach einer Lösung. In ihrem Zelt befand sich nichts außer einer zerlumpten Decke und einem zusammengeballten weißen Laken auf dem Boden.

»Also, was tun wir?«, fragte Peter.

»Ich habe eine Idee«, verriet Conner. »Die verrückt klingen mag, aber funktionieren könnte. Spielt das Spiel einfach mit und nickt zu allem, was ich sage.«

Draußen verschärfte sich die Situation unterdessen zusehends. Robin Hood war vom Lagerfeuer aufgestanden und schlenderte nun zum Sheriff von Nottingham hinüber.

»EIN GANZ AUSGEFUCHSTER MANN SEID IHR, SHERIFF«, rief er. »IHR HABT ES VORHIN SO EINGEFÄDELT, DASS ICH EINEN EURER RITTER GEFANGEN NEHME, DAMIT IHR IHM FOLGEN UND SO UNSER LAGER AUFSPÜREN KONNTET. EIN KLUGER SCHACHZUG!«

»Schwachkopf«, herrschte der Sheriff ihn an. »Wir haben Euch aufgestöbert, weil Euer Gegröle meilenweit reicht.«

Sämtliche tollkühnen Gefährten sackten in sich zusammen – ihnen war längst klar gewesen, dass das laute Organ ihres Anführers sie eines Tages in Schwierigkeiten bringen würde.

»WISST IHR, WAS NOCH DURCH DEN GESAMTEN WALD UND WEITER REICHT, SHERIFF?«, fragte Robin Hood in unverminderter Lautstärke. »*MEINE LIEBE ZU NOTTINGHAM!* ALSO NEHMT MICH MIT, VERPRÜGELT MICH, FOLTERT MICH UND TÖTET MICH AM ENDE. MEINEN KÖRPER KÖNNT IHR ZERSTÖREN, ABER NIEMALS VERNICHTEN WERDET IHR MEINEN –«

»*Geist!*«, schrie Little John.

»JA, GENAU DAS WOLLTE ICH GERADE SAGEN!«

»Nein, Sir! Seht, da kommt etwas Geisterhaftes auf uns zu!«, rief Will Scarlet.

Die tollkühnen Gesellen und sämtliche Soldaten aus Nottingham wandten sich zur Mitte des Lagers um. Conner hatte sich die schäbige Decke umgelegt und humpelte nun gebückt auf sie zu, die Arme vor sich ausgestreckt wie ein Zombie.

»Wer ist das?«, fragte der Sheriff. »Gebt Euch augenblicklich zu erkennen, oder ich lasse Euch einen Pfeil durchs Herz jagen.«

Conner schluckte – und hoffte inständig, dass sein Plan aufgehen würde.

»Eure Pfeile fürchte ich nicht, denn niemand vermag mich zu töten!«, krächzte er mit schauriger Stimme. »Ich bin Connermoondo, der gefürchtete Zauberer von Sherwood!«

»ZAUBERER?« Robin Hood grölte. »DIESER JUNGE IST NICHT MEHR ALS EIN KIND, DAS WIR IM WALD AUFGEGABELT HABEN.«

»RUHE!«, fuhr Conner Robin Hood an. *»Ihr seid derart geblendet von Eurer eigenen Arroganz, dass es ein Leichtes war, Euch mit meiner Tarnung als Sterblicher zu täuschen! Nun trete ich vor Euch, um dem Sheriff und seinen Mannen eine Warnung zu überbringen! Verlasst auf der Stelle meinen Wald, sonst hetze ich meine Armee der Untoten auf Euch!«*

Der Sheriff und seine Soldaten brachen in haltloses Gelächter aus. Keiner von ihnen ging Conner auf den Leim.

»Dieser Junge muss lernen, was Leuten widerfährt, die uns drohen«, beschloss der Sheriff. »Erschießt ihn!«

»Jetzt!«, wisperte Conner.

Im selben Moment, in dem die Bogenschützen ihre Pfeile auf ihn anlegten, kam der Blech-Holzfäller aus dem Zelt gerannt – *allerdings ohne Kopf.* Die tollkühnen Gesellen und die Soldaten schrien bei seinem furchteinflößenden Anblick panisch auf – sie glaubten allen Ernstes, es handele sich um einen Kopflosen, der aus der Unterwelt zurückgekehrt war. Der Blech-Holzfäller stürmte auf die Männer zu, und viele von ihnen flohen überstürzt in den Wald.

»Peter, du bist dran!«, flüsterte Conner.

Prompt schoss Peter zwischen den Zeltplanen hervor, eingehüllt in das weiße Laken. So flog er über das Lager hinweg und stöhnte qualvoll wie eine gefolterte Seele. Robin Hoods Gefolgsleute klammerten sich kreischend aneinander – der Mönch sprach ein Stoßgebet und reckte dem schwebenden Geist sein Kruzifix entgegen.

»Dieser Wald ist von schwarzer Magie durchseucht!«, heulte der Sheriff. »Vergesst Robin von Locksley und seine tollkühnen Gesellen – wir müssen sofort zurück nach Nottingham!«

Der Sheriff schnalzte mit den Zügeln seines Pferds und lenkte es zwischen die Bäume. Seine wenigen verbliebenen Soldaten folgten ihm auf dem Fuß; viele von ihnen rissen sich im Laufen die Rüstung vom Leib, um schneller voranzukommen.

Sowie die Luft rein war, nahm Conner die zerschlissene Decke ab, Peter warf das Laken zu Boden, und der Blech-Holzfäller holte seinen Kopf aus dem Zelt und schraubte ihn sich wieder auf den Hals, wie man einer Flasche den Deckel aufdreht. Alle drei prusteten hysterisch los und klatschten einander ab.

»Habt ihr ihre Mienen gesehen?«, japste Conner.

»Sie waren starr vor Angst!«, juchzte Peter.

»Darauf, meinen Kopf abzunehmen, wäre ich selbst nie gekommen«, gestand der Blech-Holzfäller. »Guter Einfall, Conner!«

Die tollkühnen Gesellen bibberten noch immer und hielten sich aneinander fest. Robin Hood allerdings näherte sich Conner und seinen Freunden, obwohl seine Männer ihn anflehten, den dreien fernzubleiben. Er blickte ihnen in die Augen und verneigte sich dann.

»O EHRWÜRDIGER ZAUBERER VON SHERWOOD FOREST«, rief Robin Hood. »IHR HABT MICH UND MEINE TOLLKÜHNEN GESELLEN VOR DEM GALGEN BEWAHRT! WIR WERDEN EUCH AUF EWIG DANKBAR SEIN UND DEN REST UNSERER TAGE ALS EURE BESCHEIDENEN DIENER VERBRINGEN!«

Seine Gefolgsleute taten es Robin Hoods gleich und beugten ebenfalls das Haupt. Der Blech-Holzfäller und Peter grinsten und schoben Conner nach vorn. Kurz spielte er mit dem Gedanken, Robin Hood und seinen Männern zu offenbaren, wer er in Wirklichkeit war und wie es ihn und seine Freunde nach Sherwood Forest verschlagen hatte. Bei reiflicher Überlegung regte sich in ihm jedoch die Sorge, dass die Wahrheit ihnen die Köpfe sprengen könnte; mit ihrer gegenwärtigen Interpretation waren sie zweifellos besser bedient.

»Gern geschehen, Robin von Locksley«, sagte Conner. »Und dein Angebot nehme ich gern an.«

»WIR WERDEN ALLES FÜR EUCH TUN, O ZAUBERER, ALLES, WAS IHR WÜNSCHT!«, beteuerte Robin Hood lautstark.

»Tja, wenn das *so* ist …«, meinte Conner, »dann verkneif dir künftig bitte jeden Gesang über dich selbst! Und *Zauberer* musst du mich auch nicht nennen – das geht mir allmählich schon auf die Nerven. Mein Name ist Conner Bailey, das hier ist der Blech-Holzfäller, und der dort drüben heißt Peter Pan.«

Robin Hood küsste ihnen die Füße. Wäre er kein derart angeberischer Volltrottel gewesen, hätte Conner die Situation eventuell als unangenehm empfunden, doch wie die Dinge nun einmal lagen, genossen er und seine Gefährten es, den Aufschneider so demütig zu erleben.

»CONNER VON BAILEY, BLECH VON HOLZFÄLLER UND PETER VON PAN«, tönte Robin Hood, »GESTATTET MIR, EUCH OFFIZIELL MEINE TOLLKÜHNEN GESELLEN VORZUSTELLEN: LITTLE JOHN, WILL SCARLET, BRUDER TUCK UND MEINEN BARDEN, ALAN-A-DALE.«

Jeder der Männer drückte den Rücken durch, sobald sein

Name fiel, und knickte dann wieder in eine unterwürfige Pose ein.

»EURE BITTE IST UNS BEFEHL!«, dröhnte Robin Hood.

»Phantastisch«, sagte Conner und rieb sich die Hände. »Morgen früh gebe ich euch als Erstes eine Liste mit Komponenten, die ihr mir bitte einzusammeln helft.«

»EUER ANLIEGEN IST BEREITS SO GUT WIE ERLEDIGT!«

Somit bewahrheitete sich Conners anfängliche Prophezeiung letztlich doch – Robin Hood würde sich ihnen noch als *sehr* nützlich erweisen.

Kapitel 23

Verlorener Rat

Zwar hatte Rotkäppchen erst wenige Tage mit den verlorenen Jungen verbracht, doch an ihrer Rolle als Mutter fand sie zusehends Gefallen. Sowie die anderen sie in Nimmerland zurückgelassen hatten, waren die Knirpse zur Tat geschritten, um ihr eine geräumige unterirdische Wohnstätte anzulegen. Auf Peters Anweisung befolgten sie jeden Befehl, den Rotkäppchen ihnen gab, und bedienten sie von vorne bis hinten. So verbrachte sie ihre Tage ausgestreckt auf einer Art Liegestuhl, den die kleinen Racker aus Palmen gefertigt hatten, und schlürfte Kokos-Cocktails, die sie ihr rund um die Uhr anreichten.

Alles, was die verlorenen Jungen sich im Gegenzug dafür erhofften, war allabendlich eine schöne Gutenachtgeschichte, und die erzählte Rotkäppchen ihnen nur zu gern. Es war ihr gänzlich unbegreiflich, weshalb derart viele Mütter sich stets beklagten; sie selbst empfand das Muttersein als höchst vergnüglich.

»Soll ich dir noch ein Getränk bringen, Mutter?«, fragte Tootles.

»Nein, vielen Dank, Tobias«, antwortete Rotkäppchen. »Ich bin gut versorgt.«

»Möchtest du ein wenig Luft zugefächelt bekommen, Mum?«, erkundigte sich Slightly.

»Mein süßer Salvador, ich danke dir, aber ich finde die Temperatur genau richtig.«

»Mommy, darf ich dir noch ein paar Snacks zubereiten?«, wollte Curly wissen.

»Ich habe keinen Hunger, aber danke, Caesar.«

»Ist dir die Liege bequem genug, Mumzie?«, sorgte sich Nibs.

»Sehr gemütlich, Nathaniel.«

»Wie wäre es, wenn wir dir noch einmal die Füße massieren, Mama?«, schlugen die Zwillingsbuben vor.

»Ich danke euch, meine lieben Jeffreys, aber meine Zehen sind fürs Erste vorzüglich durchblutet.«

Rotkäppchen nahm sich einen Moment, um den Blick stolz über ihre Söhne auf Zeit schweifen zu lassen. Nicht einmal im Traum hätte sie je damit gerechnet, dass die wilden Rotzlöffel, die sie an ihrem ersten Tag in Nimmerland kennengelernt hatte, sich zu perfekten Kavalieren mausern würden. Mehr als neue Namen und jemand, dem sie den Hof machen konnten, war dazu nicht nötig gewesen.

»Meine kleinen Spätzchen, ihr seid heute ganz herzallerliebst zu eurer Mutter gewesen«, lobte Rotkäppchen. »Deshalb möchte ich euch, bevor es gleich ins Bett geht, mit einer weiteren Gutenachtgeschichte belohnen!«

Die verlorenen Jungen jubelten und nahmen eifrig um sie herum im Schneidersitz auf dem Boden Platz. Alle sechs schauten erwartungsvoll und mit breitem Lächeln – dem in den meisten

Fällen einige Milchzähne fehlten – zu ihr auf. Rotkäppchen war ihre ungeteilte Aufmerksamkeit sicher.

»Welche Geschichte erzählst du uns heute, Mutter?«, fragte Tootles.

»Eine, die mir besonders lieb ist«, antwortete Rotkäppchen. »Sie heißt ›Das Märchen vom bildhübschen und blitzgescheiten Blaukäppchen‹.«

Allein der Titel stürzte die verlorenen Jungen in neuerliche Begeisterungsstürme.

»Ist es eine gute Geschichte, Mum?«, erkundigte sich Slightly.

»Die beste, die ihr je hören werdet«, versprach Rotkäppchen.

»Stirbt Blaukäppchen am Ende, so wie Cinderella, Schneewittchen, Dornröschen und Rapunzel?«, fragte Curly. »Ich will es bloß wissen, ehe ich mein Herz zu sehr an sie hänge.«

»Die anderen Märchen waren alle so traurig«, meinte Nibs und schüttelte betrübt den Kopf. »Ich fasse es noch immer nicht, dass die unglückselige Cinderella um Mitternacht auf dieser Treppe ausgerutscht ist … oder dass Schneewittchen an dem vergifteten Apfel erstickt ist … oder dass Dornröschen sich an der Spindel eine Infektion mit Staphylokokken zugezogen und das erst beim Aufwachen bemerkt hat.«

»Arme, arme Prinzessinnen«, schnieften die Zwillingsbengel.

»Tja, diese Märchen sollen uns schließlich wertvolle Lektionen lehren«, gab Rotkäppchen zu bedenken. »Rennt niemals Treppen hinunter, kaut euer Essen vor dem Schlucken immer gründlich und geht zum Arzt, wenn ihr euch an rostigem Metall verletzt habt.«

»Lehrt ›Das Märchen vom bildschönen und blitzgescheiten Blaukäppchen‹ uns auch etwas?«, erkundigte sich Slightly.

»Wenn ihr schön geduldig seid, werdet ihr es gleich herausfinden«, neckte Rotkäppchen.

Die verlorenen Jungen saßen wie auf glühenden Kohlen. Rotkäppchen räusperte sich und fing zu fabulieren an.

»Es war einmal ein bildhübsches und blitzgescheites kleines Mädchen namens Rot- – Verzeihung – *Blau*käppchen«, sagte sie. »Eines Tages lief es durch den Wald, um seiner Großmutter einen Korb voller Leckereien zu bringen. Die arme alte Frau war fürchterlich erkältet, daher wollte Blaukäppchen – so großherzig und mitfühlend, wie es war – ihr einen Besuch abstatten, um sie ein wenig aufzumuntern. Unterwegs wurde es jedoch von einem gigantischen, grausamen Wolf aufgehalten!«

Die verlorenen Jungen schnappten nach Luft und klammerten sich aneinander. Die Zwillinge hielten sich sogar die Augen zu.

»Zum Glück war die kleine Blau so bildhübsch, dass der Wolf es nicht übers Herz brachte, sie zu fressen«, fuhr Rotkäppchen fort. »Allerdings versuchte er listig, ihr zu entlocken, wo ihre Großmutter lebte, um stattdessen die alte Frau zu vertilgen! Ein Segen, dass die kleine Rot – Verzeihung – die kleine *Blau* ebenso blitzgescheit wie bildhübsch war, und so schickte sie den Wolf zu einer ganz anderen Hütte im Wald. Der Wolf wandte sich also von Blaukäppchen ab und machte sich auf den Weg, den sie ihm gewiesen hatte – und an dessen Ende er feststellen musste, dass er geradewegs zum Zuhause von Jägern gelotst worden war!«

Die verlorenen Jungen brüllten vor Lachen über das Verhängnis des Wolfs.

»Die Jäger töteten den Wolf, und Blaukäppchen verbrachte einen vergnüglichen Nachmittag mit ihrer Großmutter«, schloss Rotkäppchen. »Die übrigen Leute aus dem Dorf waren von ihrer Intelligenz und ihrem Mut derart beeindruckt, dass sie sie zur Königin ihres ganz eigenen Königreichs wählten! Und alle lebten glücklich und zufrieden bis ans Ende ihrer Tage.«

Der Schluss der Geschichte wurde mit einer herzlichen Runde Beifall quittiert.

»Wurde Blaukäppchen wirklich zur *Königin* ernannt?«, hakte Curly nach. »Bloß weil sie einen Wolf ausgetrickst hatte?«

»Mag sein, dass ich die Ereignisse ein bisschen freier wiedergegeben habe, aber im Kern durchaus«, bestätigte Rotkäppchen.

»Und was ist aus ihr geworden, nachdem sie den Thron bestiegen hatte?«, wollte Slightly wissen. »Hat sie geheiratet oder Kinder bekommen?«

»Lustig, dass du fragst«, meinte Rotkäppchen. »Die kleine Blau traf einen ganz besonderen Prinzen, in den sie sich innig verliebte, und die beiden *hatten vor* zu heiraten. Leider ist die Hochzeit aber nicht wie geplant verlaufen.«

»Was ist denn passiert?«, erkundigte sich Tootles. »Ist der Wolf von den Toten auferstanden und zurückgekehrt?«

»Schlimmer«, entgegnete Rotkäppchen. »Eine grässliche, hässliche Ziege hat Blaukäppchen den Prinzen gestohlen.«

»O nein!«, rief Nibs aus. »Wieso hat Blaukäppchen nichts dagegen unternommen?«

»Es gab nichts, was ich – Verzeihung – was *sie* hätte tun können«, antwortete Rotkäppchen. »Der Prinz fürchtete, dass die Ziege der kleinen Blau weh tun würde, falls er sich weigerte, mit diesem Biest fortzugehen, und so hat er sich für sie geopfert.«

Slightly seufzte und flatterte mit den Augenlidern. »Wie romantisch.«

»Ich schätze, dann war er letztlich gar nicht ihre wahre Liebe«, mutmaßte Tootles. »Besser, man merkt so was vor der Hochzeit als Jahre später, wenn man längst verheiratet ist.«

»Das stimmt«, pflichtete Nibs ihm bei.

»Die Ziege hat Blaukäppchen im Grunde einen Gefallen getan«, urteilte Curly.

»Wie wahr, wie wahr«, fielen die Zwillinge mit ein.

Alle verlorenen Jungen nickten einmütig, was Rotkäppchen zutiefst verwirrte, denn sie hätte nicht gegensätzlicherer Meinung sein können – womöglich hatte sie etwas Entscheidendes in ihrer Erzählung ausgelassen.

»Natürlich war der Prinz Blaukäppchens wahre Liebe!«, betonte sie. »Nachdem sie jahrelang stets an den falschen Orten danach gesucht hatte, war sie nun endlich ihrem fehlenden Puzzleteil begegnet. Sie freute sich darauf, den Rest ihres Lebens gemeinsam mit ihm zu verbringen. Kein Tag vergeht, an dem sie nicht stundenlang darüber nachdenkt, wie sehr sie ihn vermisst, und sich wünscht, jemand oder etwas wäre in der Lage gewesen, die Ziege aufzuhalten. *Blaukäppchen weint jedes Mal, wenn ihr der Prinz in den Sinn kommt!*«

Rotkäppchen brach in Tränen aus, und schnäuzte ihre Nase in Tootles' Ärmel. Die verlorenen Jungen beäugten sie argwöhnisch und tauschten dann ein Lächeln. Es war ziemlich offenkundig, weshalb die Geschichte ihr derart viel bedeutete.

»Eine Frage«, meldete sich Tootles. »Wenn Blaukäppchen anstelle des Prinzen entführt worden wäre, was hätte er wohl getan? Hätte er heulend herumgesessen und von ihr erzählt?«

Das hatte Rotkäppchen sich noch nie überlegt. »Ich weiß es nicht«, antwortete sie. »Vermutlich hätte der Prinz auf Gedeih und Verderb mit der Ziege gekämpft. Er wäre lieber im Kampf gestorben, als auch nur einen Tag ohne Blaukäppchen zu leben.«

»Und wieso ist Blaukäppchen dann nicht ebenfalls gegen die Ziege ins Feld gezogen?«, fragte Slightly. »Hat der Prinz sie mehr geliebt als sie ihn?«

Rotkäppchen schüttelte den Kopf. »Nein, sie haben einander gleichermaßen stark geliebt«, beteuerte sie. »Wärt ihr bei der Hochzeit dabei gewesen, würdet ihr es verstehen. Die kleine

Blau hat die Gäste angefleht, ihr zu helfen, aber niemand hat sich bereiterklärt.«

»Da hast du gerade etwas sehr Interessantes gesagt«, stellte Curly fest. »Niemand wollte ihr *helfen.* Begreifst du, wieso das von Bedeutung ist?«

»Curly hat recht«, mischte sich auch Nibs ein. »Anscheinend ist Blaukäppchen so daran gewöhnt, von anderen Leuten alles abgenommen zu bekommen, dass sie auch erwartet, Außenstehende müssten all ihre Probleme lösen. Wie du ja selbst erzählt hast: Ein ganzes Königreich ist ihr einfach in den Schoß gelegt worden! Sie musste nicht einmal einen Wahlkampf führen oder so.«

»Wenn Blaukäppchen den Prinzen wahrhaftig liebt, würde sie selbst der Ziege nachstellen«, befand auch Tootles. »Sie würde nicht auf fremde Hilfe oder Erlaubnis oder Zuspruch warten! Sondern ebenfalls auf Leben und Tod mit der Ziege kämpfen, weil auch sie lieber sterben als ohne ihn alt werden würde.«

Am liebsten hätte Rotkäppchen den Knirpsen gesagt, dass sie falschlagen, doch ihr fiel dafür kein einziges Argument ein. *Die verlorenen Jungen hatten absolut recht!* Nur Rotkäppchen selbst wusste, wie es sich anfühlte, mit ihrem gebrochenen Herzen zu leben; daher konnte sie unmöglich von anderen Unterstützung verlangen. Nur Rotkäppchen selbst vermochte ihren eigenen Schmerz zu lindern – und sie hatte nicht vor, sich noch länger davon martern zu lassen!

Entschlossen sprang die junge Königin auf die Füße und musterte ihre Söhne auf Zeit.

»Knirpse, holt eure Sachen«, ordnete sie an. *»Wir gehen auf Ziegenjagd!«*

Die verlorenen Jungen rafften eilig ihre verschiedenen selbstgefertigten Waffen zusammen; Rotkäppchen schnappte sich derweil das Buch, auf das sie achtgeben sollte – *Peter Pan*. Sie schlug es auf, und ein greller Lichtstrahl brach daraus hervor und erleuchtete ihre gesamte unterirdische Wohnstätte.

Rotkäppchen reckte den Kopf in die Säule und spähte nach Oz hinüber. Auf dem Fußboden des Palasts der bösen Hexe des Westens sah sie Jack und Goldlöckchen in friedlichem Schlummer. Blubo hatte sich neben ihnen eingerollt, und an seiner Seite wiederum lag die Ausgabe von *Der Zauberer von Oz*.

»Flink und leise, Buben«, wies Rotkäppchen ihre Schützlinge an. »Wir reisen nach Oz, von dort aus in die Märchenwelt, und dann retten wir euren zeitweiligen Vater!«

Einer nach dem anderen huschte vorsichtig durch den Strahl und betrat den Palast der Hexe. Rotkäppchen trug *Der Zauberer von Oz* auf Zehenspitzen hinüber zur anderen Seite des Thronsaals und öffnete es. Gemeinsam mit den verlorenen Jungen durchschritt sie die nächste Lichtsäule, und alle fanden sich in der Höhle im magischen Land wieder.

Dort stießen sie auf Hagetta, die direkt vor dem Eingang an einem kürzlich aufgeschichteten Feuer hockte.

»Rotkäppchen, was tust du denn schon wieder hier?«, fragte Hagetta. »Und wer sind diese Kinder?«

»Hagetta, das sind meine Söhne auf Zeit«, erklärte Rotkäppchen. »Weißt du zufällig, wo die Hexe Morina wohnt?«

»Ich glaube, sie lebt in einer Hütte in den Zwergenwäldern, in der Nähe der Grenze zum Königreich an der Ecke – selbst bin ich allerdings nie dort gewesen«, antwortete Hagetta. »Wieso fragst du?«

»Weil diese Bengel und ich jetzt Charlie zurückholen werden!«, verkündete Rotkäppchen.

Ehe Hagetta Gelegenheit hatte, etwas dagegen einzuwenden, führte Rotkäppchen die verlorenen Jungen zu einer nahen

Wiese, auf der Hafergrütze, Flöckchen und Inferno grasten. Sie half den Zwillingsbuben auf Flöckchens Rücken und kletterte anschließend selbst mit Tootles auf Hafergrütze. Nibs, Curly und Slightly schwangen sich auf Inferno.

»Rot, du kannst nicht einfach zu Morina galoppieren«, rief Hagetta und rannte der kleinen Gruppe nach. »Sie ist eine der mächtigsten Hexen der Welt! Du hast keine Chance gegen sie!«

»Schlimmer als ein Pirat wird sie schon nicht sein!«, meinte Tootles.

»Ja, die stecken wir in die Tasche!«, tönte Slightly.

»Wir müssen die wahre Liebe unserer Mutter befreien!«, sagte Curly.

»Auf zum Haus der Hexe!«, schrie Nibs.

»Attacke!«, brüllten die Zwillingsjungen.

»Hagetta, ich habe keine Wahl«, sagte Rotkäppchen ernst. »Ich kann nicht herumsitzen und abwarten, während eine gehörnte Geisteskranke mit einem Kessel die Liebe meines Lebens gefangen hält! Außerdem: Wären unsere Rollen vertauscht, würde Charlie das Gleiche für mich tun.«

Rotkäppchen griff nach Hafergrützes Zügeln und ritt voran.

»Oh, und eines noch«, rief sie über die Schulter zu Hagetta zurück. »Falls du Goldlöckchen triffst, ehe ich wieder da bin, richte ihr aus, dass wir uns ihre Pferde geborgt haben.«

Hagetta hatte keine Möglichkeit, die Gruppe aufzuhalten – sie musste in der Höhle bleiben und das Buch bewachen. Rotkäppchen und die verlorenen Jungen machten sich auf durch den Wald und verschwanden bald in die Nacht hinein.

»O weh«, seufzte Hagetta. »Das wird kein gutes Ende nehmen.«

Kapitel 24

Die Jungfrau vom See

Artus und Alex erwachten am nächsten Morgen noch vor Sonnenaufgang. Einen Ast vom ältesten Baum des Waldes zu finden würde eine echte Herausforderung werden, und so wollten sie keinen Moment Tageslicht verschwenden. Sie brachen unverzüglich auf und suchten stundenlang, wobei sie sich weit über jene Bereiche des Waldes hinauswagten, in denen Artus sich gut auskannte.

»Wir sollten vielversprechende Kandidaten, die uns ins Auge fallen, markieren«, schlug Alex vor.

Sie deutete auf einen besonders altehrwürdigen Baum, an dem sie soeben vorübergekommen waren, und versah ihn auf magische Weise mit Tausenden funkelnder Lichter.

»Aber wie wollen wir feststellen, welcher der Allerälteste ist?«, fragte Artus. »Gibt es irgendeinen Zauber, mit dem sich das Alter jedes einzelnen Exemplars bestimmen lässt?«

»Nicht dass ich wüsste«, meinte Alex. »Ich hatte einfach vor, sie zu fällen und dann die Ringe zu zählen.«

Bis weit in den Nachmittag hinein durchkämmten sie den Wald und kennzeichneten dabei die ältesten Bäume. Einmal gelangten sie auf eine idyllische Wiese und trafen dort auf Merlin und Mutter Gans beim Picknick. Beide starrten zum Himmel hinauf und formten abwechselnd mit einem kleinen Spruch die Wolken zu Tieren und Objekten, die der jeweils andere dann erraten musste.

»Das ist ein Kaninchen – oder ein Eichhörnchen!«, vermutete Mutter Gans. »Nein, es schaut aus wie eine Ente! Wartet, jetzt habe ich es: Das ist Lester!«

»Richtig! Du bist ein Naturtalent in dieser Disziplin, meine Liebe!«, freute sich Merlin.

Lester hockte neben den zweien und schien recht verschnupft darüber, dass die große, flauschige Wolke ihm angeblich ähneln sollte. Alex merkte sofort, dass er allmählich genug von Merlins und Mutter Gans' Albernheiten hatte.

»Lester, hast du Lust, Artus und mich bei unserer Suche nach dem ältesten Baum des Waldes zu unterstützen?«, fragte Alex.

»Squaaaw!«, krächzte der Ganter und nickte dankbar.

Sowie sie bemerkten, dass Artus und Alex zu ihnen gestoßen waren, richteten sich Merlin und Mutter Gans auf.

»Guckt uns nicht so an«, meinte Merlin. »Mag sein, dass wir die ältesten Wesen im Wald sind, aber von uns bekommt ihr keine Äste!«

»Der war gut, Merl!« Mutter Gans lachte und prostete ihm mit ihrer Tasse zu.

Auch Alex konnte sich ein Schmunzeln nicht verkneifen – nicht etwa über Merlin, sondern über Mutter Gans. Nie zuvor schien ihre alte Freundin sich so gut unterhalten zu haben wie mit Merlin. Alex ahnte, dass der unausweichliche Abschied von Merlin ihrer alten Freundin schwerfallen würde – doch Mutter Gans war nicht die Einzige, die jemanden, der ihr ans Herz gewachsen war, zurücklassen musste.

Alex und Artus setzten ihre Suche mit einem watschelnden Lester im Schlepptau fort.

»Mutter Gans wird Merlin fehlen«, bemerkte Artus. »Ich kann mich nicht erinnern, ihn je so glücklich erlebt zu haben.«

»Das Gleiche gilt für Mutter Gans«, erwiderte Alex. »In letzter Zeit war sie ziemlich niedergeschlagen; es ist schön, sie zur Abwechslung einmal lachen zu hören.«

»Vermutlich ist es für alle das Beste, dass ihr bald aufbrecht«, sagte Artus. »Kannst du dir vorstellen, was für einen Unfug die zwei womöglich noch zusammen anstellen, falls ihr länger bliebt?«

»Mir graut es bereits bei dem Gedanken daran«, meinte Alex.

»Ich wette, Merlin hofft, dass Mutter Gans dennoch Kontakt hält«, sagte Artus und schob die Unterlippe vor. »Merlin wäre unglaublich traurig, wenn sie sich nie wieder melden würde.«

Alex warf ihm einen unauffälligen Seitenblick zu – dass sie längst nicht mehr von ihren beiden Mentoren redeten, war offenkundig.

»Ich bin überzeugt, dass *Mutter Gans* liebend gern mit *Merlin* in Kontakt bleiben würde«, sagte Alex. »Allerdings weiß *Mutter Gans* auch, dass *Merlin* eine Bestimmung zu erfüllen hat, und davon würde sie ihn nicht ablenken wollen.«

»Ach ja«, seufzte Artus. »Diese ganze *Schicksalsgeschichte* funkt immer überall dazwischen. Na, jedenfalls ist das sehr nett von *Mutter Gans.*«

Alex wurde still. Sie kannte Artus erst seit einem Tag, und bereits jetzt vermochte sie sich ein Leben ohne ihn kaum mehr auszumalen. Diese plötzliche Anhänglichkeit versuchte sie, auf ihr Alter zu schieben – welches bald fünfzehnjährige Mädchen wäre nicht hingerissen von einem so attraktiven und cleveren jungen Mann wie Artus?

Obwohl Alex bereits zuvor einmal für einen Jungen geschwärmt hatte, hatte Artus zweifellos etwas Besonderes an sich. Vielleicht hätte sich ihnen in einem anderen Leben, das sie in derselben Welt verbrachten, die Chance geboten, mehr als nur Freunde zu sein. Doch Alex war sich ihrer gegenwärtigen Situation und jener, die im magischen Land auf sie wartete, nur zu bewusst, und machte sich daher keine falschen Illusionen.

Auch Artus war mit einem Mal verstummt. Sie fragte sich, ob er wohl den gleichen Gedanken nachhing. Dann aber durchbrach er das Schweigen, um eine weitere Runde seines neuen Lieblingsspiels anzustoßen – *Alex im Kreuzverhör*.

»Wie alt werde ich ungefähr sein, wenn ich den Thron besteige?«, bohrte er.

»Artus, ich bleibe dabei: Mehr erzähle ich dir nicht«, sagte Alex. »Es gibt Dinge, die muss die Zeit zeigen.«

»Wie wäre es damit: Ich nenne dir ein Alter, und du verrätst mir, ob ich nah dran bin?«, schlug er vor. »Zwanzig?«

»Du bist unermüdlich«, gab sie zurück und blitzte ihn an.

»Fünfundzwanzig?«, fragte Artus.

Alex lachte über seine Sturheit, was ihn allerdings lediglich zusätzlich ermunterte.

»Dreißig?«, drängte er. »Oh, komm schon, bitte behaupte nicht, dass ich über vierzig sein werde!«

»Ehrlich gesagt habe ich keine Ahnung, Artus«, antwortete Alex. »Deine Geschichte wird in verschiedenen Versionen erzählt, und ich kann nicht mit Bestimmtheit sagen, in welcher ich gelandet bin.«

Diese Offenbarung faszinierte Artus immens. »*Versionen*, sagst du?«, wiederholte er. »Dann existiere ich also mehr als einmal? In diesem Moment spaziert demnach womöglich der eine oder andere weitere Artus ebenfalls durch irgendeinen Wald? Darunter gegebenenfalls ein Artus, der noch mutiger, stärker und *schneidiger* ist als ich?«

»Ausgeschlossen«, meinte Alex mit einem Lächeln. »Mag sein, dass es andere Varianten deiner Geschichte gibt, aber ganz gewiss nur einen einzigen *Artus* wie dich.«

Ihre Worte berührten Artus zutiefst. »Glaubst du, du selbst kommst auch in verschiedenen Varianten vor?«, erkundigte er sich.

»O ja, aber die laufen nicht in anderen Geschichten herum«, sagte sie. »Allein von der Alex, die vor dir steht, kenne ich zahllose Spielarten.«

»Interessant«, befand er. »Magst du das ein bisschen ausführen?«

»Ich möchte nicht, dass du schlecht von mir denkst«, zierte Alex sich.

»Ach, ich bitte dich – du weißt so viel über mich. Verrate mir das *Schlimmste*, das du je getan hast. Ich verspreche dir, dass ich dich nicht dafür verurteilen werde.«

Alex widerstrebte es, noch mehr preiszugeben, doch wenn er schon derart hartnäckig war, schien es ihr besser, ihm etwas von sich zu erzählen, als genauer auf seine eigene Zukunft einzugehen.

»Eine gewisse Zeit lang habe ich jedes Mal, wenn ich überfordert oder wütend war, unwillkürlich Dinge passieren lassen«, gestand Alex.

»Ah, jetzt wird es spannend«, kommentierte Artus. »Bitte sprich weiter.«

»Nachdem ich zum ersten Mal das Gesicht des Maskenmannes erblickt hatte, war ich überzeugt, dass es sich bei ihm um meinen Vater handelt«, erklärte Alex. »Niemand glaubte mir, aber ich hatte keinen Zweifel an dem, was ich gesehen hatte. Über Monate hinweg zermarterte ich mir das Hirn darüber, wie das möglich sein konnte – wie es meinem Dad gelungen war, von den Toten zurückzukehren, und wie er sich in ein solches Monster hatte verwandeln können. Diese Fragen quälten und zermürbten mich. Da ich meine Magie aus dem Herzen schöpfe, überwältigten mich meine Gefühle fortan jedes Mal, sobald ich zornig oder traurig wurde – ich hatte keinerlei Kontrolle mehr über das, was ich sagte oder tat.«

»Und was ist dann geschehen?«, wollte Artus wissen.

»Einmal habe ich mit meinem Bruder Soldaten der Grande Armée verfolgt«, berichtete Alex. »Gerade als sie uns beinahe entwischt wären, habe ich ihnen eine Backsteinmauer in den Weg gezaubert. Sie sind in vollem Lauf dagegengekracht und haben sich allesamt die Nase gebrochen.«

»Also kommt dieser Umstand dir doch manchmal auch zugute«, warf Artus ein.

»In den seltensten Fällen«, widersprach Alex. »Für gewöhnlich ritt ich früher auf einem Einhorn namens Cornelius. Er trug mich quer durch alle Königreiche, stets zu jenen Menschen, die die Hilfe einer Fee am nötigsten hatten. Auf unserer Suche nach dem Maskenmann war ich so verzweifelt, dass ich den Plan gefasst habe, ihn auf Cornelius zu jagen. Allerdings sind Einhörner magische Wesen und dürfen nicht für selbstsüchtige Zwecke missbraucht werden. Da das also nicht klappen wollte, bin ich so fuchsteufelswild geworden, dass Ranken aus dem Boden hervorgeschossen sind und Cornelius eingewickelt haben. Wochenlang hat er sich danach vor mir gefürchtet, bis er mir endlich wieder zu vertrauen gelernt hat – dennoch halte ich mich seither von ihm fern, zu seinem eigenen Besten.«

Trotz ihrer unverhohlenen Schuldgefühle zog Artus die Situation scherzhaft ein wenig ins Lächerliche. »Das ist doch Kinderkram«, behauptete er. »Ich bin mir sicher, du hast noch bessere Geschichten auf Lager.«

»Einmal habe ich eine Schänke in die Wolken hinaufschweben und dann wieder zur Erde fallen lassen«, sagte Alex.

»Du machst Witze! War jemand darin?«

»Ja, *ich*!«, erwiderte Alex. »Von meinem Bruder, sämtlichen unserer engen Freunde und ungefähr einhundert Hexen ganz zu schweigen. Zum Glück bin ich rechtzeitig wieder zur Besinnung gekommen, um uns zu retten, ehe wir auf dem Boden zerschellt wären.«

»Sonst noch was?«, fragte Artus.

Alex hatte die Befürchtung gehegt, Artus mit ihren Anekdoten zu vergraulen, doch er blieb unerschütterlich an ihrer Seite und hing ihr regelrecht an den Lippen.

»Ja, tatsächlich. Unter Umständen habe ich bei der Schilderung meiner Entmachtung als gute Fee ein paar Details ausgespart. Es könnte sein, dass ich die übrigen Mitglieder des Rats der Feen *versehentlich* mit Blitzen angegriffen habe und dann selbst in einer Flammensäule verschwunden bin.«

Artus stieß einen Laut aus, der halb Lachen und halb Aufkeuchen war.

»Alex Bailey!«, tadelte er, doch in seinen Mundwinkeln zuckte ein Lächeln. »Ich notiere hiermit: niemals Alex in Rage versetzen! Wobei ich keinen Zweifel daran habe, dass der Rat sein Schicksal verdient hatte. Gab es denn seither noch weitere solcher *Vorfälle*?«

Alex dachte kurz nach und stellte beglückt fest, dass dem nicht so war.

»Keine, seit ich herausgefunden habe, dass der Maskenmann in Wirklichkeit mein Onkel ist«, verkündete sie. »Er sieht meinem Dad bloß enorm ähnlich. Ich schätze, die Gewissheit, dass ich nicht die Verrückte bin, für die der Rest der Welt mich hält, hat mich wieder ein wenig geerdet.«

»Aber du hast gesagt, du seist dir dessen, was du gesehen hattest, *absolut sicher* gewesen«, hakte Artus ein.

»Das war ich auch! Glaub mir.«

»Wieso hast du dir dann von der Meinung anderer so zusetzen lassen?«, wollte er wissen.

Aus dieser Perspektive hatte Alex die ganze Angelegenheit nie betrachtet. Sie und ihr Bruder hatten gemeinsam bereits zahllose aufreibende Situationen durchlebt, die andere Leute ihnen oft nicht abgenommen hatten. Wieso hatte es ihr diesmal derart viel ausgemacht?

»Na ja, diese Frage ist wohl so alt wie die Menschheit, was?«, meinte sie. »Wieso lassen wir uns von der Welt diktieren, wie unsere persönlichen Wahrheiten auszusehen haben?«

»Squaaaw …«, krächzte Lester, als wollte er sagen: *Davon kann ich ebenfalls ein Lied singen!*

»Tja, mir bleiben zwar nur diese zwei Wochen mit dir, in denen wir die Zutaten für den Trank zusammensammeln«, stellte Artus fest. »Aber ich hoffe, in dieser Zeit so viele Versionen von Alex wie nur möglich kennenlernen zu dürfen.«

Alex schürzte die Lippen, um ein neuerliches Lächeln zu unterdrücken, doch Artus durchschaute sie mühelos. Selbst wenn er es nicht darauf anlegte, war er ein Charmeur.

»Solange du dagegen ankämpfst, stachelt mich das bloß an, dich noch mehr zum Lachen zu bringen«, warnte er.

Schließlich entdeckten die beiden tief verborgen im Wald einen großen See. Das Wasser war sauberer und klarer als bei jedem anderen See, den Alex je zu Gesicht bekommen hatte. In der Mitte erhob sich eine kleine Insel, auf der lediglich ein einziger altersschwacher Baum wuchs – bei weitem der betagteste, der ihnen bisher begegnet war.

»Das ist er!«, rief Alex. »Das muss der älteste Baum des Waldes sein!«

»Und wie erreichen wir ihn?«, fragte Artus.

Alex schielte zu Lester hinüber, und ein ebenso bittender wie entschuldigender Ausdruck schlich sich auf ihr Gesicht. »Lester, würde es dir etwas ausmachen, uns zur Insel überzusetzen?«

Lester warf einen Blick auf die Insel und seufzte. Er hatte wenig Lust, sich die Federn nasszumachen, aber da Alex ihn davor bewahrt hatte, den ganzen Nachmittag ein ums andere Mal denselben Geschichten lauschen zu müssen, war er ihr etwas schuldig. Also watschelte er zum Ufer hinab und prüfte das Wasser mit seinen Schwimmfüßen, die prompt starke Kräuselungen über die Oberfläche schickten.

Der Ganter glitt hinein, erspähte dann jedoch etwas, das ihn erschrocken zurück an Land hüpfen ließ.

»SQUAAAW!«, krächzte er panisch. *»SQUAAAW!«*

Lester zitterte und deutete mit seinem Schnabel auf den See hinaus. Eine Wasserfontäne schoss wie ein Geysir in Zeitlupe aus seiner Mitte empor und drehte und wand sich durch die Luft, bis sie die Gestalt einer Frau angenommen hatte. Wie ein Herzschlag lief alle paar Sekunden ein Plätschern von ihrer Brust aus über den gesamten Körper.

»Vögel sind auf meinem Gewässer verboten!«, rief die Frau. »Husch! Fort mit dir, beschmutz einen anderen See!«

Lester versteckte sich hinter Alex und Artus, die beide ehrfürchtig zu der Frau hinaufstarrten. Sie schien nicht minder überrascht, die beiden vor sich zu haben, wirkte über die unverhoffte Gesellschaft jedoch entzückt.

»Oh, na hallo!«, sagte sie. »Ich hoffe, ich habe euch keine Angst eingejagt. Mir war nicht klar, dass es sich bei diesem Ganter um euer Haustier handelt.« Bei dem Wort »Haustier« bedachte Lester die Frau mit einem garstigen Blick.

»Ich lege enormen Wert darauf, meinen See sauber zu halten, und muss stets alle Vögel verscheuchen, bevor sie sich in meinem Wasser erleichtern.«

»Was – Verzeihung – *wer* seid Ihr?«, fragte Artus.

»Ich weiß, wer sie ist«, meldete sich Alex. »Artus, das ist die Jungfrau vom See!«

Die Jungfrau vom See war hocherfreut darüber, erkannt worden zu sein. »Die bin ich!«, verkündete sie fröhlich. »Jahre sind vergangen, seit ich zuletzt menschliche Besucher begrüßen durfte. Mein See ist so abgelegen, dass nur sehr wenige je hierherfinden. Was führt euch heute zu mir?«

Die Jungfrau machte einen recht netten Eindruck; entsprechend kam es weder Alex noch Artus in den Sinn, ihre wahren Beweggründe zu verbergen.

»Wir durchstöbern den Wald auf der Suche nach Zutaten für einen Zaubertrank«, erzählte Artus.

»Können Sie zufällig sagen, wie alt der Baum auf Ihrer Insel ist?«, erkundigte sich Alex.

»Er steht dort bereits jahrhundertelang«, antwortete die Jungfrau vom See. »Gut möglich, dass er der älteste Baum im gesamten Wald ist.«

Alex und Artus tauschten ein Lächeln, und ihnen wurde ganz leicht ums Herz.

»Wunderhübsche Dame, würdet Ihr uns freundlicherweise ein kleines Stück davon zugestehen?«, fragte Artus.

»Oh, selbstverständlich«, erwiderte die Jungfrau vom See. »Um ehrlich zu sein: Er ist in gewisser Weise ohnehin ein Schandfleck – bedient euch an ihm, so viel ihr mögt.«

»Vielen, vielen Dank!«, sagte Alex. »Das wissen wir sehr zu schätzen.«

Artus, Alex und Lester näherten sich dem Ufer. Die Jungfrau vom See hob eine Hand, um ihnen Einhalt zu gebieten.

»Ihr beiden dürft das Wasser überqueren, aber nicht der Vogel«, bestimmte sie. Mit einem Schlenker ihrer Hand beschwor sie eine Reihe Felsblöcke herauf, die sich quer durch den See bis zur Insel erstreckte und so eine Brücke bildete.

»Kein Problem«, meinte Alex. »Lester, warte hier auf uns.«

Der Ganter verfolgte, wie Alex und Artus von Stein zu Stein in Richtung des Eilands sprangen. Artus zog einen Dolch aus seinem Stiefel und schnitt einen kleinen Ast von dem Baum ab.

»Lass uns jetzt schnell zu Merlin zurückkehren und den Trank ansetzen«, schlug er vor.

»Wie bitte? Hast du gerade *Merlin* gesagt?«, fragte die Jungfrau vom See.

»Ja, er ist ein Zauberer«, erläuterte Artus. »Habt Ihr schon von ihm gehört?«

»Natürlich habe ich das«, entgegnete sie. »Aber was verbindet *euch* mit ihm?«

»Er ist mein Freund und Lehrmeister«, sagte Artus.

Es war, als hätte er sie mit seinen Worten beleidigt: Schlagartig versank die Brücke aus Felsbrocken wieder im See, und eine Wand aus Wasser schoss rings um die Insel in die Höhe, so dass Alex und Artus eingeschlossen waren.

»Was soll das?«, rief Alex.

»Freunde von Merlin sind keine Freunde von mir!«, schrie die Jungfrau vom See. Ihre Stimme klang nicht länger beschwingt, sondern vielmehr spöttisch und verachtend.

Die Wasserwand um die Insel begann sich Alex und Artus immer weiter zu nähern. Alex versuchte, sie mit ihrer eigenen Magie aufzuhalten, doch sowie sie eine Hand hob, drückte ein schneller Wasserstrahl sie ihr nach unten.

»*Hey, Vogel!* Los, such Merlin! Sag ihm, die Jungfrau vom See verlangt nach ihm, und sollte er sich meiner Einladung auch diesmal verweigern, werden seine Freunde ertrinken«, wandte die Jungfrau vom See sich an Lester.

Lester vergeudete keine Zeit. Er flatterte in den Himmel, um Hilfe zu holen, und krächzte dabei laut.

»Werte Dame, ich kenne Euren Zwist mit Merlin nicht, aber diese Angelegenheit hat nichts mit uns zu tun«, sagte Artus. »Bitte lasst uns gehen!«

Die Jungfrau vom See ignorierte ihn. Ihre Aufmerksamkeit war gänzlich auf ihr eigenes Spiegelbild im See gerichtet. Sie dirigierte die Fluten, formte ihren Körper um, zweifellos in der Absicht, sich ein reizvolleres Äußeres zu geben. Ihr Haar wurde länger, ihre Taille schmaler, und die Hüften gestaltete sie kurviger. Dabei summte sie leise vor sich hin, ganz so, als befände sie sich mitten in den Vorbereitungen auf ein *Date*.

Wenige Minuten später kehrte Lester mit Merlin und Mutter Gans im Gepäck zurück; beide sprangen vom Vogelrücken und rannten zum Ufer des Sees.

»Merlin, hilf uns!«, flehte Artus.

»Nimue, was soll das?«, rief Merlin der Jungfrau vom See zu.

»Hallo, Merlin«, erwiderte sie. »Lange ist's her!«

»Gib unsere Schüler augenblicklich frei!«, verlangte Merlin.

»Behandelst du *so* jede Geliebte, die du zweihundert Jahre nicht mehr gesehen hast?«, fragte die Jungfrau vom See.

»Geliebte?«, echote Mutter Gans. »Was könntet Ihr denn wohl zu einer Beziehung beisteuern? Die Wasserversorgung?«

»Das haben wir doch schon tausendmal durchgekaut, Nimue«, sagte Merlin entnervt. »Wir waren niemals zusammen – und werden es auch nie sein!«

»Wie kannst du das behaupten, nach dem romantischen Monat, den wir gemeinsam in der Höhle fernab der Küste verbracht haben?«, beharrte die Jungfrau vom See. »Oder hast du diese Zeit etwa vergessen?!«

»Keineswegs!«, rief Merlin. »Du hast dein Gehirn geflutet und jeglichen Verstand weggeschwemmt, Nimue! Damals, in dieser Höhle, war ich dein *Gefangener*!«

»Aber nachdem ich dich freigelassen hatte, hast du mir versprochen, mich an diesem See wiederzutreffen!«, hielt sie ihm entgegen. »Seit Hunderten von Jahren warte ich hier auf dich!«

»Ich habe *gelogen*, um aus der Höhle zu kommen!«, sagte Merlin. »Du hast dich mir derart aufgenötigt, dass ich nur wie durch ein Wunder nicht zu Tode *geschrumpelt* bin!«

Der Herzschlag der Jungfrau vom See ging inzwischen so schnell, dass ihr gesamter Körper völlig unkontrolliert wogte.

»Zeit, mit der Vergangenheit abzuschließen, H_2O!«, verkündete Mutter Gans. »Gebt diese Kinder frei, sonst –«

Mit einem Mal schwoll die Jungfrau vom See zu vierfacher Größe an, wobei sie den halben See austrocknete. »SONST – WAS?«, donnerte sie.

Die Wasserwand kroch dichter und dichter an Alex und Artus auf der Insel heran – ihr kleines Fleckchen Land schrumpfte rasant. In wenigen Momenten würden die Wellen über ihnen zusammenschlagen. Merlins und Mutter Gans' Verhandlungstaktik wirkte sich eindeutig nicht zu ihren Gunsten aus.

»Beruhigen wir uns doch alle und finden dann zu einer Einigung«, schlug Merlin vor. »Nimm mich anstelle der Kinder.«

»Oh, Merl, du kannst dich doch nicht von dieser überdimensionalen Pfütze festsetzen lassen!«, warf Mutter Gans ein.

»Das ist schon in Ordnung – ich bin bereits mit schlüpfrigeren Schurken fertiggeworden«, sagte er. »Also, was hältst du davon, Nimue? Tauschst du unsere Lehrlinge gegen mich ein?«

Die Jungfrau vom See grübelte. Die rasanten Kräuselungen ihres Körpers ebbten ab, und sie schnurrte wieder auf ihre Ausgangsgröße zusammen.

»Damit kann ich leben«, befand sie.

Die Wasserwand rund um die Insel löste sich auf, und die Steine stiegen erneut aus dem See empor. Merlin hüpfte hinüber zur Insel, doch ehe Alex und Artus Gelegenheit hatten, ihrerseits den Weg an Land anzutreten, sprang die nasse Barriere abermals in die Höhe und hinderte nun alle drei an der Flucht.

»Nimue! Wir hatten eine Vereinbarung!«, brüllte Merlin.

»Ich weiß, aber ich habe *gelogen*!« Die Jungfrau vom See lachte. »Herrliche Ironie, nicht wahr?«

Merlin, Artus und Alex wechselten entsetzte Blicke. Sie hatten keinen blassen Schimmer, wie sie sich aus dieser Patsche befreien sollten.

»Hey! *Dummfrau vom See!* Ich warne Euch ein allerletztes Mal: Lasst meine Freunde frei, oder Ihr bekommt es mit mir zu tun!«, rief Mutter Gans.

Die Jungfrau vom See bedachte sie mit einem mitleidigen Lachen. »Und was genau hast du vor, Mütterchen?«, fragte sie. »Eine Runde Greisen-Kung-Fu?«

Mutter Gans kniff die Augen zusammen, die Kinnlade

klappte ihr herunter, und ihre Wangen liefen scharlachrot an. Lester hielt sich die Flügel vor die Augen – er ahnte, dass es nun zur Sache gehen würde.

»Nenn mich noch ein weiteres Mal *Mütterchen*, wenn du dich traust!«, fauchte Mutter Gans.

»Mütterchen! Mütterchen! Mütterchen!«, sang die Jungfrau vom See.

Jetzt reichte es Mutter Gans. Sie ließ ihre Halswirbel krachen und rollte die Ärmel hoch. Es war an der Zeit, die Dinge selbst in die Hand zu nehmen.

»Das war's, Schwester!«, verkündete sie. »Du hast mich bis an die Kante getrieben und baumeln lassen!«

Mutter Gans stürmte in den See und fing an, um sich zu treten und auf das Wasser einzuprügeln. Noch immer lachte die Jungfrau vom See bloß über ihre Versuche, ihr Schaden zuzufügen. Sie schickte mehrere hohe Wellen – eine stärker als die vorige – in Mutter Gans' Richtung, die diese umwarfen und unter die Oberfläche drückten.

»Mutter Gans!«, schrie Alex.

»Hör auf, ihr weh zu tun, du miese alte Teichschnepfe!«, befahl Merlin.

»Tut mir leid, Merlin, aber deine Freundin kann mir offensichtlich nicht *das Wasser reichen*!«, spöttelte die Jungfrau vom See.

Gerade als die Freunde auf der Insel fürchteten, Mutter Gans würde niemals wieder auftauchen, begann das gesamte Wasser des Sees mit einem Mal im Uhrzeigersinn zu strudeln. Der Sog wurde immer stärker, bis schließlich auch die Jungfrau vom See ihn bemerkte – doch sie war machtlos dagegen. Immer schneller und schneller drehten sich die Wassermassen rings um die Insel; bald war der Wirbel derart in Fahrt, dass es der Jungfrau nicht länger gelang, ihre menschliche Gestalt zu wahren, und sie verflüssigte sich und wurde eins mit dem See.

Der Strudel erhob sich in die Luft und formte dort einen kleinen Tornado, der so mächtig war, dass Merlin, Artus und Alex sich mit aller Kraft an dem verkrüppelten Baum auf der Insel festhalten mussten, um nicht fortgeweht zu werden. Sie erspähten Mutter Gans, die am Grund des Sees stand und den Wirbelsturm wie ein Lasso über ihrem Kopf schwang.

»ZEIT ZU VERDUNSTEN, DU NASSE NULPE!«, brüllte Mutter Gans.

Sie ließ das Wasser los, und es wurde bis auf den letzten Tropfen hinauf in den Himmel geschleudert, wo es sich in Regen verwandelte. Meilenweit legte er sich wie feuchter Nebel über den Wald, während von dem See nichts als ein großes, leeres Loch im Boden blieb.

Merlin, Artus und Alex standen unter Schock – sie umklammerten nach wie vor den Inselbaum, obwohl der Sturm längst vergangen war. Mutter Gans klopfte sich die Hände ab und stemmte sie dann in die Hüften. Die perplexen Mienen ihrer Freunde schien sie höchst amüsant zu finden.

»Ich habe keine Ahnung, wie es euch geht, aber mir hat das Ganze gerade richtig Appetit gemacht«, meinte sie. »Los, besorgen wir uns etwas zum Abendbrot.«

Nachdem sie gegessen hatten, borgte Merlin Alex einen kleinen Kessel, damit sie das Weltenwanderer-Elixier ansetzen konnte. Sie füllte den bauchigen Topf mit Wasser und hängte ihn über die Feuerstelle, um die Flüssigkeit zum Kochen zu bringen. Anschließend schnitt sie den Ast des Inselbaums in winzige Stücke und fügte diese ebenso hinzu wie die Feder von Lester.

»Alles, was wir jetzt noch brauchen, ist ein geschmolzenes Schloss samt Schlüssel, das einem geliebten Menschen gehört hat«, sagte Alex.

Artus lief den kurzen Flur in Merlins Hütte hinunter. Alex hörte zweimal ein lautes *Klonk*, dann stand er mit Schloss und Schlüssel wieder vor ihr.

»Wo hast du die denn her?«, stutzte Alex.

»Soeben von Merlins Schlafzimmertür gestemmt«, antwortete er. »Merlin ist wie ein Vater für mich, also sollte es damit funktionieren.«

Alex legte die beiden Objekte in einen separaten Kessel, den sie ebenfalls zum Kamin trug. Sobald Schloss und Schlüssel sich verflüssigt hatten, goss sie die Mixtur rasch zu den übrigen Zutaten, ehe das Metall Gelegenheit hatte, erneut fest zu werden.

»Nun fehlt bloß das Mondlicht zweier Wochen«, stellte Alex fest.

»Um das zu sammeln, kenne ich den perfekten Ort«, sagte Artus.

Nach Sonnenuntergang führte er Alex ein Stück weit in die Bäume hinein, auf einen sehr hohen, grasbewachsenen Hügel. Von seiner Kuppe ließ sich der gesamte Wald überblicken, und auch auf den Mond und die Sterne hatten sie ungehinderte Sicht. Sie stellten den Kessel ab und legten sich zu beiden Seiten davon auf die Erde, während der Trank das Mondlicht in sich aufsog.

»Das ist unheimlich faszinierend«, meinte Alex. »Der Mond und die Sterne schauen von hier haargenau so aus wie im magischen Land und in der Anderswelt.«

»Vielleicht kannst du mich ja eines Tages in deine Welt mitnehmen?«, schlug Artus vor. »Ich würde liebend gern einmal die Anderswelt und das magische Land sehen.«

»Ich bin mir nicht sicher, ob das eine gute Idee ist«, neckte ihn Alex. »Zumindest in der Anderswelt bist du richtig berühmt. Da wäre es ein Leichtes für dich, ein wenig herumzuschnüffeln und alles über dein Schicksal herauszubekommen.«

Artus verstummte und wirkte mit einem Mal ein wenig traurig. Etwas bedrückte ihn.

»Was ist denn los?«, fragte Alex. »Habe ich gerade etwas Falsches gesagt?«

»Natürlich nicht – ich bin bloß nicht ganz ehrlich mit dir gewesen«, gestand Artus. »Ich *weiß* die Antworten auf sämtliche der Fragen, mit denen ich dich aufgezogen habe. Merlin hält sich für verschwiegen, aber sobald er ein bisschen Ale intus hat, ist es ein Kinderspiel, ihm alles zu entlocken, was ich erfahren will. Ich weiß also, wie alt ich bei meiner Krönung bin, und auch, dass ich ein großartiger König sein werde. Genauso bin ich über Camelot, die Tafelrunde und Guinevere im Bilde.«

»Wieso hast du mich dann derart deswegen bedrängt?«, fragte Alex.

»Weil du unfassbar süß bist, wenn du versuchst, etwas zu verheimlichen«, beichtete Artus. »Hat dir das noch nie jemand gesagt?«

»Kann ich nicht behaupten«, erwiderte Alex. »Danke dir – schön, dass ich dich so erheitere.«

»Du erheiterst und *begeisterst* mich«, entgegnete er. »Du weckst eine Menge Gefühle in mir …«

Artus wurde aufs Neue still. Alex war klar, dass sie dringend das Thema wechseln sollten. Falls sie nun noch ehrlicher miteinander waren, würde das ihren unvermeidlichen Abschied bloß umso schmerzhafter machen.

»Darf ich dir eine Frage stellen – als jemand, dessen Schicksal noch nicht besiegelt ist?«, fragte Alex.

»Natürlich«, erwiderte Artus.

»Da du nun also ja sämtliche Herausforderungen, jegliches Leid und all den Herzschmerz, die dir widerfahren werden, bereits kennst – wieso bleibst du dann auf dem Weg, den das Schicksal dir gepflastert hat? Warum schweifst du nicht davon ab und versuchst, dir ein selbstbestimmtes Leben aufzubauen, das dir besser gefällt?«

Darüber musste Artus nicht lange nachgrübeln. Die Antwort war ihm fest ins Herz eingeschrieben.

»Ich betrachte es gern so, dass diese Wahl unter unseren Pakt der *wahren Größe* fällt«, erklärte er. »Ich glaube, das englische Volk hat einen herausragenden König verdient. Und wenn ich dazu auserwählt bin, dieser Mann zu sein – ein Mann, dessen Vermächtnis eine Inspiration für die Gegenwart und Zukunft dieses Königreichs und anderer Königreiche sein wird, selbst über die Grenzen dieser Welt hinaus –, dann ist das jedes Opfer wert.«

Alex war derart bewegt und beeindruckt von seiner Antwort, dass ihr ein Schauder über den gesamten Körper lief.

»Ich dachte, ich hätte dich vollends durchschaut, Artus, aber du überraschst mich immer wieder«, sagte sie.

Er wandte sich ihr zu, und sie blickten einander tief in die Augen.

»Außerdem: Wer vermag schon mit Gewissheit zu sagen, was die Zukunft bereithält?«, gab Artus zu bedenken. »Wie ich erst gestern gelernt habe, kann es jederzeit passieren, dass jemand vorbeischneit und die eigene Welt für immer verändert.«

Während sie sich in Artus' blauen Augen verlor, spürte Alex, wie ihrem Geist langsam die Kontrolle über ihren Körper entglitt – jetzt war es ihr Herz, das stattdessen das Ruder übernahm. Und mit einem Mal beugte sie sich hinüber und küsste

Artus leidenschaftlicher, als sie je zuvor jemanden geküsst hatte. Der Impuls verblüffte sie selbst ebenso sehr wie ihn.

»Diese Version von dir gefällt mir«, flüsterte Artus.

»Mir auch«, hauchte Alex zurück. »Es ist eine ganz neue.«

Durch Alex' Kopf rasten eintausend Gründe, aus denen sie es nicht hätte tun sollen, doch nichts erschien ihr schlimmer, als es kein zweites Mal zu tun. Allerdings kam Artus ihr zuvor, noch ehe sie die Chance dazu hatte. So küssten sie sich und lagen so lange unter dem Sternenhimmel, bis kein Mondlicht mehr übrig war, das der Trank hätte aufnehmen können.

Kapitel 25

Die Hexe von Papplenick

Conner hätte klug genug sein sollen, um sich nicht auf die tollkühnen Gesellen zu verlassen. Am Morgen, nachdem er den Sheriff von Nottingham in die Flucht geschlagen hatte, beauftragte er Little John und Will Scarlet damit, zwei der Zutaten zu suchen, die er für das Weltenwanderer-Elixier benötigte. Einige Stunden später kehrten die beiden mit dem exakten Gegenteil dessen zurück, worum Conner sie gebeten hatte.

Little John schleifte einen frisch gefällten Baumstamm ins Lager, den er Conner stolz präsentierte. Das Gehölz war jung und saftig, und sämtliche Äste trugen leuchtend grüne Blätter.

»Ich dachte mir, dass Ihr den Ast vielleicht am liebsten selbst aussuchen möchtet, deshalb habe ich den kompletten Baum mitgebracht«, sagte Little John.

Will Scarlet trudelte kurz darauf mit einem Fasan im Käfig ein. Der Vogel war so alt, dass sämtliche seiner verbliebenen Federn ergraut waren, und röchelte derart erbärmlich, dass jeder Atemzug sein letzter hätte sein können.

»Er saß einfach so im Wald herum«, meinte Will Scarlet. »Hat sich nicht einmal gewehrt, als ich ihn eingefangen habe.«

Conner seufzte und massierte sich die Schläfen.

»Leute, *danke*«, sagte er. »Aber ihr habt meine Anweisungen durcheinandergebracht. Ich hatte euch erklärt, dass ich einen Ast vom *ältesten Baum* im Wald benötige, und eine Feder vom *prächtigsten Fasan*.«

Little John und Will Scarlet deuteten auf den jeweils anderen, wie um sich gegenseitig die Schuld zuzuweisen.

»Das hatte *ich* auch so verstanden, aber *er* hat behauptet, du bräuchtest den ältesten Fasan!«, tönte Will Scarlet.

»Nein, *du* hast *mir* weisgemacht, er wollte den prächtigsten Baum im ganzen Wald!«, widersprach Little John.

»Habe ich nicht!«

»Hast du sehr wohl!«

Conner trat zwischen die zwei, als ihre Hände bereits zu den Waffen zuckten. »Hört auf zu streiten!«, befahl er. »Ihr müsst es beide noch einmal versuchen. Diesmal schicke ich euch den Blech-Holzfäller und Peter mit, damit niemand etwas verwechselt.«

Der Blech-Holzfäller und Peter folgten den Männern zurück zwischen die Bäume. Dabei kamen sie an Robin Hood vorbei, der endlich ebenfalls von einem Botengang zurückkehrte, auf den Conner ihn am Vorabend entsandt hatte.

»ICH BIN WIEDER DA!«

»Hast du das Schloss und den Schlüssel von Lady Marian?«, fragte Conner.

Robin Hood sprang mit triumphierendem Lächeln von seinem Pferd – doch schon im nächsten Moment wurde seine Miene lang.

»NEIN«, rief er. »ICH HABE VERSAGT, O ZAUBERER. DIE GANZE NACHT HABE ICH VOR LADY MARIANS BURGFENSTER VERBRACHT. ICH HABE IHR MEINEN BESUCH KUNDGETAN UND IHREN NAMEN GERUFEN, DOCH SIE HAT SICH GEWEIGERT, DAS FENSTER ZU ÖFFNEN!«

»Verdammt«, fluchte Conner. »Gibt es in diesem Lager sonst noch jemanden mit einer festen Freundin?«

Alan-a-Dale und Bruder Tuck waren die einzigen tollkühnen Gesellen, die sich noch zwischen den Zelten aufhielten. Und keine sehr vielversprechenden Kandidaten.

»Vergesst es«, murmelte Conner. »Robin, kannst du heute Nacht noch einmal zur Burg reiten und ihr erneut den Hof machen?«

»FÜR EUCH ALLES, O ZAUBERER«, gelobte Robin Hood schallend. »ALLERDINGS FÜRCHTE ICH, DASS ICH WOMÖGLICH KEINEN ERFOLG HABEN WERDE. MIR SCHEINT, DASS LADY MARIAN UND ICH UNS AUSEINANDERGELEBT HABEN. DAHER WÜRDEN DAS SCHLOSS UND DER SCHLÜSSEL – SELBST WENN ES MIR GELÄNGE, SIE IN MEINE OBHUT ZU BRINGEN – ETWAIG EURES TRANKS GAR NICHT WÜRDIG SEIN.«

Conner klatschte sich eine Hand an die Stirn – er konnte sein Pech kaum fassen. Wenn er wieder nach Hause wollte, würde er nun also zu allem Überfluss zunächst auch noch Robin Hoods Beziehungsprobleme lösen müssen.

»Robin, lass uns mal miteinander quatschen«, sagte er.

»WAS IST *QUATSCHEN*, O FAMOSER ZAUBERER?«, schrie Robin Hood.

»*Reden* – wir setzen uns jetzt mal zusammen und reden, ja?«

Conner nahm am Lagerfeuer Platz, und Robin Hood hockte sich ihm gegenüber.

»Eine Frage vorneweg«, sagte Conner. »Wenn du mit Lady Marian sprichst« – er hob die Stimme – *»HÖRT SICH DAS DANN AUCH SO AN?«*

Robin Hood musterte ihn befremdet.

»IHR BRAUCHT NICHT ZU SCHREIEN, O ZAUBERER«, rief er. »MEIN GEHÖR IST TADELLOS! ICH HABE OHREN WIE EIN LUCHS.«

Conner verdrehte die Augen. In seinem ganzen Leben war er noch keinem derartigen Vollpfosten begegnet – gegen Robin Hood wirkte selbst Rotkäppchen wie eine Harvard-Absolventin.

»Robin, ich weiß nicht recht, wie ich das ausdrücken soll, aber du hast eine sehr *problematische Stimmlautstärke*«, druckste er. »Vermutlich benötigt Lady Marian eine Pause von dir, damit ihr Trommelfell sich erholen kann. Wenn du heute Nacht nach ihr rufst, dann möchte ich, dass du so redest, als würdest du mit einem Baby sprechen.«

»MIT EINEM BABY, SAGST DU?«, donnerte Robin Hood. Conner legte einen Finger auf die Lippen.

»Viel, viel leiser«, flüsterte er. »Tu so, als wäre Lady Marian ein winziger, zarter Säugling mit empfindlichen Ohren.«

Robin Hood begriff den Sinn hinter dieser Anweisung nicht, doch er war entschlossen, jedem Wunsch seines Zauberers Folge zu leisten.

»Nächste Frage«, sagte Conner. »Worüber unterhaltet ihr euch, wenn ihr zusammen seid, Lady Marian und du?«

»DEN STURZ PRINZ JOHNS UND DIE WIEDERERSTARKUNG NOTTINGHAMS!«, rief er.

»Heute Abend beginnst du bitte mit einem schlichten ›Wie geht es Euch?‹«, wies Conner ihn an. »Frag sie, wie ihr Tag war. Mach ihr Komplimente für das, was sie trägt. Erkundige dich, ob sie eine neue Frisur hat.«

»ABER LADY MARIANS HAAR IST STETS VON EINEM SCHLEIER VERHÜLLT«, entgegnete Robin Hood laut.

»Das tut nichts zur Sache«, versicherte ihm Conner. »Mädchen lieben es, wenn man ihnen den Eindruck vermittelt, etwas Besonderes zu sein. Sie interessieren sich nicht für deine Schlachten oder Plünderungen oder alles andere, was ihr tollkühnen Gesellen so treibt. Vielmehr wollen sie wissen, was du *fühlst* – und insbesondere, welche Gefühle *sie* in dir wecken.«

»LADY MARIAN GIBT MIR DAS GEFÜHL, DER GLÜCKLICHSTE MANN IN GANZ NOTTINGHAM ZU SEIN!«, dröhnte Robin Hood.

»Bingo!«, frohlockte Conner. »Und genau das sagst du ihr.«

Robin Hoods Gesichtszüge verrieten eindeutig, dass ihm solche Feinsinnigkeit noch nie in den Sinn gekommen war.

»ICH DANKE EUCH, O ZAUBERER«, rief er und klopfte Conner herzhaft auf den Rücken. »IHR SEID SEHR WEISE IM UMGANG MIT FRAUEN; GIBT ES ETWA EINE *ZAUBERIN* IN EUREM LEBEN?«

Conner lächelte. »Mag sein, dass ich ein Eisen im Feuer habe.«

»O ZAUBERER, EIN EISEN DÜRFT IHR NIEMALS ZU LANGE IM FEUER LASSEN, SONST VERBRENNT ES EUCH WOMÖGLICH, WENN IHR ES LETZTLICH WIEDER AN EUCH NEHMEN WOLLT«, erwiderte Robin Hood schallend.

Conner vermochte nicht zu sagen, ob es sich bei dieser Warnung um einen weiteren tumben Kommentar oder eine tiefgründige Metapher handelte. So oder so: Robin Hood hatte recht.

Bruder Tuck tippte Conner auf die Schulter. »Zauberer, verzeiht die Störung, aber darf ich Euch eine Frage stellen?«

»Ja, Pater Tuck?«, antwortete Conner.

»Bruder«, verbesserte Tuck. »Ich habe eine Liste der Komponenten geschrieben, die Ihr für den Trank braucht. Sofern die anderen die richtigen Zutaten zurückbringen, fehlen uns lediglich noch Mondschein und *ein Funken Magie*, wie Ihr es umschrieben habt. Ist das etwas, das Ihr ebenfalls einsammeln müsst, oder hattet Ihr vor, diesen Funken aus eigener Kraft beizusteuern?«

»Ach ja, diesen Teil hatte ich ganz vergessen«, meinte Conner. Ihm war vollkommen entfallen, dass seine Schwester nicht zur Stelle war, um das Weltenwanderer-Elixier mit ihrer Magie abzurunden. »Bruder, gibt es eventuell noch jemand anderen in Nottingham, der ein wenig Magie zuschießen könnte – für den Fall, dass der Zauberer dazu zu müde wäre?«

»Für gewöhnlich, Zauberer, liegt es mir fern, mich mit Hexerei zu befassen«, sagte Tuck. Er spähte verstohlen umher, um sicherzugehen, dass keiner seiner Ordensbrüder sich in Lauschweite befand. »Allerdings lebt in der Burg eine scheußliche Frau, die meines Wissens *mit dem Teufel getanzt hat*, wenn man das so ausdrücken darf. Ihr Name ist Maudlin; in ganz Nottingham ist sie als *Hexe von Papplenick* bekannt, und sie arbeitet für den Sheriff.«

Alan-a-Dale klimperte eine dramatische Melodie auf seiner Mandoline und jagte Conner damit einen gehörigen Schrecken ein.

Sie prophezeit seine Zukunft,
richtet Feinde zu Grunde,
mit teuflischen Tränken,
heilt sie jede Wunde.

»Großartig«, meinte Conner sarkastisch. »Und jemand müsste sich in ihre Burg schleichen, um sie herzuschaffen?«

»Das nehme ich an«, erwiderte Tuck.

Conner wunderte sich, dass ihn das noch überraschte. Ohne das Risiko einer Gefangenschaft, Folter oder gar des Todes wäre es schließlich kein echtes Bailey-Abenteuer gewesen. Ihm war klar, dass er keine andere Wahl hatte, als sich selbst auf die Suche nach der Hexe zu begeben – dass einer der tollkühnen Gesellen die Sache in den Sand setzte, durfte er nicht riskieren.

»Robin, du hast Glück«, sagte Conner. »Heute Nacht reist du in Begleitung: Ich komme mit dir zur Burg.«

Später am Abend, als die Sonne sich allmählich dem Horizont zu nähern begann, machten Conner und Robin Hood sich auf den Weg zur Burg von Nottingham. Sie trugen dunkle Mäntel, mit denen sie im Dunkeln getarnt waren, und stahlen sich von Baum zu Baum, um keinen etwaig durch den Wald streifenden Soldaten des Sheriffs in die Arme zu laufen. Die Burg von Nottingham entpuppte sich als gigantische mittelalterliche Festung aus gewaltigen Felsblöcken.

Die meisten der Fenster waren sehr schmal – kaum breit genug, um einen Arm hindurchzuschieben. Robin Hood lotste Conner jedoch zu einem größeren, verglasten Fenster und stellte sich darunter in Position.

»LIEBE MEINES LEBENS: ICH BIN ES, ROBIN HOOD!«, schrie er.

Lady Marian erschien hinter der Scheibe. Sie war auffallend hübsch und hatte ihr Haar unter einem violetten Schleier verborgen. Sowie sie beim Blick nach unten Robin Hood erspähte, duckte sie sich flink, offenkundig in dem Versuch, ihn zu meiden. Leider jedoch hatte er sie bereits bemerkt, und ihre Reaktion brach ihm das Herz.

»SEHT IHR, O ZAUBERER, ES IST GENAU SO, WIE ICH ES EUCH GESCHILDERT HABE«, klagte er. »IHRE ZUNEIGUNG ZU MIR IST IHR AUS DEM HERZEN GEWICHEN.«

»Das rührt daher, dass du sie begrüßt hast, als wäre eine Horde Wilder hinter ihr her«, kommentierte Conner. »Versuch es mal so, wie wir es besprochen haben: Tu, als wäre sie ein Baby!«

Robin Hood sah abermals zum Fenster empor und wagte einen neuerlichen Anlauf.

»Liebreizende Dame, bittet öffnet das Fenster, damit ich in Euer wunderhübsches Gesicht schauen kann«, säuselte Robin Hood.

Mit leiserer Stimme klang er wie ein völlig anderer Mensch. Lady Marian linste mit tellergroßen Augen über das Sims – *hatte sie tatsächlich Robin Hood vor sich?* Sie zog das Fenster auf und beugte sich ins Freie, um sicherzugehen.

»Robin von Locksley?«, fragte sie.

»Meine liebe Marian, Ihr seid so bezaubernd heute Nacht!«, sagte Robin Hood. »Ist das etwa ein neuer Schleier?«

»Ja, *in der Tat*!«, erwiderte Marian. Sie war schockiert darüber, dass er das bemerkt hatte.

»Ich muss schon sagen: Einen himmlischeren Anblick als den Euren bietet in dieser Nacht gewiss keine andere Maid dieses Landes«, schwärmte Robin Hood.

Er lupfte seinen Hut und deutete eine leichte Verbeugung an. Lady Marian errötete und hielt sich eine Hand vor den Mund, um ihr Grinsen zu verdecken.

»Oh, Robin«, kicherte sie. »Erkennt Ihr meinen Schleier überhaupt von dort unten?«

»Gestattet Ihr mir Zutritt zu Euren Gemächern, damit ich Gelegenheit habe, ihn aus nächster Nähe zu betrachten?«, fragte Robin Hood.

»Läuft!«, flüsterte Conner und reckte beide Daumen nach oben.

Lady Marian ließ ein Seil aus zusammengeknoteten Laken herunter, an dem Robin die Burgmauer erklomm. Er nahm auf der Fensterbank Platz, sie küssten einander, und Robin schwang sich in Marians Zimmer.

»Saubere Leistung!«, rief Conner ihm hinterher. »Vergiss das Schloss und den Schlüssel nicht!«

Ihm fiel eine immense Last von den Schultern – und er fragte sich, ob er eventuell eine berufliche Zukunft als Paartherapeut anstreben sollte. Seine Erleichterung verflüchtigte sich jedoch im Nu, sowie ihm aufging, dass er nichtsdestotrotz auch selbst noch ins Innere des Gemäuers gelangen musste, um die Hexe von Papplenick ausfindig zu machen.

Conner rannte um die Burg herum, entdeckte jedoch weder eine Tür noch ein Fenster, das ausreichend groß gewesen wäre, dass er hätte hindurchschlüpfen können. Schließlich hielt er vor dem Burgtor inne und rüttelte daran, doch es bewegte sich keinen Millimeter. Gerade als Conner davon zurücktrat, begannen die Eisengitter sich jedoch zu heben, und ein Stück weit dahinter erhaschte Conner vier Soldaten, die soeben aus dem Gebäude eilten.

Da er zum Verstecken weder Zeit noch eine geeignete Nische zur Verfügung hatte, presste Conner seinen Körper so flach wie nur möglich gegen die Burgmauer und kniff die Augen fest zusammen. Er betete, dass er auf magische Weise mit dem Stein verschmelzen würde wie ein Chamäleon. Zu seinem Glück waren die Helme der Soldaten derart klobig, dass sie ihr Blickfeld stark einschränkten. Alle vier marschierten schnurstracks an Conner vorbei. Sobald sie außer Sicht waren, tauchte er unter dem Tor hindurch und huschte in die Burg.

Das Gemäuer wirkte leer, und wann immer sich doch einmal ein Soldat näherte, schepperten seine Schritte stets so laut, dass Conner lange vor seiner Ankunft gewarnt war. Auch das Innere der Burg gab nicht mehr preis als endlose steinerne Korridore und schmale Fenster.

»Mal überlegen – wenn ich hier die Haushexe wäre, wo würde ich mich aufhalten?«, murmelte Conner vor sich hin. »Entweder auf dem Speicher oder im Keller – dort jedenfalls lungern all die Hexen in den Geschichten doch immerzu herum.«

Er fand eine Treppe und hastete die Stufen hinunter. Sie führten ihn an eine breite, stachelbesetzte Stahltür. Dahinter hörte er eine Peitsche knallen, und dann den Schrei eines Mannes.

»Nee, das hier ist eindeutig *der Kerker*«, stellte Conner fest und kehrte rasch um.

Er durchkämmte die Burg und hielt dabei Ausschau nach einem Aufgang in die Türme, da er annahm, die Hexe werde sich wohl in einem davon einquartiert haben. Endlich erreichte er eine Wendeltreppe und stieg höher und höher, wobei ihm bald schwindelig wurde. Am obersten Absatz sah er eine weitere Tür – diese allerdings bloß angelehnt.

Conner lugte durch den Spalt in einen kleinen, kreisrunden Raum, bei dem es sich ohne jeden Zweifel um das Turmzimmer handelte. Es war vollgestopft mit Tischen und Regalen, auf und in denen sich absonderliche Dinge türmten: Einmachgläser mit Pflanzen, Flüssigkeiten und mickrigen Tieren, dazu Käfige, in denen größere Geschöpfe hockten, sowie Trankfläschchen und Kessel. Dass eine Hexe hier hauste, war nicht zu verkennen.

Conner schlich hinein. »Verzeihung – Miss Papplenick? Maudlin?«

In der Mitte des Raums saß die Hexe in einem Sessel. Sie hatte dünnes graues Haar, sehr faltige blasse Haut, und war in ein abgetragenes schwarzes Gewand gehüllt. Ihre Augen waren geschlossen und sie selbst so starr wie ein Stein; tatsächlich schien sie nicht einmal zu atmen.

»*Bitte* seien Sie nicht tot«, beschwor Conner sie.

Just als er sich dichter heranwagen wollte, um ihren Puls zu fühlen, kam jemand anders hinter ihm die Treppe hinaufgestürmt und pochte laut an die Tür. Conner tauchte geschwind hinter einen Tisch voller Zaubertränke.

»Maudlin? Darf ich eintreten?«, rief ein Mann an der Tür.

Die Hexe schnaubte und regte sich. »Jawohl, Sheriff.«

Der Sheriff von Nottingham rauschte in das Turmzimmer und schlug die Tür zu. Er war ein hochgeschossener, würdevoller Mann, doch sobald er sich mit der Hexe allein im Raum befand, sackte er in sich zusammen und brach in hysterisches Gejammer aus wie ein kleines Kind.

»Ich kann nicht schlafen, Maudlin«, klagte der Sheriff.

»Na, na, Sheriff«, sagte Maudlin und erhob sich, um ihn in die Arme zu schließen. »Kommt, setzt Euch und erzählt Tante Maud, was passiert ist.«

Sie half dem Sheriff in ihren Sessel und streichelte sein Haar wie das einer Puppe. Conner traute seinen Augen kaum; schon als *Zuschauer* war ihm die Szene derart peinlich, dass er sich verzweifelt nach einem Fluchtweg umsah.

»Ich wünsche m-m-mir doch bloß, dass L-l-lady M-m-marian sich in m-m-mich verliebt!«, weinte der Sheriff. »Ganz gleich, was ich tue – sie wird m-m-mich immer h-h-hassen! Ich habe ihr ein hübsches Zuhause geschenkt, ich kaufe ihr traumhafte Kleider und Schleier, und dennoch behandelt sie mich nach wie vor, als wäre ich ihr Kerkermeister.«

»Ach, ach, Sheriff«, machte Maudlin. »Marian braucht lediglich ein wenig mehr Zeit, um sich einzugewöhnen, das ist alles. Ich habe Euch doch gesagt, dass Frauen sich gern zieren und erobert werden möchten.«

»Ich glaube nicht, dass sie Interesse an mir hat«, schluchzte der Sheriff. »Gerade erst habe ich an ihre Tür geklopft, um ihr eine gute Nacht zu wünschen, und sie wollte nicht einmal öffnen! Ich fürchte, Marians Herz gehört womöglich einem anderen!«

»Dann ist sie reichlich dumm, wenn Ihr mich fragt«, entgegnete Maudlin. »Wer ist stattlicher, mutiger oder mächtiger als unser Sheriff von Nottingham? Meilenweit im Umkreis findet sich kein tauglicherer Junggeselle. Wer sonst ist besser in der Lage, Nottingham zu schützen, als unser Sheriff? *Niemand.* Wer außer ihm besitzt die Qualitäten, die es braucht, um Prinz Johns Vision für unser Königreich umzusetzen? *Niemand.* Wer neben ihn schafft es, diesen widerwärtigen Dieb Robin Hood in Schach zu halten? *Niemand!* Jedes Mädchen sollte sich glücklich schätzen, von Euch auch nur eines Blickes gewürdigt zu werden.«

Ihre Komplimente erfüllten ihren Zweck, denn die Tränen des Sheriffs versiegten, und seine trübsinnige Miene verwandelte sich in ein verlegenes Lächeln.

»Ich schätze, da habt Ihr recht«, sagte er. »Danke, Tante Maud.«

»Aber gerne doch, Schätzchen«, erwiderte die Hexe.

»Ich wünschte bloß, sie würde es mir nicht so schwermachen«, seufzte der Sheriff. »Allein darüber nachzugrübeln, wie ich sie gewinnen soll, bereitet mir Magenkrämpfe und brüllende Kopfschmerzen! Seit Tagen schon habe ich nicht mehr richtig schlafen können!«

»Da lasst Euch einfach von Tante Maud helfen«, sagte Maudlin.

Die Hexe durchstöberte ihre Utensilien und stellte dann ein Glas Wasser vor dem Sheriff auf den Tisch. Aus einem Einmachglas fingerte sie eine Wurzel, aus einem anderen ein Stück Rinde, aus einem dritten ein Kraut. Jede der Zutaten wurde zerstampft, und zuletzt rührte sie die Pulver ins Wasser.

»Alkannawurzel beruhigt Euren Magen, Weidenrinde wirkt Wunder gegen die Kopfschmerzen, und Johanniskraut schenkt Euch einen seligen Schlaf«, erklärte Maudlin.

Sie reichte dem Sheriff das Glas, und er stürzte die Flüssigkeit in einem Zug hinunter.

Dafür, dass sie von einer so namhaften Hexe stammte, erschien Conner die Mixtur ernüchternd harmlos. Er sah sich ein wenig genauer im Turmzimmer um und stellte fest, dass sämtliche der gelagerten Ingredienzen keineswegs gefährlich waren. Nichts fiel ihm ins Auge, das er nicht auch in einer Apotheke in der Anderswelt hätte bekommen können. Und die kleinen Geschöpfe waren keineswegs Opfer, die Maudlin für künftige Tränke zu sezieren plante – sondern ihre Haustiere.

»An der Hexe von Papplenick ist überhaupt nichts Magisches«, murmelte er vor sich hin. »Sie *ist* nicht einmal eine Hexe – sondern eine einfache *Kräuterfrau*!«

»Ich fühle mich schon viel besser«, sagte der Sheriff.

»Dann wollen wir Euch einmal auf Euer Zimmer bringen, und ich stecke Euch persönlich ins Bett«, beschloss Maudlin. »Schlaft Euch ordentlich aus, und falls Ihr noch etwas braucht, kommt morgen wieder zu mir.«

»Das werde ich«, erwiderte der Sheriff. »Ich danke Euch, Tante Maud.«

Maudlin eskortierte den Sheriff aus dem Turm und die Stufen hinunter zu seinen Gemächern.

Conner war völlig entmutigt. Einzig die Tatsache, dass Magie als letzte Komponente dem Weltenwanderer-Elixier beigegeben werden musste, bot ihm einen geringen Trost – somit blieben ihm zwei Wochen, um eine andere Quelle dafür aufzutun, während die übrigen Zutaten vor sich hin köchelten. In Anbetracht des Reinfalls mit Maudlin ahnte er jedoch, dass es knifflig werden würde, in der Welt von *Robin Hood* jemanden mit magischen Fähigkeiten zu finden. Bei diesem Gedanken wurde Conner ganz flau im Magen, und auf seinem Weg aus dem Turmzimmer bediente er sich rasch an den Alkannawurzeln.

Flink und leise huschte er die Treppen hinunter und gelangte erneut zum Burgtor. Er wartete, bis die Soldaten von ihrem Patrouillengang zurückkehrten, drückte sich wie bereits zuvor an die Wand und stahl sich schließlich ins Freie.

Sofort eilte er zu Lady Marians Fenster und warf einen Kieselstein an die Scheibe. Robin Hood linste nach draußen.

»Es wird Zeit!«, rief Conner hinauf. »Wir müssen uns auf den Weg ins Lager machen.«

»Lebt wohl, meine Liebe«, sagte Robin Hood leise – zumindest für seine Verhältnisse. Er küsste Lady Marian und kletterte dann an den zusammengeknoteten Laken zu Boden. Lady

Marian winkte ihm nach, als er gemeinsam mit Conner in den Wald sprintete.

»Wie ist es gelaufen?«, erkundigte sich Conner.

»ES WAR EIN VOLLER ERFOLG, O ZAUBERER«, dröhnte Robin Hood, nun wieder in gewohnter Lautstärke. Er öffnete seine Faust und zeigte Conner ein kleines Schloss samt Schlüssel, das er aus Lady Marians Zimmer mitgenommen hatte. »NUN, DA UNSERE LIEBE ZUEINANDER AUFS NEUE ENTFLAMMT IST, SOLLTE ES DAMIT FUNKTIONIEREN.«

»Phantastisch!«, lobte Conner.

»IST ES EUCH GELUNGEN, DER BÖSEN HEXE VON PAPPLENICK IHRE MAGIE ABZULUCHSEN?«, fragte Robin Hood.

Conner schüttelte seufzend den Kopf. »Maudlin ist nicht die Richtige für uns«, sagte er. »Ich muss mir etwas anderes einfallen lassen.«

Robin Hood und Conner hasteten durch den Wald, bis sie die Zelte erreicht hatten. Dort stießen sie auf den Blech-Holzfäller, Peter und die tollkühnen Gesellen, die allesamt am Lagerfeuer ihrer Rückkehr harrten.

»Conner, Little John und ich haben einen Ast vom ältesten Baum des Waldes aufgetrieben«, ließ der Blech-Holzfäller ihn glücklich wissen.

»Und ich bin hoch hinauf in den Himmel geflogen und habe dem prächtigsten Fasan weit und breit eine Feder ausgerupft«, prahlte Peter Pan.

»Das ist großartig!«, sagte Conner. »Und Robin hat soeben ein Schloss und den passenden Schlüssel von Lady Marian besorgt. Damit haben wir nun genügend Zutaten, um den Trank anzusetzen.«

Er lieh sich einen bauchigen Topf und eine Pfanne von den tollkühnen Gesellen und ging ans Werk: Zunächst brachte er Wasser zum Kochen und fügte den Ast und die Feder hinzu. Sobald Schloss und Schlüssel in der Pfanne geschmolzen waren, goss er das flüssige Metall ebenfalls in den brodelnden Topf.

Little John erklomm einen nahen Baum, und Peter flog den Trank zu ihm in die Krone hinauf. Gemeinsam verzurrten sie den Topf so, dass der Mond ungehindert hineinscheinen und das Elixier sein Licht in sich aufnehmen würde.

»In zwei Wochen holen wir das Ganze wieder herunter«, sagte Peter.

»Hast du schon die nötige Magie organisiert?«, erkundigte sich der Blech-Holzfäller.

»Nein«, räumte Conner niedergeschlagen ein. »Moderne Medizin wurde in früheren Jahrhunderten für *Hexenwerk* gehalten, aber das bringt uns nicht weiter. Unsere neue Aufgabe besteht also darin, jemanden mit *echten* magischen Fähigkeiten aufzuspüren – jemanden wie meine Schwester.«

»So ein Jammer, dass ich keinen Feenstaub mehr übrig habe«, seufzte Peter Pan.

»Sekunde mal«, stutzte der Blech-Holzfäller. »Wieso steuerst du die Magie nicht selbst bei, Conner?«

Peter zuckte mit den Schultern – auch ihm schien das die logischste und einfachste Lösung. Conner schüttelte bereits den Kopf, ehe er die Angelegenheit vollends durchdacht hatte, beinahe so, als hätten die beiden ihn gebeten, mit Messern zu jonglieren.

»Ich zaubere nicht«, sagte er.

»Deine Schwester allerdings sehr wohl«, beharrte Peter. »Wieso dann nicht auch du?«

»Na ja, ich *könnte* es vermutlich, ich tue es bloß nicht«,

druckste er. »Magie ist eine enorm heikle und komplexe Geschichte, und ich habe mich noch nie daran versucht – zumindest nicht ohne meine Schwester.«

Das verwirrte den Blech-Holzfäller und Peter immens. Weshalb war Conner – der sonst so viel Selbstvertrauen zu besitzen schien – ausgerechnet in *dieser* Sache derart unsicher?

»Aber wenn du *wolltest*, dann *könntest* du zaubern?«, hakte der Blech-Holzfäller erneut nach.

»Ja – ich meine, nein – keine Ahnung«, stammelte Conner.

Conner nahm an, dass angesichts seiner DNA die Möglichkeit durchaus bestand, doch Versprechungen wollte er lieber nicht machen. Magie hatte er stets betrachtet wie Mathe: ein Talent, das Alex von ihrem Vater geerbt hatte, er jedoch nicht.

»Uns bleiben bloß zwei Wochen, bis dieser Trank fertig ist, Kamerad«, sagte Peter.

»Du solltest besser noch einmal darüber nachdenken, für den Fall, dass wir niemand anderen finden«, drängte der Blech-Holzfäller. »Sonst hängen wir nämlich bis in alle Ewigkeit hier bei den tollkühnen Gesellen fest.«

Je länger Conner darüber grübelte, desto mehr wuchs der Druck, den er verspürte. Es war gar nicht unbedingt die *Magie*, die ihm Bauchschmerzen bereitete; vielmehr neigte er dazu, grundsätzlich in *jeder* Situation, in der es allein auf ihn ankam, die Nerven zu verlieren.

Kapitel 26

Der Keller

Rotkäppchen und die verlorenen Jungen folgten Hagettas Wegbeschreibung durch die Zwergenwälder, stets mit Kurs auf das Königreich an der Ecke. In einer derart nervenaufreibenden Gegend war die Bande nie zuvor gewesen. In einem fort hielten sie angespannt die Augen offen, während sie sich immer tiefer in das mysteriöse und undurchschaubare Dickicht vorwagten. Rotkäppchen dagegen verschwendete nicht einen Gedanken an die unheimliche Umgebung; sie hatte nur eines fest im Sinn, und das war Froggys Rettung.

Der Tag neigte sich dem Ende zu, und wie stets war die Nacht in den Zwergenwäldern besonders finster. Die kleine Gruppe wanderte entlang eines Flusses nach Süden. Mit einem Mal entdeckten die Jungen und Rotkäppchen am gegenüberliegenden Ufer ein Haus mit hohem Strohdach und einer Wassermühle, die von den hindurchströmenden Fluten angetrieben wurde. Der Anblick jagte Rotkäppchen einen Schauder über den Rücken, und ihr war sofort klar, dass sie ihr Ziel erreicht hatten.

»Wir sind da, Knirpse«, sagte sie. »Das dort ist das Haus der Ziege. Hafergrütze, ich möchte, dass du Flöckchen und Inferno in Sicherheit bringst. Wenn ich euch brauche, pfeife ich nach euch – und falls du einen von uns schreien hörst, hol Hilfe.«

Rotkäppchen half den verlorenen Jungen aus dem Sattel, und Hafergrütze lotste ihre Familie zurück zwischen die Bäume und außer Sicht. Rotkäppchen und ihre Schützlinge kauerten sich hinter ein paar Büsche und beobachteten das Haus.

»Ist unser Vater auf Zeit da drin?«, erkundigte sich Tootles.

»Das hoffe ich sehr«, entgegnete Rotkäppchen.

»Und was tun wir jetzt, Mum?«, wollte Slightly wissen.

»Sollen wir einfach hineinstürmen und ihn uns schnappen?«, schlug Nibs vor.

»Attacke?«, fragten die Zwillingsbuben.

Ehe Rotkäppchen Gelegenheit hatte, ihnen zu antworten, öffnete sich eine Kellerluke an der Seite des Hauses. Morina schob ihren Kopf aus der Tiefe ins Freie und musterte den Wald ringsum. Rotkäppchen und die verlorenen Jungen warfen sich zu Boden und linsten durch das Geäst. Sie fürchteten, die Hexe könnte sie gehört haben, doch Morina hielt nicht nach etwas Bestimmtem Ausschau; vielmehr ließ sie ihre Augen nach *allen* Seiten schweifen. Sobald sie zu dem Schluss gekommen war, dass nichts sich rührte, tauchte sie wieder ab.

»Das war die Ziege, kein Zweifel!«, flüsterte Rotkäppchen.

»Glaubst du, sie hat uns gesehen?«, fragte Tootles.

Mit einem Mal vernahmen sie aus dem Keller ein lärmendes Geräusch – etwas Schweres wurde die Kellerstufen hinaufgeschleift. Morina erschien erneut und zerrte einen hölzernen

Sarg durch die Öffnung. Sie schob ihn die Uferböschung hinab und hastete dann in den Keller zurück, nur um die gleiche Prozedur wenige Augenblicke später mit einem zweiten Sarg zu wiederholen.

Nun stieß Morina beide Särge in den Fluss, und sie trieben stromabwärts davon. Dann allerdings eilte sie zum Mühlrad und ruckte heftig daran, so dass es gegen die Fließrichtung des Wassers anschaufelte. Langsam aber sicher kehrten sich die Wassermassen komplett um und begannen, *in die andere Richtung* zu strömen, woraufhin die Särge *flussaufwärts* in die Zwergenwälder gelenkt wurden.

Die Hexe wartete, bis sie aus ihrem Blickfeld verschwunden waren, und kurbelte dann abermals an der Mühle. Kurz darauf nahm der Fluss seinen ursprünglichen Kurs nach Süden wieder auf. Morina stieg endgültig unter die Erde hinab, und ihre heimlichen Besucher hörten, wie sie die Türen über dem Schacht mit Riegeln und Ketten von innen sicherte.

»*Sie* steckt also hinter den Leichen von der Furt des toten Mannes!«, wisperte Rotkäppchen.

»Furt des toten Mannes?«, echote Curly und schluckte furchtsam.

»Davon erzähle ich dir, sobald du deine Angst vor der Dunkelheit überwunden hast, Caesar«, sagte Rotkäppchen.

Im nächsten Moment trat Morina aus der Vordertür ihres Hauses, diesmal im langen, schwarzgefiederten Mantel und mit einer handlichen Tasche. Sie marschierte zu einer Stelle am Flussufer, wo ein kleines Boot vertäut lag, und setzte sich hinein. Dann löste sie den Knoten, und es kreuzte auf magische Weise den Fluss hinunter, dem Königreich an der Ecke entgegen.

Rotkäppchen verharrte in ihrer Position, bis Morina bereits lange fort war, bevor sie sich aufrichtete.

»Wir haben Glück, Knirpse«, verkündete sie. »Die Ziege hat offenbar den Stall verlassen. Auf ins Haus, jetzt suchen wir euren zeitweiligen Vater!«

Der Fluss war nicht allzu tief, und so scheuchte Rotkäppchen die verlorenen Jungen hinein und ließ sich von ihnen über das Wasser tragen, damit ihr Kleid nicht nass wurde. Kaum hatten sie wieder trockenen Boden unter den Füßen, versuchten sie, durch die Kellertüren ins Haus zu gelangen, die jedoch keinen Millimeter nachgaben. Auch die Haustür, an der es die Gruppe anschließend probierte, war verschlossen.

»O weh«, meinte Rotkäppchen. *»Charlie, bist du da drin?«*

Sie hämmerte gegen das Holz, erhielt allerdings keine Antwort. Die verlorenen Jungen lächelten einander zu.

»Zeit für einen Curly-Wurf!«, sagte Tootles.

»Was ist denn ein Curly-Wurf?«, stutzte Rotkäppchen.

»Wir zeigen es dir!«, rief Nibs.

Jeder der Buben griff sich einen Arm oder ein Bein von Curly, und gemeinsam wuchteten sie ihn hoch, schwangen ihn durch die Luft und schleuderten seinen pummeligen Körper gegen die Tür – die es prompt aus den Angeln hob.

»Autsch«, stöhnte Curly vom Fußboden des Hauses.

»Guter Junge, Caesar«, lobte Rotkäppchen. »Mama ist sehr stolz auf dich!«

Sie machte einen großen Schritt über ihn hinweg und führte ihre kleine Truppe ins Innere. Sie nahmen den Eingangsbereich von Morinas Haus in Augenschein und bestaunten all die Regale mit Fläschchen voller farbenprächtiger Flüssigkeiten. Einen solchen Ort hatte keiner von ihnen je betreten. Doch leider fehlte von Froggy jede Spur.

»Was ist das hier?«, fragte Tootles.

»Erinnert mich an ein Krankenhaus«, urteilte Nibs.

»Für einen so schicken Laden schmeckt der Saft ziemlich scheußlich«, kommentierte Slightly.

Rotkäppchen und die restlichen Jungen wirbelten herum und erhaschten gerade noch, wie er einen pinkfarbenen Trank hinunterkippte.

»Salvador, trink das nicht!«, warnte Rotkäppchen, doch es war bereits zu spät. Vor ihren Augen verwandelte Slightly sich in ein Kleinkind. Schockiert starrte er zu seinen Gefährten herauf und brach dann in Tränen aus.

»Krass!«, sagten die übrigen verlorenen Jungen wie aus einem Mund.

»Keiner sonst fasst noch irgendetwas an!«, befahl Rotkäppchen. »Tobias, pass auf euren neuen Babybruder auf – hoffentlich kann Alex den Zauber rückgängig machen, sobald sie und Conner wieder da sind.«

Tootles nahm Slightly hoch und wiegte ihn in den Armen, bis er zu weinen aufhörte.

An einer Wand entdeckten die verlorenen Jungen eine Kordel; sie zogen daran, und zwei Vorhänge teilten sich und gaben den Spiegel der Wahrheit frei. Rotkäppchen und ihre Schützlinge spähten hinein, sahen jedoch lediglich ihr eigenes Spiegelbild, das sich in keiner Weise veränderte. Das, was sie der Welt nach außen zeigten, war ebenso wahrhaftig wie ihr Innerstes.

Rotkäppchen durchstöberte den gesamten Raum, fand allerdings nirgends einen Hinweis auf Froggy.

»Mutter, hier drüben!«, rief Nibs mit einem Mal. »Eine Tür!«

Er lotste Rotkäppchen zu einem Durchgang in der hinteren Wand, der mit einem Dutzend Schlösser gesichert war. Sie ahnte, dass Froggy sich wohl auf der anderen Seite befinden musste.

»Oh, Caeeesar?«, trällerte Rotkäppchen.

Ehe er wusste, wie ihm geschah, wurde Curly von den anderen verlorenen Jungen und seiner Mutter auf Zeit abermals in die Luft gehoben.

»Und diesmal mit ordentlich Schwung!«, kommandierte Rotkäppchen. »Schließlich hat er jede Menge Schlösser zu knacken. Auf drei … *eins* … *zwei* … *drei*!«

Nach einigen beherzten Pendelschwüngen, um Durchschlagkraft zu gewinnen, ließen sie ihn los, und er krachte durch die Tür. Dahinter befand sich eine Treppe, und Curly kugelte hinab bis ins Kellergeschoss.

»*Autsch*«, murmelte er dumpf.

»Ist da unten noch jemand außer dir, Caesar?«, rief Rotkäppchen zu ihm hinunter.

Sie erhielt keine Antwort. Zusammen mit den verlorenen Jungen eilte sie ebenfalls die Stufen hinunter. Der Anblick, der sich ihnen dort bot, würde ihnen jahrelang Albträume bescheren.

Curly hatte sich aufgerappelt und staunte schreckensstarr in den Raum. Der Keller beherbergte vierundzwanzig Betten – zwölf entlang jeder Wand. Die letzten vier waren leer, doch in den übrigen zwanzig lagen *schlafende Kinder*. Jedes einzelne von ihnen *leuchtete*, aber das Licht, das ihre Körper abstrahlten, wurde in Trankfläschchen gesogen, die sich jeweils am Fußende ihrer Matratzen befanden.

Je weiter von der Tür entfernt die Betten platziert waren, desto älter wirkten die Kinder darin; die hintersten von ihnen glichen kaum noch jungen Menschen, sondern vielmehr zu klein geratenen Senioren. Ihre Gesichter waren verschrumpelt, die Haare ergraut.

»*Das müssen die vermissten Kinder sein!*«, keuchte Rotkäppchen.

»Was passiert mit ihnen?«, hauchte Tootles.

Rotkäppchen bemerkte die leeren Särge, die ebenfalls an den Wänden aufgereiht waren. Sie schlug sich eine Hand auf den Mund, und Tränen traten ihr in die Augen.

»Morina zapft ihnen ihre Jugend und Schönheit ab, um damit ihre Mittelchen zu brauen!«, sagte sie. »Sie ist ein Monster!«

Rotkäppchen und die verlorenen Jungen starrten die verfluchten Kinder fassungslos an. Am liebsten hätten sie sie auf der Stelle vor dem Zauber gerettet, der ihnen alle Lebenskraft raubte, doch sie wussten nicht, wie sie das anstellen sollten. Und hatten überdies panische Angst davor, eines der erbärmlichen Wesen zu berühren.

»Warum sind vier der Betten leer?«, fragte Nibs.

»Weil die Kinder gestorben sind«, sagte eine Stimme, die weder Rotkäppchen noch einem ihrer Schützlinge gehörte.

Alle blickten sich hektisch im Keller um, auf der Suche nach dem Sprecher. In einer Ecke des Raums lehnte ein hoher Spiegel mit silbernem Rahmen, und zu Rotkäppchens Entsetzen stand Froggy *im Innern.*

»Charlie!«, schrie sie und stürzte hinüber. Sie legte beide Hände an das Glas, und Froggy presste seine schwimmhäutigen von innen gegen ihre.

»Unser Dad ist ein riesiger Frosch?«, fragte Nibs. *»Hurra, unser Dad ist ein Frosch!«*

»Rot, wer sind diese Jungen?«, erkundigte sich Froggy. »Und wieso nennen sie mich *Dad*?«

»Das sind die verlorenen Jungen aus Nimmerland. Ich habe sie fürs Erste adoptiert – lange Geschichte«, erklärte Rotkäppchen. »Charlie, was tust du in einem Spiegel?«

»Morina hat mich hier eingesperrt, so dass ich gezwungen bin, über die Kinder zu wachen«, erzählte Froggy betrübt.

»Und wie bekommen wir dich wieder heraus?«, wollte Rotkäppchen wissen.

Froggy schüttelte den Kopf. »Der Zauber magischer Spiegel ist unumkehrbar, Liebling«, sagte er sanft. »Ich bin auf die gleiche Weise gefangen wie der Liebhaber der bösen Königin, aber da *der Wunschzauber* nicht mehr verfügbar ist, werde ich wohl … *für immer* feststecken.«

Rotkäppchen fiel auf die Knie und fing ebenfalls an, krampfhaft den Kopf zu schütteln. Sie hatte bereits zuvor geglaubt, ihr Herz sei gebrochen, doch soeben war es in derart viele Scherben zerborsten, dass es sich womöglich nie wieder zusammensetzen ließ.

»Nein …«, flüsterte sie. *»Nein, nein, nein …«*

Bei ihrem Anblick wurde Froggy ebenfalls von seinen Gefühlen übermannt. »Es tut mir so leid, Liebes«, weinte er. »Du musst die Kinder nehmen und fliehen, ehe Morina zurückkehrt.«

»Ich kann dich nicht im Stich lassen …«, weinte Rotkäppchen.

»Wir sind machtlos.« Auch Froggy schluchzte inzwischen. »Morina war darauf aus, uns zu trennen, und ich fürchte, das ist ihr nun endgültig gelungen. *Die Hexe hat gesiegt.*«

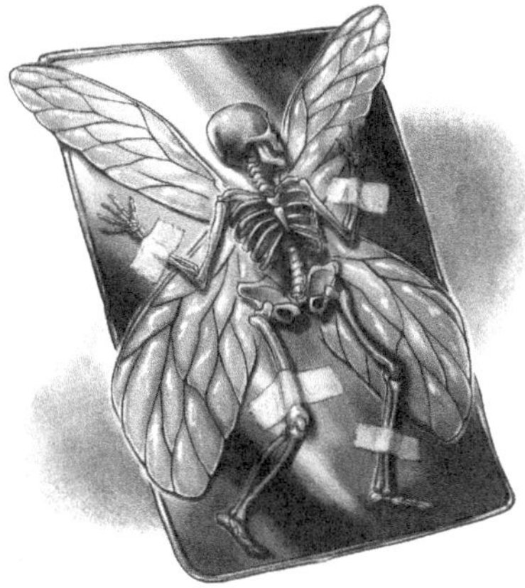

Kapitel 27

Die Schwestern Grimm

Soweit Mrs. Campbell informiert war, verbrachte Bree das Wochenende bei ihrer Freundin Stacey zu Hause. Auch wenn Bree und Stacey seit der sechsten Klasse kaum mehr Kontakt gehabt hatten, war Mrs. Campbell so begeistert darüber, dass ihre Tochter wieder Umgang mit Gleichaltrigen pflegte, dass sie nicht viele Fragen stellte. Und niemals wäre sie auf die Idee gekommen, dass Bree kaum eine Woche, nachdem ihr Hausarrest aufgehoben worden war, bereits ihre nächste Exkursion ausheckte.

Natürlich hatte Bree zuerst überlegt, Cornelia Grimm einfach anzurufen, doch die Nummer war in keiner Datenbank und keinem Telefonbuch verzeichnet. So blieb ihr nichts anderes übrig, als höchstpersönlich nach 1729 Mystic Lane, Willow Grove, Connecticut zu reisen und zu beten, dass Cornelia noch immer dort lebte.

Bree plante die komplette Reise am Donnerstag nach der Schule an ihrem Computer. Dabei war sie unendlich dankbar für die technologischen Errungenschaften der Moderne – wie Kinder es in Zeiten vor Erfindung des Internets geschafft haben mochten, von zu Hause wegzulaufen, war ihr ein Rätsel. Sie fand die Adresse der Sauerteigfabrik, von der der Märchenimbiss beliefert wurde; Willow Grove war von dort aus mühelos mit dem Bus zu erreichen, und Cornelias Haus wiederum lag eine gute Stunde Fußmarsch vom Stadtzentrum entfernt.

Am Freitagmorgen packte Bree zusätzlichen Proviant und Kleider zum Wechseln in ihre Schultasche. Sowie die Klingel zum Unterrichtsschluss läutete, sprintete sie zum Märchenimbiss und wartete im Schatten der Müllcontainer auf dem Hinterhof des kleinen Restaurants. Genau wie von Iris beschrieben, traf der Lastwagen des Zulieferers am Nachmittag ein.

Der Fahrer war ein rundlicher junger Mann in weißer Uniform mit roter Fliege. Er öffnete die Ladeklappe seines Wagens und stapelte im Innern Kisten voller Brot auf einen Rollwagen, den er dann eine Rampe hinunter- und in das Restaurant schob.

Im Imbiss ließ er sich reichlich Zeit. Bree linste durch ein Fenster und sah, wie er mit Petunia flirtete. Das war ihre Chance, sich an Bord zu schleichen: Sie zwängte sich in einen kleinen Spalt hinter einem Stoß beschädigter Transportkisten und verbarg sich dort.

Zwanzig Minuten später kehrte der Fahrer zurück und verschloss die Ladeklappe, ohne seine blinde Passagierin zu bemerken. Er startete den Motor, fuhr vom Hof des Märchenimbisses und steuerte den Rückweg zur Fabrik an. Bree war unterwegs nach Connecticut, ohne die leiseste Ahnung, wie sie von dort wieder nach Hause kommen sollte.

Zwei Tage brauchte der Lieferwagen für die Strecke hinauf in den nordöstlichen Bundesstaat. Hin und wieder hielt der Fahrer an, um etwas zu essen oder sich auszuruhen, doch er schien fest entschlossen, schnellstmöglich sein Ziel zu erreichen. Bree hörte sogar, wie er einen Disponenten über seine errechnete Ankunftszeit beschwindelte.

Der unangenehmste und kniffligste Teil ihrer Reise waren für Bree ihre heimlichen Abstecher zur Toilette: Sie musste dafür stets einen Moment abpassen, in dem der Lieferant entweder auf der Rückbank schlief oder in einem Restaurant eingekehrt war. Jedes Mal, wenn sie sich flink aus dem Wagen stahl, hatte sie panische Angst, er könnte bereits abgefahren sein, wenn sie zurückkehrte.

Trotz der stressigen und beengten Gegebenheiten empfand Bree die Fahrt als echtes Abenteuer – einen ähnlichen Adrenalinrausch hatte sie zuletzt während ihres Trips durch Europa mit Conner erlebt. Sie wünschte bloß, er wäre auch diesmal bei ihr, um ihr Gesellschaft zu leisten.

Endlich rollte der Lieferwagen am Sonntagmorgen auf den Parkplatz der Sauerteigfabrik. Kaum hatte der Fahrer geparkt, schob Bree von innen die Ladeklappe hoch und hechtete ins Freie.

»Danke fürs Mitnehmen!«, rief sie dem Mann im Vorüberrennen zu.

»Hey! Wie lange hast du dich schon da drin versteckt?«, brüllte er ihr hinterher. »Komm zurück!«

Doch er war zu langsam, um ihr nachzulaufen, und so peste Bree zur nächstgelegenen Bushaltestelle. Ein passender Bus hielt bereits wenige Minuten später. Er brachte Bree in das kleine, beschauliche Städtchen Willow Grove und setzte sie im Zentrum ab.

Sie zog eine ausgedruckte Straßenkarte aus ihrer Tasche und

folgte ihr ein Stück weit aus der Stadt hinaus, die Augen stets auf ihr mit Kugelschreiber markiertes Ziel – Cornelias Haus – geheftet. Die Landschaft Connecticuts war für einen idyllischen Spaziergang wie geschaffen: sanfte, mit grün belaubten Bäumen bestandene Hügel, so weit ihr Blick reichte.

Nach einer Weile gelangte Bree tatsächlich in die Mystic Lane, die sich als breite Wohnstraße mit stattlichen Häusern auf großzügigen Grundstücken entpuppte. Sämtliche Gebäude waren elegant, jedoch bereits recht alt – einige wirkten, als wären sie bereits vor der Gründung der Vereinigten Staaten errichtet worden.

»1723 …1725 … 1727 …« Bree las die Hausnummern im Vorbeigehen. »Und da wären wir: *1729*!«

Rings um den Garten des Hauses wuchs eine hohe Hecke, so dass es deutlich abgeschirmter war als all die übrigen Anwesen entlang der Straße. Bree schlüpfte durch ein kleines Hoftor und betrat einen Gartenweg aus unregelmäßig geformten Steinplatten. Vor ihr erhob sich ein zweistöckiges Gebäude mit großen Fenstern und einer breiten Veranda. Die Fassade war gelb gestrichen und der Rasen üppig dekoriert: Es gab bunte Windspiele, Gartenzwerge, Vogelbäder und Statuen von Feen in jedem Blumenbeet.

In der heimeligen Atmosphäre fühlte Bree sich – zu ihrem eigenen Erstaunen – sofort ausgesprochen wohl.

»Das muss es sein«, murmelte sie vor sich hin.

Bree fischte das alte Foto, das ihre Großmutter und Cornelia zeigte, aus der Tasche. Sie hielt es vor dem Haus in die Höhe und seufzte erleichtert – das Bild fügte sich perfekt ein, wie ein altes Teil in ein neues Puzzle. Im Laufe der Jahre war das Haus renoviert worden, doch Bree befand sich ohne Zweifel am richtigen Ort.

Sie sprang die Eingangsstufen hinauf und klopfte mit rasendem Herzen an die Tür; dabei flehte sie stumm, dass sie die weite Reise nicht umsonst unternommen hatte.

Eine Frau mittleren Alters, mit stacheligem rotem Haar, öffnete. Sie trug einen braunen Pullover und baumelnde rubinfarbene Ohrringe.

»Kann ich dir weiterhelfen?«

»Hallo, ich heiße Bree Campbell. Und ich wüsste gern, ob hier noch immer eine Frau namens Cornelia Grimm wohnt.«

»Wieso fragst du?«

»Ich glaube, wir sind verwandt«, erklärte Bree. »Meine Hoffnung war, dass sie mir vielleicht ein paar Fragen zu meiner Familie beantworten könnte. Es tut mir leid, dass ich Sie derart überfalle, aber ich habe keine andere Möglichkeit gefunden, mit ihr in Kontakt zu treten. Und ich bin von ziemlich weit her angereist.«

»Ja, Cornelia ist hier«, sagte die Frau. »Komm rein, ich hole sie für dich. Mein Name ist Wanda.«

Bree jubilierte stumm und trat ein. Cornelia war noch am Leben, also hatte sich der lange Weg gelohnt!

Die Räume des Anwesens waren allesamt mit Blumentapeten und weißen Zierleisten ausgekleidet. Auf jeder freien Fläche standen prachtvolle Blumenvasen, und an den Wänden hingen gerahmte Fotos – wobei kein einziger Rahmen dem anderen glich. Bree erkannte, dass sie allesamt Frauen zeigten, einzeln oder in Gruppen, die in der Vergangenheit in dem Haus gelebt hatten. Eine Dame war ihr auf der Stelle vertraut.

»Das ist meine Oma«, sagte Bree. Wanda wandte sich zu ihr um, und Bree deutete auf ein Foto ihrer Großmutter und Cornelias.

Wanda schenkte ihr ein Lächeln. »Oh, dann bist du also

Annelieses Enkelin«, stellte sie fest. »Cornelia wird sich riesig freuen, dass du zu Besuch da bist. Hier entlang, sie ist im Wohnzimmer.«

Gemeinsam betraten sie einen Raum voller ausladender, gemütlicher Möbel. Auf Anhieb zählte Bree mindestens sechs Katzen, doch sie vermutete, dass sich in anderen Zimmern des Hauses wohl noch mehr tummelten. Eine weitere mittelalte Frau hatte es sich auf einer Couch bequem gemacht und las ein Buch. Sie war mollig und hatte dunkles Haar, das an den Schläfen grau wurde.

»Frenda, darf ich dir Bree Campbell vorstellen?«, sprach Wanda sie an. »Bree, das ist meine Cousine Frenda – Cornelias Tochter.«

»Hallo, hallo«, machte Frenda überrascht.

»Hi«, grüßte Bree und reichte auch ihr die Hand.

»Tante Cornelia, du hast Besuch«, rief Wanda. »Bree Campbell ist gekommen – sie ist Annelieses Enkeltochter.«

Cornelia Grimm saß im Hinterzimmer des Hauses vor einer Staffelei und arbeitete gerade an einer Art Landschaftsgemälde. Sie drehte sich zu Bree und den Frauen um, und Bree erkannte sie augenblicklich: Zwar war sie inzwischen sehr alt, aber sie ähnelte nach wie vor stark der Dame auf dem Foto ihrer Großmutter. Ihr weißes Haar fiel ihr bis zur Hüfte, und sie trug eine Brille mit rotem Gestell. Um den Hals hatte sie einen modischen Seidenschal geschlungen.

Cornelia war in der Tat entzückt darüber, Bree kennenzulernen. Sie griff nach einem Stock und stemmte sich auf die Füße, um sie zu begrüßen.

»Hallo, mein Kind«, sagte Cornelia mit liebenswertem Lächeln. »Was für eine reizende Überraschung. Gerade erst heute Morgen habe ich an deine Großmutter gedacht.«

»Ich bin so froh, Sie endlich zu treffen«, sagte Bree. »Sie sind die Cousine meiner Oma, nicht wahr?«

»Ja«, bestätigte Cornelia. »Als Jugendliche standen wir uns sehr nahe, haben uns allerdings im Lauf der Jahre leider aus den Augen verloren. Geht es Anneliese gut?«

»Offen gestanden ist sie vor ein paar Jahren gestorben«, musste Bree ihr betrübt mitteilen.

»Oh, das tut mir sehr leid«, seufzte Cornelia. »Na, jedenfalls ist sie jetzt gewiss an einem besseren Ort. Was führt dich hierher, Liebes?«

Bree zögerte – sie war unsicher, wie sie ihr Anliegen formulieren sollte. »Ich habe einen Brief gefunden, den Sie meiner Großmutter einst geschrieben haben. Darauf stand diese Adresse«, erzählte sie. »Ich habe jede Menge Fragen über unsere Familie, und da meine Oma nicht mehr da ist, hatte ich gehofft, Sie könnten mir vielleicht einige davon beantworten. Ich hätte einfach angerufen, aber Ihre Telefonnummer ist nirgends verzeichnet.«

»Ich hasse Werbeanrufe«, sagte Cornelia. »Und wir geben dir gern alle Antworten, die du suchst. Komm, nimm Platz.«

Cornelia gesellte sich zu Frenda auf die Couch; Bree und Wanda zogen sich Stühle heran und setzten sich den beiden gegenüber. Die Frauen waren ganz Ohr und offensichtlich aufrichtig gespannt auf Brees Fragen. Schließlich tauchte nicht jeden Tag eine junge Frau auf ihrer Türschwelle auf und bat um Hilfe.

»Ich schätze, am besten fange ich direkt mit der größten und wichtigsten Sache an«, beschloss Bree. »Grimm ist ja kein allzu verbreiteter Name – daher habe ich mich gefragt, ob unsere Familie mit den Brüdern Grimm verwandt ist.«

»Das ist sie tatsächlich, ja«, erwiderte Cornelia. »Wilhelm Grimm war Annelieses und mein Ururururgroßvater.«

Erneut verspürte Bree ein so unbändiges Glücksgefühl, dass sie beinahe vom Boden abgehoben wäre. Ebendiese Antwort hatte sie sich erträumt – nun ergab alles Sinn.

»Das ist unglaublich«, sagte sie zutiefst erleichtert. »Dann stammen Sie also auch aus Deutschland?«

»Meine Großeltern waren als junge Leute in die USA gezogen, aber deine Großmutter war in ihrer Familie die Erste«, erläuterte Cornelia. »Sie hat eine Weile hier mit uns in diesem Haus gelebt, ehe sie deinen Großvater kennengelernt hat.«

»So viel hatte ich mir aus dem Brief zusammengereimt«, meinte Bree. »Außerdem sind mir all die Frauenfotos draußen im Flur ausgefallen. War hier eine Art Schwesternschaft untergebracht?«

»Etwas Ähnliches«, sagte Cornelia. »Zuerst hat das Haus meiner Mutter und ihren Schwestern gehört. Über die Jahre sind viele unserer Verwandten hier untergekommen, und die allermeisten von ihnen waren Frauen. Ich wette, unsere Nachbarn haben uns von Zeit zu Zeit für einen *Hexenzirkel* gehalten.«

Cornelia, Frenda und Wanda lachten miteinander, doch Bree musterte ihre Gegenüber nervös.

»*Sind* Sie Hexen?«, fragte sie vollkommen ernst.

Im Zimmer wurde es schlagartig sehr still. Die drei Frauen tauschten einen Blick, der Bree ein unbehagliches Kribbeln über den Rücken schickte. Ganz eindeutig teilten ihre Gastgeberinnen ein Geheimnis.

»Tut mir leid – das sollte nicht unhöflich klingen«, stammelte Bree. »Was auch immer Sie sind, geht mich nichts an. Bloß habe ich erst kürzlich eine Menge über die Brüder Grimm in Erfahrung gebracht – mehr, als die meisten Menschen glauben würden. Ich weiß, dass in ihrer Familie gewisse *Fähigkeiten* auftreten, die in anderen Familien nicht vorkommen.«

»Redest du von der Magie, die in unserem Blut fließt?«, fragte Cornelia.

Die Härchen auf Brees Armen stellten sich auf.

»Ja«, bestätigte sie. »Darüber sind Sie im Bilde?«

Alle drei Frauen nickten.

»Diese Geschichte wird in unserer Familie von Generation zu Generation weitergegeben«, ergriff nun Frenda das Wort. »Die Brüder Grimm haben die Geschichten, die sie veröffentlichten, nicht selbst geschrieben, sondern vielmehr von Feen aus einer anderen Welt erhalten. Im frühen 19. Jahrhundert hat die Grande Armée von dieser fremden Dimension Wind bekommen und den Plan gefasst, sie zu erobern. Deshalb hat eine Fee ein wenig Magie aus ihrem eigenen Blut auf Wilhelm Grimm übertragen, so dass er den Feen dabei zur Hand gehen konnte, die herannahende Armee in eine Falle zu locken. Diese Magie lebt bis heute in den Adern unserer Familie fort.«

»Sie reicht nicht aus, um einen Zauber oder Fluch auszuführen«, ergänzte Wanda. »Aber wir sind uns bewusst, dass sie irgendwo in uns schlummert, und das unterscheidet uns vom Rest der Welt.«

Bree starrte ihre neue Verwandtschaft schockiert an. Sie hatte angenommen, als Einzige in der Anderswelt – von Emmerich einmal abgesehen – diese Erzählung zu kennen.

»Was mich interessiert: Wie hast du von dem Familiengeheimnis erfahren, wenn du selbst gar nicht wusstest, dass du zur Familie gehörst?«, erkundigte sich Cornelia lachend. »Nachdem deine Großmutter dieses Haus verlassen hatte, hielt sie stur an dem Vorsatz fest, ihre zukünftigen Kinder nicht einzuweihen – Magie hat ihr immerzu Angst eingejagt. Ich vermute, letztlich hat sie ihre Meinung geändert, wohl aber einige Details in ihrer Erklärung unterschlagen.«

»Nein«, widersprach Bree. »Sie hat niemals ein Wort darüber verloren; ich habe es vollkommen allein herausbekommen. Das Ganze ist eine lange Geschichte – aber im vergangenen Jahr bin ich in die Märchenwelt gereist.«

Die Frauen schnappten nach Luft und rutschten auf Stuhl und Couch ganz nach vorn. Offenbar hatten sie niemals zuvor jemanden getroffen, der ins magische Land gelangt war.

»Du bist *dort* gewesen?«, fragte Wanda.

»Aber wie hast du das geschafft?«, staunte Frenda.

Bree schilderte ihren Verwandten die Schulexkursion nach Deutschland und ihre Abenteuer mit Conner und Emmerich. Sie erläuterte, wie sie durch ein Portal im Sängersaal von Schloss Neuschwanstein in die Märchenwelt gereist waren, und berichtete, wie sie sich nach ihrer Rückkehr in die Anderswelt an etwas erinnert hatte, das ihr im magischen Land zu Ohren gekommen war: Mutter Gans hatte einst das Portal so manipuliert, dass es jeden Menschen ohne magisches Blut im Körper für zweihundert Jahre festhalten würde. Somit war die einzige Erklärung dafür, dass sie und Emmerich problemlos in der Lage gewesen waren, es zu durchqueren: Auch sie mussten Magie in sich tragen. Woraus Bree wiederum geschlussfolgert hatte, dass es sich bei ihnen beiden offenkundig um Nachfahren Wilhelm Grimms handelte.

Trotz dieser ausschweifenden und komplizierten Antwort hingen ihr die drei Frauen bis zum letzten Wort an den Lippen.

»Und woher hat dein Freund Conner seine Magie?«, fragte Cornelia.

»Er und seine Zwillingsschwester sind die Enkelkinder der guten Fee«, entgegnete Bree.

»Faszinierend«, meinte Frenda.

»Allerdings!«, erwiderte Bree. »Die zwei sind die ersten Kinder beider Welten, und ihre Geburt hat die Anderswelt und das magische Land irgendwie untrennbar miteinander verknüpft. Anscheinend lief die Zeit in der Märchenwelt zuvor wesentlich langsamer, aber nun haben sich beide aufeinander eingependelt.«

»Wie alt sind die Zwillinge?«, wollte Cornelia wissen.

»Fast fünfzehn, glaube ich«, sagte Bree. »Was tut das denn zur Sache?«

Sie erhielt keine Antwort. Die Enthüllung des Alters der Geschwister hatte Cornelia, Frenda und Wanda in tiefes Grübeln gestürzt.

»Ich habe den Eindruck, Sie verschweigen mir etwas«, argwöhnte Bree.

Ruckartig erhoben sich alle drei Frauen.

»Ich denke, wir sollten Bree jetzt das Gästehaus zeigen«, meinte Cornelia. »Dort ist es vermutlich leichter, ihr *die Schwesternschaft* verständlich zu machen.«

»Die Schwesternschaft?«, wiederholte Bree.

»Folge uns, Herzchen«, sagte Wanda.

Die Frauen führten Bree durch die Hintertür des Hauses ins Freie. Der Garten, der sich dort erstreckte, war ebenso opulent geschmückt wie der vordere Rasen, und ganz am Ende des Grundstücks befand sich ein geräumiges Gästehaus, das einst vielleicht eine Scheune gewesen sein mochte, die dann renoviert worden war.

Sie traten durch die Tür, und Cornelia schaltete das Licht ein. Das Gästehaus bestand aus einem riesigen Raum mit hoher Decke. Genau in der Mitte stand ein großer Stahltisch, und an der Rückwand reihten sich mehrere Schreibtische mit Computern, Druckern und Scannern. Entlang einer anderen Wand gab es Aktenschränke und weiteren Stauraum, und die dritte wurde gänzlich von einer gigantischen Weltkarte eingenommen, auf der Hunderte von Orten mit bunten Fähnchen markiert waren.

Bree sah sich mit weit aufgerissenen Augen neugierig um. »Was ist das hier, Ihr geheimes Labor?«, fragte sie. »Sind Sie Agentinnen oder so was?«

»Wir nennen uns *die Schwestern Grimm*«, sagte Cornelia. »Unsere Schwesternschaft wurde 1852 von meiner Ururururgroßmutter Maria Grimm gegründet. Seit annähernd zwei Jahrhunderten verfolgen und dokumentieren die Frauen unserer Familie sämtliche magischen Phänomene in dieser Welt.«

»Was denn für *magische Phänomene*?«, bohrte Bree. »Meinen Sie Feen, die Märchen verbreiten?«

»Das – und noch vieles mehr«, erwiderte Frenda.

»Lange Zeit war unsere Familie überzeugt, wir seien die einzigen Menschen auf der Erde, die mit Magie in Kontakt gekommen waren und über die Märchenwelt Bescheid wussten«, erklärte Cornelia. »Mit dieser Annahme lagen wir jedoch falsch. Als Maria Grimm sich eingehender mit geschichtlichen Aufzeichnungen und Dokumenten befasst hat, ist ihr klargeworden, dass die Vergangenheit unserer Welt durchzogen ist von Gelegenheiten, bei denen die beiden Welten sich gekreuzt haben. Die märchenverbreitenden Feen sind bloß *eine* Erscheinungsform dieser Berührungen.«

»Aber Conners Großmutter war als erste und einzige Person in der Lage, Portale zwischen den Welten zu erschaffen«, entgegnete Bree.

»Laut unseren Aufzeichnungen und Nachforschungen stimmt das so nicht«, widersprach Cornelia.

Wanda angelte eine aufgerollte Leinwand von der Decke. Darauf abgebildet war ein Zeitstrahl, der Tausende und Abertausende von Jahren zurückreichte und jede Epoche der erforschten Menschheitsgeschichte umfasste.

»Wir haben herausgefunden, dass die gute Fee erstmals irgendwann im frühen Mittelalter hier in Erscheinung getreten ist«, erläuterte Wanda und deutete auf die Mitte des Zeitstrahls. »Allerdings gibt es schon deutlich ältere Hinweise auf Übertritte und einen Austausch zwischen den Welten.«

»Die meisten antiken Zivilisationen und Hochkulturen wurden in irgendeiner Weise von Wesen beeinflusst, die wir heute dem Reich der Legenden zuordnen«, führte Frenda weiter aus. »Die Urvölker zollten diesen Geschöpfen in ihrer Kunst und ihren Geschichten Tribut, und bisweilen vergöttlichten sie sie sogar. Obwohl es handfeste Belege für das Bestehen dieser Gestalten gibt, haben Historiker sie als mythologisch bezeichnet – aus dem simplen Grund, dass sie den heute gängigen Klassifizierungen der Biologie nicht genügen.«

»Das alte Asien wurde maßgeblich von *Drachen* geprägt, in Europa wimmelt es von Legenden über *Feen* und *Trolle*, die in den Wäldern leben, und die Wikinger behaupteten, auf ihren Reisen über die Weltmeere *Meermenschen* begegnet zu sein – um nur einige Beispiele aufzuzählen«, sagte Wanda. »Ironischerweise haben all diese Wesen an irgendeinem Punkt auch im magischen Land existiert.«

»Das kann kaum bloßer Zufall sein, meinst du nicht auch?«, fragte Cornelia.

»Dann wollen Sie also behaupten, dass all diese Wesen vor Tausenden von Jahren durch Risse in der Märchenwelt geschlüpft und so auf der Erde gelandet sind?«, vergewisserte sich Bree.

»Exakt«, bekräftigte Cornelia. »Und damit noch nicht genug. Lasst uns Bree die Kadaver zeigen.«

Die drei Frauen lotsten Bree hinüber zu den Schränken und Kommoden. Als Wanda die breiteste Schublade eines Schranks ganz unten aufzog, entfuhr Bree ein Schrei. Darin lag das Gerippe einer Meerjungfrau.

»Das wurde 1938 an einem mexikanischen Strand entdeckt«, sagte Wanda. »Und diese hier hat man 1899 in Irland gefunden.«

Sie öffnete das darüberliegende Schubfach und offenbarte Bree vier metallene Tabletts, auf denen mit Klebefilm winzige Feenskelette befestigt waren.

»Wann und wo auch immer solche Überreste auftauchen, halten die meisten Leute sie glücklicherweise für Fälschungen«, meinte Wanda.

»Wie aber gerät so etwas in unsere Welt?«, staunte Bree.

»Ihre Recherche hat Maria Grimm zu der Feststellung geführt, dass sich – ungefähr einmal im Monat – irgendwo auf der Erde eine Art *Durchgang* ins magische Land auftut«, beschrieb Cornelia. »Geöffnet bleibt er bloß für ein paar Sekunden. Manchmal rutschen Menschen oder Wesen hindurch, manchmal nicht.«

»Seit Marias Entdeckung sind die Schwestern Grimm bei jedem derartigen Ereignis zugegen gewesen, um sicherzustellen, dass niemand dabei zu Schaden kommt«, fuhr Frenda fort. »Falls jemand oder etwas unsere Welt betritt, nehmen wir den Besuch in unsere Obhut, bis die nächste Passage aufreißt, und tun dann unser Möglichstes, um ihn zurück in die Märchenwelt zu befördern.«

»Gelegentlich entflieht uns ein Wesen«, räumte Wanda ein. »Von einigen davon hast du vielleicht gehört? In Schottland etwa lebt ein harmloser Wasserdrache, der als Monster von Loch Ness bekannt ist. Je eine Familie haariger Oger hat sich in den Bergen Nordamerikas und Nepals häuslich eingerichtet –

bei uns ist diese Art Wesen eher unter dem Namen Bigfoot oder Yeti bekannt.«

»Woher wissen Sie, *wo* jeweils der Durchgang erscheinen wird?«, erkundigte sich Bree.

»Um die Stätten dieser magischen Vorfälle zu bestimmen, bedienen wir uns des mächtigsten Werkzeugs auf Erden«, antwortete Cornelia. »Der Wissenschaft!«

Frenda griff nach einem Zollstock und deutete auf die Fähnchen in der gigantischen Weltkarte.

»Wir haben die Schauplätze sämtlicher bisheriger Sichtungen von Schlupflöchern oder magischen Kreaturen, die durch eines davon eingedrungen sind, markiert«, erläuterte sie. »Erkennst du ein Muster?«

Bree studierte die Karte und legte dabei den Kopf schief, um eine andere Perspektive zu gewinnen. »Wenn man alle Punkte verbindet, wirkt es, als würden die Orte sich in einer perfekten Spirale rund um den Globus ziehen«, stellte sie fest.

»Haargenau!«, lobte Wanda. »Und daraus leiten wir ab, wo mit der nächsten Öffnung zu rechnen ist.«

»Und das passiert jeden Monat?«, hakte Bree noch einmal nach.

»Zuverlässig wie ein Uhrwerk«, nickte Cornelia. »Das heißt: So war es zumindest bis vor fünfzehn Jahren. Damals haben wir an der nächsten ermittelten Örtlichkeit gewartet – doch vergeblich.«

»Wieso?«, fragte Bree.

»Weil vor fünfzehn Jahren etwas geschehen ist. Etwas, das womöglich mit der Geburt deiner Freunde Alex und Conner in Zusammenhang steht«, sagte Cornelia. »Sieh dir mal dieses Diagramm an.«

Wanda schaltete das Licht aus, und Frenda richtete eine

Fernbedienung hinauf zur Decke. Bree blickte hoch und erspähte ein großes Schaubild, das sie zuvor nicht bemerkt hatte. Nun leuchtete es auf und erwachte zum Leben: Zwei kleine Kugeln – eine blau, die andere grün – umkreisten eine größere gelbe. Beinahe glichen sie zwei Erden, die ihre Bahnen um die Sonne zogen. Dabei war die blaue Kugel allerdings merklich schneller unterwegs als die grüne.

»Stell dir einmal vor, bei den beiden Dimensionen handelte es sich um Planeten, die sich um die Sonne bewegen«, wies Cornelia Bree an. »Der grüne verkörpert die Märchenwelt, der blaue die Erde. Obwohl sie mit unterschiedlicher Geschwindigkeit irgendwo durch den Kosmos schweben, kreuzen sich ihre Wege gelegentlich, und sie stoßen zusammen.«

Mit einem Mal rammte der blaue Ball den grünen. Wenige Augenblicke später wiederholte sich das Ganze, und dann geschah es immer und immer wieder, bis Frenda das Schauspiel mit der Fernsteuerung anhielt.

»In Anbetracht ihrer Gabe, zwischen den Welten zu wandern, glauben wir, dass die gute Fee im exakten Moment einer früheren Kollision geboren wurde«, sagte Wanda.

»Sie hat den Brüdern Grimm erzählt, die Märchenwelt drehe sich erheblich langsamer als unsere Welt, und diese Information ist seither in unserer Familie weitergetragen worden«, berichtete Cornelia. »Deshalb scheint es uns, als wären die Durchgänge jeweils nur für Sekunden geöffnet, während sie – vom magischen Land aus betrachtet – vielleicht Stunden oder Tage offen stehen.«

Cornelia nickte Frenda zu, die daraufhin einen anderen Knopf auf der Fernbedienung drückte. Nun rotierten die beiden Kugeln in gleichem Tempo um die Sonne.

»Als sich vor fünfzehn Jahren kein Schlupfloch aufgetan hat, haben wir geschlussfolgert, dass irgendetwas die Welten aufeinander eingependelt haben musste«, erläuterte Frenda. »Aber bloß weil sie sich nun gleich schnell bewegen, sollten wir nicht zwingend davon ausgehen, dass sie nie wieder zusammenstoßen und einen neuen Durchlass bilden werden.«

An der Decke krachten die grüne und die blaue Kugel abermals ineinander, und diesmal dauerte der Moment des Aufpralls aufgrund ihrer identischen Geschwindigkeiten beträchtlich länger.

»Ganz im Gegenteil: Wir sind fest davon überzeugt, dass beizeiten eine neue Passage entstehen wird«, beteuerte Cornelia. »Und diese wird dann weitaus stabiler und beständiger sein, so dass Menschen und Wesen beider Welten jede Menge Zeit bleibt, zwischen den Dimensionen zu verkehren.«

»Wann, schätzen Sie, ist es so weit?«, fragte Bree.

»Da die Zeitverschiebung zwischen den Welten nie komplett durchschaut wurde, können wir uns da nicht exakt festlegen«, bedauerte Wanda. »Auf Basis der Informationen, die uns gesichert zur Verfügung stehen, haben wir jedoch immerhin eine Tabelle erstellt, aus der hervorgeht, dass es irgendwann in den nächsten sechs Monaten der Fall sein sollte.«

»Und wo wird sich dieser Durchgang auftun?«, bohrte Bree.

Die Frauen tauschten unbehagliche Blicke.

»Im Zentrum von New York City«, gestand Cornelia.

Die drei hatten zweifellos umfangreiche Recherchen vorzuweisen, die ihre Theorie stützten; Bree fiel es dennoch schwer, alles zu erfassen – und sich darauf einzulassen. Eine offene Tür in die Märchenwelt, im Zentrum einer der größten Metropolen der Erde, würde ein unvorstellbares Chaos verursachen!

Connecticut bescherte Bree mehr Erkenntnisse, als sie sich je zu erträumen gewagt hatte.

»Das muss ich erst einmal verdauen«, sagte sie. »Entschuldigen Sie mich bitte einen Moment. Ich habe meinem Freund Emmerich versprochen, ihn anzurufen und einzuweihen.«

Sie zog ihr Handy aus der Tasche. Das Display zeigte ein Dutzend verpasster Anrufe ihrer Mutter – Mrs. Campbell hatte mittlerweile wohl herausbekommen, dass Bree nicht bei Stacey war. Bree ignorierte ihre Nachrichten und wählte stattdessen Emmerichs Nummer.

»Hallo?«, sagte sie in die Leitung. »Frau Himmelsbach? Hier spricht Bree Campbell, Emmerichs Freundin ... Ja, aus Amerika ... Ja, *diese* Amerikanerin ... Es tut mir unheimlich leid, dass ich so spät anrufe, aber ... Frau Himmelsbach, ich fürchte, unsere Verbindung ist ganz schlecht, es klingt nämlich, als würden Sie weinen ... Was ist denn passiert? ... Wo ist Emmerich? ... *Wie bitte?*«

Bree wurde leichenblass und sank auf den Fußboden. Ihre Hände zitterten mit einem Mal so sehr, dass es ihr kaum gelang, weiter das Handy ans Ohr zu drücken.

»Bree, was ist denn los?«, fragte Cornelia.

»Mein Freund Emmerich ...«, keuchte Bree mit weit aufgerissenen, panischen Augen. »Er ist entführt worden!«

Kapitel 28

Ein unerwarteter Abschied

Während der beiden Wochen, in denen Alex in *König Artus und die Ritter der Tafelrunde* gefangen war, machte sie kaum ein Auge zu. Mit jedem Tag, den sie länger von ihrem Bruder, ihren Freunden und dem magischen Land getrennt war, wuchs ihre Sorge. Die wenigen Stunden, in denen sie doch etwas Schlaf fand, brachten ihr lediglich Albträume jener Horrorszenarien, die sie sich auch im wachen Zustand ausmalte. Das Bild unschuldiger Menschen, die schreiend um ihr Leben rannten, während eine fliegende *Jolly Roger* ihre Häuser unter Beschuss nahm, wollte ihr nicht mehr aus dem Kopf gehen.

Es war ein absoluter Segen, dass sie Artus an ihrer Seite hatte, der sie ablenkte – andernfalls hätte ihre eigene Hilflosigkeit Alex womöglich in den Wahnsinn getrieben. Tatsächlich empfand sie die Zeit, die sie mit ihm verbrachte, wie einen vierzehntägigen Traum – und wie bei allen guten Träumen wäre Alex am liebsten niemals daraus erwacht.

Je mehr die beiden miteinander unternahmen, desto inniger wurde ihr Verhältnis. Alex fühlte sich Artus nach nur zwei Wochen näher als jedem anderen Menschen, den sie je gekannt hatte. Mit jedem Kuss, mit jedem liebevollen Blick und jedem vielsagenden Lächeln verspürte sie den Drang, ihn daran zu erinnern, dass sie ihn bald würde verlassen müssen – doch gegen ihre wachsende Zuneigung kam dieses Wissen dennoch nicht an.

Hin und wieder spielte Alex mit dem Gedanken, in Artus' Welt zu bleiben. Was, wenn sie einfach so täte, als existierten das magische Land und die Anderswelt überhaupt nicht? Wäre die Märchenwelt auch ohne sie in der Lage, die Armee ihres Onkels zu besiegen? Würde sie es ertragen, ihre Familie und ihre Freunde im Stich zu lassen? Alex schämte sich für solche Überlegungen; tief in ihrem Herzen war ihr nur zu bewusst, dass so etwas nicht in Frage kam.

Jeden Abend saß sie gemeinsam mit Artus auf dem Hügel, wo der Zaubertrank das Mondlicht in sich aufsog. Für gewöhnlich schliefen die beiden mit ein wenig Abstand zwischen sich ein, erwachten am folgenden Morgen jedoch Arm in Arm. In der Nacht vor Alex' Abreise fasste Artus sich jedoch ein Herz und schmiegte sich an sie.

»Ich muss morgen fort, vergiss das nicht«, murmelte Alex.

»Ich weiß«, antwortete Artus. »Aber so lange werde ich mir einfach vorstellen, dass diese Nacht für immer andauert.«

»Für immer klingt schön«, flüsterte sie.

Zum ersten Mal seit Wochen plagten sie keine Albträume. Stattdessen begleitete der Traum, den sie während des Tages gelebt hatte, sie auch die ganze Nacht hindurch.

Der Morgen allerdings kam viel früher als erwartet. Alex öffnete die Augen und bemerkte als Erstes, dass Artus nicht neben ihr lag. Sie setzte sich auf und blickte umher, entdeckte jedoch keine Spur von ihm.

»Artus?«, rief sie. Keine Antwort.

Sie packte den Zaubertrank zusammen und suchte ringsum im Wald nach Artus, konnte ihn aber nirgends finden. Dass er sie ganz allein auf dem Hügel zurückgelassen haben sollte, erschien ihr höchst merkwürdig. Sie machte sich auf den Weg zu Merlins Hütte, in der Hoffnung, ihn dort anzutreffen, doch als sie das kleine Haus erreichte, begrüßten sie dort nur Mutter Gans und Lester.

»Guten Morgen«, sagte Mutter Gans. »Ist das Elixier fertig?«

»Davon gehe ich aus – sobald noch ein Schuss Magie hinzukommt«, erwiderte Alex. »Hast du Artus gesehen? Er ist wie vom Erdboden verschluckt.«

»Merlin hat ihn sehr früh heute zu einer weiteren Lektion in den Wald geführt«, erklärte sie. »Allerdings bin ich ganz froh, dich allein zu erwischen. Ich muss mit dir reden.«

Mutter Gans nahm am Tisch Platz und bedeutete Alex, sich zu ihr zu setzen. Was auch immer sie auf dem Herzen hatte, es musste etwas Ernstes sein.

»Was ist denn los?«, fragte Alex.

Mutter Gans atmete tief durch und ließ dann alles heraus. »Ich werde dich nicht zurück ins magische Land begleiten«, sagte sie. »Ich bleibe in dieser Welt, bei Merlin.«

Diese Worte waren das Letzte, womit Alex gerechnet hatte; Mutter Gans' Verkündung traf sie wie ein Schlag in die Magengrube.

»Was?«, keuchte Alex. »Mutter Gans, du kannst nicht einfach hierbleiben!«

»In dieser Angelegenheit muss ich meinem Herzen folgen, Kleines«, entgegnete Mutter Gans. »Ich habe Jahrhunderte gebraucht, um jenen Ort zu finden, an den ich gehöre. Mein Platz ist nicht in der Anderswelt, nicht im Feenpalast, nicht in der Burg des Riesen – sondern genau *hier*, an Merlins Seite.«

»Das scheint mir reichlich impulsiv«, gab Alex zu bedenken. »Mir ist bewusst, dass du dich seit dem Tod meiner Großmutter einsam gefühlt hast, aber du solltest nicht einfach mit Sack und Pack in eine andere Dimension ziehen – zu jemandem, den du vor kaum zwei Wochen kennengelernt hast.«

Mutter Gans gluckste.

»Weißt du, was so komisch ist? Genau die gleiche Antwort hatte ich mir für dich bereitgelegt, falls du dich nicht von Artus hättest trennen wollen. Ich hatte eine lange Liste mit Argumenten vorbereitet, weswegen das eine furchtbar schlechte Idee wäre. *Du kannst nicht einfach hierbleiben! Die Leute zu Hause sind auf dich angewiesen! Du hast dein gesamtes Leben noch vor dir!* Und dabei ist mir aufgegangen, dass keines dieser Argumente auf mich zutrifft – was also sollte mich vom Bleiben abhalten?«

»Das stimmt nicht«, wiedersprach Alex. »Mein Bruder und ich, wir brauchen dich beide – du musst uns helfen, die Armee unseres Onkels zu stoppen!«

»Mit einer alten Dame im Schlepptau werden eure Erfolgschancen kaum steigen«, meinte Mutter Gans. »Ich bin hin und wieder für einen flotten Spruch gut, aber ich kann weder euren Onkel noch seine Soldaten besiegen – das schafft nur ihr zwei, du und Conner. Und sowie ihr mich doch braucht, bin ich ruckzuck zur Stelle.«

»Bist du dir deiner Sache ganz sicher?«, fragte Alex eindringlich. »Kürzlich noch hast du mir erzählt, dass du dich nach einem neuen Abenteuer sehnst – das klingt nun eher, als würdest du dich zur Ruhe setzen.«

»*Merlin* ist mein nächstes Abenteuer«, widersprach Mutter Gans. »Ich habe noch nie jemanden getroffen, auf dessen Gesellschaft ich mich bereits morgens beim Aufwachen freue. Ich betrachte die Welt nicht mehr wie eine Unbeteiligte und fühle mich nutzlos – weil ich weiß, dass ich ihm die Welt bedeute. Er lebt bereits ebenso lange wie ich, hat ebenso viele Fehler gemacht und besitzt noch immer sein komplettes echtes Gebiss – ein solcher Mann begegnet mir niemals wieder! Vermutlich klinge ich gerade wie eine alte Spinnerin, aber eines Tages wirst du das verstehen. Wenn du denjenigen kennenlernst, für den du bestimmt bist, ändert das alles – dann kämpfst du auf einmal nicht mehr allein gegen den Rest der Welt.«

Alles, was sie beschrieb, spiegelte haargenau Alex' Empfindungen gegenüber Artus wider. Vielleicht musste Alex nicht warten, bis sie älter war, um zu begreifen – sie hätte schon jetzt alles dafür gegeben, bleiben zu können. So schwer es ihr fallen würde, ohne Mutter Gans zu leben, so unleugbar sah sie doch in Mutter Gans' Augen, dass diese endlich zu einer tiefen inneren Zufriedenheit gelangt war. Jegliche Gründe, die Alex gegen ihre Entscheidung hätte anführen wollen, wären rein egoistisch gewesen.

»Was ist mit Lester?«, fragte Alex.

»Ich möchte, dass du ihn mitnimmst«, sagte Mutter Gans. »Ich liebe ihn, als hätte ich selbst das Ei gelegt, aus dem er geschlüpft ist, aber ich treibe ihn in den Wahnsinn. Wir haben uns bereits unterhalten, und er stimmt mir zu, dass es so am besten ist. Ihr werdet einander guttun.«

»Ich kann nicht behaupten, dass ich über diese Entwicklung glücklich bin«, gab Alex zu. »Aber ich bin glücklich darüber, dass *du* dein Glück gefunden hast.«

»Danke, Kleines«, erwiderte Mutter Gans. »Ich bin auch glücklich. *Sehr, sehr glücklich.*«

Alex nahm ihre Hand und lächelte. In diesem Moment betrat Merlin die Hütte und küsste Mutter Gans auf die Wange – doch er war allein.

»Guten Morgen, meine Damen!«, grüßte er.

»Wo ist Artus?«, fragte Alex.

Merlin nahm Platz und stieß einen schweren Seufzer aus. »Artus hat mich gebeten, dir seine besten Wünsche auszurichten, aber er wird sich heute Morgen nicht zu uns gesellen. Er meinte, der Abschied würde ihm zu schwer fallen.«

»Oh …«, murmelte Alex leise. Ein wenig brach es ihr das Herz, dass sie keine Gelegenheit bekommen würde, ihm anständig auf Wiedersehen zu sagen; zugleich jedoch konnte sie ihm seine Entscheidung kaum verübeln. »Tja, dann sollte ich wohl besser das Elixier vollenden und mich auf den Heimweg machen.«

Alex stellte den Trank in die Mitte des Tischs. Sie deutete darauf, und ein greller Lichtblitz schoss aus der Spitze ihres Fingers in den Kessel. Das Gebräu blubberte einige Augenblicke lang hoch und verfärbte sich schließlich blau – identisch mit dem Farbton jenes Fläschchens, das ihr Onkel gestohlen hatte. Das Weltenwanderer-Elixier war endlich einsatzbereit.

»Hier, füll den Trank da hinein«, sagte Mutter Gans und reichte Alex den Flachmann, den sie stets unter ihrem Häubchen aufbewahrt hatte. »So wirst du dich immerzu an mich erinnern.«

Alex goss die Flüssigkeit gewissenhaft in die Flasche. Sie legte die Buchseite aus *Der Zauberer von Oz* auf den Boden und träufelte drei Tropfen des Elixiers darauf. Das Papier flammte auf wie ein Scheinwerfer und schickte eine Lichtsäule zur Hüttendecke.

Alex umarmte Merlin und Mutter Gans zum Abschied. Bei Mutter Gans fiel das Loslassen ihr schwer.

»Das war's dann also«, meinte Alex. »Oz, ich komme.«

Sie tastete sich bis an den Rand des Strahls vor, hielt jedoch wie versteinert inne, ehe sie ganz hineintrat.

»Alex, was ist denn los?«, fragte Mutter Gans. »Stimmt etwas nicht mit dem Trank?«

»Nein, mit *mir* stimmt etwas nicht«, antwortete Alex. »Ich bringe es nicht übers Herz zu gehen, ohne mich von Artus verabschiedet zu haben. Ich muss ihn suchen!«

Bevor Mutter Gans oder Merlin etwas erwidern konnten, hastete Alex aus der Hütte und hinein in den Wald. Als würde ihr Herz von seinem angezogen wie ein Magnet, rannte sie zwischen den Bäumen hindurch, ohne jeden Zweifel, wo sie ihn finden würde. Sie stolperte auf die Lichtung, zu der er sie auf ihrem ersten gemeinsamen Ausflug geführt hatte – und dort saß er, neben dem Schwert im Stein.

Artus war schockiert darüber, sie zu sehen; er hatte wohl erwartet, dass sie längst fort sei. Sein ganzes Gesicht leuchtete auf bei ihrem Anblick, und beide starrten einander stumm an, während Alex wieder zu Atem kam.

»Du bist immer noch hier«, stellte Artus fest.

»Hast du wirklich gedacht, ich würde gehen, ohne dir Lebewohl zu sagen?«, fragte Alex.

Artus zuckte mit den Schultern. »Ich hatte gehofft, solange ich es einfach nicht tue, wird es gar nicht wahr.«

»Das wünschte ich auch«, seufzte Alex. »Glaub mir.«

Artus rappelte sich hoch und stand mit einem Mal so dicht vor ihr, wie er nur konnte, ohne sie zu berühren. »Lass mich mit dir kommen«, flehte er verzweifelt.

»Artus, du weißt, das geht nicht«, sagte Alex. »Wir beide haben unser jeweiliges Schicksal zu erfüllen. Die Menschen in diesem Land brauchen dich. Nicht ich bin deine Zukunft – sondern England.«

»Wenn du davon so überzeugt bist, was machst du dann noch hier?«, konterte Artus. »Wieso bist du nicht einfach verschwunden und hast mich vergessen?«

»Ich habe es nicht über mich gebracht, ohne dir ein letztes Mal ins Gesicht zu schauen.«

Artus lächelte. »Weil du tief in deinem Herzen auch die Gewissheit spürst, dass wir zusammengehören.«

»Nein, weil ich mir tief in meinem Herzen darüber im Klaren bin, dass du zum König bestimmt bist und ich dich nur ablenken würde«, widersprach sie. »Und falls du dich nicht verabschiedest, dann tue ich es jetzt. Ich möchte nicht, dass du dein ganzes Leben damit verbringst, auf meine Rückkehr zu hoffen. Du bist zu Großem berufen, und ich werde dich nicht davon abhalten.«

»Da bin ich mir nicht so sicher – also, dass ich zu Großem berufen bin«, murmelte Artus leise. »Ohne dich werde ich zu überhaupt nichts zu gebrauchen sein.«

»Aber du wirst ja gar nicht ohne mich sein«, meinte Alex. »Ich werde jede einzelne Seite deiner Geschichte lesen und dich so auf jedem Schritt deines Weges begleiten. Wenn du das Schwert aus dem Stein ziehst, wenn du Camelot aufbaust, wenn du die Tafelrunde begründest, wenn du dich auf die Suche nach dem Heiligen Gral begibst … stets werde ich da sein, und ich werde wissen, dass du es alles *für mich* tust.«

»Aber was, wenn wir uns gerade in *deiner* Geschichte befinden?«, gab Artus zu bedenken. »Womöglich ist all das hier bloß ein Kapitel in einem Buch über dich. Vielleicht liest in irgendeiner fernen Welt soeben jemand genau diese Worte und ahnt, dass du einen schrecklichen Fehler begehst. Du hast selbst gesagt, dass es mehrere Versionen von mir gibt – dann gesteh *dieser* Version zu, an deiner Seite zu bleiben. Soll doch sonst wo ein anderer Artus die Legende erfüllen.«

»Aber dann werde ich immerzu das Gefühl haben, etwas Unrechtes zu tun«, argumentierte Alex. »Eventuell bietet sich uns die Chance auf ein Happy End, nachdem jeder von uns seine eigene Geschichte vollendet hat. Aber bis zu diesem Punkt liegen noch etliche Kapitel vor uns. *Lebe wohl,* Artus – ich werde unsere gemeinsame Zeit immer im Herzen tragen.«

Alex wandte sich von ihm ab, doch er griff hastig nach ihrer Hand.

»Ich weiß, dass ich mehr als bloß eine Geschichte für dich bin«, beharrte Artus. »Und das kann ich auch beweisen – das Schloss und der Schlüssel, die ich dir für den Zaubertrank gegeben habe, stammten von *meiner* Tür. Würdest du nichts für mich empfinden, wären sie wirkungslos gewesen.«

Alex war vollkommen ratlos, was sie darauf erwidern sollte, also sagte sie gar nichts. Sie entzog ihm ihre Hand und eilte von der Lichtung. Im Weggehen wurde ihr klar, dass Artus zurückzulassen das Schwerste war, das sie je würde meistern müssen: schwerer als ihr Sieg über die Zauberin, schwerer als die Schlacht gegen die Grande Armée oder die Jagd nach ihrem Onkel durch mehrere literarischen Dimensionen – denn diesmal war es ihr eigenes Herz, gegen das Alex ankämpfte.

Conners letzte Tage in Nottingham gestalteten sich abgrundtief erschöpfend.

Er und die tollkühnen Gesellen hatten mit Hilfe des Blech-Holzfällers und Peters jeden Winkel von Sherwood Forest durchkämmt, um jemanden mit magischen Fähigkeiten aufzustöbern. Ihre Kandidaten waren rar gesät und in ihrem Wesen der Hexe von Papplenick ganz ähnlich: Sie alle erwiesen sich entweder als tragisch Missverstandene oder schlicht skrupellose Schwindler.

Nachdem sie zwei lange Wochen gesucht hatten, hatte das Weltenwanderer-Elixier alles nötige Mondlicht in sich aufgesogen. Nur eine krönende Zutat fehlte noch, um den Trank zu vervollständigen. Nun kam es allein auf Conner an. Nur *er* war in der Lage, das Gebräu erfolgreich zu aktivieren, indem er die Magie in seinem Innersten anzapfte – wenn er doch bloß den Hauch einer Ahnung gehabt hätte, wie er das anstellen sollte.

Little John und Peter holten den Trank aus den Baumkronen und stellten ihn in der Mitte des Lagers auf. Conner tigerte nervös davor auf und ab – er hatte tatsächlich keinen blassen Schimmer, was zu tun war. Sämtliche Männer versammelten sich um ihn und sahen ihm beim Nachdenken zu.

»Und, machst du es?«, fragte der Blech-Holzfäller.

»Schaut nicht so aus, als hätte ich eine Wahl, oder?«, gab Conner zurück.

»Und wie willst du es hinbekommen?«, bohrte Peter.

»Genau das versuche ich gerade herauszufinden!«, fauchte er.

»DER ZAUBERER IST FRUSTRIERT«, verkündete Robin Hood.

»Leute, würdet ihr alle mal für eine Sekunde weggucken?«, bat Conner. »Ich kann mich nicht konzentrieren, solange ich beobachtet werde.«

Die Umstehenden kamen seiner Bitte nach, spähten aber allerdings hin und wieder verstohlen über die Schulter, sobald Conner es nicht mitbekam – sie fürchteten, andernfalls etwas zu verpassen.

Conner schloss die Augen und mühte sich, die Magie in sich

zu finden, doch er war völlig ideenlos, wo er überhaupt danach suchen sollte. Seine Schwester behauptete stets, sie selbst trage ihre Magie im Herzen – aber Mädchen verwiesen ja in jeglichen Angelegenheiten immerzu auf ihre Herzen. Vielleicht schlummerte Conners Magie vielmehr in seinem Kopf oder Bauch? Sein linkes Knie tat heute ein wenig weh – mochte *das* der heimliche Rückzugsort seiner magischen Kräfte sein?

Wie sollte Magie sich überhaupt anfühlen? Hatte er es mit einer körperlichen oder emotionalen Empfindung zu tun? Handelte es sich dabei um eine Art Parasiten, der in ihm herumkrabbelte, oder eher etwas, das ihn schleichend überfiel, ähnlich der Traurigkeit, die er jedes Mal verspürte, wenn in einem Film ein Hund starb?

Alex schien immer alles einfach zuzufliegen, und die Magie war da keine Ausnahme. Er wünschte, es verhielte sich damit wie mit Witzen oder Geschichten – diese Dinge schüttelte Conner problemlos aus dem Ärmel.

»Moment mal – das könnte es sein«, murmelte er vor sich hin. »Vielleicht ist Magie auch für jeden anders. Vielleicht ist sie genau so, wie man sie sich *ersehnt* – ich meine, immerhin reden wir hier von *Magie.*«

Conner probierte seine Magie so heraufzubeschwören, wie er seine Kreativität aufrief – und die hatte ihren Ursprung in seiner Phantasie, nicht in seinem Herzen. Er stellte sie sich wie die erste Idee für eine neue Geschichte vor. Er ließ sich davon anstecken, inspirieren und durchströmen, bis sie bereit war, sich zu zeigen.

»Okay, dann mal los«, verkündete er laut. »Und ich entschuldige mich vorab, falls das jetzt übel in die Hose geht.«

Die tollkühnen Gesellen, der Blech-Holzfäller und Peter wappneten sich allesamt, als Conner tief Luft holte und einen Finger auf das Gebräu richtete …

Kapitel 29

Ein anderer Mond, eine andere Mitternacht

Ein anderer Vollmond leuchtete über den Zwergenwäldern, und um Mitternacht versammelten sich die Hexen des magischen Landes an der Furt des toten Mannes auf den Überresten ihres einstigen Hauptquartiers. Gargoylia führte die Gruppe zum höchsten Punkt des Schutthaufens.

»Die Götter lächeln auf uns herab, Schwestern«, salbaderte sie. »Bei unserer letzten Zusammenkunft bangten wir, eine Hexenjagd stehe unmittelbar bevor – doch diese Sorge können wir nun beilegen. Jüngst sind kolossale Gewalten in die Königreiche eingefallen und haben den Menschen und Feen die Macht entrissen. Die, die uns nach Leib und Leben trachteten, sind nun selbst zur Beute geworden!«

Ratten-Mary gehörte zu einer kleinen Schar, die die Neuigkeiten noch nicht gehört hatte. »Von welcher Art von Gewalten?«

Zahlreiche Hexen in der Menge waren ganz erpicht darauf, zu erzählen, was sie mit eigenen Augen beobachtet hatten.

»Ich habe *gessssehen*, wie ein Haufen *Ssssoldaten dassss össsstliche* Königreich angegriffen hat«, zischelte Serpentina. »Sie waren *hochgewachsssssen* und quadratisch – trugen Nummern und *Ssssymbole* auf ihrer *Rüsssstung*!«

»Das Königreich an der Ecke ist von einer Horde geflügelter Affen ausgeplündert worden!«, vermeldete Tarantulene.

»Eine Truppe aus Männern und Frauen in gelber Rüstung ist ins Königreich des Gläsernen Schuhs eingedrungen!«, wusste Charcoaline zu berichten.

»Krähen, Wölfe und Bienen haben das Reich der Elfen eingenommen«, sagte Arboris. »Und mir sind Gerüchte zu Ohren gekommen, denen zufolge ein fliegendes Schiff das Nördliche Königreich in Geiselhaft halten soll!«

»Erkennt ihr es nicht, Schwestern? Hier zieht gerade eine neue Ära herauf!«, rief Gargoylia. »Wir haben nichts mehr zu fürchten – *das Zeitalter der Menschen und Feen ist vorüber*!«

Die Hexen johlten, gackerten, knurrten und zischten überschwänglich – doch ihr Jubel war von kurzer Dauer und wurde abrupt unterbrochen.

»Wenn ihr das glaubt, dann seid ihr törichte Närrinnen!«, erklang eine Stimme aus dem Wald.

Die Hexen blickten wild umher, vermochten jedoch nicht auszumachen, zu wem sie gehörte.

»Schaut nur! Das Wasser schwenkt um!«, rief Ratten-Mary und deutete zum Fluss.

Die Strömung wechselte ihre Richtung, und vorbei trieb Morina – auf einem Boot, das sich auf magische Weise selbst steuerte. Sowie es angelegt hatte, trat Morina ans Ufer und gesellte sich zu den Versammelten.

Es war lange her, dass eine der anderen Hexen sie zuletzt zu Gesicht bekommen hatte, und ihre Gegenwart schüchterte die Gruppe schlagartig ein. Die Menge teilte sich und gab ihr so einen Weg nach oben zum Gipfel des Schutthaufens frei, wo Gargoylia noch immer stand. Eine große Tasche, in der ein kleiner Körper lag, schwebte aus dem Boot und Morina hinterher, während sie kletterte – ob es sich um ein bewusstloses Kind oder eine Leiche handelte, war nicht zu erkennen.

»Was tust du hier, Morina?«, fragte Gargoylia mit vernichtendem Blick. »Du hast seit Jahren an keiner Zusammenkunft mehr teilgenommen.«

»Ich habe nie besonders viel von unserer Führung gehalten«, entgegnete Morina. »Und wo wir gerade schon dabei sein: Ich denke, da ist es Zeit für einen Wechsel – und ich bin überzeugt, dass ich die richtige Hexe für den Job bin.«

Gargoylia war außer sich. Die übrigen Hexen ahnten, dass die Situation gleich unschön werden würde.

»Wie kannst du es wagen!«, brüllte Gargoylia. »Jahrelang schon stehe ich treu und gewissenhaft dieser Schwesternschaft vor! Ich werde mein Amt nicht niederlegen, bloß weil jemand mich darum bittet – am allerwenigsten, wenn es jemand wie du ist!«

»Niemand hat dich um irgendetwas *gebeten*«, stellte Morina klar.

Sie hob eine Hand gegen Gargoylia, und die Oberhexe wurde mit einem Mal steif wie ein Brett. Ihre steinerne Haut bekam Risse und begann abzubröckeln, bis Gargoylia zu nicht mehr als einem erbärmlichen Steinhaufen zerfallen war. Die Hexen ringsum kreischten und keuchten vor Entsetzen. Schneller hätte Morina sich die ungeteilte Aufmerksamkeit und den Respekt der Runde nicht sichern können.

»Der Feind unseres Feindes ist nicht immer unser Freund«, verkündete sie ihren Genossinnen. »Diese Gewalten, die in unsere Welt eingebrochen sind, werden vom Maskenmann angeführt – ebenjenem Mann, den ihr alle bei eurer vorigen Zusammenkunft abgewiesen habt. Nun hat er ohne eure Hilfe eine unaufhaltsame Armee um sich geschart, und er wird eure Schmähung nicht vergessen haben. Er ist skrupellos und enorm nachtragend. Sobald er die königlichen Familien und Feen sämtlicher Königreiche vernichtet hat, wird es *unsere* Ausrottung sein, nach der er als Nächstes schreit – und keine von uns wird das überleben.«

Die Hexen tauschten nervöse Blicke. Das Einzige, was sie mehr fürchteten als Morina, war jene Zukunftsvision, die sie soeben beschrieben hatte.

»Und was sollen wir dann tun? Uns verstecken?«, fragte Charcoaline.

Morina schüttelte den Kopf. »Die Lösung ist kein ängstliches Zusammenkauern, sondern ein *Umzug*. Ich bin es leid, zu einer untergeordneten, unterdrückten Rasse zu gehören – zu einem Schattendasein gezwungen zu sein, während andere, die uns zahlenmäßig überlegen sind, unser Leben reglementieren und einschränken! Es ist an der Zeit, dass wir an einen Ort umsiedeln, den wir als höchstrangige Spezies dominieren können! Es ist an der Zeit, dass wir uns in *die Anderswelt* aufmachen!«

»Die Anderswelt?«, wiederholte Ratten-Mary. »Aber die ist doch bloß eine Legende.«

»Nein, meine Schwestern«, widersprach Morina. »Die Anderswelt ist absolut real! Ich bin soeben aus ihr zurückgekehrt und habe sie mit eigenen Augen gesehen. Dort gibt es jede Menge Orte, an denen wir alle Möglichkeiten haben, uns zu entfalten, und Milliarden von Menschen zu beherrschen – und niemand wird sich uns in den Weg stellen.«

Die Vorstellung einer solchen Welt faszinierte die Hexen und weckte ihre Neugier – doch sie blieben skeptisch.

»Und wie wollen wir in die *Anderssswelt* gelangen?«, fragte Serpentina.

»Überall im magischen Land finden sich verborgene Portale, die die verstorbene gute Fee einst eingerichtet hat«, erklärte Morina. »Ich selbst habe eines in den Wäldern des Östlichen Königreichs entdeckt: die Eintrittspforte der Grande Armée. Aber da es durch die weiße Magie der guten Fee erschaffen wurde, hat seine Benutzung mich geschwächt und erschöpft; ich bezweifle, dass allzu viele von euch es auch nur überleben würden. Doch keine Sorge – bald wird uns ein leichterer Weg zur Verfügung stehen! Meine Kristallkugel hat mir gezeigt, dass sich in naher Zukunft eine Kollision beider Welten ereignen wird, und dieser Zusammenstoß wird einen Durchgang auftun, der uns bequemen Zutritt in die Anderswelt gewährt.«

»Aber was ist mit dem Maskenmann?«, fragte Arboris. »Würde er uns nicht folgen und danach trachten, die Anderswelt selbst zu erobern?«

»Zum Glück habe ich für diesen Fall vorgesorgt«, sagte Morina.

Der schwebende Körper plumpste zu Boden, und sie riss mit einem Ruck die Tasche von ihm herunter. Nun erkannten die Hexen einen schlafenden Jungen mit dunklem Haar, blasser Haut und rosigen Wangen – *Emmerich Himmelsbach.*

»Ich präsentiere euch *den Sohn des Maskenmannes*«, prahlte Morina. »Vor Jahren wurde dieses Kind vor seinem Vater versteckt, ehe dieser überhaupt von seiner Existenz erfahren hatte. Sollten der Maskenmann oder seine Armee uns je zur Gefahr werden, wird dieses Kind das perfekte Druckmittel abgeben, um ihn auf Abstand zu halten! Unsere Erlösung ist nahe!«

Bevor die Hexen Gelegenheit hatten, sie weiter zu löchern, frischte von Norden mit einem Mal ein kühler Wind auf, und aus dem Süden wehte eine salzige Brise heran. Beides erwischte die Versammelten völlig unerwartet. Als sie die Ursache dafür erblickten, staunten sie nicht schlecht: Strenger Frost rauschte plötzlich von Norden her den Fluss herab und ließ auf seinem Weg das Wasser erstarren. Zugleich schwappte von Süden eine mächtige Flutwelle trüben Meerwassers heran und überflutete das Ufer. Eis und Woge trafen an genau jener Stelle aufeinander, an der einst die Taverne gestanden hatte.

Aus dem Norden zogen zwei gigantische Eisbären einen Eisschlitten den gefrorenen Fluss hinunter. Darauf thronte eine hochgewachsene Frau mit blasser, kälteverbrannter Haut. Sie trug einen dicken, flauschigen weißen Mantel, eine schneeflockenbesetzte Krone und eine Binde über den Augen.

Aus dem Süden pflügten vier Rückenflossen durch das Wasser – sie gehörten einer Schule von Haien, die auf die Hexen zuhielt. Ein aufwendig gearbeiteter Schlitten aus verschiedensten Korallenarten tauchte hinter ihnen aus den Fluten auf. Die Kreatur, die darin reiste, hatte schuppige türkisgrüne Haut und Haar aus Seegrashalmen, dazu sechs Beine und zwei beeindruckende Scheren, als wäre ihr Unterkörper gänzlich der eines Krustentiers.

Die legendäre Schneekönigin und die berüchtigte Meerhexe waren standesgemäß eingetroffen, und sie leibhaftig vor sich zu haben verstörte die versammelten Hexen zutiefst.

Beide Wesen traten aus der Furt und schritten zum Fuß des Schuttbergs hinauf, von dem aus Morina ihnen entgegenblickte. Die Schneekönigin war blind und tastete sich mit einem langen

Eiszapfen voran, ohne jede Rücksicht darauf, wem sie mit ihrem provisorischen Stock versehentlich einen Hieb verpasste. Die Meerhexe streichelte einen Tintenfisch, den sie im Arm wiegte, und blitzte dabei die übrigen Frauen am Ufer finster an.

Morina mochte die restlichen Hexen bereits eingeschüchtert haben; die Gegenwart der Schneekönigin und der Meerhexe versetzte sie nun allerdings vollends in Panik. Vor beiden verneigten sie sich tief – sogar Morina senkte kaum merklich den Kopf.

»Euer Exzellenzen, was führt Euch heute Nacht in diese Wälder?«, fragte Morina mit leichtem Zittern in der Stimme.

»Du bist nicht die erste Hexe, die die Anderswelt als mögliche neue Heimat erwägt, Morina«, knurrte die Schneekönigin mit ihrer heiseren Stimme. »Die Meerhexe und ich träumen bereits seit Hunderten von Jahren davon – doch selbst mit dem baldigen Durchgang wird sich der Übertritt keineswegs so mühelos gestalten, wie du es dir ausmalst.«

»Du unterschätzt die Anderswelt«, zischte nun auch die Meerhexe. »Sie ist eine Dimension ohne jede Magie, verfügt jedoch über Technologien, die deine wildesten Vorstellungen sprengen und dein Fassungsvermögen bei weitem übersteigen werden. Und ebendiese wird sie gegen uns richten, sowie wir versuchen, sie als neue Heimat für uns einzunehmen.«

Derart öffentlich herabgesetzt zu werden stieß Morina übel auf.

»Habt Ihr Euch aus Eurer Einsiedelei hierherbegeben, einzig um mich zu belehren, oder bringt ihr eine Lösung mit, wie sich die Bollwerke der Anderswelt überwinden lassen?«, fragte sie in so garstigem Ton, dass es den anderen Hexen unbehaglich zumute wurden.

Ein höhnisches Lächeln breitete sich über das Gesicht der

Schneekönigin aus, und die Mundwinkel der Meerhexe zuckten ebenfalls.

»Wir müssen uns eine Waffe besorgen«, antwortete die Schneekönigin.

»Etwas, wogegen die Anderswelt chancenlos sein wird«, zischelte die Meerhexe.

»Und was soll diese Waffe sein?«, hakte Morina nach.

»Nicht *was*, sondern *wer*«, entgegnete die Schneekönigin. »Vor vielen Jahren schon ist es der Meerhexe und mir beinahe gelungen, sie zu erschaffen. Damals verfluchten wir eine sehr mächtige Fee namens Ezmia – die einstige Schülerin der verstorbenen guten Fee. Der Fluch nahm Einfluss auf ihre Gefühle, vertiefte ihren Schmerz, bis sie ihn tausendfach stärker spürte als jede andere Empfindung. Gequält von ihrem gebrochenen Herzen und überwältigt von Verzweiflung, wurde sie schließlich *die Zauberin* und richtete in sämtlichen Königreichen Chaos und Verwüstung an.«

»Wir pflanzten ihr die Idee, *beide* Welten unterwerfen zu wollen, in den Kopf, und auf dieses Ziel hat sie den Großteil ihres Lebens verwandt«, ergänzte die Meerhexe. »Letztlich jedoch ist sie von einer anderen Fee – Alex Bailey, der Enkeltochter der ehemaligen guten Fee – besiegt worden. Interessanterweise ist Alex ein Kind beider Welten und hat daher das Potenzial, weitaus mächtiger zu sein, als die Zauberin es je war. Daher haben die Schneekönigin und ich nun *sie* ins Visier genommen.«

»Wir haben Alex mit dem gleichen Fluch belegt, den wir einst auf Ezmia angewandt hatten«, erläuterte die Schneekönigin. »Und konnten verfolgen, wie er bei ihr eine ganz ähnliche Wirkung gezeigt hat. Während die junge Fee die Königreiche nach dem Maskenmann durchkämmt hat, ist sie von ihrer eigenen Wut verzehrt worden und hat die Kontrolle über ihre

Kräfte verloren. So haben wir erfahren, dass wir richtiglagen – ihre Macht ist deutlich größer als Ezmias, größer vielleicht als die jeder anderen Fee, die je gelebt hat. Doch darüber hinaus bringt sie eine immense innere Stärke mit, und daher ist der Effekt des Fluchs schließlich abgeklungen.«

»Wenn sie es sogar geschafft hat, den Fluch abzuschütteln, wie sollen wir sie dann benutzen, die Anderswelt zu bezwingen?«, fragte Morina.

Die Schneekönigin und die Meerhexe wandten sich von ihr ab und all den übrigen Hexen der Versammlung zu.

»Je mehr Hexen sie gemeinsam aussprechen, desto gewaltiger wird die Verwünschung«, dröhnte die Meerhexe. »Indem wir unsere Magie vereinen, wird es uns gelingen, Alex Bailey mit einem so wirkmächtigen Fluch zu belegen, dass sie sich niemals davon erholt!«

»Zusammen können wir die junge Fee in die ultimative Waffe verwandeln«, bekräftigte die Schneekönigin. *»Sie wird jede Gegenwehr ihrer einstigen Heimat vernichten, und die Anderswelt wird uns gehören!«*

Kapitel 30

Eine Welt in Gefahr

Die Worte der losen Seite wirbelten durch die Luft und erschufen rings um Alex und Lester die Welt aus *Der Zauberer von Oz*. Alex erhaschte das Wort *Smaragdstadt*, das in die Ferne davonrauschte, und noch ehe die Stadt vollends Gestalt angenommen hatte, sprang sie auf Lesters Rücken und die beiden flogen westwärts, wobei Alex in einem fort betete, dass ihre Freunde sich noch immer im Palast der bösen Hexe befinden würden.

Unter ihnen gestalteten die Worte das Land der Winkies, während die beiden auf das Heim der bösen Hexe des Westens zuhielten. In der Luft kreisend, verfolgten Alex und Lester, wie der Bau sich von den Grundmauern neu errichtete. Lester wählte den Balkon direkt vor dem Thronsaal für ihre Landung, und Alex sprengte die gläsernen Türen mit einem grellen Lichtblitz auf.

»Goldlöckchen? Jack? Blubo?«, rief sie, vernahm jedoch lediglich das Echo ihrer eigenen Stimme.

Der Thronsaal war vollkommen verlassen. Alex wurde bang ums Herz, und sie fürchtete das Schlimmste. Was, wenn ihr Onkel durch die Geschichten zurückgereist war und auch ihre Freunde voneinander getrennt hatte? Vielleicht würden sie einander nie wiederfinden. Und ohne ein Buch, mit dessen Hilfe sie nach Hause gelangen konnte, säße Alex womöglich sehr lange in Oz fest.

Eine sanfte Brise wehte aus dem leeren Raum hinter ihr. Alex wirbelte herum und sah ein leuchtend goldenes Stück Papier aus dem Nichts vor sich auftauchen. Es landete auf dem Boden, und eine gleißende Lichtsäule brach daraus hervor. Sieben Silhouetten verschiedenster Form und Größe traten heraus.

Die Umrisse vibrierten wie das statische Rauschen eines kaputten Fernsehers. Ähnlich der Worte einer neu betretenen Geschichte gewannen sie nur langsam an Farbe und Festigkeit, bis Alex die erste Gestalt erkannte.

»CONNER!«, schrie sie.

»ALEX!«, brüllte Conner.

Alex rannte quer durch den Thronsaal und warf sich in Conners Arme. Die Zwillinge waren überglücklich, einander wiederzuhaben, und hielten einander fest umschlungen, bis Conner sie schließlich absetzen musste.

»Ich hatte Angst, dass ich dich für immer verloren habe!«, sagte Alex. Nun registrierte sie auch die restlichen Neuankömmlinge. »Mr. Holzfäller! Peter! Ich bin so froh, dass es euch allen gutgeht! Moment mal – wer sind *die* denn?«

Conner war ebenso überrascht wie seine Schwester, als er bemerkte, dass die tollkühnen Gesellen ihm ebenfalls in den Palast gefolgt waren.

»Leute, was macht ihr hier?«, fragte er.

»WIR KONNTEN UNSEREN ZAUBERER NICHT SCHUTZLOS IN EINE FREMDE WELT ZIEHEN LASSEN!«, tönte Robin Hood. »DIE TOLLKÜHNEN GESELLEN WERDEN BIS ZULETZT AN EURER SEITE STEHEN!«

»Meinetwegen«, seufzte Conner – er hatte nicht die Geduld, mit ihm zu diskutieren. »Alex, darf ich dir Robin Hood und seine Männer aus Sherwood Forest vorstellen?«

Alex war fassungslos darüber, die berüchtigten Gesetzlosen leibhaftig vor sich zu haben. Und geriet ein wenig ins Schwärmen.

»*Den* Robin Hood?«, fragte sie. »Ich freue mich so, Sie kennenzulernen. Ich habe alles über Sie gelesen!«

»DAS VERGNÜGEN IST GANZ MEINERSEITS, WERTE DAME!«, entgegnete Robin Hood. »JEDE SCHWESTER DES ZAUBERERS IST AUCH MEINE SCHWESTER!«

»Er ist so laut«, flüsterte Alex ihrem Bruder zu. *»Und wieso nennt er dich Zauberer?«*

»Das ist eine lange Geschichte – jedenfalls habe ich die ganze Truppe überzeugt, dass ich ein Zauberer *bin*«, sagte Conner.

»Und in dieser Überzeugung sind sie nicht allein«, meinte der Blech-Holzfäller grinsend. »Du solltest sehr stolz auf deinen Bruder sein, Alex! Er hat das Weltenwanderer-Elixier gänzlich aus eigener Kraft aktiviert!«

»Wirklich?«, vergewisserte sich Alex mit begeistertem Lächeln. »Conner, das ist ja fabelhaft! Ich habe dir immer gesagt, dass Magie in dir steckt!«

Conner zuckte verlegen mit den Schultern. »Ach, das war gar keine so große Sache. Bloß auszuknobeln, wie ich meine Magie anzapfe, war knifflig.«

Peter hob mit lebhaften Gesten vom Boden ab. »Du hättest es sehen sollen, Alex! Zuerst hat Conner auf den Trank gezeigt, und BÄMM! *Ein Blitz ist ihm aus dem Finger geschossen.* Dann hat das Gebräu *WUUUSCH* gemacht – *wie auf Kommando!* Daraufhin haben wir es über die Seite gekippt, und TADAA! *Es werde Licht!*«

Alex war so beeindruckt von ihrem Bruder, dass sie vor Stolz beinahe platzte. »Als ich die Seite in meiner Tasche entdeckt hatte, wusste ich sofort, dass du auch deine finden und ebenfalls den Trank ansetzen würdest.«

»Große Geister denken gleich«, meinte Conner. »Tja, ich habe zwei Wochen in Nottingham verbracht – wohin hat unser Totalausfall von einem Onkel euch geschickt?«

»Wir sind in *König Artus und die Ritter der Tafelrunde* gelandet!«, erzählte Alex. »Conner, ich habe Merlin und Artus getroffen! Sie haben mir dabei geholfen, das Weltenwanderer-Elixier herzustellen!«

»Das gibt's ja nicht!«, staunte Conner – und wunderte sich zugleich, dass es ihm nach seinem eigenen Abenteuer so unglaublich erschien. »Wo ist Mutter Gans?«

Alex wusste nicht, wie sie ihm die Neuigkeit schonend hätte beibringen sollen, daher platzte sie einfach damit heraus. »Sie hat beschlossen, bei Merlin zu bleiben. Die beiden haben sich *sehr* gut verstanden.«

Conners Blick huschte völlig perplex zwischen Alex und Lester hin und her. Lester nickte und bekräftigte so Alex' Aussage.

»Na, das erwischt mich kalt«, kommentierte Conner. »Dann kehrt sie uns und dem magischen Land also endgültig den Rücken?«

»Die Details kann ich dir später erklären«, sagte Alex. »Zuerst müssen wir jetzt Goldlöckchen und Jack aufspüren – ich denke nicht, dass sie noch im Palast sind.«

»Alex, wir waren zwei Wochen lang weg«, erinnerte Conner sie. »Ich wette, sie sind längst zurück in die Märchenwelt gereist. Komm, wir suchen das Buch.«

Sie durchforsteten den Thronsaal, und Conner fand die Ausgabe von *Der Zauberer von Oz* ordentlich auf der Sitzfläche des Throns.

»Sie haben den Band wohl dagelassen, für den Fall, dass es uns noch einmal hierher verschlägt«, vermutete er. »Unser Onkel hätte ihn sicher ebenso zerstört wie die Bücher, in die er uns geschickt hat.«

»Es gibt nur eine Möglichkeit, uns Gewissheit zu verschaffen«, sagte Alex.

Die Zwillinge öffneten das Buch gemeinsam, und ein starker Strahl brach daraus hervor. Die Übrigen scharten sich um sie.

»Vorsicht, Leute«, warnte Conner. »Unmöglich zu sagen, was uns auf der anderen Seite vielleicht erwartet.«

Einer nach dem anderen traten die Geschwister, die tollkühnen Gesellen, Lester, der Blech-Holzfäller und Peter in die Lichtsäule. Während sie in die Märchenwelt überwechselten, löste sich Oz Wort für Wort, Beschreibung für Beschreibung hinter ihnen auf. Der Palast der Hexe blätterte fort, und an seiner Stelle entstand eine Höhle – dieselbe Höhle, aus der sie aufgebrochen waren.

Noch ehe sie jemanden ausmachen konnten, hörten sie mehrere Stimmen. Sowie der Innenraum Gestalt annahm, erkannten Alex und Conner, dass die Höhle deutlich voller war, als sie sie zurückgelassen hatten.

Goldlöckchen und Jack – auf dessen Schulter Blubo kauerte – saßen zusammen an einer Wand; die verlorenen Jungen spielten im hinteren Teil mit Kieselsteinen, und Rotkäppchen wiegte ein Kleinkind im Arm. Sie wirkte furchtbar mitgenommen und starrte ins Leere.

Es war spät, und die Zwillinge bemerkten Lagerfeuer direkt vor dem Höhleneingang. Darum waren Soldaten aus dem Nördlichen Königreich und jenem des Gläsernen Schuhs versammelt – unter ihnen Sir Grant und Sir Lampton. Einer zog ein längeres Gesicht als der andere, und alle waren übel zugerichtet.

Hagetta kümmerte sich um die Männer und entzündete ihre Wunden mit ihrem heilenden Feuer.

Die Höhle schien vor Verzweiflung bersten zu wollen. Alle schauten aus, als seien sie durch ihre jeweils ganz persönliche Version der Hölle gegangen.

Endlich wurden die Geschwister und ihre Gefährten auch für die Anwesenden in der Märchenwelt sichtbar und waren somit offiziell aus Oz zurück. Jeder in der Runde freute sich überschwänglich, sie zu sehen, und begrüßte sie wie von den Toten Auferstandene. Ihre Freunde und die Soldaten sprangen auf die Füße und rannten aufgeregt herbei.

»Alex! Conner! Dem Himmel sei Dank, ihr lebt!«, rief Goldlöckchen und schloss die Zwillinge in die Arme. Tränen standen ihr in den Augen, doch diesmal waren nicht ihre Schwangerschaftshormone dafür verantwortlich – sie war schlichtweg unendlich erleichtert.

Kaum war ihr Blick auf die Soldaten gefallen, griffen die tollkühnen Gesellen instinktiv zu ihren Waffen.

»Keine Bange, Jungs«, beschwichtigte Conner. »Wir sind hier unter Freunden.«

»PETER!«, jubelten die verlorenen Jungen und begannen, wild auf und ab zu hüpfen, sobald sie ihn erspäht hatten. Peter flog durch die Höhle, und sie stürzten sich johlend in einem wirren Haufen auf ihn.

»Sekunde mal – wo ist Slightly?«, fragte Peter.

Die Buben deuteten auf das kleine Bündel in Rotkäppchens Armen und setzten ihn ins Bild. Rotkäppchen war derweil die Einzige, die Alex und Conner nicht willkommen hieß. Sie blieb, wo sie war, und mutete mit ihrem leeren, glasigen Blick weiterhin an wie in Trance.

»Was ist denn mit Rot passiert?«, erkundigte sich Conner.

»Sie hat versucht, Froggy vor Morina zu retten, und feststellen müssen, dass die Hexe ihn in einen magischen Spiegel gebannt hat«, verriet Goldlöckchen.

Die Zwillinge keuchten auf und schlugen sich die Hände auf den Mund.

»Leider ist das noch unsere geringste Sorge«, meldete sich Jack zu Wort. »Euer Onkel ist mit seiner Armee angekommen.«

»Das hatten wir befürchtet«, sagte Conner.

»Jack, berichte uns alles, was ihr in Erfahrung gebracht habt«, bat Alex.

Jack schilderte den beiden, wie er und Goldlöckchen ins magische Land zurückgekehrt waren, nachdem sie eine Woche lang vergeblich im Palast der bösen Hexe des Westens auf ihre Gefährten gewartet hatten. Etwa zur selben Zeit war auch Lloyd in die Märchenwelt eingefallen und hatte angefangen, die Königreiche zu attackieren. Offenbar hatte sich die Schurkenarmee aufgeteilt und so sämtliche Reiche gleichzeitig angegriffen.

»Niemand hatte damit gerechnet«, entsann sich Sir Grant. »Mitten in der Nacht rauschte ein gewaltiges Schiff aus den Wolken hernieder und eröffnete das Feuer auf den Palast. Als die Kanonen wieder schwiegen, war kaum etwas übrig. Und

König Chandler und Königin Schneewittchen sind von Piraten entführt worden.«

»Das Königreich des Gläsernen Schuhs wurde von einem Heer aus Männern und Frauen in gelber Rüstung gestürmt«, vermeldete Sir Lampton.

»Winkies«, hauchte der Blech-Holzfäller ängstlich.

»Was sie mit der königlichen Familie angestellt haben, weiß der Himmel«, sagte Lampton grimmig. »Meine Männer und ich sind selbst kaum lebend aus dem Königreich entkommen. In den Zwergenwäldern haben wir Sir Grant und seine Truppen getroffen, und wenig später hat Jack uns dort aufgestöbert. Seither verstecken wir uns in dieser Höhle.«

Die Zwillinge mussten tiefe Atemzüge nehmen, um ihre Übelkeit unter Kontrolle zu halten.

»Was ist mit den restlichen Reichen?«, fragte Conner.

»Wir gehen davon aus, dass ihnen ein ähnliches Schicksal widerfahren ist, haben bislang jedoch keinen Kontakt zu ihnen aufgenommen«, antwortete Jack.

»Und die Feen – was ist aus ihnen geworden?«, hakte Alex nach.

»Auch von ihnen hat niemand gehört; möglicherweise wurden sie jedoch zuerst überfallen«, meinte Goldlöckchen. »Der erste Schachzug eures Onkels nach seiner Ankunft im magischen Land war die Befreiung der Insassen des Pinocchio-Kittchens – somit marschieren all die Soldaten der Grande Armée und die Kriminellen, die sich ihnen angeschlossen hatten, nun wieder unter seiner Führung.«

Alex und Conner tauschten entsetzte Blicke – ihr schlimmster Albtraum war Wirklichkeit geworden.

»Wir müssen auf dem schnellsten Weg ins Königreich der Feen und den Rat ausfindig machen«, verkündete Alex. »Conner und ich brechen sofort auf. Ihr Übrigen bleibt unbedingt hier, bis wir uns bei euch melden.«

»Ihr könnt nicht einfach losstürmen«, bremste Sir Lampton. »Die Armee des Maskenmannes ist überall – selbst im Himmel. Ihr habt keine Chance, unentdeckt zu reisen, nicht einmal auf dem Rücken dieses Vogels.«

Die Zwillinge schielten zu Lester hinüber, der schluckte.

»Wir werden uns weder über Land noch durch die Lüfte bewegen«, sagte Alex. »Ich teleportiere uns mit ein wenig Magie ans Ziel.«

»Bist du dir deiner Sache da sicher?«, fragte Conner. »Als ich das zuletzt vorgeschlagen habe, hattest du Vorbehalte.«

»Wir haben keine Wahl«, erwiderte Alex. »Komm, lass uns nicht noch mehr Zeit vergeuden.«

Die Geschwister umarmten einander, und Alex zählte bis drei. In einem grellen Lichtblitz verschwanden sie aus der Höhle – und tauchten irgendwo im Freien wieder auf. Allerdings vermochte keiner von ihnen zu sagen, wo genau sie sich befanden. Rauch hing in der Luft, und die Erde war von Trümmern übersät.

»Conner, sieh nur!«, japste Alex und deutete in die Ferne. »Der Feenpalast!«

Der Feenpalast war beinahe nicht wiederzuerkennen. Sein einst so unverwechselbarer Glanz war verblasst und ein Großteil des Gebäudes zu Schutt zersprengt. Auch die Gärten waren verwüstet und von einer Ascheschicht bedeckt. Die Statue, die zu Ehren der Großmutter der Zwillinge errichtet worden war, lag in Bruchstücken auf dem Boden.

Der Anblick trieb Alex und Conner Tränen in die Augen. Kein Lebenszeichen regte sich ringsum – sie hofften, dass die Feen rechtzeitig geflohen waren und es so geschafft hatten, sich zu retten. Falls sich die Ratsmitglieder jedoch zum Zeitpunkt des Angriffs im Innern des Gebäudes aufgehalten hatten, schien den Geschwistern Letzteres eher unwahrscheinlich.

»Die Halle der Träume … Grandmas Gemächer … alles verloren«, schluchzte Alex.

»Schauen wir mal, ob wir drinnen noch irgendetwas oder irgendjemanden finden«, schlug Conner vor.

Sie gingen über die staubige Erde und erklommen stumm die Stufen der Palastruine. Alles war derart gründlich zerstört, dass sich kaum auch nur erahnen ließ, was einst was gewesen war. Der einzige Raum, den die Zwillinge identifizieren konnten, war der große Saal – und das allein anhand seiner Ausmaße.

Sowie sie ihn betraten, fielen ihnen sieben Gestalten ins Auge, und Alex und Conner tauchten rasch hinter eine umgestürzte Säule. Die Luft war noch immer verschleiert vom Staub der Attacke, und zunächst gelang es ihnen nicht auszumachen, wen oder was sie vor sich hatten.

»Alex, ich glaube, diese Wesen bewegen sich nicht«, raunte Conner.

»Stimmt – es sind keine Menschen oder Feen, sondern *Statuen*«, stellte Alex fest. »Das ist ja seltsam – früher standen doch keine Statuen im großen Saal.«

Die Zwillinge wagten sich weiter in den Raum vor, um einen besseren Blick darauf zu erhaschen. Die Steinfiguren wirkten panisch und waren in merkwürdigen Posen eingefroren, fast so, als hätten sie versucht, vor etwas zu fliehen. Je länger Alex und Conner in ihre verängstigten Gesichter starrten, desto vertrauter wurden sie ihnen.

»O mein Gott«, flüsterte Conner. »Alex, das sind keine Statuen – das sind die Ratsmitglieder! *Sie sind zu Stein verwandelt worden!*«

Emerelda, Xanthous, Skylene, Mandarina, Rosetta, Violetta und Coral waren nun, da sie alle die gleiche steinerne Oberfläche hatten, kaum voneinander zu unterscheiden, doch Conner hatte recht. Alex ertrug ihren Anblick nicht; sie rannte hinüber zu einer Wand des Saals und übergab sich.

»Wer kann das getan haben?«, fragte sie.

»Ich habe keine Ahnung«, gestand Conner und rieb ihr über den Rücken.

»Alex? Conner?«, ertönte eine zaghafte Stimme aus den Tiefen des Palasts.

Neben einem Fenstersims am gegenüberliegenden Ende des Raums schwirrte etwas Kleines in der Luft, und zu ihrer unendlichen Erleichterung erkannten die Zwillinge, dass es sich lediglich um Trix handelte. Auch sie war staubbedeckt, und ihre Flügel waren so lädiert, dass es ihr nur mit Mühe gelang, sich in der Luft zu halten.

»Trix, ich bin so froh, dich zu sehen!«, seufzte Alex.

»Was ist hier passiert?«, wollte Conner wissen.

»Ein fliegendes Schiff hat den Palast bombardiert«, erzählte Trix.

»Und wer hat den Rat der Feen in Stein verzaubert?«, fragte Alex.

»Ein schreckliches Monster!«, rief Trix, und ein Zittern überlief sie beim bloßen Gedanken daran.

»Was für ein Monster?«, bohrte Conner.

»Ich habe es selbst nicht gesehen«, gestand Trix. »Ich hatte solche Angst, dass ich die Augen fest zusammengekniffen und mich versteckt habe, aber Noodle und Merkle hatten weniger Glück.«

Trix deutete zur Fensterbank, und nun bemerkten die Zwillinge, dass auch ihre beiden Freundinnen zu grauen Statuen erstarrt waren. Ähnlich wie den Ratsfeen stand ihnen das Entsetzen ins Gesicht geschrieben, und auch ihre Pose ließ ahnen, dass sie auf der Flucht vor etwas gewesen waren.

»Trix, was ist aus dem Monster geworden?«, fragte Conner.

»Es ist mit dem Piratenschiff wieder fortgeschwebt«, schniefte Trix.

»Und all die anderen Feen – wo sind die?«, erkundigte sich Alex.

»Ein paar haben sich im Wald verborgen; ich bin mir allerdings nicht sicher, was mit den restlichen geschehen ist«, sagte die winzige Fee.

»Trix, ich möchte, dass du ebenfalls im Wald untertauchst«, wies Alex sie an. »Verschwinde von hier – such dir einen geschützten Schlupfwinkel und bleib dort, bis die Gefahr vorüber ist. Wir lassen uns etwas einfallen.«

Trix nickte und stob davon, so schnell ihre Flügel sie trugen.

»Conner, ich fürchte, unser Onkel hat nicht nur Geschöpfe aus den Gefilden der Literatur rekrutiert«, meinte Alex und ließ dabei den Blick über die Statuen schweifen. »Das hier erscheint mir wie das Werk eines *mythologischen* Wesens. Ich habe keinen blassen Schimmer, wie wir ihn aufhalten sollen.«

Sie sank auf das Sims, während Conner vor ihr auf und ab tigerte. Eine geschlagene Stunde verbrachten sie in völliger Stille und zermarterten sich beide das Hirn nach einer Rettung für die Märchenwelt. Plötzlich blieb Conner wie angewurzelt stehen und sah zu einem der wenigen noch intakten Türme des Palasts empor.

»Der Südturm hat den Angriff überstanden«, murmelte er.

Mit einem Mal leuchteten seine Augen auf, und Alex begriff, dass eine Idee in seinem Kopf Gestalt annahm.

»Woran denkst du?«, bedrängte sie ihn.

»Ich weiß, wie wir ihn stoppen«, verkündete Conner.

»Wie?«

»Indem wir unsere eigene Armee formieren«, eröffnete Conner ihr. »Los, beeil dich – mir nach!«

Ehe Alex Gelegenheit hatte, weitere Fragen zu stellen, sprintete Conner durch den zertrümmerten Palast hinüber zu den Stufen, die in den Südturm hinaufführten. Er raste die Treppe nach oben, und Alex jagte ihm hinterher. Gemeinsam platzten sie in ein kreisrundes Zimmer ganz an der Turmspitze. Es war staubig, gänzlich mit Spinnweben überzogen, und ein leerer Torbogen erhob sich in der Mitte des Raums.

Conner tastete die Wände ab, eindeutig auf der Suche nach etwas.

»Wie sollen wir unsere eigene Armee begründen?«, bohrte Alex unterdessen.

»Genau so, wie es auch unser Onkel getan hat«, antwortete Conner. »Wir reisen in Geschichten und sammeln Charaktere ein, die uns helfen können – und ich habe auch schon eine exakte Vorstellung davon, welche wir fragen! Trägst du dein Weltenwanderer-Elixier nach wie vor bei dir?«

Alex kramte die Flasche aus ihrem Hosenbund. »Ja, aber –«

»Großartig!«, unterbrach Conner sie. »Als Allererstes müssen wir einen kurzen Zwischenhalt in der Anderswelt einlegen. Wo ist denn bloß der – *oh, hier ist er ja!*«

Er zog an einem in die Wand eingelassenen Hebel, und ein blauer Vorhang erschien wie von Geisterhand in dem Bogen. Dahinter erspähte Alex eine Welt aus Licht – ebenjene Welt, die sie jedes Mal passierte, wenn sie zwischen dem magischen Land und der Anderswelt verkehrte.

»Ja!«, frohlockte Conner. »Das Portal funktioniert weiterhin! *Auf geht's!*«

»Conner, wieso müssen wir einen Abstecher in die Anderswelt machen?«, fragte Alex verwirrt.

»Weil dort die Geschichten warten«, entgegnete er.

»Welche Geschichten meinst du?«

Kurz bevor er durch den Vorhang trat, hielt Conner noch einmal inne.

»Meine«, sagte er.

Danksagung

Ein großes Dankeschön an Rob Weisbach, Alla Plotkin, Rachel Karten, Derek Kroeger, Glenn Rigberg, Lorrie Bartlett, Meredith Wechter, Joanne Wiles, Meredith Fine, Christian Hodell, Marcus Colen, Jerry Maybrook, Joseph Roberto und Heather Manzutto. Außerdem an das gesamte Team von Little, Brown – insbesondere Alvina Ling, Bethany Strout, Melanie Chang, Nikki Garcia, Megan Tingley und Andrew Smith.

Ich danke darüber hinaus all meinen Freunden und meiner Familie: Will, Ashley, Pam, Jamie, Fortune, June, Jen, Melissa, Babs, Char, Charles, Dot und Bridgette, dazu Romy und Stephen, Rick und Gale, Frank und Jo, Roberto, Gloria, Jannel, Kelly, Jenny, McCoy, Maureen, Kevin, Tracey, Lexi, Lita, Paris ... diese Liste könnte ich fortsetzen! Ohne Eure Unterstützung wäre ich niemals so weit gekommen!

Einen ganz besonderen Dank möchte ich dem unglaublichen

Brandon Dorman dafür aussprechen, dass er meine Geschichten mit seinem Strich zum Leben erweckt. Auch nach vier gemeinsamen Büchern versetzt mich seine Kunst immer wieder in Staunen.

Zu guter Letzt: danke an meine liebe Freundin Polly Bergen, die primäre Inspiration hinter Mutter Gans. Ich bin Dir dankbar, dass Du Deine Erzählungen und Deinen Humor mit mir geteilt und damit einen so tiefen Eindruck bei mir hinterlassen hast. Ich werde Dich sehr vermissen.

Und ebenfalls ein Glück: Es geht weiter!
Die Fortsetzung »Land of Stories. Das magische Land.
Die Macht der Geschichten« findest du überall da,
wo es Bücher gibt.

Alle Bücher von Chris Colfer

Habe ich		Wünsche ich mir
	Land of Stories: Das magische Land – Die Suche nach dem Wunschzauber (Band 1)	
	Land of Stories: Das magische Land – Die Suche nach dem Wunschzauber (Farbig illustrierte Schmuckausgabe von Band 1 – erscheint im Herbst 2023)	
	Land of Stories: Das magische Land – Die Rückkehr der Zauberin (Band 2)	
	Land of Stories: Das magische Land - Eine düstere Warnung (Band 3)	
	Land of Stories: Das magische Land – Ein Königreich in Gefahr (Band 4)	
	Land of Stories: Das magische Land - Die Macht der Geschichten (Band 5)	
	Land of Stories: Das magische Land – Der Kampf der Welten (Band 6)	
	Land of Stories: Das magische Land – Eine Schatztruhe klassischer Märchen	
	Tale of Magic: Die Legende der Magie – Eine geheime Akademie (Band 1)	
	Tale of Magic: Die Legende der Magie – Eine dunkle Verschwörung (Band 2)	
	Tale of Magic: Die Legende der Magie – Ein gefährlicher Pakt (Band 3)	

Land von Oz
Das Nördliche Kö
Das Reich der Elfen
Cam
Die Zwergenwälder
Rotkäppchens Königrei
Sherwood Forest
Das Königreich des Gläsernen
Das Königreich an der Ecke

Nimmerland
igreich
Ein verborgener Ort
Das Östliche Königreich
Wunderland
Das Revier der Tr
und Kobolde
Bucht der Meerjungfrauen
Schuhs
Das Königreich der Feen